*»Eine durchwachte Nacht mit der Kommissarin blüht Ihnen, wenn Sie diesen Krimi lesen.«*

L'EXPRESS

AtV

DANIELLE THIÉRY, geboren 1947, zwei Kinder, ist Kriminalkommissarin in Paris und war in den siebziger Jahren die erste Frau an der Spitze eines französischen Kommissariats. 1991 findet sie endlich die Zeit zu schreiben. Seitdem hat sie eine Fernsehserie entwickelt, an mehreren Fernsehproduktionen mitgearbeitet, einen autobiographischen Roman (Prix Bourgogne 1997) und acht Krimis (Prix Polar 1998) geschrieben. Im Aufbau Taschenbuch Verlag sind außerdem erschienen:

Der tödliche Charme des Doktor Martin
Der letzte Klient des Maître Renoir
Die fatale Lust der Mademoiselle Julie

Marion ist gerade mit ihrer inzwischen 13jährigen Adoptivtochter Nina von Lyon nach Paris umgezogen, um dort die Dienststelle im Gare du Nord zu leiten. Ein sozialer Brennpunkt, wo der erste Kriminalfall nicht lange auf sich warten läßt: Ein taubstummer Junge sucht blutverschmiert Unterschlupf in einem nahe gelegenen Krankenhaus, erliegt dort aber seinen Verletzungen. Kurz darauf kommt es zu einem weiteren tragischen Zwischenfall: Nina und ihre Freundin Ange-Lou warten nach der Theater-AG auf Marion, die sich an diesem Abend verspätet, und werden Opfer eines Überfalls, bei dem Ange-Lou tödlich verletzt wird und Nina nur so eben entkommt. Treibt hier ein Kinderschänder sein Unwesen rund um den Gare du Nord? Dagegen spricht, daß es weder in dem einen noch in dem anderen Fall zu sexuellen Übergriffen kam. Zwar leitet sie die Ermittlungen offiziell nicht, aber Marion wäre nicht Marion, würde sie sich nicht allen Widerständen zum Trotz auf eigene Faust und mit nicht immer ganz orthodoxen Methoden der Sache annehmen.

Danielle Thiéry

# Die verhängnisvolle Liebe der Madame Claude

*Roman*

*Aus dem Französischen*
*von Sabine Schwenk*

Aufbau Taschenbuch Verlag

Die Originalausgabe erscheint 2005 unter dem Titel
*Le festin des anges*
bei den Éditions Anne Carrière, Paris.

Die Übersetzung der Verse aus Molières *Tartuffe* sind der 1954 bei Philipp Reclam jun. in Stuttgart erschienenen Übersetzung von Reinhard Koester entnommen.

ISBN 3-7466-2148-8

1. Auflage 2005

Umschlaggestaltung Torsten Lemme
unter Verwendung eines Fotos von Torsten Lemme
Druck C. H. Beck, Nördlingen
Printed in Germany

www.aufbau-taschenbuch.de

Sein Kopf war schwer wie Blei, die Beine versagten ihren Dienst. Seine Hände waren auf dem Rücken gefesselt, und als er nach vorn kippte, schlug sein Schädel dumpf auf dem Boden auf. Widerlich stinkender Staub drang in alle Öffnungen seines Gesichts. Er spürte keinerlei Schmerz. Wie auch, wenn die Angst alles andere vergessen ließ? Nackte, ungeheure Angst, weil alles um ihn herum so finster war, absolut, hoffnungslos finster und vollkommen still.

Inmitten des scheußlichen Geruchs traf plötzlich ein blendender Lichtstrahl auf seine Netzhaut. Er blinzelte, Tränen schossen ihm in die Augen und vermischten sich mit dem Blut und der Erde auf seinen Wangen. Er spürte, wie die Hände auf seinem Rücken von etwas gestreift wurden, dann hörte er ein leises, ungeduldiges Quieken. Etwas Weiches strich über seinen Hals, ganz sanft. Für einen Moment überkam ihn der Wunsch, es einfach geschehen zu lassen. Aber aus einem kleinen Teil seines Bewußtseins, den die chemischen Substanzen noch nicht erreicht hatten, kam der Befehl, nicht aufzugeben, sondern zu begreifen, wem diese kleinen Pfoten gehörten, die er auf seiner Haut spürte, während er gefesselt dalag, angestrahlt wie ein Insekt auf dem Seziertisch.

Er richtete seinen Blick auf eine spitze Schnauze, darüber zwei kleine, neugierige Augen. Grausame Augen, dachte er und begann zu knurren. Laut, so laut er konnte. Aus seiner trockenen Kehle drang nur ein heiseres Fauchen, und mit vor Entsetzen geweiteten Augen sah er, wie sich zwei kleine, spitze Zähne seinem Mund näherten. Er riß den Kopf nach hinten, um dem Biß zu entgehen.

Schwere Schritte ließen den Boden erbeben und wirbelten eine Wolke aus beißendem Staub auf. Das Licht wurde schwächer. Das Kitzeln auf seinem Rücken hörte auf, und durch die Kleider hindurch spürte er das Trippeln unzähliger Pfoten. Die Ratten ergriffen die Flucht.

Ein massiger Schatten bückte sich, um mit langsamen, vorsichtigen Bewegungen die Hände des Kindes, das vor Schmerz stöhnte, loszubinden. Wie versteinert starrte es auf die Lippen, die sich dicht vor seinem Gesicht bewegten:

»Du kommst jetzt mit mir mit, meine Hübsche ...«

Sein Herz begann zu rasen. Meine Hübsche! Meine Hübsche! Was sollte das?

»Wir müssen dich herrichten ... Freust du dich?«

In seinem umnebelten Hirn begann sich alles zu drehen, der Junge schloß die Augen, als er plötzlich an seinen nackten Oberschenkeln eine sonderbare Berührung wahrnahm. Ein kalter Gegenstand strich über seine Haut.

Der Unbekannte streichelte mit dem kalten Ding weiter über seine Unterarme, sein Gesicht, den Mund und das glatte Kinn. Schließlich glitt er über den Bauch zu den Hoden hinab, die sich zusammenzogen, als wollten sie sich verkriechen.

Der Junge rührte sich nicht, weinte nicht, bettelte nicht, er befand sich in einem Zustand jenseits der Angst. In panischem Entsetzen war er zu einer liegenden Statue erstarrt.

Erregt zog ihn der Unbekannte hoch.

Kaum auf den Beinen, sank der Junge gegen den gedrungenen Körper, dessen bestialische Ausdünstungen für einen Moment den widerlichen Gestank vergessen ließen, der in diesem finsteren Loch herrschte. Er war auf Küsse, Umarmungen und obszöne Gesten gefaßt, hatte von Anfang an damit gerechnet. Zu seiner großen Erleichterung geschah nichts dergleichen. Im Gegenteil, der Schatten ließ von ihm ab und verschwand.

Hastig bückte sich das Kind, um die Jeans hochzuziehen. Obwohl seine Hände zitterten, gelang es ihm, die Hose zuzuknöpfen, da tauchte plötzlich der Mann wieder auf. Mit anzüglichem Grinsen schwenkte er ein Stück Stoff.

Sofort war die Angst wieder da. Was wollte dieser Mann von ihm? Ihn wie ein Mädchen anziehen? Und dann?

Der Schauer, der den Jungen überlief, weckte zugleich seine Lebensgeister. Verzweifelt sah er sich um. Er unterdrückte den Brechreiz, den die Berührungen des Mannes bei ihm auslösten. Der hatte sich hinter ihn gestellt und strich über seine Hüften. Die Kälte der Messerklinge, die seinem Gürtel folgte und sich schließlich unter den Hosenknopf schob, riß die letzten Fetzen seiner Lethargie entzwei. In einer raschen Geste ließ er sich zu Boden gleiten, um dem Messer zu entrinnen, und schlug dabei mit den Händen wild um sich. In diesem Moment sah er es, schimmernd im weißen Licht. Ein Rasiermesser! Sein Herz tat einen Sprung, und es war so, als ginge die Watte in seinem Schädel in Flammen auf. Plötzlich nahm das Hirn seine elementaren Funktionen wieder auf, der Überlebenstrieb war erwacht.

Es dauerte nur eine Sekunde, und das Rasiermesser war in seiner Hand. Blindwütig schlug er um sich. Der Mann heulte auf und hob die Hände schützend vor seinen Oberkörper. Aber dann tat er einen Sprung zur Seite und ließ die Hand, die noch immer das Messer hielt, nach vorne schnellen.

Der Junge spürte, wie ihn der Hieb in der Taillengegend traf, während die dicken Finger seinen Arm umklammerten. In seiner Verzweiflung stieß er den Angreifer mit solcher

Wucht zurück, daß der das Gleichgewicht verlor und hintenüberfiel.

Mit einem Satz stürmte das Opfer los, vorbei an seinem Peiniger, ohne zu wissen, wohin. Die Panik, in die ihn der Schmerz und das warme Blut zwischen seinen Fingern versetzten, fiel jäh von ihm ab, als er plötzlich den Ausweg sah: unverhofft, aber zum Greifen nah eine Lichtschneise in der Nacht. Wohin führte sie?

Ohne weiter nachzudenken, stürzte er durch die Dunkelheit darauf zu.

# 1

*Sonntag. Gare du Nord. Videoüberwachungsraum*

Die Wanduhr über den Bildschirmen zeigte 16 Uhr 38, als auf Monitor vier, mittlere Reihe, der Junge ins Blickfeld kam. Roger Lenfant, Angestellter des Sicherheitsdienstes, zuckte zusammen und richtete sich auf. Die Federung seines Stuhls quietschte. Sein Herz begann zu rasen, als ihm der Vorname seines Sohnes durch den Kopf schoß. Er hatte sogar fast das Gefühl, »Kevin!« geflüstert zu haben, als das Kind langsam an der weißen Kachelwand entlangglitt, ehe es auf dem Boden in sich zusammensank.

Der Wachmann trat näher an den Bildschirm, um sich den Jugendlichen, der zusammengekauert im Sichtbereich der Kamera K28TF lag, genauer anzusehen. Mit der linken Hand betätigte er den Zoom. Die Großaufnahme zeigte ihm, daß es nicht Kevin war.

Der Junge auf dem Bildschirm war dreizehn bis vierzehn Jahre alt, vielleicht auch ein bißchen jünger, aber keinesfalls älter, und gekleidet wie die meisten Jugendlichen seines Alters. Sein Gesicht machte einen sanften, mädchenhaften Eindruck, das blonde Haar war mittellang.

In seinem Blick lag jene Mischung aus Provokation, Angst und Hilfsbedürftigkeit, die Roger Lenfant in den Augen der Kinder, die sich am Bahnhof herumtrieben, schon so oft gesehen hatte. Sie waren kleine, erschöpfte Bettler, angehende Fixer, die ihr Leben schon hinter sich hatten, Prostituierte beiderlei Geschlechts. Sie waren überall. Auch in dem kleinen Gang, der vom Zwischengeschoß zum Eingang der Damentoilette führte.

»Was macht der da?« murmelte Matthias, ein stämmiger, rothaariger Mann mit kleinen, lebhaften Augen, der am anderen Bedienungspult saß. »Hat sich da mal wieder einer von den Junkies ins falsche Klo verirrt?«

Ein kurzer Seitenblick, und er sah das leichenblasse Gesicht seines Kollegen, um dessen schmerzverzerrten Mund sich tiefe Furchen zogen. Matthias verbiß sich die dumme Bemerkung, die ihm schon auf den Lippen lag, stand auf und verkündete, daß er mal pinkeln müsse. Roger Lenfant nickte, ohne den Blick vom Bildschirm abzuwenden. Auf dem Monitor bewegte der Junge seine Lippen und versuchte mit starren, weit aufgerissenen Augen, die eilig vorbeigehenden Frauen auf sich aufmerksam zu machen. Aber sie würdigten ihn allenfalls eines flüchtigen Blickes. Manche schlugen einen Bogen, als wollten sie einer Gefahr ausweichen. Plötzlich drehte der Junge den Kopf nach links, zu den Toiletten, durch deren schemenhaft erkennbare Türen anonyme Menschen ein und aus gingen. Der Wachmann las eine jähe Panik in den hellen Augen des Kindes, das wild mit den Händen zu fuchteln begann. Es hob den rechten Arm vor sein Gesicht, spreizte die Finger, ballte sie zur Faust und schlug sich damit vor die Brust. Zweimal wiederholte es diese Geste, bis sich plötzlich ein Schatten ins Sichtfeld der Kamera schob. Das Kind verschwand hinter der massigen Silhouette eines dunkel gekleideten Mannes, der nur von hinten zu sehen war. Roger Lenfant ließ schimpfend die Maus, mit der er die Kameras steuern konnte, auf das Bedienungspult knallen.

»Zieh Leine, du Idiot!« fluchte er, weil er glaubte, der Mann sei ein Angestellter des Sicherheitsdienstes oder ein Feuerwehrmann oder Polizist, den irgendwelche besorgten Passanten herbeigerufen hatten.

Daß ein Angestellter des Sicherheitsdienstes allein und ohne vorherige Rücksprache in die Damentoilette eindrang, verstieß allerdings eindeutig gegen die Regeln. Roger Lenfant stand unvermittelt auf.

»Ich seh mal nach«, sagte er.

»Nein, verdammt noch mal!« fluchte der ihm vorgesetzte Kollege, der an einem Schreibtisch in der Mitte des Raums thronte. »Das ist nicht dein Job, Roger! Ich rufe die Jungs, die dafür zuständig sind …«

Aber als der Mann das aschfahle Gesicht und die flackernden Augen des Beamten sah, nahm er die Hand wieder vom Telefon.

»Leg das Band schon mal zur Seite«, sagte Roger Lenfant mit belegter Stimme.

Er zog sich seinen Blouson über und nahm eins der Funkgeräte, die nebeneinander an der Wand hingen, aus der Halterung.

Es dauerte vier Minuten, bis er die Stelle erreicht hatte. Die Kamera K28TF deckte eine Zone im zweiten Untergeschoß ab, dem sogenannten Zwischengeschoß, Sektor 8, südliches Ende. Der Gang war leer und der Junge verschwunden. Dort, wo er gefilmt worden war, zog sich eine breite, dunkelrote Spur über die weißen Kacheln, und auch auf dem Boden waren rote Flecken zu sehen, durch die bereits zahllose gleichgültige Passanten hindurchmarschiert waren. Bis auf eine Putzfrau, die mit ihrem Wagen angeschlurft kam, war der Ort jetzt menschenleer. Die Türen sämtlicher Toilettenkabinen waren geöffnet, und der Wachmann inspizierte eine nach der anderen, dann drehte er sich wieder zu der Putzfrau um.

»Was tun Sie denn da?« schrie er, als er sah, daß die Frau mit ihrem Aufnehmer über die Blutlache wischte.

Ohne auch nur aufzublicken, spülte sie seelenruhig den

Lappen in ihrem Plastikeimer aus. Das klare Wasser nahm sofort eine schmutzigrosa Färbung an.

»Hören Sie auf damit, Herrgott noch mal!«

Die Frau gehorchte. Auf ihren Schrubber gestützt, wandte sie dem Beamten ihr häßliches Gesicht zu, das von zwei dicken Brillengläsern beherrscht wurde, mit denen sie aussah wie eine vom Licht überraschte Eule. Beim Anblick ihrer starren, ausdruckslosen Züge wurde Roger Lenfant wieder von Übelkeit erfaßt, und er wandte sich ab.

»Ja, und? Was mache ich jetzt?« fragte die Eule mit schriller Stimme. »Mach ich sauber, oder guck ich den Zügen hinterher?«

Roger Lenfant warf ihr einen vernichtenden Blick zu.

»Haben Sie ihn gesehen?« fuhr er sie an.

»Wen?«

»Den Jungen ...«

»Welchen Jungen?«

Er gab es auf. Es war ohnehin zu spät, sie hatte bereits den größten Teil der Spuren beseitigt.

»Kann ich jetzt meine Arbeit weitermachen?« keifte die Frau hinter seinem Rücken. »Ich hab weiß Gott genug zu tun!«

Er mußte an Kevin denken, an Kevins Blut. Einmal hatte sich der Junge in den Finger geschnitten, und um ihn zu beruhigen, hatte der Vater seinen Mund auf die Wunde gepreßt. Die Erinnerung an den Blutgeschmack ließ ihn wanken.

Er spürte die Augen der Eule in seinem Rücken, während er zur Bahnhofshalle zurückging, und empfand einen diffusen Groll gegen diese zänkische »Raumpflegerin«.

»Wieder mal eine, die nur herumstänkert und sich nichts sagen läßt«, dachte er, während er sich bückte, um ein fettiges Stück Papier aufzuheben, das jemand weggeworfen hatte.

Neben dem leeren Einwickelpapier bemerkte er einen dunkelroten, von winzigen Tröpfchen umsprenkelten Kreis von etwa einem Zentimeter Durchmesser. Ein kleines, blutiges Auge, dann noch eins, einen Meter weiter. Und ein drittes, dem weitere folgten, die teils unberührt, teils durch die Schuhsohlen der Passanten verwischt waren. So erreichte er den Fuß der großen Rolltreppe und fuhr hinauf.

Oben herrschte ein einziges Gedränge. In der Zeit nach siebzehn Uhr ging es im Bahnhof hoch her. Roger Lenfant mußte eine Weile suchen, bis er mehr von den kleinen, runden Flecken entdeckte, die sich durch den Bahnhof zogen wie der Kreuzweg eines unbekannten Märtyrers. Tief gebückt und ohne sich um die verwunderten Gesichter der Passanten zu kümmern, folgte er der Tropfenspur.

## 2

Vom Rumpeln des Zuges eingelullt, versuchte Marion krampfhaft die Augen aufzuhalten. Nina, die vor ihr saß, hielt nervös und mit finsterer Miene einen Stadtplan von Paris in der Hand. Mit halbgeschlossenen Augen betrachtete Marion ihre Adoptivtochter. Sie hatte feine, klare Züge und helle Augen, die einen ganz unverwandt und geradeheraus ansehen konnten. Durch das kurze weiße T-Shirt zeichneten sich ihre winzigen Brüste ab, der rote Rock bedeckte nur einen kleinen Teil ihrer schlanken Beine. Marion lächelte gerührt.

»Was grinst du so?« murrte Nina gereizt.

»Wegen dir ... Du bist hübsch, das hübscheste Mädchen auf der Welt.«

»Ja ja, klar doch«, brummelte Nina, die natürlich fand, daß sie zu klein war, einen zu dicken Hintern hatte, zu kurze

Beine, eine zu große Nase, zu helle Augen ... eben nicht hübsch war.

Sie wandte sich zur Fensterscheibe, hinter der die dreckigen Tunnelwände vorbeizogen, und Marion konnte ihrer bockigen Stirn die ganze Enttäuschung eines verpatzten Sonntagnachmittags ansehen. Zwei Stunden Schlange stehen vor dem Eiffelturm, und vor dem Triumphbogen ein unüberwindlicher Pulk von Touristen mit Fotoapparaten um den Hals – all das, worauf sich die Kleine so gefreut hatte, war wie eine Seifenblase zerplatzt. Marion streckte ihr die Hand hin, doch Nina zog sich nur weiter in ihre Ecke zurück und rümpfte die Nase, als die Station Châtelet-les-Halles mit ihren Kanalisationsgerüchen näher kam.

»Ich hab's satt«, sagte sie so laut, daß es niemand in dem brechend vollen Metrowagen überhören konnte. »Paris ist ätzend, es ist häßlich und stinkt. Lyon war viel schöner.«

Marion hatte dem nichts entgegenzusetzen. Sie schloß die Augen, um die erstaunten Blicke der Umsitzenden nicht sehen zu müssen.

Auch sie mußte ständig daran denken, daß es ihr in Lyon besser gefallen hatte.

## 3

Auf dem Vorplatz drängten sich Taxis und Gepäckwagen. Die Blutspur endete direkt vor den automatischen Schiebetüren, jetzt wußte Roger Lenfant nicht weiter. Zweimal hatte Matthias bereits versucht, ihn über Funk zu erreichen. Natürlich hatte er nicht reagiert, denn dieser Junge brauchte ihn, das spürte er so deutlich, wie er die Distanz gespürt hatte, die zwischen ihm und Kevin entstanden war. Er hatte es nicht begreifen können, nicht begreifen wollen oder vielleicht auch einfach nicht den Mut dazu gehabt. Gefangen im

Alltagstrott, hatte er es nicht einmal versucht. Dann war Kevin verschwunden. Hatte sich einfach in Luft aufgelöst. Geblieben war eine unerträgliche Leere.

Er konzentrierte sich wieder auf den Bahnhofseingang, denn er war sich jetzt sicher, daß die blutige Spur tatsächlich vor dieser Schiebetür endete. Seit drei Minuten stand er nun schon davor und beobachtete, wie sie auf- und zuging. In der festen Überzeugung, daß er ganz nah dran war, machte er kehrt, um in der unmittelbaren Umgebung weiterzusuchen. Zwei Meter vor der Ecke eines der Reisepoint-Geschäfte tauchten die roten Punkte wieder auf, und Roger Lenfant hätte vor Freude fast einen Luftsprung gemacht. Er folgte der Spur bis zu den Aufzügen neben dem Zeitungsgeschäft, die zur Tiefgarage hinunterfuhren. An der mittleren Aufzugstür war ein länglicher brauner Fleck zu sehen. Als Roger Lenfant die Kabine betrat, stellte er fest, daß er sich nicht getäuscht hatte: An einer Stelle hinten im Aufzug hatten sich die Blutstropfen zu einer kleinen Pfütze verdichtet.

Schwerfällig setzte sich die Kabine in Bewegung.

Die Bahnhofstiefgarage hatte sieben Ebenen. Nun stellte sich die Frage, auf welcher der Jugendliche den Aufzug verlassen hatte.

## 4

»Wir sind da!« Ninas vorwitzige Stimme übertönte das Rumpeln des Zuges, der in den Gare du Nord einfuhr.

Marion, die doch noch eingeschlafen war, schreckte hoch.

Sie folgten dem Strom von Fahrgästen, die, mit riesigen Gepäckstücken beladen, den Ausgängen entgegenstrebten, und Ninas Laune besserte sich ein wenig. Marion hatte sich an die häufigen Stimmungswechsel ihrer pubertierenden Tochter gewöhnt und hütete sich, sie nach dem Grund zu fragen. Als sie an den Gleisen vorbeikamen, von denen die Vorstadtzüge losfuhren, bemerkte Marion, daß ihr Handy zwei Anrufe aufgenommen hatte, während sie in der Metro saßen, und blieb vor einem Schuhgeschäft stehen, um ihre Mailbox abzuhören.

»Die Dienststelle«, sagte sie zu Nina, die sich zerstreut die Auslagen ansah. »Ich muß hin.«

»Und ich?«

»Du kommst mit. Ich hoffe, es wird nicht lange dauern.«

»Kann ich nicht schon nach Hause gehen?«

Marion zögerte. Ihre Wohnung war nur zwei Minuten zu Fuß vom Bahnhof entfernt. Sie lag mitten in einem Häuserdreieck, dessen Seiten Gare du Nord, Boulevard de Magenta und Hôpital Lariboisière bildeten. Ein »sensibler« Stadtteil, in dem alle denkbaren Formen von Kriminalität und normabweichendem Verhalten zu finden waren. Total ätzend, fand Nina, die sich hinter den Fenstern der siebten Etage nahezu täglich die Prügeleien der Dealer oder die wüsten Auseinandersetzungen der abgewrackten Penner unterschiedlichster Couleur ansehen durfte. Und Marion wußte, daß dies nur die Spitze eines Eisbergs war, der von Tag zu Tag größer wurde.

»Kommt nicht in Frage«, sagte sie schließlich und nahm ihre Tochter entschlossen an der Hand.

## 5

Als sie die Polizeidienststelle betraten, überfiel Marion wie jedesmal, wenn sie herkam, ein Gefühl der Beklemmung. Die dreihundert Quadratmeter großen Räumlichkeiten der Bahnhofspolizei im zweiten Untergeschoß des Gare du Nord waren in einem verlotterten, schmutzigen Zustand.

Das Neonlicht verstärkte noch den ungepflegten Eindruck, den die klapprigen Möbel und die von Stuhllehnen zerkratzten Wände erweckten. Rund um die Uhr kümmerten sich an die hundert Polizisten im Schichtdienst um die etwa dreißig Personen, die täglich in Polizeigewahrsam genommen wurden, und um die zahlreichen Bahn- oder Metroangestellten und sonstigen Menschen, die kamen und gingen, um Anzeige zu erstatten. Sie schienen sich damit abgefunden zu haben, diese triste Atmosphäre ertragen zu müssen. In den Polizeidienststellen der fünf anderen Pariser Bahnhöfe sah es kein bißchen anders aus, bis auf einen kleinen Unterschied: Hier, im Gare du Nord, schaltete und waltete Hauptkommissarin Edwige Marion, seit kurzem zur Chefin der Bahnhofspolizei befördert, hier befanden sich ihr Generalstab und der zentrale Lage- und Führungsraum.

Die drei Männer vom Wachdienst, die hinter der Empfangstheke saßen, standen gleichzeitig auf, um sie zu begrüßen. Marion hatte sich noch nicht an ihre neue Truppe gewöhnt und trat noch nicht so souverän auf, wie sie es sich gewünscht hätte. Sie schüttelte ihnen die Hand, und Nina tat das gleiche, wobei sie interessiert ihre marineblauen, eng anliegenden Uniformen und ihr kurz geschnittenes Haar musterte. Die Truppe war jung, im Schnitt höchstens um die Dreißig, und auch das nur aufgrund einer Handvoll Beamter, die schon stramm auf die Vierzig zugingen. Gerade fand der Schichtwechsel statt, es war unruhig und laut.

Im Gang lungerten allerlei Individuen herum sowie zwei Hunde, die knurrend die Zähne fletschten, sobald eine Uniform in ihre Nähe kam. Eine Ansammlung merkwürdiger, nicht gerade wohlriechender Typen, durch die sich Marion und Nina mit angehaltenem Atem ihren Weg bahnten. Ganz hinten, bei der Treppe zum Lage- und Führungsraum, der durch eine Panzertür geschützt war, lehnte ein einzelner

Mann an der Wand. Er schien unter seinem Hut eingenickt zu sein. Kurz bevor Marion bei ihm angelangt war, öffnete sie eine Tür, die aussah wie alle anderen, und führte Nina in ihr Büro, das ein ziemlich geräumiger, wenn auch fensterloser Raum war. Nina hatte ihre Mutter schon häufiger begleitet und steuerte sofort auf den Fernseher zu.

Es klopfte, und ein Mann in Polizeiuniform – marineblaue Hose, weißes Hemd – kam herein, ohne auf eine Antwort zu warten. Er war groß, schlank und gutaussehend, mit kurzem braunen Haar, einem schwarzen Schnurrbart und dunklen Augen, deren lange Wimpern fast etwas Mädchenhaftes hatten. Für Marion waren vor allem die abstehenden Ohren das Erkennungsmerkmal, und als er den Mund auftat, fiel ihr auch sein Name wieder ein. Der südfranzösische Akzent war unverwechselbar, es handelte sich um Capitaine Abadie.

»Chef!« murmelte er zur Begrüßung in seinen Schnurrbart.

Er sah erschöpft aus, das Hemd hatte sichtlich gelitten, und seine nikotingelben Finger deuteten darauf hin, daß die letzten vierundzwanzig Stunden hart gewesen waren.

»War am Wochenende viel los?« erkundigte sich Marion denn auch.

Er nickte kurz und wiederholte rasch, was er ihr schon am Telefon über den letzten Fall gesagt hatte, der die Ansammlung von Individuen im Flur erklärte. Sie hatten sich alle am Bahnhof herumgetrieben, bevor das geschah, was in den Augen von Capitaine Abadie nur eine »Keilerei zwischen Bahnhofspennern« gewesen sein konnte. Er nannte den Namen des ersten und bislang einzigen Zeugen der Tat. Roger Lenfant, vierundvierzig Jahre alt, Angestellter im Videoüberwachungsraum des Gare du Nord, war durch die Parkhäuser und Hinterhöfe des Bahnhofs einer Blutspur gefolgt, die ihn bis zum Eingang des Hôpital Lariboisière geführt hatte, wo ein blutüberströmter Jugendlicher Zuflucht gefunden hatte.

»Der Zeuge hat keinen der Verdächtigen erkannt«, seufzte der Capitaine. »Er ist nebenan, wollen Sie mit ihm sprechen?«

»Ja«, sagte Marion, während sie schon zur Tür ging. »Ist jemand im Krankenhaus bei dem Verletzten geblieben?«

»Lieutenant Valentine Cara. Ich mußte sie anrufen, sie hatte Bereitschaftsdienst und war zu Hause ...«

»Gut gemacht. Seine Personalien haben wir wahrscheinlich nicht, oder?«

Die Frage war überflüssig. Die meisten Typen, die sich am Bahnhof herumtrieben, hatten keine Papiere. Oder wenn, dann gefälschte.

»Nein«, bestätigte Abadie. »Ich habe das Paßfoto, das ich in seiner Hosentasche gefunden habe, an alle Dienststellen weitergeleitet. Das Krankenhaus hat mich gebeten, die Leute vom Jugendschutz zu informieren. Ich denke, daß das Opfer noch keine fünfzehn ist, aber der Ossifikationszustand seiner Knochen ist noch nicht untersucht worden. Wenn das getan ist, wissen wir mehr. Sieht nicht gut für ihn aus. Stichverletzung an der Leber mit inneren Blutungen. Im Moment liegt er im Koma.«

»Was sonst?«

»Das ist alles. Na ja, bis auf ... Seine Kleider sind ganz mit Staub bedeckt.«

»Haben Sie schon mal einen blitzsauberen Obdachlosen gesehen?«

Mit einer müden Handbewegung verscheuchte Abadie eine unsichtbare Fliege.

»Nein, natürlich nicht. Aber hier handelt es sich um extrem viel Staub, bis in die Taschen hinein. Man könnte fast meinen, er hätte sich darin gewälzt.«

»Das Labor wird uns sagen, was es davon hält. Ich würde gern zu der Stelle gehen, an der ihn dieser ... Lenfant zum erstenmal bemerkt hat.«

Capitaine Abadie schien überrascht zu sein.

»Was ist?« fragte Marion ein bißchen zu schnell. »Ist das zuviel verlangt?«

»Nein, nein. Aber ich war schon dort und habe die Tatbestandsaufnahme gemacht, die Leute von der Spurensicherung waren da, und ich habe die Videos sichergestellt ...«

»Ich vertraue Ihnen.«

»Aber dann ...«

»Ja?«

»Nichts, Chef, gehen wir, wenn Sie wollen.«

Er warf einen Blick auf Nina, die sich den Hals verrenkte, um weder von ihrer Sendung noch von dem Gespräch etwas zu verpassen.

»Nina«, sagte Marion, »wartest du hier auf mich?«

»Ich hab doch eh keine andere Wahl ...«, murrte das Mädchen.

Marion war schon an der Tür.

»Kann ich nicht doch mitkommen?« fragte Nina versuchsweise.

Capitaine Abadie zeigte keine Regung, aber seine Haltung hatte etwas Verkrampftes, das Marion nicht entging: Ihre Bewährungsfrist war noch nicht abgelaufen. Ihr gesamtes Verhalten, jedes Lächeln, jeder Wutausbruch und jede noch so harmlose Äußerung aus ihrem Mund wurde von ihren Leuten zur Kenntnis genommen, kommentiert und analysiert, um daraus Schlüsse auf ihren Charakter zu ziehen. Sie wußte, daß sie die Prüfung noch nicht bestanden hatte.

»Nein, Nina. Es wird nicht lange dauern, das verspreche ich dir. Gehen wir, Abadie?«

Im Türrahmen drehte sie sich noch einmal um, und ihr

Blick begegnete dem ihrer Tochter. Es war ein offener, inniger Blick. Auch Nina unterzog ihre Mutter einer Prüfung, Tag für Tag.

## 6

Die Digitaluhren in der Halle zeigten 20 Uhr 30 an. Zügig marschierte Marion wieder auf die Büros der Bahnhofspolizei zu, und Capitaine Abadie war so müde, daß er Mühe hatte, Schritt zu halten. In der Damentoilette hatte Marion nichts gefunden, was nicht schon bemerkt worden wäre, und inzwischen hatte das Sicherheitspersonal der SNCF mit seinen Kontrollgängen begonnen. Der Verkehr nahm langsam ab, bald würde der letzte Eurostar abfahren, und die Menschen hatten es eilig, in ihre trostlosen Vorstädte zurückzukehren. Das war der Startschuß für Marions Leute, denen nun die anstrengendsten Stunden des Tages bevorstanden: Wenn die letzten Züge fuhren und nur noch vereinzelt Fahrgäste unterwegs waren, kamen die Ganoven aus ihren Löchern.

Schon in der Eingangstür hörte Marion Ninas helle Stimme, dann Männerstimmen, die ihr Antwort gaben, und dazwischen aufgeregtes Hundegebell.

»Ist es nicht nervig, den ganzen Tag am Bahnhof herumzuhängen und nichts zu tun?«

»Hast du uns eigentlich mal richtig angeguckt, Puppe? Was sollen wir denn schon arbeiten?«

Ein dickbäuchiger, bärtiger Mann brach in provozierendes Gelächter aus und kratzte sich dabei vielsagend zwischen den Beinen. Die anderen taten das gleiche. Nina baute sich vor einem großen Typen mit wäßrigen Augen auf, der sie lüstern anstarrte, und hielt seinem Blick mit gerümpfter Nase stand.

»Ich weiß nicht, wie ihr so leben könnt! Hier stinkt's, wirklich.«

Der Mann gab in einer fremden, brutal klingenden Sprache eine Schimpfkanonade von sich. Marion hatte gerade noch Zeit, Nina am Arm zu packen und in ihr Büro zu ziehen, dessen Tür sie laut hinter sich zuschlug.

»Sag mal, hast du den Verstand verloren?« polterte sie los. »Kann ich dich denn nicht mal fünf Minuten alleine lassen? Kann ich dir nicht vertrauen?«

»Was habe ich denn Schlimmes getan?« rief Nina mit weit aufgerissenen Augen.

»Du weißt also nicht, daß das alles Junkies sind, die sich mit Schnaps und Koks vollgepumpt haben? Die Hälfte von denen war gerade im Knast, und die andere Hälfte hätte es verdient reinzukommen. Diese Typen sind gewalttätig, die würden jeden umlegen ... Ehrlich, Nina, du machst mir Sorgen!«

»Aber mir war langweilig, du hättest halt nicht so lange wegbleiben sollen.«

Marion sah auf die Uhr, während sie aufgebracht um ihren Schreibtisch herumging.

»Zwanzig Minuten! Ich war zwanzig Minuten weg! Das soll ja wohl ein Witz sein!«

Sie drückte auf den Knopf ihrer Sprechanlage, sofort war eine Männerstimme zu hören.

»Schicken Sie mir den Major. In mein Büro. Sofort.«

Auf der anderen Seite der Tür hörte man Luc Abadie, der noch immer zu tun hatte. Das letzte verdächtige Subjekt war erkennungsdienstlich behandelt worden. Für alle Fälle und gemäß dem Prinzip, daß man sämtliche Informationen sammeln und bereithalten mußte, bis sie vielleicht einmal von Nutzen waren. Jetzt mußte noch die Zeugenvernehmung abgeschlossen werden, die dann ebenfalls in die Akte kam, aber danach gab's nur noch eins: Schluß für heute. Der Capitaine unterdrückte ein Gähnen, als Marion aus ihrem Büro kam und Nina durch den Flur vor sich her schob.

»Ich gebe sie für fünf Minuten in Ihre Obhut, Capitaine. Wenn Sie mit den Burschen fertig sind, schmeißen Sie sie alle raus.«

Der Mann mit dem Hut, der am Ende des Ganges saß, hatte sich nicht vom Fleck gerührt. Leise fragte Marion ihren Kollegen:

»Gehört der auch zu der Clique?«

»Nein, nein, der will Anzeige erstatten. Man hat ihm seine Papiere gestohlen. Ich hatte noch keine Zeit, mich um ihn zu kümmern.«

Er wandte sich an eine Beamtin, die in einem der offenen Büros vor einem Computer saß und tippte.

»Wenn du fertig bist, Nathalie, nimmst du dann die Strafanzeige von dem Herrn dort auf?«

Während die junge Frau nickte, ohne ihre Arbeit zu unterbrechen, kam Major Morel aus dem Besprechungsraum. Er warf Marion, deren schlechte Laune ihm nicht verborgen geblieben war, einen beunruhigten Blick zu. Nichtsdestotrotz nahm er sich eine Minute Zeit, um sich den Bericht einer Streife anzuhören, die gerade Dienstschluß hatte, und verlor dann noch eine Minute, weil er den Männern erst die Tür zur Waffenkammer öffnete. Befehle nahm er entgegen, aber er war nicht unterwürfig und ließ sich nicht hetzen, auch wenn Marion ungeduldig mit den Fingern gegen den Türrahmen trommelte.

Marion wußte, daß es unangebracht war, ihre Tochter in die Dienststelle mitzunehmen, genauso unangebracht wie, zu Hause einen Beamten auf sie aufpassen zu lassen, wenn sie selbst aus beruflichen Gründen unterwegs war. Trotzdem hatte sie es bereits mehrmals getan.

Wenn sich alle das gleiche Recht nähmen, würde hier das reinste Chaos herrschen, mußte sich Marion eingestehen, als der Major schließlich auf sie zukam.

Major Morel, der kurz vor der Pensionierung stand, hatte vor zwölf Jahren die Abteilung aufgebaut. Seine damalige Vorgesetzte, eine Kommissarin vom alten Schlag, hatte deutliche Spuren hinterlassen und wurde von ihm noch immer zutiefst verehrt. Morel, der die Seele und das Gedächtnis der Bahnhofspolizei war, konnte nicht umhin, die Dame bei jeder Gelegenheit zu zitieren, und Marion war sich alles anderes als sicher, ob sie dem Vergleich standhalten würde.

Im Unterschied zu Luc Abadie, der sich ganz den polizeilichen Ermittlungen verschrieben hatte, kümmerte sich Morel nur um Organisatorisches, die Dienstpläne der Beamten, ihren Urlaub, ihre Disziplin. Jeder Tag brachte sein Maß an bösen Überraschungen mit sich. Hinter dem heiteren, höflichen Auftreten von Major Morel verbarg sich eine eiserne Faust. Aber es gab auch Tage, an denen er nicht mehr konnte. Dieser Sonntag war so ein Tag, und als Marion sein erschöpftes Gesicht sah, brachte sie es nicht fertig, ihm noch weiter zuzusetzen. Sie bat ihn in ihr Büro und hörte sich, ohne ihn auch nur einmal zu unterbrechen, die Bilanz eines mehr oder weniger gewöhnlichen Wochenendes an.

»Danke, Major«, murmelte sie dann und schob ihn aus ihrem Büro. »Alles weitere sehen wir morgen.«

Sie deutete auf den leeren Flur, aus dem sogar der Mann mit dem Hut verschwunden war. Von den Gestalten, deren Personalien man überprüft hatte, war nur noch ein ekelhafter Geruch geblieben, ein bißchen Müll und eine große, trübe Pfütze, die sich auf dem Fliesenboden ausgebreitet hatte. Mittendrin schwamm ein Zigarettenstummel. Marion rümpfte die Nase.

»Die Hunde?«

»Glaube ich nicht.«

Major Morel verzog resigniert das Gesicht. Mit dem Fuß schob er ein paar Papierschnipsel zur Seite und rief dann einen Beamten herbei, der neben der Eingangstür saß und auf die Überwachungsbildschirme starrte, auf denen nichts zu sehen war. Der Mann entgegnete, daß er nicht fürs Putzen bezahlt werde, und der Major mußte laut werden. Marion biß sich auf die Lippen, um sich nicht einzumischen. Der Beamte hatte recht, fürs Putzen waren andere zuständig. Trotzdem wäre sie am liebsten über ihn hergefallen für seinen arroganten Ton, seine hemmungslos zur Schau getragene Faulheit, seine Jacke, die er nicht ordentlich zugeknöpft hatte, und das Käppi auf seinem Schoß.

»Den schicken Sie morgen mal zu mir«, sagte sie zu Morel, obwohl sie nicht wußte, ob das die richtige Methode war.

»Ich werde mich gleich um ihn kümmern, das ist besser«, sagte der Major, und wie zum Trost fügte er hinzu:

»Sie werden sich daran gewöhnen, Chef, Sie werden sehen.«

»Ich weiß nicht.«

Sie konnte es kaum erwarten, mit Nina in ihre Dachgeschoßwohnung zurückzukehren, ihre Tochter auf dem alten Sofa an sich zu drücken und zuzuhören, wie sie einschlief. Von einer Sekunde zur nächsten, wie ein Stein, der auf den Meeresgrund sinkt.

Sie gingen ein Stück den Flur entlang, und Marion bückte sich, um eine leere Bierdose aufzuheben, die jemand achtlos auf den Boden geworfen hatte. Als sie sich wieder aufrichtete, bemerkte sie, daß die Tür zur Waffenkammer einen Spaltbreit aufstand. Mit der Fußspitze stieß sie die Tür ganz auf. Morel folgte ihr, und sie konnte deutlich hören, daß sein Atem schneller ging. In dem Raum war niemand, die Waffen standen aneinandergereiht in den Gestellen über den

Ladekisten, wo die Männer bei jedem Dienstschluß und jedem Dienstbeginn mit ihnen hantierten.

»Haben Sie hierfür eine Erklärung, Major?«

»Nein. Ich habe die Tür aufgeschlossen, als die letzte Streife zurückgekommen ist. Die Jungs hätten mich rufen müssen, damit ich sie wieder abschließe. Ich werde dafür sorgen, daß dem nachgegangen wird.«

Marion lehnte sich an einen der Tische und sah sich besorgt in dem kleinen Zimmer um.

»Ich hoffe, es fehlt nichts ...«, sagte sie und suchte im Gesicht des Majors nach Anzeichen dafür, sich nicht aufregen zu müssen.

»Ich mache eine Bestandsaufnahme, sobald alle Teams wieder zurück sind.«

Er trat zur Seite, um Marion vorbeizulassen. Sie blieb vor ihm stehen und sah ihn besorgt an.

»Ist das hier immer so?«

Major Morel zuckte steif die Achseln.

»Wir sind eine große Abteilung.«

Ninas Hand lag in ihrer Hand. Die Kleine gähnte. Müde schmiegte sie sich an ihre Mutter, bemüht, mit ihr Schritt zu halten. Der Bahnhof war leer und ganz in den Händen des Reinigungspersonals, das mit den Kehrmaschinen seine nächtliche Arbeit anging. Sie durchquerten das Zwischengeschoß und gelangten über die große Rolltreppe in die Bahnhofshalle. Mit kreischenden Rädern fuhr im Bereich der Vorstadtzüge eine Wagenkolonne in den Bahnhof ein, wohl eine der letzten an diesem Tag. Eine dreiköpfige Polizeistreife stieg aus und eilte am Gleis entlang Richtung Dienststelle. Die Handschellen, Knüppel und Funkgeräte klirrten und klapperten im Takt. Die Polizisten hatten niemanden festgenommen, Capitaine Abadie konnte endlich auf dem Feldbett die müden Beine ausstrecken und eine letzte Zigarette rauchen, ehe im Fernsehen die Spätnachrichten kämen.

Marion blieb kurz am Gleisende stehen. Die Männer, die sie schon von weitem erblickt hatten, schienen überrascht zu sein, denn sie zögerten kaum merklich. Dann führten sie alle gleichzeitig die rechte Hand an die Schläfe.

»Findest du diesen militärischen Gruß eigentlich nicht komisch?« kicherte Nina.

»Doch.«

»Aber es gefällt dir, oder?«

»... ja.«

Sie lachten, und ihre Stimmen verhallten unter dem gläsernen Dachgewölbe, hinter dem die schimmernden Umrisse der majestätischen Statuen zu sehen waren, die die größten Städte Nordfrankreichs symbolisierten. Nina äffte die Polizisten nach, indem sie die Hacken zusammenschlug, die flache Hand an die Stirn legte und zu den Vögeln hochsah, die unter dem Glasdach nach Schlafplätzen suchten. Marion drehte sich um, weil sie fürchtete, die Beamten könnten bemerkt haben, daß Nina sich über sie lustig machte. Aber sie waren verschwunden, nur das gedämpfte Stampfen ihrer Schnürstiefel war noch zu hören.

»Du Spottdrossel, du ... Schäm dich was! Und überhaupt, hast du eigentlich deine Hausaufgaben gemacht?«

## 7

Marion war schlecht eingeschlafen. Vom Bahnhof zu ihrer Wohnung waren es zwar nur ein paar hundert Meter, aber der Weg hatte ihr wieder einmal bestätigt, was sie längst wußte.

Mehrmals waren sie im Vorbeigehen von finsteren, aggressiven Gestalten angebettelt worden. An der Ecke Rue de Maubeuge, Rue Ambroise Paré waren sie durch eine kleine Menschenmenge aufgehalten worden. Mehrere Dealer machten sich ein Stück Asphalt streitig und wurden dabei von anderen verkrachten Existenzen, die Beleidigungen skandierten, angefeuert. Marion hatte Nina weitergezogen und über Handy das zuständige Kommissariat informiert. Sie hatten die Flucht ergriffen, ohne auf das Eintreffen der Beamten zu warten.

»Warum bist du nicht hin und hast die Typen getrennt?« hatte Nina im Treppenhaus gefragt, als sie den vierten Stock erreichten.

Marion hatte ihr keine Antwort gegeben. Sie hatte einen Kloß im Hals, und außerdem geriet sie viel zu schnell außer Atem, seit sie ihre Nikes im Schrank verstaut hatte. Ein Verzicht, der ihrer Versetzung nach Paris geschuldet war. Ihr war auch Gilles zum Opfer gefallen, der letzte Mann, der sie geliebt hatte. Er war in seinen Bergen geblieben, weil er ihre Entscheidung nicht verstehen konnte und nicht so verrückt war, alles hinzuschmeißen und mit ihr zu gehen.

Als Marion die Wohnungstür aufschloß, hatte ihr Nina den Rest gegeben:

»Es wäre gut, wenn ich ein Handy hätte.«

»Ein Handy?«

»Ja. Ein Mobiltelefon. Meine ganzen Freundinnen haben eins. Ich könnte dich anrufen, und du wüßtest immer, wo ich bin.«

Marion war so verdattert, daß sie ihre Antwort lieber auf den nächsten Tag verschob.

Trotzdem hatte die wohltuende Wirkung eines warmen Bades, eines frischen Pyjamas und eines Entspannungstees auf sich warten lassen.

Gegen ein Uhr war sie schließlich weggedämmert.

Um ein Uhr dreißig hörte sie Nina im Traum aus einem Handy um Hilfe rufen und fuhr mit wild klopfendem Herzen aus dem Bett. Das Klingeln – *Pulp Fiction* hatte *Amazing Grace* abgelöst – hörte in dem Moment auf, als sie das Telefon, das sich tief in ihrer Blousontasche heiser schrie, endlich zu packen bekam. Sie las die Nummer auf dem Display. Es war die der Dienststelle.

»Ich glaube, jetzt oder nie«, sagte Capitaine Abadie. »Er ist bei Bewußtsein, und ich bin mir nicht sicher, ob er's lange bleiben wird.«

Marion verschränkte fröstelnd die Arme vor der Brust, worauf sich Luc Abadie zu ihr vorbeugte.

»Ist Ihnen kalt? Möchten Sie meinen Parka anziehen?«

Sie schüttelte den Kopf. Sie hatten den kleinen, halbkreisförmigen Platz vor der Unfallstation des Hôpital Lariboisière überquert, und Marion hielt kurz inne, drehte sich um und warf einen Blick auf die Hinterseite des grauen, tristen Gebäudes, dessen Fenster im siebten Stock nicht erleuchtet waren. Dort oben schlief Nina. Allein, inmitten der feindlichen Umgebung. Marion spürte, daß der Capitaine drauf und dran war, einen Kommentar abzugeben, und ging rasch weiter.

»Sind Sie vom Krankenhaus benachrichtigt worden?« fragte sie, während sie auf den Aufnahmeschalter zugingen.

»Soll das ein Witz sein?« entgegnete er mit einem bitteren Lachen. »Seit ich in Paris arbeite, bin ich noch nicht ein einziges Mal von einem Krankenhaus angerufen worden, um jemanden zu vernehmen. Nicht mal ein Opfer.«

»Er ist minderjährig ...«

»Das stört die nicht. Lenfant hat mich benachrichtigt. Na, Sie wissen schon, der Wachmann der SNCF.«

## 8

Dieser Roger Lenfant war wirklich unermüdlich. Vor ein paar Stunden hatte er Marion erzählt, wie er der Spur des verletzten Jungen bis zum Krankenhaus gefolgt war, wie er zur Bahnhofspolizei gegangen war, um den Überfall zu melden, und wie er anschließend in die Unfallstation zurückgekehrt war, um am Bett des Jungen darauf zu warten, daß er aufwachte. Um zwei Uhr morgens war er immer noch voller Energie, und die Kommissarin fragte sich, warum er eigentlich so hartnäckig war.

Aber als der Wachmann wieder vor ihr stand und sie die dunklen, bläulichen Ringe unter seinen Augen und die großen Schweißflecken auf seinem Hemd sah, vergaß sie ihre Frage.

»Ich bin noch einmal gekommen, um zu sehen, wie es ihm geht«, sagte er, auf das verglaste Zimmer der Intensivstation deutend, in dem der junge Verletzte lag.

»Und Valentine Cara?« wollte Marion wissen.

»Sie ist gegangen, als ich kam«, antwortete Roger Lenfant, dessen Blick unablässig zwischen Marion und ihrem Kollegen hin- und herwanderte.

»Ich habe mich natürlich um eine durchgehende Bewachung gekümmert«, fügte Capitaine Abadie, dem das gefährliche Stirnrunzeln seiner Chefin nicht entgangen war, schnell hinzu.

Er wies mit dem Daumen auf einen Raum hinter sich, wo ein Polizeibeamter mit der Mütze im Schoß in einer Zeitschrift blätterte.

Marion schob Roger Lenfant vorsichtig zur Seite und ging auf die Tür des Krankenzimmers zu. Der Zeuge, der ihr folgte, berichtete in gehetztem Ton:

»Lieutenant Cara war gerade gegangen, da hat der Junge

die Augen aufgeschlagen. Ich war froh, daß er aufgewacht war, aber als er mich hinter der Scheibe gesehen hat, ist er in Panik geraten. Eine Krankenschwester hat ihn gehört, sie ist reingegangen und ich hinterher. Der Junge hat versucht zu reden, aber er brachte nichts raus. Ich habe ihm Fragen gestellt, aber er war halbtot vor Angst. Er hat sich erst wieder beruhigt, als sich die Krankenschwester vor mich gestellt hat, damit er mich nicht mehr sehen konnte. Mir ist klargeworden ... na ja ... ich glaube, er hat Angst vor Männern. Ich dachte, es sei besser, Sie zu benachrichtigen.«

Und darum bin ich jetzt hier, dachte Marion verbittert. Der Junge hat Angst vor Männern. Valentine Cara ist heimgegangen, und eine andere Frau, die sich diese Nacht an sein Bett hocken würde, gibt's gerade nicht, also bin ich jetzt da, ich wohne ja auch nur zwei Fußminuten von hier ...

Vor der Tür des Zimmers angelangt, drehte sie sich zu den beiden Männern um.

»Bleiben Sie hier. Vor Männern hat er doch Schiß, oder?«

Abadie hielt Marion einen Gegenstand hin, den er aus einer schwarzen Tasche gezogen hatte. Eine kleine Digitalkamera ...

»Nehmen Sie das«, meinte er. »Damit nichts verlorengeht, falls er Ihnen etwas Verwertbares sagt.«

Und er erklärte ihr rasch, wie der Apparat funktionierte.

»Ich wußte nicht, daß wir mit so was arbeiten«, sagte Marion, etwas verärgert darüber, wieder einmal nicht auf dem laufenden zu sein.

»Das gehört zu meiner persönlichen Ausrüstung«, erklärte Abadie. »Haben Sie verstanden, wie die Kamera funktioniert?«

Sie musterte ihn und hätte am liebsten eine bissige Antwort gegeben. Aber sie beherrschte sich und trat wortlos in das Zimmer.

Das Kind war bei Bewußtsein, das erkannte sie an den leicht zuckenden Lidern und den fahlen, verkrampften Lippen. Sie beugte sich über das bleiche Gesicht und strich mit den Fingerspitzen über die auf dem Laken ruhende Hand. Der Junge zitterte und schlug langsam die Augen auf.

»Hab keine Angst«, murmelte sie. »Ich bin hier, um dir zu helfen. Möchtest du mit mir sprechen?«

Er öffnete leicht die Lippen, und zwischen den Krankenhausgerüchen stieg Marion sein Atem in die Nase.

»Ich werde dich jetzt filmen, hab keine Angst«, wiederholte sie leise, als der Junge panisch die Augen verdrehte.

Plötzlich wurde ihr wieder bewußt, daß man sie vor Betreten der Intensivstation in einen Kittel gesteckt und mit einer Haube und einem Mundschutz verkleidet hatte. Ohne nachzudenken, aber so langsam und vorsichtig, wie sie nur konnte, schob sie das Stück Stoff vor ihrem Mund zur Seite.

»Ich bin von der Polizei, hab keine Angst. Du bist hier in Sicherheit. Wie heißt du?«

Der Jugendliche fixierte die kleine Kamera und das rote Lämpchen, das den Aufnahmemodus anzeigte.

»Du hast doch einen Namen?«

Er sah wieder zu Marion, blinzelte mehrmals und bewegte dabei die Lippen.

»Kannst du nicht sprechen?«

Mühsam hob er seine schmale weiße Hand und deutete ein paar rätselhafte Bewegungen an. Dann richtete er mehrmals seinen Zeigefinger auf Marion und versuchte vergeblich, die andere Hand zu Hilfe zu nehmen, an der ein Infusionsschlauch hing. Seine Lippen bildeten mehrere Worte, die sie nicht hören konnte.

»Ich verstehe nicht, was du sagst. Wie heißt du? Woher

kommst du? Wo sind deine Eltern? Was ist im Bahnhof passiert?«

Wieder wurde der Junge von panischer Angst erfaßt, und er hob die Hand, während er Marion anstarrte.

»Ich verstehe nichts«, schimpfte die junge Kommissarin leise vor sich hin.

Hinter ihrem Rücken waren Geräusche zu hören, aus denen sie schloß, daß sie nicht mehr viel Zeit hatte. Als sie sich umdrehte, kam ein weißer Kittel auf sie zugestürzt. Der Arzt blieb so dicht vor ihr stehen, daß er sie fast berührte, und deutete auf die Kamera, die jetzt auf ihn gerichtet war.

»Sie schrecken wirklich vor nichts zurück.«

Mit einer schroffen Handbewegung zog er an Marions Mundschutz.

»Und jetzt ziehen Sie das Ding wieder an! Wir sind hier nicht am Bahnhof, sondern in einem Krankenhaus.«

»Hat er mit Ihnen gesprochen?« fragte Marion ausweichend, aber mit ruhiger Stimme. »Ich muß wissen, wer er ist und was ihm zugestoßen ist.«

»Tatsächlich?«

»Ich tue meine Arbeit.«

»Und meine Arbeit besteht darin, Kranke zu pflegen und nicht Menschen zu quälen, damit sie auf ihrem Sterbebett irgendwelche Dinge zugeben.«

»Sterbebett?«

Der Arzt packte Marion an der Hand, mit der sie die Kamera hielt, und zog sie aus dem Raum.

»Lassen Sie ihn in Ruhe«, sagte er, als sie zu Roger Lenfant und Capitaine Abadie zurückgekehrt waren. »Er ist schwer verletzt. Er wird es nicht schaffen.«

»Scheiße!«

Der weiße Kittel wirbelte kommentarlos herum, und der

Arzt verschwand, um sich anderen Todeskandidaten zu widmen. Bestürzt sah Marion zu dem Raum, hinter dessen Scheiben mehrere grüne Lämpchen blinkten. Der unbekannte Verletzte war wieder bewußtlos geworden.

## 9

Leise schlich sie ins Kinderzimmer und kniete sich nach Überwindung diverser Hindernisse neben das Bett. Nina hatte es sich in den Kopf gesetzt, ihre Wände violett zu überstreichen, und der Farbgeruch hing immer noch in der Luft. Das auf dem Rücken liegende Mädchen schnarchte leise. Gerührt betrachtete Marion ihren halbgeöffneten, im Schlaf noch so kindlichen Mund und die breite Stirn zwischen den goldblonden Haaren, die weich übers Kopfkissen fielen.

»Wie groß du bist«, hauchte sie. »Warum bist du nicht klein geblieben, mein Mäuschen?«

Nina bewegte sich, lächelte leise, fast spöttisch im Schlaf und drehte sich zur Wand.

Als im Nachbarzimmer das Telefon klingelte, rannte Marion sofort los.

»Sie waren doch noch nicht im Bett, Chef?«

»Fast«, murmelte sie vor sich hin. »Ich hoffe, Sie haben einen guten Grund«, fügte sie dann lauter und in drohendem Ton hinzu. Ihre Kehle war wie zugeschnürt.

Abadies Seufzen am anderen Ende der Leitung war nicht zu überhören.

»Roger Lenfant hat etwas Wichtiges entdeckt.«

»Als ich mir das Video angesehen habe, das Sie im Krankenhaus aufgenommen haben, ist es mir sofort ins Auge gesprungen.«

Der Wachmann der SNCF zeigte keinerlei Anzeichen von Müdigkeit mehr. Und er war sichtlich stolz auf sich.

In der nächtlichen Stille ihres Büros wartete Marion auf das, was nun kommen würde. Die Männer waren schon vor einer guten Weile nach Hause gegangen. An den Bedienungspulten im Lage- und Führungsraum saßen nur noch zwei Beamte die immer knapper gehaltene Funksprüche mit den aus den Vororten zurückkehrenden Polizeistreifen austauschten.

Außer Luc Abadie war keiner der leitenden Beamten anwesend. Er schob eine Kassette in den Videorecorder, und Marion sah zum drittenmal die Szene, die die Überwachungskameras am Nachmittag aufgenommen hatten. Dann reichte ihr der Capitaine die Digitalkamera, und sie spulte nochmals die Bilder des Jungen aus der Intensivstation ab. Es war unübersehbar.

»Ich verstehe.«

»Der Junge ist taubstumm. Er drückt sich in Gebärdensprache aus.«

»Zum Donnerwetter!« murmelte Marion. »Und ich habe mich die ganze Zeit gefragt, warum er mich so durchdringend anstarrt. Er hat versucht, die Worte auf meinen Lippen zu lesen!«

»Genau.«

»Ich habe geredet wie ein Wasserfall! Kein Wunder, daß er mich nicht verstanden hat! Ein Glück, daß ich wenigstens diesen blöden Mundschutz abgenommen habe … Können Sie verstehen, was er sagen will?«

»Nicht wirklich«, schaltete sich Abadie ein. »Da ist so eine Geste, die er ständig wiederholt, aber …«

»Meiner Meinung nach«, unterbrach ihn Roger Lenfant, »hat ihn der Mann angegriffen, den man von hinten auf dem Video sieht. Wenn man ihn nur besser erkennen könnte …«

Marion legte die Kamera aus der Hand.

»Vielleicht hat doch jemand was gesehen. Wir müssen morgen früh sofort einen Zeugenaufruf starten.«

Es folgte Schweigen. Marion warf Abadie einen fragenden Blick zu.

»Sie scheinen nicht gerade begeistert zu sein.«

Der Capitaine spulte bedächtig den Film zurück, nahm die Kassette aus dem Recorder und schob sie in eine durchsichtige Hülle.

»Durch diesen Bahnhof kommen täglich Hunderttausende von Menschen«, sagte er in neutralem Ton. »Die meisten von ihnen nehmen einen Zug ins Ausland und haben nicht die leiseste Chance, unseren Aufruf zu lesen oder zu hören.«

»Ja, und? Sollen wir deshalb gleich die Segel streichen?«

Marion hatte sich schon oft gefragt, was sich hinter dem aalglatten, distanzierten Auftreten ihres Kollegen verbarg. Er trug eine höfliche Gleichgültigkeit zur Schau, für die sie ihn am liebsten am Kragen gepackt und ordentlich durchgeschüttelt hätte. Sie hob die Stimme.

»Dieser Junge liegt im Sterben, und wir sollen die Hände in den Schoß legen?«

»Sie sind der Chef«, sagte Abadie, ohne ihrem Blick auszuweichen.

Ein Beamter steckte den Kopf zur Tür herein und winkte den Capitaine zu sich. Sobald die beiden Männer den Raum verlassen hatten, nahm die Spannung ab.

»Sie dürfen die Sache nicht fallenlassen«, sagte Roger Lenfant in eindringlichem Ton. »Dazu haben wir nicht das Recht.«

»Was meinen Sie, was ich hier gerade tue?« entgegnete Marion gereizt. »Und überhaupt würde ich gerne wissen ...« Der Wachmann hatte sich auf einen Stuhl gesetzt, während

Marion sich die Videobänder ansah. Jetzt erhob er sich schwerfällig. Mit kummervollem Gesicht griff er in die Innentasche seines blauen Blousons und zog eine Ausweishülle hervor, die er aufklappte und Marion reichte.

Auf einem etwas unscharfen Foto, das so aussah, als sei es schon durch viele Hände gegangen, lächelte ihr ein blonder Teenager entgegen. Eine lange Haarsträhne fiel ihm in die Augen, und zwischen den vollen Lippen blitzten kleine, ebenmäßige Zähne.

»Wissen Sie schon über die Vermißten Bescheid?«

»Bitte? Die Vermißten?«

»Ja.«

»Nein.«

Fast hätte sie hinzugefügt, daß sie auch in zehn Jahren über all die Dinge, die man ihr zu sagen vergaß, nicht Bescheid wissen würde.

»Bevor Kevin verschwand, sind bereits mehrere Jungen als vermißt gemeldet worden. Das hat vor zwei Jahren angefangen, vielleicht ist es auch schon etwas länger her. Diese Jungs hielten sich häufig am Bahnhof auf.«

»Kevin, ich meine ... Ihr Sohn ist im Bahnhof verschwunden?«

Roger Lenfant zögerte eine Sekunde, dann ließ er sich erschöpft wieder auf seinen Stuhl sinken.

»Ich weiß es nicht. Ich denke schon, aber ich bin mir nicht sicher. Er kam oft nach Paris, ich wohne in Sarcelles, am nördlichen Stadtrand, da ist er natürlich oft hier umgestiegen.«

Capitaine Abadie kam mit einem kleinen Zigarillo im Mund wieder herein.

»Wie wär's, wenn du jetzt heimführest, Roger?« schlug er vor und pustete eine dicke graue Rauchwolke in die Luft. Aber der Wachmann schüttelte müde den Kopf und stand wieder auf.

»Zu Hause wartet eh niemand auf mich«, sagte er mit einem verkrampften Lächeln. »Aber es ist spät, und ich halte Euch hier nur auf, es tut mir leid.«

Er gab erst Marion, dann Capitaine Abadie die Hand. Es war ein langer, eindringlicher Händedruck, bei dem ihm plötzlich noch etwas einzufallen schien.

»Du weißt doch, daß bei uns im Büro seit mehreren Jahren Videokassetten aufbewahrt werden ...«

»Ja«, sagte Abadie. »Und?«

Marion sah Roger Lenfant erwartungsvoll an. Abadies Begeisterung schien sich hingegen in Grenzen zu halten. Der Wachmann führte seinen Gedanken trotzdem zu Ende.

»Wir könnten sie uns ansehen.«

»Hör zu, Roger, dazu habe ich jetzt keine Zeit. Das sehen wir später.«

»Gut, einverstanden. Jedenfalls weißt du, daß ich sie habe. Bis morgen dann?«

»Oh, morgen ganz bestimmt nicht!« entgegnete der Capitaine, während er Asche von seinem Zigarillo in den Papierkorb fallen ließ. »Da habe ich frei. Drei Tage. Aber Valentine Cara ist da, und natürlich die diensthabenden Kollegen, die werden die Sache weiterverfolgen.«

Marion begleitete Roger Lenfant zur Tür und sah ihm nach, wie er auf etwas wackeligen Beinen davonging.

Sie hatte nicht übel Lust, dasselbe zu tun, in ihre Wohnung hochzugehen und ihren gleichgültigen Kollegen einfach stehenzulassen. Als sie sich umdrehte, sah sie, daß er schon zielstrebig auf sein Feldbett zusteuerte.

Sie schlug laut die Tür hinter sich zu, und Abadie zog instinktiv den Kopf ein.

## 10

Quietschend öffnete sich die Gittertür, und Nina hüpfte auf den Bürgersteig. Ihre Freundin Ange-Lou, eine kleine, zierliche Brünette mit etwas schräg stehenden Augen, kam sofort lachend hinterher, und die beiden begannen kichernd und prustend Gervaise nachzuäffen, die ihnen das Theaterspielen beibrachte.

»Auf, auf, Mädels!« schimpfte Nina mit heiserer, unwirscher Baßstimme. »Ihr müßt euer ganzes Herzblut reinlegen! Was ist denn das für ein dünnes Stimmchen? Und was fuchtelt ihr da so herum? Los, das muß glaubhaft rüberkommen, verdammt noch mal!«

»Und du da, Fräuleinchen, wie alt wirst du eigentlich heute?« fuhr Ange-Lou im gleichen Ton fort und schwenkte die grüne Mappe, in der sie ihre Texte aufbewahrte. »Dreizehn? Na, so sieht mir dein hübscher kleiner Hintern auch aus!«

Die Mädchen brachen in schallendes Gelächter aus. Ange-Lou hatte mit den anderen aus dem Kurs ihren Geburtstag gefeiert, wozu Gervaise eine Flasche Champagner spendiert hatte. Auch durch sechzehn geteilt, war der Schampus nicht ganz unbeteiligt an ihrer Heiterkeit.

Weitere Mädchen und Jungen kamen in demselben Zustand aus dem Gebäude und gingen in kleinen Grüppchen, zu zweit oder zu dritt, davon. Dann wurde das Licht in der ehemaligen Reparaturwerkstatt, aus der dank Gervaise Bousse ein Theater geworden war, vom Hof aus gelöscht. Die schweren Schritte der Lehrerin kamen näher und gaben den aufgekratzten Mädchen einen kleinen Dämpfer. Die korpulente, in ein buntes Umschlagtuch gehüllte Frau blieb vor den beiden stehen, eine Zigarette im Mundwinkel.

»Ihr hättet euch eure Kriegsbemalung ruhig abwaschen

können«, bemerkte sie mit ihrer rauhen Stimme. »Eure Mütter werden sich freuen! Worauf wartet ihr eigentlich?«

»Na, auf meine Mutter«, erwiderte Nina. »Sie kommt uns heute abend abholen. Wir gehen noch zu McDonald's ...«

Gervaise hatte keine eigenen Kinder. Dafür zwanzig in der Theatergruppe, sechzehn im Kurs für Körperausdruck und noch einmal so viele Erwachsene, die sich an unterschiedlichen Tagen und zu unterschiedlichen Zeiten ähnlichen Spezialgebieten widmeten. Ihre schmal gezupften Augenbrauen zogen sich zusammen.

»Stimmt das auch?«

»Natürlich. Warum sollte ich mir so was ausdenken?«

»Was weiß denn ich!«

»Man merkt, daß du meine Mutter nicht kennst. Die würde mich sogar zu Hause nie allein lassen, selbst mit doppelt verriegelter und von außen abgeschlossener Tür«, fügte Nina mit einem leisen, gezwungenen Lachen hinzu.

»Gut.«

Gervaise warf einen Blick auf ihre Uhr und sah sich kurz in der verlassenen Sackgasse um, an deren Ende das winzige Theater lag.

»Sie ist aber spät dran«, sagte sie unschlüssig.

»Sie kommt immer zu spät«, grinste Nina. »Aber das ist schon in Ordnung, du kannst gehen, sie wird gleich dasein.«

»Bist du dir sicher? Soll ich euch nicht ein Stück begleiten? Oder euch irgendwo absetzen?«

»Nein, wirklich. Sie kommt ganz bestimmt.«

Die Leiterin der Theater-AG strich einmal kurz über Ninas Kopf. Überschwengliche Liebesbekundungen waren nicht ihr Ding, und für das Küßchen, das sie Ange-Lou anschließend auf die Stirn drückte, gab es außer dem Geburtstag eigentlich keine Erklärung. Sie deutete auf die grüne Mappe.

»Und fürs nächste Mal tut ihr ein bißchen was, okay, meine Damen?«

Die Mädchen nickten, und Gervaise setzte ihren mächtigen Körper in Bewegung und marschierte davon.

Kurz darauf durchbrach der Motor ihres alten Simca die Stille, und als der Wagen sich entfernt hatte, sahen sich die beiden Freundinnen an. Auf einmal fragten sie sich, ob tatsächlich alles in Ordnung war.

## 11

Capitaine Abadie bearbeitete die Schreibtischkante mit seinem Gummiknüppel, der jedem Polizeibeamten zu Verteidigungszwecken zugeteilt wurde und gewissermaßen zur Uniform gehörte. Die Uniformen der leitenden Beamten unterschieden sich im übrigen nur durch die mit Klettverschlüssen an der Brust befestigten Galonen von denen ihrer Untergebenen. Bei ihrer Ankunft hatte Marion die Spielregeln akzeptieren müssen und sich von ihrer geliebten Jeans-Boots-Blouson-Kluft verabschiedet. Jetzt trug sie entweder die klassische Kommissarinnenuniform oder die eng anliegende marineblaue Kombination aus feuerfestem Stoff, die bei Einsätzen vorgeschrieben war.

Mit starrem Blick verfolgte sie die Bewegung des Knüppels, die in der Stille des Raums etwas Hypnotisierendes hatte.

»Was ist los, Abadie?«

Aus dem Gang und den anderen Büros drangen vertraute Geräusche durch die Wände. Knallende Türen, schreiende Männer im Polizeigewahrsam, schnauzende Beamte. Zurufe, Gelächter und in regelmäßigen Abständen das Rumpeln eines Zuges, das den fahlen Lichtkreis von Marions Schreibtischlampe erzittern ließ.

»Ich muß nach Hause.«

»Sind Sie müde?«

»Nein. Ich muß nach Hause, das ist alles.«

»Okay.«

Marion raffte die auf ihrem Schreibtisch verstreuten Zettel und Unterlagen zusammen. Sie hatte sich geschworen, daß sie sich durch diesen Papierkram, der angesichts des brandneuen Computers eigentlich gar nicht existieren dürfte, nicht unterkriegen lassen würde. Ihre Bewegungen waren fahrig und nervös. Abadie hörte auf, mit seinem Knüppel zu spielen.

»Ich hatte mir schon gedacht, daß uns das keinen Deut weiterbringen würde«, sagte er mit tonloser Stimme.

»Es mußte sein«, bekräftigte Marion und rückte dabei ihren Gürtel zurecht.

Das blöde Ding störte sie, vor allem weil man die Handschellen und das Holster daran befestigen mußte. Der Manurhin-Revolver hing schwer an ihrer Hüfte, noch schwerer aber lastete die Müdigkeit dieses endlos langen Tages auf ihr.

»Wir machen morgen weiter, und zwar so lange, bis wir etwas gefunden haben«, beharrte sie. »Wenn's sein muß, setzen wir zusätzlich alle Zivilpolizisten und alle verfügbaren Beamten vom Gewahrsamsdienst ein.«

»Natürlich.«

Sie musterte ihn verstohlen. Er war so ernst, so glatt und so undurchschaubar wie immer. Entgegen seiner Aussage vom Vorabend und trotz der Vierundzwanzig-Stunden-Schicht, die ihm bestimmt noch in den Knochen steckte, war er gegen Mittag wiedergekommen. Glattrasiert und mit blitzblanken Stiefeln. Marion traute sich nicht, ihn zu fragen, ob er die freie Zeit, die ihm zustand, noch weiter beschneiden und auch am nächsten Tag erscheinen würde. Im übrigen wäre sie gar nicht mehr dazu gekommen: Valentine Cara betrat nach kurzem Anklopfen das Zimmer.

»Achtundvierzig«, sagte sie und legte ein Papierbündel auf den Tisch.

Lieutenant Valentine Cara, die erst seit drei Jahren bei der Polizei arbeitete, wollte damit sagen, daß man über die achtundvierzig Personen, die im Laufe des Nachmittags im Bahnhof festgenommen worden waren, alle in solchen Fällen vom Gesetzgeber erlaubten Nachforschungen angestellt hatte. Ergebnislos.

Die einzige gute Nachricht war bisher aus dem Krankenhaus gekommen: Der junge Unbekannte lebte noch. Er war weiterhin bewußtlos, und keiner der Ärzte mochte sich zu seinen Überlebenschancen äußern, aber es gab durchaus einen gewissen Anlaß zur Hoffnung.

Marion drehte sich zu der Tafel um, die einen großen Teil der gegenüberliegenden Wand einnahm. Eine junge Mitarbeiterin eines Zentrums für Gehörlose hatte die auf Video aufgenommenen Zeichen entschlüsselt und mit einem Marker auf die weiße Tafel aufgezeichnet. Die Bilderfolge erinnerte an einen Comic.

Die Gebärdendolmetscherin hatte außerdem die stummen Rufe auf den Lippen des Jugendlichen lesen können. Der Inhalt war im großen und ganzen identisch.

»Hilfe! Helfen Sie mir!«

»Ach, übrigens, Abadie«, sagte Marion plötzlich. »Was hat sich bei den Zentren ergeben?«

»Negativ«, antwortete er in gewohnt neutralem Ton. »Ich habe zwei Jungs darauf angesetzt, bisher gibt es seitens der spezialisierten Einrichtungen in der Region Île de France keine Vermißtenmeldung. Wir weiten die Suche aus.«

»Vergessen Sie Belgien nicht, Luxemburg, die Schweiz und … nun ja, Sie wissen schon.«

Frankophon, hatte die Gebärdendolmetscherin gesagt. Der Junge hatte seinem Entsetzen auf französisch Ausdruck verliehen.

## 12

»Ah! Nina!«

Ange-Lous Schrei hallte von den fensterlosen Wänden der Sackgasse wider. Es war einer jener ehemaligen Werkstatthöfe, die von einer Handvoll Künstlern oder Vereinen genutzt wurden und sich nur tagsüber oder am Spätnachmittag mit Leben füllten.

Der Mann war ohne jede Ankündigung und fast lautlos aus der Dunkelheit getreten.

»Entschuldigen Sie, Mademoiselle ...«

Ange-Lou traute sich nicht aufzublicken. Sie hatte zu große Angst und zitterte plötzlich am ganzen Leib. Während sie auf die Beine ihrer schwarzen Stretchhose starrte, stellte ihr der Mann eine Frage.

Sie hörte die Worte und verstand auch in etwa ihren Sinn. Beklommen gab sie Antwort und warf dabei einen kurzen Blick nach links, in der Hoffnung, daß Nina wieder auftauchen würde.

»Aha«, sagte der Mann mit einer gewissen Enttäuschung in der Stimme.

Er rührte sich nicht, was Ange-Lou noch mehr Angst einjagte.

»Nina, komm zurück!« schrie sie voller Panik.

Die Schritte ihrer Freundin kamen näher, und der Mann wich in die Dunkelheit eines kleinen, brachliegenden Gärtchens zurück.

»Was ist los? Warum schreist du so?«

Für einen kurzen Moment stand Nina im trüben Licht der

Laterne vor dem Gitterzaun des Theaters. Der Mann musterte sie eingehend von Kopf bis Fuß. Ihr schmales Gesicht, das von glattem blonden Haar eingerahmt war, erinnerte ihn an jemanden.

Trotz Dunkelheit und Schminke erkannte er Nina.

»Ich weiß nicht, wo sie steckt«, schimpfte Nina. »Das geht echt zu weit. Wir wollen doch hier nicht übernachten.«

»Wenn ich wenigstens ein Handy hätte«, fuhr sie fort, »dann könnte ich sie anrufen.«

»Hat sie uns vergessen?«

Ange-Lous Stimme zitterte ein wenig. Plötzlich wurde Nina ihr knurrender Magen bewußt und die Kälte, die langsam an ihren nackten Beinen hochkroch.

»Hör zu«, sagte sie. »Wir können ja nicht bis morgen hier rumstehen und auf sie warten. Laß uns zu Fuß gehen.«

»Aber wohin denn?« protestierte Anne-Lou.

»Zum Bahnhof, sie ist bestimmt noch da und arbeitet. Das sind höchstens zehn Minuten von hier.«

»Und wenn sie da nicht mehr ist? Wenn sie gerade unterwegs ist, um uns abzuholen, und wir sie verpassen? Du weißt doch, daß sie nicht damit einverstanden wäre, daß wir allein gehen.«

Nina trat dicht an Ange-Lou heran und merkte, daß sie am ganzen Leib zitterte.

»Jetzt sei doch nicht so panisch. Du redest ja schon wie meine Mutter: Paß auf, trau niemandem, tu dies nicht, mach das nicht ... Ständig Schiß wegen nichts. Was guckst du so?«

Der Mann war wieder aufgetaucht. Auf die rostigen Gitterzäune und die fensterlosen Hauswände starrend, kam er näher. Sein Gang war schwerfällig und ungelenk, seine Silhouette gedrungen. Als er an den Mädchen, denen er halb den Rücken zuwandte, vorbeikam, sahen sie, daß er ein Bein leicht nachzog. Nina schaute ihm überrascht hinterher und warf Ange-Lou einen fragenden Blick zu.

»O mein Gott!« sagte ihre Freundin, die inzwischen sogar mit den Zähnen klapperte.

»Was macht der wohl hier?« fragte sich Nina laut.

Ange-Lou sagte es ihr.

»Nina, ich habe Angst«, fügte sie rasch hinzu.

»Vor dem? Soll das ein Witz sein? Hast du nicht gesehen, wie lächerlich der aussah?«

Um Ange-Lou abzulenken, hielt sie es für eine gute Idee, den komischen Gang des Mannes nachzuahmen.

Er hatte erst wenige Meter zurückgelegt, als ihn Ninas spöttische Worte erreichten. Allein ihre Gegenwart hatte ihn in heftige Anspannung versetzt, ihm das schwindelerregende Gefühl einer Bedrohung eingeflößt. Daß sie ihn jetzt auch noch verspottete, brachte ihn vollends auf. Über die Schulter hinweg konnte er sehen, wie das Mädchen ihn nachäffte. Auf einen Schlag fand er sich in frühere Zeiten zurückversetzt, auf einen Schulhof, wo ihm grausame Kinder die gleichen Grimassen schnitten. Der Zorn rauschte so heiß durch seine Nervenbahnen, daß er sie unter der Haut zu spüren glaubte, während ihm die Schreie einer wütenden Frau – Du hast dein Kleid schmutzig gemacht! Du bist dreckig! – in den Ohren hallten.

Als die Mädchen hinter ihm in Gelächter ausbrachen, überkam ihn ein solcher Haß, daß er sich an seinem Auto festhalten mußte, um nicht das Gleichgewicht zu verlieren.

## 13

»Erzählen Sie mir von diesen Vermißten«, sagte Marion, während sie Valentine Cara den Packen Erkennungsbögen zurückgab, den sie durchgesehen hatte, ohne auf etwas zu stoßen, das die Ermittlungen vorangebracht hätte.

Sie fixierte die große, braunhaarige junge Frau mit den grünen Augen, deren androgynes Aussehen durch die blaue Uniform noch unterstrichen wurde, obwohl sie die Frage an Luc Abadie gerichtet hatte, der Roger Lenfant zufolge mit diesen Fällen betraut war.

»Wollen Sie das wirklich wissen?«

»Na hören Sie mal, Capitaine«, empörte sich Marion. »Sie stellen vielleicht Fragen! Ihnen ist wohl alles egal!«

»Der tut nur so«, knurrte Valentine Cara, und Marion begriff, daß sie nicht die einzige war, der das Verhalten von Capitaine Abadie zu schaffen machte.

Er hatte sich umgezogen, während Marion die Erkennungsbögen las. Er trug jetzt eine graue Hose und einen leichten schwarzen Baumwollpullover. Es war das erste Mal, daß Marion ihn in Zivil sah, und sie mußte zugeben, daß er ein hübscher Bursche war.

»Allerdings stehe ich nicht besonders auf coole Schönlinge«, fügte Valentine ironisch hinzu. »Und Sie, Chef?«

»Vor zwei Jahren«, trat Abadie mit sonderbar flackernden Augen dazwischen, »ist ein fünfzehnjähriger Junge verschwunden. Er trieb sich schon länger am Bahnhof herum, in regelmäßigen Abständen hat man ihn ins Heim geschickt, aber er kam immer wieder hierher zurück. Er hat sich mit kleinen illegalen Geschäften über Wasser gehalten und ist mit Sicherheit auch auf den Strich gegangen. Er schien, soweit feststellbar, keine Verwandten zu haben, und wir haben nie wieder was von ihm gesehen.«

Mit anderen Worten: Niemand hat ihn vermißt, also hat man auch nicht lange nach ihm gesucht, dachte Marion.

Abadie sah den stummen Vorwurf in ihrem Blick.

»Wir haben zuerst gedacht, er hätte das Revier gewechselt oder sogar die Stadt«, wandte er ein.

»Und das war nicht der Fall?«

Er schüttelte den Kopf.

»Ich weiß es nicht. Seine Bahnhofskumpel haben ordentlich Krach geschlagen. Sie haben behauptet, ihm sei etwas zugestoßen, aber sie konnten leider bis heute nicht sagen, was. Sechs Monate später ist wieder einer verschwunden. Der Fall lag ein bißchen anders, der Junge war als Ausreißer gemeldet worden. Kam aus dem Norden, aus gutem Hause, aber unsere Nachforschungen haben genausowenig ergeben. Keine Leiche, nie wieder was von ihm gehört. Danach sind noch zwei verschwunden.«

»Welche Schlüsse haben Sie daraus gezogen?«

Abadie zuckte die Schultern.

»Keine. Für mich sind sie weggegangen, irgendwohin, in eine andere Stadt, ein anderes Land. Wenn sie in irgendeinen Schlamassel geraten sind, kann das im Prinzip nicht hier gewesen sein, wir haben ja keine Leichen gefunden ... Oft enden die Burschen ja doch so, die gehen an einer Überdosis Heroin oder anderem Mist zugrunde. Von diesem jungen Ausreißer mal abgesehen, waren das alles Typen, die aus dem letzten Loch gepfiffen haben ...«

»Der Sohn von Lenfant auch?«

Abadie vergrub die Hände in den Hosentaschen.

»Der arme Roger macht sich was vor. Sein Junge hat sich nach Amerika abgesetzt, zu seiner Mutter, die mit einem Navajo-Indianer durchgebrannt ist ... Er ist der einzige, der das nicht einsehen will. Außerdem ist der Junge volljährig ...«

»Chef«, schaltete sich Valentine Cara ein. »Wir müssen die

Kerle im Polizeigewahrsam freilassen. Die Frist läuft ab. Die leben alle auf der Straße, aber wenn's brennt, wissen sie komischerweise immer, wo sie einen Anwalt herkriegen ...«

»In Ordnung«, sagte Marion und hob beschwichtigend eine Hand. »Sie haben recht, beenden wir die Sache.«

Abadie stieß einen kaum hörbaren Seufzer aus. Marion gab ihm ein Zeichen, ihr zu folgen.

»Morgen will ich die Akten dieser vermißten Jungen auf meinem Schreibtisch haben.«

## 14

Ein Motor heulte auf, und aus dem zugeparkten Randstreifen der Sackgasse scherte ein wuchtiges Auto aus. Die Scheinwerfer gingen erst an, als es um die Ecke fuhr und verschwand.

»Siehst du«, sagte Nina. »Du bist vielleicht ein Angsthase.«

Sie spielte die Tapfere. Dabei hatte sie sich für einen kurzen Moment auch nicht gerade wohl in ihrer Haut gefühlt.

»Ich will nach Hause«, heulte Ange-Lou. »Mir ist kalt.«

»Gut«, beschloß Nina. »Wir gehen zu dir, das ist näher als der Bahnhof. Von da aus rufen wir Marion an. Der werd ich vielleicht die Meinung geigen!«

»Okay«, willigte Ange-Lou ein.

Nina nahm ihre Freundin an der Hand, und sie gingen eilig los. Von der Sackgasse gelangten sie auf die Rue du Delta, die auch nicht viel breiter und genauso verlassen war. Paradoxerweise schöpften sie aus der Stille und Menschenleere neues Vertrauen.

»Siehst du, alles in Ordnung«, sagte Nina, nachdem sie sich vergewissert hatte, daß der Mann in Schwarz auch wirklich das Weite gesucht hatte.

Ange-Lou zwang sich zu einem Lachen.

»Ich bin wirklich nicht besonders mutig.«

Sie erreichten die Avenue Trudaine, die ebenfalls so gut wie ausgestorben dalag. Von Pigalle her näherte sich ein Taxi im Schrittempo. Auf dem gegenüberliegenden Bürgersteig zog ein Mann eine Toreinfahrt zu. Der Riegel fiel klackend ins Schloß, und die beiden Mädchen waren wieder allein. Zu dieser abendlichen Stunde nahmen manche vielleicht noch eine späte Mahlzeit ein, andere saßen bereits vor dem Fernseher. Aber alle fleißigen, braven Kinder lagen mit Sicherheit schon im Bett. Trotzdem ließ Ange-Lous Aufregung langsam nach.

»Ich habe für morgen noch nicht Mathe gemacht«, sagte Nina, die auch wieder lockerer wurde. »Und du?«

»Auch nicht. Wann auch? Sie hat uns den ganzen Kram ja erst heute aufgegeben, die alte Dupuc.«

»Die alte Tupuduc«, lästerte Nina.

Ange-Lou lachte ihr helles Lachen, und ihre Freundin, die eine unverbesserliche Spötterin war, imitierte ein paar typische Schrullen ihrer Mathelehrerin.

Plötzlich war hinter ihnen wieder das tiefe Brummen eines starken Motors zu hören, das langsam näher kam. Ange-Lou umklammerte Ninas Hand, und Nina unterbrach ihre Faxen, um einen Schritt zuzulegen. Der Wagen fuhr zügig an ihnen vorbei und verschwand hinter den Bäumen, deren Blätter sich schon zu verfärben begannen.

»Meinst du, daß er das wieder war?« keuchte Ange-Lou, die jetzt fast rannte.

»Ach was!« log Nina. »Das andere Auto war viel größer. Weißt du nicht mehr, wie dick der war mit seinem Hinkebein?«

Sie stützte sich auf ihre Freundin und begann laut schnaufend zu humpeln, um sie zum Lachen zu bringen. Aber ihre Grimassen konnten nichts ausrichten.

»Mensch, hast du vielleicht die Hosen voll! Du bist ja schlimmer als Marion!«

Die Straße wurde breiter, und im Dunkel der Nacht tauchte die wuchtige Silhouette des Lycée Jacques Decour vor ihnen auf, das genauso finster und menschenleer war wie der Square d'Anvers, ein Platz mit einem kleinen Park, hinter dem der Boulevard de Rochechouart verlief. Hundert Meter trennten die Mädchen noch von Ange-Lous Wohnhaus. Nina spürte die Angst ihrer Freundin, die sich immer verzweifelter an ihre Hand klammerte. Als sie in den Durchgang einbog, der von der Avenue Trudaine am Park entlang direkt zum Boulevard de Rochechouart führte und gleichzeitig einer Tiefgarage als Zufahrt diente, sperrte sich Ange-Lou zunächst.

»Los, komm schon!« drängte Nina, die langsam die Geduld verlor. »Ich hab Hunger.«

Das Wort Angst hatte sie lieber nicht in den Mund genommen. Widerwillig ließ sich Ange-Lou mitziehen.

Sie hatten die Hälfte des Weges hinter sich, da sahen sie ihn.

Der große Geländewagen stand im Schatten der Häuserwand, Motor und Scheinwerfer waren ausgeschaltet. In der Dunkelheit konnte man den Fahrer ohnehin nicht sehen, aber Nina war sich sicher, daß er nicht am Steuer saß. Ange-Lou erstarrte und zitterte am ganzen Leib.

Ein Klicken hinter ihnen ließ die beiden herumwirbeln. Der Mann in Schwarz richtete ein kurzes Gewehr auf die Mädchen, das er sich in die Hüfte gestemmt hatte und nur mit einer Hand festhielt. Sein Kopf war leicht nach vorn geneigt und das Gesicht unter dem Schirm einer Mütze verborgen, die er eben noch nicht getragen hatte. Er tat zwei Schritte auf sie zu und war jetzt so nah, daß Nina ihn riechen konnte. Ein unangenehmer Geruch.

»Guckt nach vorn!« befahl er mit merkwürdig sanfter Stimme. »Und legt euch mit dem Gesicht nach unten auf den Boden!«

Ange-Lou zitterte so stark, daß Nina ihre Zähne klappern hörte. Auch bei ihr waren die Befehle des Mannes noch gar nicht richtig angekommen. Der wurde ungeduldig und wiederholte jetzt mit lauter Stimme:

»Auf den Boden! Legt euch auf den Boden, habe ich gesagt. Gesicht nach unten!«

Offenbar leisteten die Mädchen seinem Befehl nicht schnell genug Folge, denn mit der Spitze seines Gewehrs gab er Ange-Lou einen so kräftigen Stoß, daß sie stolperte.

»Ruhe!« zischte er, als sie aufschrie. »Legt euch leise hin! Ansonsten ... peng!«

Gehorsam tat Ange-Lou, was er verlangte. Die grüne Mappe rutschte ihr aus der Hand und landete mit einem dumpfen Aufprall auf dem Boden.

Nina dachte nach. Fieberhaft versuchte sie sich an die Verhaltensregeln zu erinnern, mit denen Marion ihr ständig in den Ohren lag. »Wenn jemand eine Waffe hat, dann gehorchst du, dann tust du, was man dir sagt! Man muß erst einmal Zeit gewinnen und darf sein Leben nicht aufs Spiel setzen.«

Zu Hause, im gemütlichen Wohnzimmer, hörte sich das alles so leicht an. Aber jetzt, mitten in der Nacht, wußte sie plötzlich nicht mehr genau, wie sie sich verhalten sollte. Der Mann half ihr, sich zu entscheiden, indem er ihr einen kräftigen Schlag in die Kniekehlen versetzte. Nina stürzte kopfüber zu Boden und wäre beinahe gegen die Stoßstange des Wagens geknallt.

»Hände ins Genick!«

Sie spürte Ange-Lou an ihrer Seite und hörte ihr ersticktes, panisches Schluchzen.

»Erst mal gehorchen, du mußt Zeit gewinnen!« hatte Marion gesagt und dabei mit großen Schritten das Wohnzimmer durchmessen. »Versuch etwas zu sagen, wenn du kannst. Worte bringen den Gegner aus dem Konzept.«

Nina hatte ihr kaum zugehört. Sie war davon ausgegangen, daß so etwas Unglaubliches nur in der Phantasie ihrer Mutter passieren konnte.

»Hören Sie, bitte«, fing sie mit belegter Stimme an. »Was wollen Sie von uns?«

»Ruhe!« wiederholte der Mann in Schwarz. »Versuch nicht, mich reinzulegen. Sei still, tu, was ich dir sage!«

»Es tut mir leid, ich wollte mich eben nicht über Sie lustig machen, das war nur ein Spaß ... Wissen Sie, meine Freundin hat heute Geburtstag, wir haben Champagner ...«

»Ruhe!« fauchte der Mann und versetzte Ninas Rücken einen Fußtritt. Vor Schmerz stieß sie einen leisen Schrei aus. »Ihr rührt euch nicht, ihr kleinen Biester ... sonst knall ich euch ab. Kapiert?«

Hilf mir, Mama! schrie Nina innerlich. Was mache ich denn jetzt? Lieber Himmel, ich weiß nicht mehr, was du mir gesagt hast. Hilf mir, Marion!

Der Mann hatte sich offenbar ein Stückchen entfernt, denn Nina hörte, wie eine Wagentür aufging. Sie hob den Kopf und konnte die Reifen sehen, die Radkappen und eine Aufschrift. Sie reckte und verdrehte den Hals, daß es ihr weh tat. Der Mann wühlte irgendwo hinten im Wagen herum, die Geräusche waren beängstigend. Nina sah sich schon zusammengekrümmt, gefesselt und geknebelt mit ihrer Freundin auf der Ladefläche liegen. Und was würde er danach mit ihnen tun? Vorsichtig drehte sie ihren Kopf zu Ange-Lou. Das Mädchen gab keinen Laut von sich, aber seine Schultern wurden von Krämpfen geschüttelt, und es roch nach frischem Urin.

Plötzlich war Marions Stimme wieder da: »Wenn du nicht

mehr weißt, was du tun sollst, wenn nichts mehr hilft, dann renn! Renn, so schnell du kannst und so weit du kannst!«

»Ange-Lou«, flüsterte Nina. »Steh auf! Wir müssen wegrennen. Schnell, so schnell du kannst! Jeder in eine Richtung.«

»Nein«, stöhnte Ange-Lou. »Ich will bei dir bleiben.«

»Tu, was ich dir sage, Ange-Lou. Bitte!«

»Ruhe!« schrie der Mann.

Ein heiseres Schluchzen drang aus Ange-Lous Kehle. Und auf einmal wünschte sich Nina, daß dieser Alptraum ein Ende hätte, daß sie weglaufen und sich in den Armen ihrer Mutter verstecken könnte, um sich an ihrer Brust die Seele aus dem Leib zu weinen.

»Hast du gehört, Ange-Lou? Bei drei stehst du auf und rennst zum Boulevard.«

»Ja«, hauchte Ange-Lou voller Entsetzen.

»Eins ... zwei ... drei!«

Mit einem Satz sprang Nina auf. Für einen kurzen Moment hatte sie Angst, daß ihre Beine sie nicht tragen würden.

»Renn, Ange-Lou!« schrie sie und stürzte los, ohne auf den Mann zu achten, der hinten aus dem Wagen geschossen kam.

»Bleib stehen!« brüllte er. »Bleib sofort stehen!«

Wie gern hätte sie sich umgedreht, um zu schauen, ob auch Ange-Lou aufgesprungen und in die andere Richtung losgerannt war, aber ihr Fluchtinstinkt war stärker.

»Bleib stehen, Nina! Halt!«

Sie hörte, wie der Mann ihren Vornamen rief, und wäre vor lauter Panik beinahe gestolpert. »Renn weiter, bleib nicht stehen«, hämmerte ihr die Stimme ihrer Mutter lauter und lauter im Ohr, je weiter sie den Mann in Schwarz hinter sich ließ.

Ein häßliches Knacken hallte durch die Stille der Nacht. Nina kannte das Geräusch. Es war das Knacken eines Gewehrverschlusses.

»Bleib stehen, sonst bring ich sie um!«

Noch zehn Meter. Zehn Meter, und sie hätte die Avenue Trudaine erreicht. Peng! Der Schuß war so laut, daß Nina vor Schreck fast hingefallen wäre. Die Schallwellen der Detonation vibrierten noch lange in den Ästen der Bäume, und es kam Nina so vor, als würde sie die Erschütterung am ganzen Körper spüren. Wo hatte die Kugel sie getroffen? Warum tat ihr nichts weh? Marion hatte ihr einmal erklärt, daß der Schmerz erst lange, nachdem man getroffen worden war, eintrat. Das Hirn brauchte eine Weile, um die Signale umzusetzen, die ihm der Körper übermittelte. Wie war das, wenn man starb? Wie ein Sturz in ein kaltes, dunkles Loch oder angenehm, befreiend, eine Erlösung?

Wie angewurzelt stand Nina an der Straßenecke und ließ im Schnelldurchgang ihr kurzes Leben Revue passieren. Sie sah Marion, lachend, mit lila Farbe beschmiert, sah für einen kurzen, kaum greifbaren Moment ihre erste, leibliche Mutter, die auch schon von einem Verrückten erschossen worden war. Der bittere Geschmack der Tränen, die Marion vergießen würde, füllte Ninas Mund.

Aber warum spürte sie nichts?

Sie machte einen Schritt, dann noch einen. Ihre Beine funktionierten, ihr Körper bewegte sich, und ihr tat nichts weh. Sie war völlig unversehrt!

Eine Sekunde später raste sie die Avenue Trudaine hinunter und bog dann wie der Blitz in die Rue de Dunkerque ein. Vor einem Geldautomaten standen Menschen, die etwas zu ihr sagten, ihr die Hände entgegenstreckten. Sie stürmte weiter, rannte über die nächste Straßenkreuzung, ohne auf die Autos zu achten.

Als sie den Gare du Nord sah, wußte sie, daß sie es geschafft hatte.

# 15

Der letzte der achtundvierzig Herren war gegangen.

»Die ganze Arbeit für nichts und wieder nichts«, bemerkte Valentine Cara und sah auf ihre schmutzigen Hände. Sogar im Gesicht hatte sie die Farbe zum Abnehmen der Fingerabdrücke.

»Ich habe Hunger«, sagte Marion.

»Ich hol mir ein Sandwich. Soll ich Ihnen was mitbringen?«

»Nein, danke. Ich habe meiner Tochter versprochen ...«

Sie hielt inne und hob den Kopf. Die Wanduhr zeigte 22 Uhr 20 an.

»O Scheiße!« Marion sprang auf und stürzte in ihr Büro, um den Autoschlüssel zu holen. »Ich habe Nina total vergessen! Sie hatte heute abend ihre Theater-AG. Die wird mir vielleicht was erzählen!«

»Wartet sie schon lange?«

»Zwanzig Minuten. Scheiße!«

»Das geht doch noch«, sagte Lieutenant Cara beschwichtigend. »Ich dachte, sie würde sich vielleicht schon seit einer Stunde die Beine in den Bauch stehen.«

»Das nun auch wieder nicht«, murmelte Marion, während sie ihre Bürotür abschloß.

»Fahren Sie so?« Valentine deutete verwundert auf die Einsatzuniform ihrer Chefin, an deren breitem Ledergürtel die üblichen Utensilien befestigt waren.

»Hab jetzt keine Zeit, mich umzuziehen.«

Sie war schon fast an der Empfangstheke, wo der zuständige Beamte lustlos auf einem Bahnhofssandwich herumkaute und dabei Kreuzworträtsel löste.

Marion sah, wie er die Stirn runzelte, und plötzlich kam es ihr so vor, als hörte sie jemanden »Mama« rufen. Ja, tatsächlich, irgendwo in der Nähe und doch wie aus weiter Ferne schrie sich eine helle Stimme heiser.

Der Beamte sprang auf, knöpfte sich die Jacke zu und warf das Sandwich in den Mülleimer. Als er zur Tür stürzte, wurden die beiden Überwachungsbildschirme sichtbar.

Auf einem davon trommelte Nina, aus Leibeskräften schreiend und mit schwarz verschmierten Wangen, gegen die Tür der Bahnhofspolizei.

## 16

Mit heulenden Sirenen rasten die Polizeiwagen zum Lycée Jacques Decour. Nina hatte sich geweigert, am Bahnhof zu bleiben, sie wollte mitkommen, zurück zu Ange-Lou. Marion drückte sie fest an sich, während Valentine Cara vom Autotelefon aus versuchte, die Familie Marly zu erreichen, Ange-Lous Eltern. Sie legte auf, als das Schild der Tiefgarage in Sicht kam.

»Da geht keiner ran.«

»Die sind ausgegangen«, sagte Nina mit ruhiger Stimme. »Ange-Lou sollte bei uns essen.«

»Hat sie einen Wohnungsschlüssel?«

»Ja.«

Das war kein gutes Zeichen. In der Zwischenzeit hätte Ange-Lou ihr Wohnhaus, das direkt hinter dem Square d'Anvers lag, locker erreichen können. Sie hätte längst in der Wohnung sein und ans Telefon gehen können. Es sei denn, sie hatte nicht mehr die Kraft, die Tür aufzuschließen, es sei denn, sie war vor lauter Panik in Ohnmacht gefallen. Es sei denn …

Die Polizeiwagen blieben am Bordstein stehen, und ein Dutzend Männer sprangen heraus. Ohne auf Ninas Protest einzugehen, gab Marion ihrer Kollegin Valentine Cara ein

Zeichen, das Mädchen vom Geschehen fernzuhalten. Womöglich war der Täter noch in der Nähe.

»Du mieses Schwein«, stieß Marion mit zusammengebissenen Zähnen hervor. Die böse Vorahnung, die Ninas Bericht in ihr ausgelöst hatte, ließ nicht von ihr ab.

Nina durfte keinesfalls dabeisein, wenn Ange-Lou …

Marion ging zu den Männern, die die Einfahrt zur Tiefgarage umstellt hatten und versuchten, sich einen Überblick darüber zu verschaffen, was in dem Park vor sich ging. Ohne auf die Autofahrer zu achten, die angesichts der Uniformierten langsamer fuhren, ging Marion den Boulevard entlang. Daß die Durchfahrt leer war, hatte sie mit einem Blick erfaßt. Der Wagen war nicht mehr da. Mit einer ausholenden Handbewegung bedeutete sie ihren Männern, das Gelände abzusuchen. Sie selbst wagte sich als erste in die unbeleuchtete, finstere Grünanlage vor.

Als sie mehrere Meter zurückgelegt hatte, begann ihr Herz plötzlich schneller zu schlagen. Zwischen einer mit Laub bedeckten Bank und einem kugelförmig zurechtgeschnittenen Busch war in der Dunkelheit ein kleiner, heller Haufen zu erkennen, der auf dem Boden lag.

»O mein Gott!« flüsterte Marion und stürzte hin.

Ange-Lou atmete. Nur schwach, und ihre Augen waren geschlossen, aber sie atmete. Die Kleine lag mit angezogenen Beinen auf dem Rücken, die Haare im Gesicht. Marion berührte ihre kalten Hände und merkte, daß die Kleider naß waren. Daß kein Blut zu sehen war, beruhigte sie ein bißchen.

»Ange-Lou«, flüsterte sie und klopfte ihr leicht auf die Hände und Wangen, damit sie wieder zu sich kam. »Wach auf, meine Kleine. Hab keine Angst! Wir sind da, Nina ist gekommen, um dich zu holen. Ich bin's, Marion, ihre Mama.«

Ange-Lou rührte sich nicht, sie war offensichtlich bewußtlos. Als Marion aufblickte, sah sie, wie ihre Männer die Büsche absuchten und sich dabei quer durch den kleinen Park mit Zurufen verständigten.

»Wo bleibt der Krankenwagen, Herrgott noch mal!« schrie sie in die Dunkelheit hinein.

»Der muß jede Sekunde dasein.«

Der Aufmarsch an uniformierten Beamten war nicht unbemerkt geblieben, schon tauchten die ersten Gaffer auf. Marion wies ihre Leute an, die Schaulustigen auf Abstand und vor allem von Nina fernzuhalten, die sich an Valentine Caras Arm klammerte.

Als sie die Finger an Ange-Lous Handgelenk preßte, konnte sie den Puls des Kindes fühlen, der langsam, wie in weiter Ferne pochte. Das Pochen wurde immer schwächer und langsamer, bis es kaum noch zu spüren war.

Marion geriet in Panik.

»Nein! Ange-Lou! Bitte nicht!«

Sie schob dem Mädchen die Hand unters Genick und hob leicht seinen Kopf an, der leblos nach hinten kippte. Vorsichtig öffnete sie Ange-Lous Mund, an dem mit Speichel verschmierte Lippenstiftreste klebten, und preßte ihren Mund dagegen, um sie zu beatmen und ihr wieder Leben einzuflößen. Plötzlich merkte Marion, daß ihre Hand unter dem Mädchen etwas Feuchtes, Klebriges berührte. Entsetzt zog sie den Oberkörper des Kindes hoch und sah die Blutlache im gelben Sand.

»Schnell!« brüllte sie. »Worauf warten die denn, verdammt noch mal!«

Sie setzte ihre Wiederbelebungsversuche fort, tastete nach Ange-Lous Puls, fand ihn nicht mehr. Aus dem kleinen, halbgeöffneten Mund rann ein dünner Blutstrahl über den weißen Blouson des Mädchens.

»Nun beeilt euch doch, Scheiße aber auch!« schrie Marion, als das Martinshorn des Krankenwagens zu ihr herüberhallte.

Ange-Lou fest an sich gepreßt, sah sie die blauen Uniformen der Feuerwehrleute und die weißen Arztkittel auf sich zukommen. Man schob sie zur Seite und packte das leblose Kind. Ohnmächtig mußte Marion mit ansehen, wie die Ärzte versuchten, Ange-Lou ins Leben zurückzuholen.

»Sie hat eine Schußverletzung ... glaube ich«, hörte sie sich sagen.

Lange bemühte man sich intensiv um das Kind, aber nach einiger Zeit erlahmte der Elan der Ärzte, bis sie mutlos die Köpfe sinken ließen und es aufgaben. Einer von ihnen breitete hilflos die Arme aus.

»Es ist aus«, sagte ein anderer, über das Mädchen gebeugt.

»Nein, das kann nicht sein! Sie können sie wiederbeleben. Sie müssen! Los! Herrgott noch mal!«

Einer der Männer in Weiß stand auf und bedeutete den Feuerwehrleuten, sich um alles weitere zu kümmern. Dann drehte er sich um und wandte sich an Marion, die aufgelöst vor ihm stand.

»Fassen Sie sich, Madame«, sagte er kühl. »Sie ist tot.«

»Nein! Das ist unmöglich.«

Marion zitterte. Der Arzt packte sie an den Schultern und schüttelte sie leicht, als wollte er sie wachrütteln.

»Wir können nichts mehr für sie tun. Es ist zu spät. Bitte beruhigen Sie sich.«

Valentine Cara hatte Nina ein paar Schritte herankommen lassen, um ihr die Kommentare der Schaulustigen und die Fragen eines Journalisten zu ersparen, der Gott weiß woher aufgetaucht war. Ein Blitzlicht zuckte durch die Nacht und warf für einen kurzen Augenblick seinen grellen Schein auf das schmale Gesicht des Mädchens, dessen blaue, weit aufgerissene Augen die hilflos gestikulierende Mutter fixierten.

Mit einer schnellen, unerwarteten Bewegung löste sich Nina aus Valentines Umklammerung.

Entsetzt sah Marion ihre Tochter auf Ange-Lous Leiche zulaufen.

## 17

Die folgenden Stunden waren eine schwere Prüfung. Marion fragte sich, ob es Nina jemals gelingen würde, sie aus ihrem Gedächtnis zu streichen und so weiterzuleben wie bisher. Der Anblick der sterbenden Ange-Lou hatte sie selbst so erschüttert, daß sie sich keine Illusionen machte: Von jetzt an würde es die Zeit vor und die Zeit nach Ange-Lous Tod geben. Was auch immer die nächsten Tage und Wochen brächten, es würde schrecklich werden.

Auf einem Stuhl vor einer Kamera plaziert, die jedes Wort und jede Bewegung aufnahm, wirkte Nina zarter und zerbrechlicher als je zuvor. Marion, die vor ihr saß, ließ ihre Tochter nicht aus den Augen. Was sie am meisten erstaunte, war Ninas äußerliche Ruhe, die nur dann erschüttert wurde, wenn sie mit einer schwierigen Frage nicht zurechtkam und Marion um Hilfe bitten mußte. In ihrem zarten Gesicht klebten noch immer Reste von Theaterschminke, und manchmal fuhr sie mit den Händen, die flach auf ihren Knien lagen, über ihren Rock.

Die Staatsanwaltschaft war über das Drama unterrichtet worden und hatte sofort die Pariser Kripo mit den Ermittlungen betraut. Das von einer gewissen Régine Duplat geleitete Team war vollständig erschienen. Nina wurde von einem Beamten mit Brille befragt, dem zwei Frauen zur Seite standen. Die eine war auf Verbrechen an Kindern und Jugendlichen spezialisiert, die andere eine Psychologin, die bereits ein vorbereitendes Gespräch mit Nina geführt hatte.

Danach würde sie nochmals mit ihr sprechen, um ihr dabei zu helfen, das Erlebte zu verarbeiten. Brigitte Nill war eigentlich Kriminologin mit einer Spezialisierung in Psychologie, normalerweise zählte es nicht zu ihren Aufgaben, Opfern beizustehen. Man hatte sie nur Marion zuliebe dazugerufen.

Nina war das alles im Moment völlig egal. Brav beantwortete sie die Fragen, die man ihr stellte, und spulte die Eindrücke und Bilder herunter, die sich ihr vor, während und nach der Tat eingeprägt hatten. Den Täter beschrieb sie als einen korpulenten Mann in Schwarz, der eine Schirmmütze trug, hinkte und in der linken Hand ein Gewehr mit kurzem Lauf hielt.

»Du hast eben gesagt, kurz vor dem Schuß hätte der Mann ›Bleib stehen, Nina!‹ gerufen. Bist du dir da sicher?«

»Ja.«

»Wie erklärst du dir, daß er deinen Vornamen kannte?«

»Vor dem Theater hat Ange-Lou nach mir gerufen. Ich war ein Stück vorgegangen, um zu sehen, wo meine Mutter blieb.«

»Glaubst du, daß der Mann das gehört hat? Was meinst du denn, wo er war?«

Nina dachte nach.

»Ich weiß nicht«, sagte sie schließlich. »Ange-Lou hat nach mir gerufen, ich bin sofort gekommen, aber da war niemand. Ich habe sie ausgelacht.«

Der Beamte runzelte die Stirn.

»Warum?«

»Sie schien Angst zu haben, aber Ange-Lou hatte immer Angst. Ich habe gedacht, sie hätte sich irgendwas eingebildet. Deshalb habe ich mich lustig über sie gemacht ...«

»Und der Mann?«

»Kurz darauf ist er aufgetaucht.«

»Und da war er zu Fuß?«

»Ja.«

»Glaubst du, daß Ange-Lou ihn schon vorher gesehen hatte?«

Nina zögerte.

»Ja«, sagte sie schließlich. »Er ...«

»Er?« fragte der Beamte freundlich, nachdem er ihr einen Moment zum Nachdenken gegeben hatte.

»Ich glaube, daß er derjenige war, der ihr Angst gemacht hat, und daß sie deshalb nach mir gerufen hat.«

»Angst gemacht? Wie denn? Glaubst du, daß er ihr da schon etwas tun wollte?«

»Nein.« Nina schüttelte den Kopf. »Er hat mit ihr geredet ... Ich weiß nicht mehr genau, was sie mir gesagt hat. Ich glaube, sie hat einen Namen genannt.«

»Einen Familiennamen? Oder einen Vornamen?«

Nina sah zu ihrer Mutter hoch. Marion lächelte ihr aufmunternd zu.

»Versuch dich zu erinnern, Nina«, sagte der Beamte. »Du weißt, wie wichtig das ist.«

»Ich weiß. Ich glaube, es war ein Vorname.«

»Ein Mädchen- oder ein Jungenname?«

Nina versuchte sich zu konzentrieren. Sie versetzte sich in die dunkle Sackgasse vor dem Theater zurück. Ange-Lous panischer Blick. Ihre Lippen zitterten, Tränen schossen ihr in die Augen.

»Ein Mädchen«, sagte sie schließlich leise. »Ich bin mir nicht sicher ...«

»Ein Mädchen?« fragte der Beamte in die Stille hinein.

Nina nickte.

»Ich meine, sie hätte ›Anne‹ gesagt oder ›Jeanne‹ ...«

»Versuch dich genau an das zu erinnern, was Ange-Lou gesagt hat.«

Wieder tauchte die Kleine konzentriert in ihre Erinnerungen ein, aber nach einer Minute schüttelte sie traurig den Kopf, ließ die Schultern hängen und sackte in sich zusammen.

Brigitte Nill, die hinter Nina stand, gab dem Beamten ein Zeichen.

»Gut«, sagte er. »Das sehen wir später. Mach dir nichts draus, Nina, ist nicht schlimm. Erzähl mir, was dann passiert ist.«

»Der Mann ist zu Fuß weggegangen, er hat gehinkt. Er hat auf die Hauswände geguckt, ich konnte sein Gesicht nicht sehen. Ein Stück weiter war sein Auto geparkt.«

Marion wußte, daß die Streifenwagen der Kripo die ganze Hauptstadt bereits nach einem geländegängigen Fahrzeug absuchten, von dem Nina nicht einmal die genaue Farbe wußte. Man hatte sie mehrmals auf unterschiedlichste Weise danach gefragt. Sie erinnerte sich nur an etwas Großes, Dunkles, alles weitere war irgendwo in einem Teil ihres Gehirns verschüttet.

»Mach dir keine Sorgen, es wird dir irgendwann wieder einfallen«, beruhigte die Psychologin das Kind. »Das ist nur eine Frage der Zeit.«

Gegen ein Uhr morgens trat ein Mann in dunklem Anzug unauffällig in den Raum. Er stellte sich hinter Marion, die sein Kommen nicht bemerkt hatte. Erst nach einer Weile spürte sie seinen Blick in ihrem Nacken und drehte sich um. Für einen kurzen Moment stockte ihr der Atem. Serge Kerman, groß, schlank, mit dunklen, etwas tiefliegenden Augen, das braune, kurz geschnittene Haar kaum angegraut, lächelte gezwungen und gab ihr ein Zeichen, ihm in den Flur zu folgen.

»Ich bin sofort wieder da«, sagte sie so sanft wie möglich und nickte Nina aufmunternd zu.

Der Beamte, der Ninas Zeugenaussage in den Computer eingab, nutzte die Gelegenheit, um den Rücken durchzudrücken und sich unauffällig zu strecken. Er lächelte dem Mädchen zu:

»Wir machen eine kleine Pause, du hast dir einen Kakao verdient.«

Marion stand auf, um den Raum zu verlassen. Nina reagierte nicht.

## 18

»Tut mir leid, daß ich dich gestört habe.« Zum ersten Mal in dieser Nacht merkte Marion, daß ihr die Tränen kamen.

Serge Kerman legte ihr beruhigend den Arm um die Schultern, und sie genoß die Wärme und das Gefühl, beschützt zu sein, das die Hände dieses Mannes, der inzwischen Chef der berühmten Pariser Kriminalpolizei geworden war, so gut zu vermitteln wußten. Bilder ihrer kurzen Liaison stiegen in Marion hoch, es war während ihrer Ausbildung in den Gemäuern von Saint Cyr au Mont d'Or passiert. Zwischen ihren frühmorgendlichen Dauerläufen am Mont d'Or, den Bänken, an denen sie wie sorglose Pennäler lernten, leitende Polizeibeamte zu werden, und den Diskotheken von Lyon, wo sie Cuba libre tranken und dabei die Welt neu erfanden, hatte Marion in vollen Zügen ihre Freiheit genossen und geflirtet, was das Zeug hielt. Serge Kerman träumte davon, zu heiraten und eine Familie zu gründen. Sie war eine flatterhafte Elfe, er stellte Ansprüche wie ein Grundbesitzer und war zu keinen Zugeständnissen bereit. Sie hatte ihn verlassen, um sich mit einem jungen Richter zusammenzutun, einem Bild von einem Mann. Kerman war vor Kummer fast vor die Hunde gegangen.

Marion drückte ihre Stirn an den weichen Anzugstoff, und

er nahm sie noch fester in den Arm. Seine Hand glitt über ihre Schulter an ihren Hals, sie erschauerte.

Ah, die Hände von Serge Kerman! Sie waren unbeschreiblich. Wenn er nur nicht diesen Charakter gehabt hätte, so eifersüchtig und besitzergreifend …

»Ich bin immer da, wenn es nötig ist«, sagte er mit seiner tiefen, etwas hölzernen Stimme, die Marion schon fast vergessen hatte.

»Ich mache mir Vorwürfe, ich war im Büro und habe die Zeit vergessen. Es ist meine Schuld, ich bin verantwortlich für das, was passiert ist.«

»Du bist für deine Tochter verantwortlich, nicht für das, was man ihr angetan hat.«

»Ich möchte die Eltern von Ange-Lou Marly sehen. Meinst du, das ist möglich?«

Serge Kermans Zögern verhieß nichts Gutes.

»Ich habe mit ihnen gesprochen«, sagte er widerstrebend. »In ihrer Wohnung. Das wird nicht gutgehen, Edwige.«

Edwige! Wann hatte sie zum letzten Mal jemand Edwige genannt? Edwige! Dieser verhaßte Vorname. Für alle anderen war sie Marion. Punkt.

»Ich kann's mir vorstellen«, räumte sie ein. »Wenn ich mich in ihre Lage versetze …«

»Das kannst du nicht. Deine Tochter lebt, ihre ist tot.«

Marion wurde klar, daß Kerman schon über alles informiert war. Er hatte die Fäden in der Hand, hatte alles unter Kontrolle. Wie früher. Er nahm seinen Arm von ihrer Schulter.

»Sag mal, deine Tochter … Nina? Ist das richtig? Ist sie die Tochter von diesem Richter?«

»Nein. Da liegst du falsch. Ich habe Nina adoptiert. Ihre Eltern sind tot.«

»Und der Richter?«

»Du hast dich kein bißchen verändert«, entgegnete Marion verärgert. »Immer noch genauso eifersüchtig.«

»Überhaupt nicht. Nur neugierig.«

Sein verkniffener Mund zeugte vom Gegenteil.

»Wir haben uns nach einem Jahr scheiden lassen …«

Marions kurze Ehe hatte wie ein Märchen begonnen, zwischen strammstehenden Kommissaren in Paradeuniform. Alles weitere war mit keinen schönen Erinnerungen verbunden. Kerman lächelte gezwungen.

»Das war vorhersehbar.«

»Also wirklich! Und woher, bitte schön, nimmst du dieses Wissen?«

Langsam wurde sie aggressiv. Serge Kerman hatte die Gabe, sie auf die Palme zu bringen, das war schon während ihrer Beziehung so gewesen. Er wechselte das Thema.

»Du kannst als Beobachterin an den Ermittlungen teilnehmen. Ausnahmsweise. Allerdings nur unter einer Bedingung: Du ergreifst keine Initiative. Ich werde dir alles sagen, was du wissen mußt, aber ich will kein Kuddelmuddel.«

Das Prinzip war Marion bekannt. Vor allem kannte sie Kerman, und auch er kannte sie und wußte um ihren Ruf einer Polizistin, die niemals lockerließ. Jetzt, da sie selbst betroffen war, würde sie alles geben, und diese Chance wollte sich Kerman, der eigentlich nicht gern teilte, nicht entgehen lassen. Marion nickte und dachte sich ihren Teil. Sie würde mitmischen, ob mit oder ohne Genehmigung. Das war sie den beiden Mädchen, dem toten wie dem lebenden, schuldig.

Während des Gesprächs waren sie weitergegangen und standen nun vor einer engen Wendeltreppe, die nach oben führte. Schon auf halbem Weg schlug ihnen ein fader Blutgeruch entgegen. Auf mehreren Stühlen lagen die Kleider von Ange-Lou, die Kermans Männer aus dem gerichtsmedizinischen Institut hergeholt hatten. Ein weißer Blouson, eine schwarze Stretchhose, ein Slip, Söckchen, halbhohe Turnschuhe und ein helles, blutgetränktes T-Shirt mit einem kleinen Löchlein auf der Vorderseite. Auf der Rückseite befand sich ein zweites, etwa handtellergroßes Loch.

»Es sieht so aus, als hätte sie gerade losrennen wollen«, fuhr Kerman fort. »Einen Meter weit hat sie's geschafft, dann hat der Schuß sie umgerissen. Was hat deine Tochter erzählt?«

Die Erinnerung an die kalten Lippen des Mädchens, ihren ersterbenden Atem war plötzlich wieder da. Marion rang um Beherrschung.

»Sie hat Ange-Lou gesagt, daß sie aufstehen und wegrennen soll. Jede in eine andere Richtung.«

»Das hast du ihr beigebracht.«

Marion antwortete nicht. Im übrigen erwartete Kerman auch keine Antwort. Er ging quer durch den Raum.

»Bisher haben wir am Tatort noch nicht viel gefunden. Nur das hier.«

Er hob einen durchsichtigen Beutel an einem Zipfel in die Höhe. Darin lagen zwei Schlüssel, ein langer weißer und ein kürzerer, dickerer gelber, beide an einem Schlüsselbund befestigt, das eine Tänzerin im Tutu darstellte. Ninas Geburtstagsgeschenk.

»Das sind Ange-Lous Schlüssel«, sagte Marion mit belegter Stimme.

»Das dachte ich mir. Sonst hatte sie nichts dabei. Komisch, oder?«

»Wenn die Mädchen zur Theater-AG gehen, nehmen sie eigentlich nie was mit. Höchstens die Texte, an denen sie gerade arbeiten.«

»Und die haben sie nicht immer dabei?«

»Nein, nicht immer. Ich weiß nicht, wie das heute war, da müssen wir Nina fragen.«

Der Kommissar nickte langsam, ein Tick, der ihm beim Nachdenken half.

»Morgen werden wir das ganze Gelände noch einmal gründlich absuchen«, sagte er. »Bei Tageslicht. Außerdem werden wir natürlich die üblichen Labortests vornehmen.«

Er deutete auf die Kleider. Marion sah ihn an.

»Was erwartest du? DNA-Spuren?«

»Allerdings. Sperma, Kopfhaare, Körperhaar.«

»Das war kein Sexualdelikt«, entgegnete Marion ein bißchen vorschnell.

»Woher willst du das wissen? Warst du dabei?«

Sie zuckte mit den Schultern. Er hatte natürlich recht. Es war nicht auszuschließen, daß sich der Dreckskerl nach Ninas Flucht erleichtert hatte. Marion wußte selbst, daß es Sexualtäter als erregend empfanden, ihre Opfer umzubringen. Aber war der hinkende Mann ein Sexualmörder?

»Einstweilen müssen wir uns mit dem begnügen, was wir haben«, sagte Kerman und zog Marion zur Tür. »Ein Opfer, das nicht mehr reden kann, und eine Zeugin, die nichts weiß.«

Dann war Ange-Lou jetzt also kein kleines Mädchen mehr, sondern ein Opfer. Und Nina war nicht mehr Ange-Lous Freundin. Sie war eine Zeugin. Nicht mehr als eine Zeugin.

## 19

Die Lichter der Straßenlaternen tanzten auf der Seine und verzerrten das Spiegelbild des Turms, der die Präfektur am Quai des Orfèvres überragte. Marion öffnete die Beifahrertür und half Nina einzusteigen. Ihr bleiches Gesicht war wie erstarrt, und vor ihren aufgerissenen Augen schienen Bilder zu stehen, die nur sie selbst sehen konnte. Marion setzte sich ans Steuer und fuhr langsam die Straße entlang, die bis auf ein paar uniformierte Beamte, die in Schilderhäusern oder unter Türvorsprüngen auf die Morgendämmerung warteten, menschenleer war.

»Mama«, sagte Nina plötzlich, und Marion zuckte zusammen.

»Ja?«

»Können wir zu Ange-Lou fahren?«

Der Renault machte einen Schlenker, worauf ein langsam entgegenkommendes Taxi mit lautem Hupen reagierte.

»Aber Nina, du weißt doch, daß Ange-Lou …«

»Ja, sie ist tot, ich weiß«, seufzte Nina und versank noch tiefer in ihrem Sitz. »Wie ist das, wenn man tot ist?«

Wundern Sie sich nicht, hatte die Psychologin Marion erklärt. Nina wird einige Tage brauchen, um den Tod ihrer Freundin zu objektivieren. Als Nina weggelaufen ist, hat Ange-Lou noch gelebt, verstehen Sie? Außerdem hat Ihre Tochter eine Situation erlebt, in der sie Todesangst hatte, und dieser Streß überlagert im Moment noch alles andere.

Woher sollte Marion wissen, wie das war, wenn man tot war?

»Ich weiß nicht, Nina, ich weiß es nicht.«

Bis zur Rue Saint Vincent de Paul gab Nina kein Wort mehr von sich. Marion war einen Umweg gefahren, um den Boulevard de Rochechouart und den Square d'Anvers zu vermeiden. Nina wirkte lethargisch, aber sie wußte, daß ihre Tochter mit den Nerven am Ende war und jede Sekunde zusammenbrechen konnte.

Zu Hause steckte sie Nina als erstes in die Badewanne, dann wickelte sie sie in ein warmes Handtuch und brachte sie in ihr eigenes Bett. Während der Befragung hatte man Nina solche Mengen Kakao einverleibt, daß sie nichts mehr essen wollte.

»Bleib bei mir!« bettelte sie. »Ich hab Angst. Er kommt bestimmt wieder …«

»Hier passiert dir nichts, ich bin ja da. Ich gehe schnell unter die Dusche, und dann komme ich.«

»Nein! Nein!« Nina hatte sich, am ganzen Leib zitternd, wieder aufgerichtet. »Ich will, daß du überall nachsiehst, unterm Bett, in den Schränken.«

Marion tat, was Nina von ihr verlangte.

»Hast du auch im Klo geguckt?«

Seien Sie geduldig und aufmerksam, hatte die Psychologin Marion eingeschärft. Sie müssen beruhigend auf Nina einwirken. Wenn Sie merken, daß die Angst zu groß ist und Ihre Tochter einfach nicht zur Ruhe kommt, dann geben Sie ihr das hier.

Eine kleine rosafarbene Tablette. Marion hielt nichts von solchen Mitteln, die das Problem ja nicht aus der Welt schafften und letztlich nur das Bewußtsein und damit die eigene Abwehr lahmlegten und eine Verarbeitung eher behinderten. Aber in dieser Nacht hatte ihr der Mut gefehlt, Nina die Tablette vorzuenthalten.

»Gleich wirst du einschlafen«, sagte sie und schmiegte sich an das Kind.

»Was wird er mit mir machen, Mama?«

Nina griff nach der Hand ihrer Mutter und umklammerte sie. Für den Bruchteil einer Sekunde kam es Marion so vor, als spürte sie wieder die weißen, eiskalten Finger von Ange-Lou, ihre schlaffe, leblose Hand … Ninas Umklammerung wurde fester, und die Wärme ihrer Berührung holte Marion in die Wirklichkeit zurück.

Mit der freien Hand streichelte sie über Ninas Haar und massierte ihr vorsichtig die Kopfhaut. Sie konnte die Angst, die wie ein bösartiges Tier zwischen den Haarwurzeln lauerte, fast spüren.

»Er wird dir nichts tun, mein Engel. Hab keine Angst. Ich bleibe bei dir, ich laß dich nicht allein.«

»Und morgen?«

»Versuch jetzt zu schlafen«, sagte Marion, um nicht lügen zu müssen.

»Wirst du ihn verhaften, Mama?«

»Das schwöre ich dir.«

Unter der Wirkung des Beruhigungsmittels ließ die Anspannung langsam nach. Behutsam löste Marion ihre Finger aus Ninas Hand und stand vorsichtig auf. Die Kleine war endlich eingeschlafen, und plötzlich merkte Marion, wie schwach sie sich selbst fühlte. Durch die Wohnzimmertür trat sie auf den Balkon mit Blick über Paris. Die Nacht neigte sich dem Ende zu, der Horizont war schon in den rötlichen Schimmer der Morgendämmerung getaucht. Marion betrachtete die weiße Spur eines Flugzeugs, die den Himmel über dem Eiffelturm in zwei Hälften schnitt. Wenn sie sich vorgebeugt und nach links gewandt hätte, dann hätte sie Sacré-Cœur sehen können, aber statt dessen starrte Marion mit mulmigem Gefühl in den dunklen Hof ihres Mietshauses hinab. Irgendwo in dieser Stadt mit ihrem Netz aus Straßen und Gassen hielt sich der Mann versteckt, der Ange-Lou getötet hatte.

Vielleicht war der Kerl ganz in der Nähe, dort unten, im Hof.

Instinktiv wich Marion einen Schritt zurück.

## 20

Serge Kerman hatte behauptet, daß so ein Überfall in der Vergangenheit noch nicht vorgekommen sei. Trotzdem würde man in den Archiven systematisch nach Fällen suchen, die irgendeine Ähnlichkeit mit ihm aufwiesen. Entsprechende Computerprogramme, an deren Verbesserung ständig gearbeitet wurde, gab es bereits. Kerman machte zwar einen aufgeschlossenen Eindruck, was solche Neuerungen betraf, aber am meisten vertraute er immer noch sich selbst. Sechs Jahre Kripo, Stellvertreter, dann Chef, dazu ein Gedächtnis wie ein Elefant, was wollte man mehr?

Nichtsdestotrotz war Marion fest davon überzeugt, daß er gut daran getan hätte, sich seiner Sache nicht ganz so sicher zu sein. Sie hörte zu, wie Nina die Fragen des Beamten beantwortete, der mit Hilfe eines speziellen Programms versuchte, seinem Computer ein akzeptables Porträt des Täters zu entlocken. Von Zeit zu Zeit sah sie auf den Bildschirm und wühlte dabei in ihren Erinnerungen an frühere Fälle. War ihr in ihrer Zeit in Lyon, als sie ausschließlich solche Straftaten bearbeitete, jemals etwas Vergleichbares untergekommen? Ob sich wohl einer ihrer früheren Kollegen daran erinnern würde? Schnell verscheuchte sie die nostalgischen Gefühle, die sofort in ihr aufstiegen: Ihre Männer arbeiteten eh nicht mehr dort, und außerdem war sie diejenige, die als erste und aus freien Stücken gegangen war.

»Ich glaube, das reicht für heute«, sagte der Beamte und klickte auf »Drucken«.

»Und? Was kommt dabei raus?«

Er verzog den Mund.

»Wenig. Sehr wenig.«

Wenig war noch untertrieben. Das Porträt, das der Drucker ausspuckte, sah nach gar nichts aus. Nina war untröstlich.

»Ist doch nicht schlimm, mein Schatz«, beruhigte sie Marion. »Du hast ihn nicht gesehen, da kann man nichts machen.«

»Gehen Sie jetzt zur Libi-Datei?« fragte der Beamte.

»Ja.«

Er gab ihr den Farbausdruck des Phantombildes. Nina folgte ihrer Mutter und dem bebrillten Beamten, der auch in der vergangenen Nacht ihre Zeugenaussage aufgenommen hatte. Die Kleine stand völlig neben sich. Auf beklemmend teilnahmslose Weise tat sie brav, was man von ihr verlangte, bemüht, alles richtig zu machen.

Wieder klang Marion die Stimme von Brigitte Nill in den Ohren: Sie müssen aufpassen – wenn Sie zuviel von Nina verlangen, kann es passieren, daß sie glaubt zu versagen und Schuldgefühle entwickelt. Folgen Sie Ninas Rhythmus, sie ist diejenige, die sich erinnern muß.

Marion legte ihrer Tochter eine Hand auf die Schulter. Nur Mut, meine Kleine, nur Mut.

In der Lichtbild-Datei waren Fotos von allen Personen gespeichert, die schon einmal erkennungsdienstlich behandelt worden waren. Alles, was über diese Individuen an Informationen zur Verfügung stand, wurde in die Computerdatei eingegeben. Sie erlaubte einen Zugriff auf zahlreiche Fälle. Marion erhoffte sich einiges davon. Der Täter hatte zwar kein Gesicht, aber einige besondere Merkmale. Wenn er in der Datei gespeichert war, würde sie ihn ausspucken.

Gegen Mittag war Nina müde. Hunderte Fotos von mittelgroßen, korpulenten Männern um die Vierzig hatte sie an sich vorbeiziehen sehen, jetzt hatte sie Kopfschmerzen. Als man das Hinken als Suchkriterium eingab, schnellte die Zahl der Verdächtigen nach unten. Wahrscheinlich Linkshänder, und schon landeten achtzig Prozent der Fotos im Papierkorb. Nach Hinzunahme des Kriteriums »Springerstiefel und schwarze Kleidung« blieb nur noch ein einziger Mann übrig. Sein Name war Struder. Hermann Struder, vor zehn Jahren wegen Mordes verurteilt. Dreimal hatte er sich in einer Art militärischem Kampfanzug an Frauen reiferen Alters vergriffen.

Der Kripobeamte warf Marion einen vielsagenden Blick zu: Ein Knastbruder konnte erstens Freigang haben und zweitens in der Auswahl seiner Opfer andere Vorlieben entwickeln. Sicher. Obwohl es schon ziemlich unwahrscheinlich war. Aber wenn man mit völlig leeren Händen dastand, mußte man jeder Spur nachgehen.

Die Fotos, die Hermann Struder von vorne, im Profil und stehend zeigten, lösten bei Nina keine Reaktion aus.

Noch einmal ließ sie sich durch Gänge und Treppenhäuser ziehen, ohne aufzusehen, ohne auch nur eine Frage zu stellen. Als sie in dem Büro, das sie bereits kannte, wieder auf demselben Stuhl saß, vor derselben Kamera wie in der vergangenen Nacht, wollte sie von ihrer Mutter wissen, wann sie wieder in die Schule gehen dürfe.

»Lassen Sie sie in die Schule gehen«, hatte die Psychologin Marion geraten, »sie muß ihren Weg weitergehen, den Weg, den sie kennt. Das Leben läßt sich nun einmal nicht anhalten, und das muß ihr auch selbst klarwerden.«

Aber warum war Nina nicht wütend, warum empfand sie keine Trauer?

»Der Schock«, hatte die Psychologin geantwortet. »Sie leidet unter einer Art Realitätsverlust. In Alltagssituationen wird sie merken müssen, daß ihre Freundin nicht mehr da ist. Sie wird sie zu Grabe tragen müssen. Danach können Sie erst mal auf das Schlimmste gefaßt sein.«

## 21

Marion hatte Nina dem bebrillten Beamten anvertraut und sich auf die Suche nach Serge Kerman gemacht. In einem Eckchen, das als Wartebereich diente, entdeckte sie plötzlich die Eltern von Ange-Lou Marly.

Sie waren sich vor anderthalb Monaten zu Beginn des neuen Schuljahres zum ersten Mal begegnet. Die Familie war aus Marseille zugezogen, Marion aus Lyon. Am Elternabend hatten die Erziehungsberechtigten der »Neuen« zusammen in der letzten Reihe gesessen. Ange-Lou und Nina, die nicht unterschiedlicher hätten sein können, waren sofort aufeinander geflogen. Als letztes von vier Kindern war Ange-Lou das Nesthäkchen und wurde von ihrem Vater Jean Marly, der schon weit über sechzig war, nach allen Regeln der Kunst verwöhnt. Er war ein bulliger, temperamentvoller Mann, dem man ansah, daß er auch ein Genießer war. Kettenraucher und Alkoholiker, lautete Marions Diagnose, und sie kannte sich in solchen Dingen weiß Gott aus. Eve Marly war das genaue Gegenteil. Bis auf die Knochen abgemagert und kaum jünger als ihr Mann, litt sie seit Ange-Lous Geburt an mehr oder weniger starken Depressionen. Außer Ange-Lou lebte nur noch eins der Kinder bei den Eltern, ein zwanzigjähriger Junge. Sein ausweichender Blick und seine plötzlichen Stimmungsschwankungen hatten Nina vom ersten Moment an abgestoßen. Sie haßte den Bruder und mied den Vater, der ihr zu laut, zu aufdringlich war.

Eve Marly hatte Marion als erste entdeckt und starrte sie benommen an. Jean Marly, der gerade mit seinem Handy telefonierte, hatte sie nicht gleich bemerkt. Als er sie sah, lief er sofort rot an.

»Sie haben gute Arbeit geleistet, Madame«, ging er mit Donnerstimme auf sie los. »Bravo.«

Kerman hatte sie gewarnt. Sie kam sich vor wie auf einer Anklagebank.

»Es tut mir so schrecklich leid für Sie«, fing sie an, bemüht, ihre Stimme normal klingen zu lassen. »... Ich hatte Verspätung. Ich ...«

»Ich hatte ja schon so ein Gefühl, daß man sich auf Sie

nicht verlassen kann. Ich habe sogar mit meiner Frau darüber gesprochen. Ich hätte auf meine Eingebung hören sollen.«

»Aber …«, stammelte Marion hilflos.

»Seien Sie still! Sie haben doch gar keine Ahnung, wie man Kinder erzieht. Sie sind keine richtige Mutter …«

»Jean!«

Eve Marly hatte ihrem Mann eine Hand auf den Arm gelegt und sah Marion aus verweinten Augen an.

»Bitte, Jean, das bringt sie uns auch nicht zurück. Gehen Sie, Madame. Lassen Sie uns allein.«

Für Marion war es wie ein Schlag ins Gesicht. Sie versuchte, den Schmerz, die Wut und Verzweiflung der Eltern nachzuempfinden und Verständnis aufzubringen, aber es fiel ihr schwer. Sie straffte die Schultern und wollte nochmals das Wort ergreifen.

»Sie haben nicht das Recht …«

»Ich habe jedes Recht der Welt!« polterte Ange-Lous Vater von neuem los und sah sie grimmig an. »Ich hoffe, daß man Ihnen jetzt Ihre Tochter wieder wegnimmt. Das ist ja wohl das mindeste.«

Kerman hatte in seinem Büro die erregten Stimmen gehört. Energisch zog er Marion fort. Er trug denselben Anzug wie am Vortag, aber ein frisches himmelblaues Hemd und eine perlgraue Krawatte, auf der sich weinrote Eulen wie Zinnsoldaten aneinanderreihten.

»Ich hatte dir ja gesagt, daß das nicht gutgehen würde. Ich wußte nicht, daß sie schon hier sind.«

»Aber ich muß doch mit ihnen reden«, protestierte Marion. »Ich muß es ihnen doch erklären.«

»Was? Daß du zu spät warst? Daß deine Tochter ihre Tochter durch die dunklen Straßen geschleift hat? Daß sie weggelaufen ist und damit das Urteil über ihre Freundin gesprochen hat?«

Marion wurde schwindelig. Sie mußte sich an einer Stuhllehne festhalten.

»So siehst du das also?«

»Ich sehe überhaupt nichts. Ich stelle nur fest, und du tätest gut daran, dasselbe zu tun. Diese Leute versuchen, ihre eigenen Schuldgefühle auf dich zu übertragen. Das ist ein Klassiker, fall bloß nicht darauf rein.«

Marion warf ihm einen bösen Blick zu. Der hatte gut reden, er war alleinstehend und kinderlos.

»Er hat gesagt, daß ich eine schlechte Mutter bin. Nein, noch schlimmer, daß ich keine richtige Mutter bin.«

»Das macht der Kummer. Die beiden leiden.«

»Und ich etwa nicht? Scheiße!«

»Komm her.«

Er ließ ihnen zwei Tassen Kaffee und eine Metalldose mit bretonischen Butterkeksen kommen. Marion erinnerte sich gut an dieses Detail. Seit zwölf Jahren aß Serge Kerman jeden Morgen und jeden Nachmittag bretonische Butterkekse. Immer um dieselbe Uhrzeit. Dazu einen ziemlich dünnen Kaffee mit viel Zucker. Jungfrau, Aszendent Jungfrau. Wie hätte sie mit einem Mann zusammen leben können, der funktionierte wie ein Metronom? Selbst wenn er diese wunderbaren Hände hatte?

»Ich habe eben mit dem Gerichtsmediziner geredet.«

Kerman hatte auf seinem Chefsessel Platz genommen, schwarzes Leder, mit Kippvorrichtung. Marion saß auf der anderen Seite des riesigen Schreibtisches. Es war kein Gespräch unter Freunden mehr. Sie hatte Angst vor dem, was er sagen würde.

»Ange-Lou Marly hatte schwere innere Blutungen, aber er glaubt, wenn man sofort erste Hilfe geleistet hätte …«

Wieder sah sie Ange-Lous kleinen, auf dem Rücken liegenden Körper vor sich, die angezogenen Beine, die nasse

Hose, die geschlossenen Augen, die schlaffe Hand. Und dann der Puls, der kaum noch zu spüren war …

Das Blut pochte in Marions Schläfen. Was wollte Kerman eigentlich damit sagen? Daß sie Ange-Lou umgebracht hatte?

»Auf den Kleidern war kein Blut zu sehen, ich dachte, sie wäre nur ohnmächtig«, murmelte sie. »Nina war der festen Überzeugung, der Mann habe auf sie geschossen, sie konnte ja nicht ahnen, daß er Ange-Lou getroffen hatte … Woher hätte ich denn wissen sollen, daß … Jetzt sag nicht, daß sie überlebt hätte, wenn …«

»Das habe ich nicht gesagt. Ich wollte dich nur warnen: Die Familie wird das aufgreifen. Der Vater kann ausgesprochen bösartig sein. Er hat schon mit seinem Anwalt darüber geredet.«

»Das darf doch wohl nicht wahr sein!«

Marion stützte die Ellbogen auf die Knie und fuhr sich mit den Händen durchs Haar. Sie trug es jetzt kürzer geschnitten als damals, während ihrer Liaison, aber die typische Handbewegung war geblieben. Kerman wurde von einer leichten Nostalgie erfaßt, was Marion ihm ansah, als sie wieder aufblickte.

»Du wirst dich verteidigen, du schaffst das schon«, sagte er schnell.

»Wenn du wüßtest, wie egal mir das ist. Ich hab's satt, daß immer alle so tun, als wäre ich wer weiß wie kaltblütig, als würde ich solche Sachen mit links …«

»Na ja …«

»Siehst du! Du auch, du …«

»Aber nicht doch«, fiel ihr Kerman seufzend ins Wort. »Ich kenne dich halt ein bißchen. Willst du dich jetzt bemitleiden lassen, oder was?«

Es folgte angespanntes Schweigen. Durch die dünnen Wände drangen die Bürogeräusche, wie sie wahrscheinlich in jeder Polizeidienststelle zu hören waren. Das Bimmeln der Telefone erinnerte Marion plötzlich daran, daß sie sich seit gestern abend nicht mehr beim Gare du Nord gemeldet hatte. Was dort los war, interessierte sie im Moment nur peripher. Im übrigen hatten die Kollegen sie auch nicht kontaktiert, und sie beschloß, lieber nicht darüber nachzudenken, was ihr Schweigen zu bedeuten hatte. Anscheinend kam man ohne sie zurecht, und das war auch gut so.

Sie stand auf. Serge Kerman blieb sitzen und drehte langsam die Tasse in seiner Hand. Dabei starrte er in seinen Kaffeesatz, als könnte er darin ein Orakel lesen.

»Willst du mir noch was sagen?« fragte Marion, die ahnte, daß noch etwas im Busche war.

»Ja. Heute abend gehe ich mit deiner Tochter noch einmal zum Tatort.«

## 22

Marion durchquerte den Bahnhof, und alle, die sie kannten, sahen ihr schweigend nach. Sie wußte, daß sie auf dem laufenden waren, Gerüchte und Neuigkeiten machten hier besonders schnell die Runde.

Major Morel erwartete sie steif, in fast strammer Haltung. Im Gang lungerten Valentine Cara und Luc Abadie herum und taten, als hätte der Zufall sie gerade hergeführt. Andere, deren Namen Marion entfallen waren, kamen aus ihren Büros, weil sie wissen wollten, wie eine Chefin aussah, die richtig Ärger hatte. Marion widerstand dem heftigen Drang, die Flucht zu ergreifen.

»Tut mir leid, daß ich Sie gestört habe, Chef.«

Major Morel hatte Marion angerufen, als sie gerade den Quai des Orfèvres verließ, von ihrem Gespräch mit Kerman noch ganz aufgewühlt. Eine Rekonstruktion des Tathergangs! Wie konnte man Nina so etwas zumuten? Wo das Drama noch keine vierundzwanzig Stunden zurücklag! Was sollte in diesem Stadium, wo man nicht das geringste über den Täter wußte, eigentlich dabei herauskommen?

»Ich habe gehört, was passiert ist … Ihre Tochter … Es tut mir sehr leid, wir sind alle völlig schockiert, das wollte ich Ihnen nur sagen.«

»Ja. Danke. Was gibt's denn, Major Morel?«

»Einer von unseren Jungs ist heute morgen nicht zurückgekommen. Er hat seine Runde gedreht, um die Kollegen, die noch Dienst gehabt hatten, nach Hause zu bringen. Gegen fünf Uhr morgens ist der Funkkontakt abgerissen.«

»War er allein?«

»Ja. Er hatte gerade zwei Kollegen in Villeneuve Saint Georges abgesetzt.«

»Was hat er gesagt, bevor der Kontakt abgerissen ist?«

»Ähm … daß er sich auf den Rückweg macht. Sonst nichts. Wir haben nichts gehört, keine Unfallmeldung, keine Schlägerei oder sonstwas, nichts.«

»Ist so etwas schon mal vorgekommen?«

»Einmal, ist aber schon lange her.«

Er schwieg, ohne Marions Blick auszuweichen. Mit einem unangenehmen Gefühl in der Magengegend ließ sie sich in einen Sessel sinken. Morel blieb mit dem Käppi in der Hand vor ihr stehen wie ein Schüler, der eine Prüfung ablegt.

»Und?« hakte Marion widerwillig nach.

»Der Mann hatte sich im Dienstwagen mit seiner … nun ja, mit seiner Dienstwaffe … umgebracht.«

»Was sagen Sie da?«

»Ja, ja, aber den hatten wir schnell wiedergefunden«, fügte Morel rasch hinzu. »So etwas bleibt nicht lange unbemerkt.«

»Es sei denn, derjenige versteckt sich in einem Wald oder setzt den Wagen in einen Kanal.«

»Natürlich.«

Es war vierzehn Uhr. Wie lange brauchte man wohl, um ein Auto mit einer Leiche darin wiederzufinden?

Marion schloß die Augen und preßte die Daumen an ihre Schläfen. Grausige Bilder schossen ihr durch den Kopf. Ihr war übel.

Sie dachte an Nina, die im siebten Stock unter ihrer Daunendecke lag und schlief. Nach vielen langen Stunden in der Präfektur hatte die Kleine ihr Schweigen gebrochen, aber nur, um nach einer rosafarbenen Tablette zu fragen. Davon, in die Schule zu gehen, war keine Rede mehr. Marion hatte ihr eine halbe Tablette zugebilligt, und Morel hatte Martine Lemaire, eine etwas untersetzte Beamtin, damit beauftragt, auf Nina aufzupassen. Marion fragte sich, was passieren würde, wenn Nina aufwachte, und plötzlich empfand sie trotz Morels Horrornachrichten fast so etwas wie Erleichterung darüber, im Büro zu sein. Der Major berichtete, was man bereits unternommen hatte, um den Beamten wiederzufinden, und schlug Marion vor, sich die Protokolle der letzten vierundzwanzig Stunden sowie die Wachkladde anzusehen.

Sie schob eine dicke Aktenmappe an den Rand ihres Schreibtischs, und Morel legte einen Stapel Papiere auf die freigeräumte Stelle.

Gare de Lyon: Ein Beamter jüdischen Glaubens hatte angekündigt, daß er sich ab sofort weigere, an Samstagen zu arbeiten. Gare Saint Lazare: Ein getrennt lebendes, noch nicht geschiedenes Polizistenehepaar hatte im Umkleideraum aufeinander eingedroschen. Gare Montparnasse: Ein Beamter im Wachdienst war ins Krankenhaus eingeliefert worden, nachdem er sich an einer gebrauchten Spritze verletzt hatte. Gare de l'Est: Ein falscher Bombenalarm hatte in den Räumen der Polizei für Panik gesorgt. Die ganze Dienststelle mußte geräumt werden, was ein Ausländer, der ohne gültige Aufenthaltsgenehmigung aufgegriffen worden war, dazu genutzt hatte, das Weite zu suchen ... Das Übliche eben.

»Was haben Sie mit diesem ganzen Mist gemacht, Morel?«

»Die Leute vom Kampfmittelräumdienst haben das verdächtige Gepäckstück entsorgt, aber der Mann ohne Papiere ist spurlos verschwunden.«

»Alles andere hätte mich erstaunt. Und weiter?«

»Lieutenant Borelli ist schon wieder aus dem Krankenhaus. Er hat einen Aidstest gemacht, den er in acht Tagen und dann noch einmal in drei Monaten wiederholen muß. Das zerstrittene Ehepaar habe ich getrennt, die Frau wird eine Weile hier arbeiten, das wird ihr eine Lehre sein.«

»Warum die Frau?«

»Weil sie angefangen hat. Wissen Sie, dieses Weib ist regelrecht ... mannstoll.«

»Major!«

»Tut mir leid, aber ein anderes Wort gibt es dafür nicht, sie schnappt sich jeden Frischling, der ihr über den Weg läuft. Kann übrigens gut sein, daß die Gewerkschaften mobilmachen, sie geht nämlich auch mit dem Gewerkschaftsvertreter vom SNIF ins Bett.«

»SNIF?«

»Die Gewerkschaft der Wachdienstleute, das ist eine ganz aggressive Truppe, die verheerende Schäden anrichten kann.«

Marion seufzte entnervt.

»Was den Juden betrifft, da habe ich nein gesagt«, fuhr Morel fort.

»Aber ... Was soll das heißen, nein?«

»Machen Sie sich über diese Dinge keine Gedanken, Madame, so etwas kommt öfter vor. In einem solchen Fall diskutiere ich nicht, sondern halte mich an die Vorschriften.«

Um so besser, dachte Marion.

»Aber halten Sie mich über den verschwundenen Beamten auf dem laufenden ... Womöglich ist er einfach nur abgehauen. Apropos abgehauen ... Wie geht's dem Jungen?«

»Dem Jungen?«

»Sonntag, Damentoilette, die Blutspur bis ins Krankenhaus, Major Morel ... Weckt das irgendwelche Erinnerungen?«

»Oh, Entschuldigung«, stammelte der Major. »Ich ... ich weiß nicht. Man hat mir nichts gesagt.«

»Man« waren die Beamten der Kriminalpolizei. Die Streitereien zwischen Bahnhofspolizei und Pariser Kripo reichten bis in graue Vorzeit zurück und würden sich wahrscheinlich trotz aller Bemühungen der Verwaltung bis zum Nimmerleinstag fortsetzen.

Marion überflog noch rasch die Wachkladde und gab Morel den Packen Papiere zurück.

Als der Kollege schon fast an der Tür war, befahl sie ihm: »Schicken Sie mir Abadie und Valentine Cara!«

Morel reagierte nicht.

»Bitte, Major Morel«, verbesserte sich Marion und erhob sich aus ihrem Sessel.

Während sie ihren Lederblouson überstreifte, wurde ihr plötzlich bewußt, daß sie immer noch die Klamotten am Leib hatte, die sie morgens angezogen hatte, nachdem ihre blutverschmierte Uniform in der Waschmaschine gelandet war. Die Überraschung in den Gesichtern der Männer vorhin war wohl den Jeans, den Boots und der Lederjacke geschuldet gewesen. Als Valentine Cara und Luc Abadie Seite an Seite den Raum betraten, saß Marion schon wieder hinter ihrem Schreibtisch.

Die beiden trugen ihre Uniformen mit beneidenswerter Eleganz, irgendwie paßten sie gut zueinander. Für einen kurzen Moment fragte sich Marion, ob sie vielleicht ... und schüttelte diesen unpassenden Gedanken schnell wieder ab.

»Wie geht es Ihnen, Madame?«

Valentine Cara sah sie aus ihren grünen Augen freundlich an. Nicht einmal mitleidig, dachte Marion, während sie die junge Beamtin musterte. Luc Abadies Miene war genau wie immer, vielleicht nicht ganz so distanziert.

»Es geht schon, Lieutenant Cara«, erwiderte sie. »Ich nehme an, der neueste Klatsch ist auch zu Ihnen vorgedrungen.«

»Die Leute reden von nichts anderem«, antwortete Abadie nach kurzem Zögern. »Und jeder gibt seinen Senf dazu. Manche sagen, daß die kleine Marly ...«

»Ich war dabei!« fiel ihm Valentine ins Wort. »Ich weiß, was passiert ist. Ich soll morgen in der Präfektur erscheinen. Die wollen wissen ...«

»Ich weiß, was die wissen wollen, Lieutenant Cara.«

»Was soll ich sagen?«

»Alles, was Sie gesehen haben und wissen. Nicht mehr und nicht weniger.«

Marion sah Capitaine Abadie fest in die Augen.

»Irgendwelche Neuigkeiten, Abadie?«

Mit einer Bewegung seines Kinns deutete der Capitaine auf die voluminöse Akte, die jetzt am Rand von Marions Schreibtisch lag.

»Nein. Aber ich habe die Sachen vorbereitet, um die Sie mich gebeten hatten.«

## 23

Kaum hatte Marion die Vermißtenakte aufgeschlagen, da hatte auch schon ihr Telefon geklingelt: Nina war aufgewacht.

»Sie hatte einen Alptraum«, sagte Martine Lemaire, die

Marion an der Tür entgegenkam. »Ich weiß nicht mehr, was ich machen soll.«

»Danke«, sagte Marion. »Warten Sie in der Küche auf mich.«

Die Beamtin zuckte unmerklich zusammen.

»Bitte«, fügte Marion in freundlicherem Ton hinzu.

Nina hockte mit ernster, abwesender Miene auf dem Sofa. Ein paar Haarsträhnen fielen ihr in die Augen.

Vorsichtig strich Marion ihrer Tochter die Haare aus dem Gesicht und wollte sie an sich ziehen. Aber Nina wehrte sich gegen die Umarmung und kauerte sich in eine Ecke des Sofas.

»Mama«, sagte sie, »ich habe ihn gesehen.«

»Was? Wen?«

»Den Mann, der Ange-Lou umgebracht hat. Ich hatte eben einen Traum. Ich habe alles gesehen.«

Sie erschauderte. Marion rückte näher, ihr Puls ging schneller.

»Was hast du gesehen, Nina? Den Mann? Sein Gesicht?«

»Nein, natürlich nicht, Mama!« erwiderte die Kleine genervt. »Ich hab dir doch schon gesagt, daß er vor dem Theater den Kopf weggedreht hat, und danach hatte er eine Mütze auf!«

»Was hast du dann gesehen?«

»Das Auto. Die Reifen und die … die runden Dinger in der Mitte.«

»Die runden Dinger? Du meinst die Radkappen?«

»Ja. Sie waren rot mit irgendwas drauf. Ein Zeichen. So was wie ein Blitz …«

»Ein Blitz?«

»Ja, ein Blitz! Hast du noch nie einen Blitz gesehen?« fuhr Nina ihre Mutter an.

Marion stand so hastig auf, daß sie gegen den Karton stieß,

der als Nachttisch diente. Die Lampe darauf geriet gefährlich ins Schwanken. Fünf Sekunden später legte sie ihrer Tochter ein Stück Papier und einen Stift in den Schoß.

»Mal mir deinen Blitz!«

Das tat Nina, und Marion betrachtete das Gebilde, das alles mögliche hätte sein können, nur kein Blitz. Am ehesten vielleicht noch ein Z, aber dafür hätte es eckiger sein müssen.

»Bist du dir sicher, daß es so ausgesehen hat?«

Nina legte die Stirn in Falten. Sie schloß die Augen und konzentrierte sich. Nach langem Nachdenken machte sie die Augen wieder auf und schüttelte langsam den Kopf.

»Nein. Vielleicht ...«

»Nein oder vielleicht?«

Nina nahm den Stift wieder in die Hand und fing an, daran zu lutschen.

»Etwas Rundes ...«, sagte sie nachdenklich und zog eine eiförmige Linie um den Blitz.

»Ein Oval? War der Blitz in einem Oval?«

Marion mußte sich zwingen, ruhig zu bleiben.

Nina zuckte die Achseln.

»Ich weiß nicht. Ich glaub schon. Die Reifen waren weiß. Um die ... die Felge herum war es weiß.«

»Bist du dir da sicher, Nina?«

»Ich bin doch mit der Nase fast drangestoßen.«

Marion war zum Telefon gestürzt:

»Abadie?«

»Ich wollte gerade gehen.«

»Warten Sie auf mich. Ich bin in zwei Minuten da.«

## 24

Kurz vor acht schaltete sie den Fernseher ein. In den Zwölf-Uhr-Nachrichten war auf allen Kanälen über Ange-Lous Ermordung berichtet worden, und *France Soir* hatte die Nachricht als dicke Schlagzeile auf die Titelseite gebracht. Auch an diesem Abend wurde das Verbrechen im Fernsehen erwähnt, aber erst ganz am Ende, nach den Ergebnissen der Fußballmeisterschaft. Die Pariser Zeitungen würden am nächsten Tag über das Ereignis berichten, selbst die überregionale Presse würde ihm ein paar Zeilen widmen. Marion war allen Interviews aus dem Weg gegangen und hatte die Medienvertreter an Serge Kerman verwiesen. Trotzdem fürchtete sie, daß es ihr nicht gelingen würde, Nina ganz vor der Neugier der aufdringlichen Journalisten abzuschirmen.

Der Traum hatte die Kleine aufgewühlt, sie hatte sich in ihr Zimmer geflüchtet und alle Lampen angemacht. Marion hörte die laut stampfende Musik, ohne einzugreifen: wenn es ihr dabei besser ging … Nina mußte Kräfte sammeln, denn an diesem Abend würde noch einiges auf sie zukommen. Zweiundzwanzig Uhr, hatte Kerman gesagt. Der Untersuchungsrichter, der am Nachmittag eingesetzt worden war, nachdem die Staatsanwaltschaft beschlossen hatte, ein Ermittlungsverfahren einzuleiten, würde auch zur Stelle sein. Alle bauten auf Nina und auf das, woran sie sich aus der Situation heraus erinnern würde.

»So ein Schwachsinn!« schimpfte Marion und bückte sich, um eine Cognacflasche – ein Martell XO Suprême – vom Boden aufzuheben, die ihr die Kollegen in Lyon in doppelter Ausführung zum Abschied geschenkt hatten.

Nichts würde dabei herauskommen, es würde Nina nur noch mehr aus der Bahn werfen. Aber psychologisches Feingefühl gehörte nicht zu Kermans Stärken, er würde sich von seinem Vorhaben nicht abbringen lassen.

Marion öffnete die Flasche und hielt sie gegen das Licht, um den bernsteinfarbenen Schimmer ihres edlen Inhalts zu bewundern, dann nahm sie einen Schluck direkt aus der Flasche. Sie unterbrach den Fluß der Fernsehnachrichten, die doch nur an ihr vorbeirauschten, und starrte, den Kopf voll trüber Gedanken, auf den schwarzen Bildschirm. In Ninas Zimmer hatte die Musik noch einige Dezibel zugelegt, die dumpfen Bässe ließen die Wände erzittern. Ihr Nachbar – der aus dem siebten Stock, der sie manchmal akustisch so eindrucksvoll an seinen Liebesspielen teilhaben ließ – mochte keinen Reggae, und Marion unterbrach ihre Grübeleien, um aufzustehen und Nina ein bißchen zu bremsen.

Da vibrierte das Handy, und schon erklangen die ersten, altbekannten Takte einer Melodie, die Marion langsam ziemlich auf die Nerven ging.

Kermans Stimme klang so, als hätte er begonnen, das gleiche zu tun wie Marion: sich zu betrinken.

»Was ist denn das für eine grausame Musik?«

»Nina läßt Dampf ab. Was willst du, Serge?«

»Der Termin heute abend fällt aus. Dem Untersuchungsrichter ist etwas dazwischengekommen, und ich habe einen Riesenschlamassel am Hals.«

»Was denn?«

»Eine Schießerei in der Nähe der Champs-Élysées ... Vier Typen haben ins Gras gebissen.«

»Das kommt mir sehr gelegen.«

Kerman lachte. Ein freudloses Lachen.

»Was machst du?« fragte er nach einer Weile.

»Das gleiche wie du. Ich trinke.«

»Übertreib's bitte nicht, Edwige, okay?« sagte er. »Und bleib lieber nicht allein, das ist nicht gut. Soll ich kommen?«

»Bloß nicht. Keine Angst, es geht mir gut. Bis dann, Serge.«

Dabei hätte sie eigentlich Lust gehabt, ja zu sagen. Es hätte ihr gutgetan, mit jemandem zu reden, auch wenn es nur Serge war. Alles wäre besser gewesen als die Einsamkeit ihrer allzu leeren Wohnung und die Angst vor dem dunklen Hof unter ihrem Fenster. Sie wartete darauf, daß er den Hörer auflegte.

»Ach ja, Edwige, noch was ... Herman Struder ...«

Marion hatte schon vergessen, wer Herman Struder war, und ihr Schweigen brachte Kerman wieder zum Lachen, ein leises, völlig unangebrachtes Lachen, dem sie entnehmen konnte, daß er schon einen deutlichen Vorsprung vor ihr hatte. Wie war das noch, was hatte er damals, als sie zusammen waren, immer getrunken? Es fiel ihr einfach nicht mehr ein.

»Struder ... Der Typ, den die Datei heute morgen ausgespuckt hat, erinnerst du dich?«

»Ja, natürlich. Der ist es ja wohl nicht, oder?«

»Er ist vor einem Monat gestorben. Leberkrebs. Tjaja, der Alkohol ...«

Er ruhe in Frieden, hätte Marion am liebsten gesagt. Struder interessierte sie nicht die Bohne, sie hatte gleich gewußt, daß er nichts mit dem Fall zu tun hatte. Sie nahm einen Schluck Cognac, und plötzlich fiel ihr Kermans Vorliebe in Sachen Alkohol wieder ein.

»Whisky!«

»Was?«

»Du trinkst Whisky. Single Pure Malt.«

»Ja. Daran erinnerst du dich noch, das ist gut ... Ich möchte mit dir zusammen trinken, Edwige. Laß mich kommen.«

Marion legte auf, ohne sich zu verabschieden.

## 25

Gegen einundzwanzig Uhr rief Gervaise Bousse an. Niemand war auf die Idee gekommen, sie zu informieren, sie hatte gerade in einem ihrer Erwachsenenkurse von dem Drama erfahren. In ihrer rauhen Stimme schwang kein Vorwurf, nur Sorge.

»Wie geht es Nina?«

»Nicht gut ...«

»Ich lasse meinen Kurs ausfallen ... Heute abend sind sowieso nur die Idioten gekommen. Ich bin sofort bei Ihnen, Sie wohnen ja ganz in der Nähe.«

Zehn Minuten später war Gervaise Bousse da, und in der Enge ihrer Wohnung empfand Marion die Anwesenheit dieser Frau, der sie noch nie so nah gegenübergestanden hatte, fast als einen Übergriff. Sie war sehr korpulent, um nicht zu sagen fett, und steckte wie die Wurst in der Pelle in einem schwarzen Kleid, über das sie ein buntes Umschlagtuch geworfen hatte. Ihre flachen Schuhe waren abgetreten, und ihr langes, im Nacken zusammengebundenes Haar schrie geradezu nach einem Friseurbesuch. Es war unübersehbar, daß sie nicht gerade im Geld schwamm. Oder sie kümmerte sich einfach nur einen feuchten Kehricht um ihr Aussehen. Ihre tiefe Stimme hallte durch den engen Flur.

»Zum Teufel noch mal, wenn Sie wüßten, was ich mir für Vorwürfe mache!«

»Es ist meine Schuld, nicht Ihre«, stellte Marion klar.

»Nein, nein, ich hätte die beiden in dieser üblen Gegend nicht allein lassen dürfen.«

»Es ist meine Schuld«, heulte Nina. »Ich wollte einfach nicht auf meine Mutter warten ... Du sagst doch, daß ich immer so große Töne spucke, Gervaise. Da, bitte, jetzt hast du's ...«

»Das stimmt allerdings«, brummte Gervaise, während sie den beiden in die Küche folgte. »Was ist denn eigentlich passiert?«

In groben Zügen schilderte ihr Marion die Ereignisse, wobei sie sich mit Rücksicht auf Nina jedes Wort sehr genau überlegte.

»Das arme Kind!« sagte Gervaise. »Ich sehe sie noch vor mir, wie sie mit ihrer grünen Mappe auf dem Bürgersteig steht.«

»Das also zu diesem Thema«, murmelte Marion. »Da wird sich Kerman freuen. Er hat sich nämlich gefragt, ob sie ihre Mappe dabeihatte …«

»Wer ist Kerman?« fragte die Schauspiellehrerin.

»Der Kripochef, er leitet die Ermittlungen. Ein ganz hohes Tier. Der Mann ist ein echter Bulldozer.«

Nina verzog verächtlich den Mund.

»Ich kenne diesen Kerman nicht«, sagte Gervaise, »aber ich meine, er sollte dafür sorgen, daß dieser Scheißkerl schleunigst geschnappt wird.«

Sie nahm auf einem der mit Leinen bespannten Küchenstühle Platz. Marion kochte ihr einen Kaffee, gab ihrer Tochter ein Glas Orangensaft und schenkte sich selbst den dritten Cognac ein.

Gervaise betrachtete Nina mit gerunzelter Stirn.

»Verdammte Scheiße!« polterte sie plötzlich los.

Nina zuckte derart zusammen, daß Marion gar nicht darauf kam, sich über die unfeine Art der Schauspiellehrerin aufzuregen.

»Was ist?«

»Das Auto! Nina, beschreib mir das Auto!«

»Aber ich hab's doch kaum gesehen«, rief die Kleine aus. »Ich hab erst nur die Rücklichter gesehen und danach die Reifen und diese … diese Dinger in der Mitte.«

»Die Radkappen«, sagte Marion. »Warum ...«

»Psst«, sagte Gervaise und schloß die Augen.

Im Theater konnte ihre rauhe, autoritäre Stimme wahre Wunder vollbringen. Woanders auch. Nina tat keinen Mucks mehr, Marion nippte an ihrem Cognac, und als sie schluckte, kam ihr das Geräusch ungeheuer laut und deplaziert vor.

»Ich gehe zu meiner alten Rostlaube«, sagte Gervaise hochkonzentriert, immer noch mit geschlossenen Augen. »Ich steige ein, lasse den Motor an. Der Idiot vor mir hat mich eingeklemmt. Ich muß rangieren. Und das mit meinem Simca, ohne Servolenkung ... Ich schimpfe auf den Kerl und ... Genau, es ist ein großer, schwarzer Geländewagen. Off-Roader, oder wie das heißt. Keine Ahnung, welche Marke. Die Kisten sehen für mich sowieso alle gleich aus. Du kannst mir zehn davon vor die Nase stellen, ich sehe keinen Unterschied. Aber die hier hat so ein Ding auf der Heckscheibe, ein Tier. Ein Tiger oder ein Löwe, meine ich zumindest. Jedenfalls unübersehbar ...«

Sie schlug die Augen wieder auf und fixierte Marion.

»Die Augen von dem Tier haben nämlich geblinkt. Ich weiß nicht, wie so ein Schwachsinn funktioniert ...«

»Da werden einfach zwei Lämpchen an die Autobatterie angeschlossen«, erklärte ihr Marion. »Wahrscheinlich ist das Ganze mit den Bremsen gekoppelt.«

»Was für ein Spießer!« giftete Gervaise.

»Tja ...«, sagte Nina schulterzuckend.

Marion starrte die dicke Frau an:

»Ich werde Ihnen eine dumme Frage stellen, Madame Gervaise.«

»Sagen Sie einfach Gervaise, das reicht mir vollkommen. Meine Antwort lautet: Nein, ich habe das Kennzeichen nicht gesehen. Hab's mir zumindest nicht gemerkt.«

»Schade. Aber Sie haben bestimmt draufgeschaut, ohne

darauf zu achten. Wahrscheinlich ist Ihnen nichts aufgefallen, weil es ein ganz normales Kennzeichen war. Meistens fällt einem doch nur das auf, was ungewöhnlich ist, stimmt's?«

Gervaise versank in tiefes Nachdenken, tauchte jedoch sehr schnell wieder aus ihren Grübeleien auf und erhob sich.

»Tut mir leid, aber ich muß eine qualmen.«

»Sie können hier rauchen«, sagte Marion rasch, denn sie wollte nicht, daß die unerwartete Zeugin gerade jetzt wieder ging.

Gervaise zückte ein Päckchen Gitanes, ohne Filter.

»Sind Sie sicher?«

Im Nu war der kleine Raum in dichten, stinkenden Nebel gehüllt. Gervaise zog gierig an ihrer Zigarette, inhalierte tief und hielt den Rauch so lange wie möglich in ihren Lungen.

»Ist aber schon komisch«, bemerkte sie nach einer Weile zwinkernd, weil ihr der Rauch aus dem Mund in die Augen stieg, »daß noch keiner darauf gekommen ist, mal bei mir nachzufragen.«

»Das kommt noch«, versicherte ihr Marion. »Die Kripoleute verstehen ihr Handwerk. Ich bin mir sicher, daß sie heute abend bereits hier in der Gegend unterwegs sind, sich die parkenden Autos ansehen, die Kennzeichen notieren und bei den Leuten klingeln.«

»Bei mir haben sie das jedenfalls noch nicht getan. Mit dem Kennzeichen bin ich mir nicht sicher, aber ich glaube, Sie haben recht, es muß hier aus der Gegend sein. Nicht Paris selbst, die 75 war es nicht, ich meine nämlich, mich daran zu erinnern, daß ich den Fahrer als Vorortdeppen beschimpft habe ... Aber möglich, daß es die 95 war.«

Marion speicherte die Information in ihrem Hirn. Sie wollte jetzt nicht aufstehen, um Stift und Zettel zu holen, wollte lieber abwarten, ob Gervaise noch mehr zu sagen hatte.

»Das arme Mädchen«, fing die korpulente Frau wieder an. »Schlimm, schlimm, ein Jammer ist das.«

Nina hörte gar nicht mehr zu, sie war mit ihren Gedanken woanders und machte einen verlorenen, etwas verstörten Eindruck. Plötzlich hob sie den Kopf und sah Gervaise an.

»Ich kann mich nicht daran erinnern, wie Ange-Lou ausgesehen hat. Ich sehe ihr Gesicht nicht mehr.«

»Armes Kind«, sagte Gervaise mitleidig und streichelte Nina übers Haar.

»Ich erinnere mich nur noch an ihre schwarz geschminkten Augen, total weit aufgerissen waren die. Ange-Lou hatte solchen Schiß. Warum erinnere ich mich nicht mehr an ihre Stimme? Die Stimme ist irgendwie weg. Ich höre immer nur diesen Mann … Warum habe ich mich bloß über ihn lustig gemacht?«

Während Marion Nina ins Bett brachte, nahm Gervaise, die es offenbar nicht eilig hatte, nach Hause zu gehen, im Wohnzimmer Platz. Die Kleine war unruhig und aufgewühlt – bitte, Mama, gib mir eine rosa Tablette –, versicherte aber, daß sie am nächsten Tag in die Schule gehen wolle. Marion streichelte ihr über die Stirn und nickte. Gut möglich, daß die nächtlichen Alpträume Ninas Entscheidung wieder über den Haufen werfen würden.

Sobald Nina schlief, rief Marion im Büro an. Gervaise beobachtete die junge Kommissarin aufmerksam. Sie schien eine Welt zu entdecken, die in krassem Gegensatz zu ihrem eigenen Leben stand.

Der diensthabende Beamte schlug sich gerade mit einem halben Dutzend Menschen herum, die in Polizeigewahrsam genommen worden waren und noch erkennungsdienstlich behandelt werden mußten. Da kam ihm Marion denkbar ungelegen. Ihre lästigen, fordernden Anrufe waren im Büro inzwischen regelrecht gefürchtet, und es hatte sich bereits in allen Bahnhofsdienststellen herumgesprochen, daß sie als Chefin nicht ohne war.

»Holen Sie mir Abadie ans Telefon, ich muß mit ihm reden.«

»Sofort?«

»Sagen wir in zehn Minuten.«

»Also, ich …«

Sie legte auf und zwang sich, tief und gleichmäßig zu atmen. Wie gut konnte sie sich das Gesicht dieses Beamten vorstellen, den sie offenbar im größten Chaos mit ihrem Anliegen behelligt hatte. Jetzt wetterte er bestimmt gegen seine schroffe, distanzierte Chefin, der man es sowieso nie recht machen konnte. Die Gewerkschaft hatte Marion sogar schon einmal gewarnt und sie aufgefordert, sich ein bißchen Mühe zu geben. Andernfalls könne sie sich für die Zukunft schon mal warm anziehen.

Marion dachte an die Truppe im Gare du Nord und fragte sich zum tausendsten Mal, wie sie sich bloß auf diesen Irrsinn hatte einlassen können. Es war eine riesige Abteilung, deren Männer bei Dienstschluß alles stehen- und liegenließen und nach Hause eilten wie die Ratten in ihre Löcher. Natürlich waren die Fahrzeiten länger – im Schnitt zwei Stunden, wenn man nicht in der Innenstadt wohnte –, aber in erster Linie hatten die Kollegen einfach keine Lust, zusammenzubleiben und eine Gruppe zu bilden. Lag es an der zermürbenden, frustrierenden Arbeit, dem Heer von Kleinkriminellen, Aufschneidern und Verwahrlosten, dem einfach nicht beizukommen war? Oder an den Räumen dieser öffentlichen Einrichtung, die mehr und mehr einer Müllhalde glich?

Marion hätte sich Mühe geben müssen, hätte die Leute auf ihre Nöte und Sorgen ansprechen und hinnehmen müssen, daß sie von einem beachtlichen Teil der fünfhundert Beamten ohnehin nichts zu erwarten hatte.

Zum Beispiel dieser Abadie, dachte sie voller Groll.

»Was treibt der eigentlich so lange, zum Teufel noch mal! Das macht er extra …«

Gervaise warf Marion einen überraschten Blick zu, und als sie sah, daß die Kommissarin nicht sie, sondern den Stapel unausgepackter Umzugskartons angesprochen hatte, griff sie nach der Cognacflasche.

»Darf ich?« fragte sie pro forma, hievte sich aus dem Sofa und steuerte auf die Küche zu, um Gläser zu holen.

Marion mußte sich noch eine gute Viertelstunde gedulden, bis Capitaine Abadie zurückrief. Sie hatte sich auf einen muffigen oder gar vergrätzten Beamten eingestellt, aber nichts dergleichen erwartete sie. Abadies Stimme war so wie immer, es schwang sogar fast eine gewisse Erregung darin.

»Ich hätte mir sowieso erlaubt, Sie anzurufen, Madame.«

»Ach, ja?« sagte Marion spöttisch. »Und warum?«

»Der Junge vom Bahnhof … Wir haben ihn identifiziert. Pierre Palmieri, fünfzehn Jahre alt, von Geburt an taubstumm. Sein Vater ist ein französischer Diplomat, der zur Zeit im Senegal arbeitet. Der Junge ist am Samstag morgen um sechs Uhr aus Dakar eingetroffen, mit Air France. Von Roissy sollte er allein zu seinen Großeltern nach Thonon les Bains fahren. Er hat in Roissy den RER genommen …«

»Und ist am Gare du Nord ausgestiegen.«

»Ja, davon gehen wir aus. Aber sein Gepäck haben wir immer noch nicht gefunden, er hatte nichts dabei, was …«

»Okay, Abadie, alles Weitere besprechen wir morgen.«

Da war es schon wieder. Ihre Stimme klang zu barsch, wahrscheinlich schon fast aggressiv.

»Gut«, erwiderte Abadie nicht minder liebenswürdig. »Bis morgen, Chef.«

»Warten Sie, Capitaine«, sagte Marion schnell, um einen freundlicheren Ton bemüht. »Haben Sie über das Fahrzeug schon etwas herausgefunden?«

»Nichts Genaues. Nur eine Spur.«

»Es kann sein, daß auf dem Kennzeichen des Wagens die 95 steht. Deshalb wollte ich Sie …«

»95?«

»Ja, Departement 95. Val d'Oise.«

»Danke, das weiß ich«, entgegnete er leicht gereizt. »Sonst nichts?«

»Nein. Obwohl, doch, auf der Heckscheibe ist ein wildes Tier.«

»Wollen Sie mich auf den Arm nehmen?«

»Hören Sie, mir ist jetzt wirklich nicht nach Scherzen zumute. Auf der Heckscheibe ist ein wildes Tier, ein Bild eben, draufgeklebt oder draufgemalt!« erwiderte Marion genervt. »Ein Tiger oder ein Löwe, jedenfalls ein großes, wildes Tier. Mit blinkenden Augen.«

Capitaine Abadie schwieg. Marion rechnete schon fast mit einer Lachsalve, aber dann merkte sie, daß er mit jemandem sprach. Seine Stimme war leise und gedämpft, offenbar hatte er die Hand über den Hörer gelegt. Jetzt war er wieder da.

»Das muß ich überprüfen. Ich rufe Sie morgen früh zurück.«

»Sagen Sie mir wenigstens, was Sie tun!«

»Ich sehe mir Bänder an.«

»Bänder? Was für Bänder, verdammt noch mal!«

Abadie ignorierte ihre Frage.

»Tut mir leid, aber das mit dem Tigerkopf und dem Departement ändert natürlich alles … Ich halte Sie auf dem laufenden. Bis morgen, Chef.«

Er legte auf, und Marion spürte, wie sie innerlich explodierte.

»Zum Teufel aber auch!« fluchte sie, den Hörer in der Hand.

Sie war sich sicher, daß er gelogen hatte, daß er nicht die leiseste Spur hatte und auch nicht vorgehabt hatte, sie anzurufen. Nicht einmal, um ihr die grundlegendsten Informationen, die er ihr schuldig war, zu geben. Diese Haltung brachte sie in Rage.

Genauso wie auch Gervaise Bousse sie langsam in Rage brachte. Die Frau hatte sich regelrecht bei ihr eingenistet und spülte den sündhaft teuren Cognac herunter, als wäre es ein billiger Wein aus dem Supermarkt.

Marion fand, daß es höchste Zeit war, schlafen zu gehen, auch wenn sie ein bißchen Angst vor ihrem leeren Bett hatte, vor der Stille, vor Ninas und ihrer eigenen Panik, den Alpträumen, dem Nicht-einschlafen-Können. Unter ihrem Fenster klaffte noch immer das finstere Hofloch.

Mit verschränkten Armen baute sie sich vor Gervaise auf.

»Anne oder Jeanne, sagt Ihnen das was?«

»Wie?«

»Nina meinte, daß Ange-Lou einen Vornamen genannt hat, der so ähnlich wie Jeanne oder Anne klang. Daß der Kerl vor dem Theater aufgetaucht ist, könnte etwas damit zu tun haben.«

Gervaise dachte angestrengt nach, aber nach einer Weile verzog sie den Mund.

»Negativ«, sagte sie. »Damit kann ich nicht dienen. Nicht mal in den Erwachsenenkursen. Wenn Sie wollen, sehe ich zu Hause noch einmal nach, aber wenn der Bursche auf jemanden gewartet hat, der so heißt, dann hat er sich meiner Ansicht nach vors falsche Theater gestellt.«

Sie nahm noch einen Schluck Cognac.

»Wissen Sie, was mir plötzlich durch den Kopf geht?«

Ihr Gesichtsausdruck versetzte Marion sofort in Alarmstimmung. Ihr nächtlicher Gast runzelte die Stirn.

»Bevor der Kerl auf Ange-Lou geschossen hat, da hat er doch noch geschrien: ›Bleib stehen, Nina! Halt!‹, oder?«

»Ja, aber Nina hat ja eine Erklärung dafür. Ange-Lou hatte kurz vorher, in der Sackgasse, nach ihr gerufen …«

»Und das kommt Ihnen nicht komisch vor? Er hört ihren Vornamen ein einziges Mal und erinnert sich daran? Na ja, ich mein ja nur …«

»Was wollen Sie damit sagen«, erwiderte Marion ungeduldig.

Das Schweigen der Schauspiellehrerin sprach Bände. Marion sank mit weichen Knien neben ihr aufs Sofa.

»Sie glauben, daß er auf die Mädchen gewartet hat? Auf Nina? Warum gerade auf Nina? Warum nicht auf jemand anderen?«

»Und dann wäre er allein wieder gegangen?«

»Wenn er auf jemanden gewartet hat, der nicht gekommen ist …«

»Oder nicht existiert«, entgegnete Gervaise.

Marion hatte die Augen davor verschließen wollen, aber Gervaise machte ihr deutlich, daß es keine Zufälle gab. Der Zufall war eine Erfindung von Menschen, die bequem waren oder sich nicht anders zu helfen wußten. Mit weit aufgerissenen Augen starrte sie auf die nackte Zimmerwand und holte tief Luft.

»Wenn Sie recht haben, dann heißt das, daß ihm Nina schon einmal irgendwo begegnet sein muß. Er ist pädophil, er ist ihr gefolgt. Womöglich schon seit Tagen. Gestern abend ist er ihretwegen gekommen. Ange-Lou war nicht vorgesehen, sie hat seinen Plan durchkreuzt. Aber dann hat er sich überlegt, daß er vielleicht für denselben Preis auch zwei haben könnte … O mein Gott!«

Marion war so bleich geworden, daß die dicke Theaterfrau erschrak.

»Regen Sie sich bloß nicht so auf! Ich hab das einfach so dahergesagt.«

Marion schüttelte den Kopf.

»Nein, nein, Sie haben völlig recht, er muß Nina vorher schon einmal gesehen haben, da bin ich mir jetzt ganz sicher. Er wollte sie entführen.«

»Und wenn Sie früh genug dagewesen wären, um sie abzuholen, wäre sein Plan natürlich geplatzt. Wie bescheuert von mir, daß ich Ihnen diesen Floh ins Ohr gesetzt habe!«

Marion erstarrte, das Glas am Mund.

»Und wenn es jemand war, der wußte, daß ich noch gearbeitet habe? Daß ich zu spät kommen würde?«

»Aber derjenige müßte ja Ihre Gewohnheiten kennen, müßte wissen, was Nina um welche Uhrzeit macht ...«

»Das wissen in meiner Dienststelle alle.«

Gervaise starrte sie verwirrt an. Wie hätte sie ahnen sollen, daß Marion Nina regelmäßig mit ins Büro nahm und manchmal sogar allein bei den Beamten ließ. In Lyon war das noch so eben gegangen, sie waren ein kleines, gut aufeinander eingespieltes Team gewesen und die Atmosphäre fast familiär. Aber hier ... fünfhundert Unbekannte, die regelmäßig in den Dschungel der Vorstädte ausschwärmten ...

»Gehen Sie da nicht ein bißchen zu weit?« fragte Gervaise ohne rechte Überzeugung.

Sie war endlich aufgestanden, um nach Hause zu gehen. Als sie leicht schwankend die Tür erreicht hatte, blieb sie stehen. Sie schien noch etwas sagen zu wollen.

»Da ist noch was, das mir nicht aus dem Kopf geht«, fing sie an. »Die Sache mit dem Hinken.«

»Warum?«

»Nina erinnert sich nicht, daß der Kerl gehinkt hat, als er auf die beiden losgegangen ist. Und eben haben Sie selbst etwas sehr Schlaues gesagt …«

Marion mußte grinsen.

»Nicht doch …«

»Sie haben gesagt: Dinge, die ungewöhnlich sind, fallen einem am ehesten auf. Ich glaube, daß er vielleicht absichtlich gehinkt hat, damit man sich daran erinnert.«

»Nicht dumm, der Gedanke!« rief Marion aus, und ihre Augen blitzten. »Sogar ziemlich schlau, Gervaise!«

Bescheiden sah die Schauspiellehrerin zu Boden.

»Im Theater habe ich viel gelernt. Ich sage nicht, daß ich recht habe. Aber es ist genau wie die Sache mit dem Vornamen … Er wedelt seinen Opfern damit vor der Nase herum wie mit einem Tuch, um sie zu verwirren.«

»Ich verstehe, was Sie meinen.«

»Jetzt aber los, ich bin reif für die Falle.«

»Danke, Gervaise«, sagte Marion. »Und passen Sie auf sich auf!«

»Da muß ich aber lachen«, sagte die Theaterfrau spöttisch, während sie sich in ihr Tuch wickelte. »Die Männer haben schon immer Muffen vor mir gehabt.«

Marion machte schnell die Tür hinter ihr zu und schob die beiden Riegel vor, was sie, solange sie denken konnte, noch nie getan hatte.

Sie hörte, wie sich die Schritte der beleibten Frau im Treppenhaus entfernten. Auf der Straße heulte die Sirene eines Krankenwagens. Während Marion die beiden Gläser ausspülte und im Wohnzimmer noch ein bißchen aufräumte, dachte sie darüber nach, was Gervaise über den Täter und seine Behinderung auf Abruf gesagt hatte. Plötzlich wurde ihr etwas bewußt, das sie erstarren ließ: Wenn dieser Kerl sein Hinken vor dem Theater nur vorgetäuscht hatte, um die

Aufmerksamkeit darauf zu lenken, es aber später nicht mehr für nötig befunden hatte zu humpeln, dann nur deshalb, weil er in der Zwischenzeit beschlossen hatte, die Mädchen umzubringen. Und zwar alle beide.

## 26

Um sieben Uhr stand Nina auf. Sie war wie gerädert und weigerte sich, irgendeine feste Nahrung zu sich zu nehmen. Marion mußte schimpfen, damit sie wenigstens ein Glas Milch trank. Dabei starrte das Mädchen seine Mutter mit leerem Blick an. Marion brachte selbst nichts herunter. Ihr Gespräch mit Gervaise hatte sie die ganze Nacht umgetrieben, denn eins war ihr klargeworden: Dieser Verbrecher hatte es auf Nina abgesehen, und weil er beim ersten Mal sein Ziel verfehlt hatte, würde er es wieder versuchen. Perverse sind hartnäckig und haben unendlich viel Geduld.

Um acht waren sie fertig. Nina nahm ihre Mutter an der Hand und zog sie energisch zum Aufzug.

Dafür, daß der Tag unter so schlechten Vorzeichen stand, fing er eigentlich ganz gut an: Der Aufzug, der normalerweise alle zwei Tage defekt war, funktionierte.

Als sie am Square d'Anvers vorbeikamen, ließ Nina ihren Blick lange über das von einem gelben Plastikband mit schwarzer Aufschrift abgesperrte Areal schweifen. Alle Schüler, die auf dem Weg zum Lycée Jacques Decour waren, blieben stehen und versuchten einen Blick auf Geheimnisse zu erhaschen, die ihnen das Fernsehen schon enthüllt hatte. Nur hatte das Opfer dieses Mal einen Namen, und wenn sie den Tatort hätten betreten dürfen, dann hätten sie das Blut ihrer Schulkameradin im Sand sehen können.

Innerhalb der Absperrung gingen noch immer einige Männer in weißen Overalls ihrer Arbeit nach. Mehrere Polizeiwagen blockierten den Zugang, und an der Stelle, wo der Geländewagen des Täters auf die beiden Mädchen gewartet hatte, stand ein Fahrzeug der Spurensicherung.

Marion und Nina betraten den Schulhof des Gymnasiums. Ein paar Jugendliche aus Ninas Klasse sahen ihnen neugierig nach. Sie überquerten den Hof und gingen um das Hauptgebäude herum zu dem Pavillon, in dem die achten Klassen unterrichtet wurden. Die Schulleiterin erwartete sie am Eingang. Als Marion sie angerufen und ihr gesagt hatte, Nina wolle sofort wieder am Unterricht teilnehmen, hatte sie ziemlich erstaunt reagiert. Sie trug ein königsblaues Kostüm, dazu ein Hermès-Tuch und eine Brille von Dior – der Markenname prangte auf dem Gestell. Während sie die beiden begleitete, äußerte sie in unwirschem Ton ihre Einwände gegen Ninas, wie sie fand, überstürzte Rückkehr und gab zu bedenken, daß man das Mädchen mit Fragen bombardieren würde. Vor der Klassentür angelangt, hielt Marion kurz inne und erklärte der Schulleiterin, daß sie just aus diesem Grund mitgekommen sei: um alle Fragen zu beantworten.

Mit Nina an der Hand trat sie ins Klassenzimmer, und das Mädchen setzte sich auf seinen Platz im mittleren Teil des Raums. Ein junger Mann, der am Elternabend als Französischlehrer vorgestellt worden war, kritzelte gerade etwas an die Tafel. Als er Marion zwischen den Tischen nach vorn kommen sah, hielt er inne. Mit einer Handbewegung brachte die Kommissarin die etwa dreißig Jugendlichen zum Schweigen und erklärte ihnen in wenigen Sätzen, was sich vor zwei Tagen in unmittelbarer Nähe der Schule ereignet hatte. Da die Direktorin erwähnt hatte, daß schon allerlei Gerüchte die Runde machten, bemühte sich Marion, möglichst präzise zu sein, ohne zu viele Details preiszugeben. Die Stille, die ihren Ausführungen folgte, war beeindruckend. Den Jugendlichen hatte es die Sprache verschlagen.

»Ich bin bereit, eure Fragen zu beantworten«, fügte Marion hinzu. »Bei Bedarf komme ich auch gerne wieder, sooft ihr das wünscht. Aber ich bitte euch, Nina in Ruhe zu lassen. Stellt ihr keine Fragen, die sie verwirren könnten. Für die Ermittlungen ist es wichtig, daß sie sich so genau wie möglich erinnert. Ihr seid traurig und bestürzt, aber denkt bitte immer daran, daß Nina dasselbe empfindet, nur zehnmal so stark. Ange-Lou war ihre Freundin, und sie war bei ihr, als … als es zu diesem Drama kam. Ihr solltet auch wissen, daß Nina das einzig Richtige getan hat. Wenn sie nicht auf die Idee gekommen wäre loszurennen …«

»… dann wäre Ange-Lou jetzt noch am Leben«, durchbrach Ninas tonlose Stimme das eisige Schweigen ihrer Mitschüler.

»Nein, Nina«, schaltete sich der Französischlehrer mit ruhiger, fester Stimme ein. »Dann wärst du jetzt ebenfalls tot oder würdest dich in der Gewalt eines Verrückten befinden. Deine Mutter hat recht, du hast genau das Richtige getan.«

Marion warf ihm einen dankbaren Blick zu. Da die Jugendlichen immer noch stumm und wie versteinert dasaßen, ging sie zur Tür. Dort angelangt, drehte sie sich noch einmal zu Nina um, aber die Kleine erwiderte ihren Blick nicht, sondern starrte nur mit halbgeschlossenen Augen vor sich hin. Marion holte tief Luft und ging auf die Schulleiterin zu, die alles beobachtet hatte. Sie schenkte der Frau einen grimmigen Blick. »Sie haben mir nicht gerade geholfen, Madame. Zum Glück war wenigstens dieser junge Lehrer da. Ich hoffe, daß die Erwachsenen an dieser Schule alle so reagieren wie er.«

»Darauf würde ich mich nicht verlassen. Machen Sie sich keine Illusionen: Nina wird natürlich belästigt werden. Wie soll man die Neugier ihrer Klassenkameraden unterbinden? Und vielleicht erklären Sie mir auch mal, was das da zu bedeuten hat ...«

Sie zeigte mit dem Kinn auf einen Mann in Zivil, der einen Stuhl neben die Tür des Klassenzimmers geschoben hatte und in aller Ruhe *L'Équipe* las.

»Er wird bei Nina bleiben und auf sie aufpassen, bis Ange-Lous Mörder gefaßt ist«, verkündete Marion.

»Glauben Sie, daß er sich an Ihre Tochter heranmachen könnte?«

Marion war sich nicht sicher, ob sie dieser arroganten Frau sagen sollte, was sie wirklich dachte.

»Nein, eine reine Vorsichtsmaßnahme. Ich möchte vor allem verhindern, daß die Journalisten oder Fotografen meiner Tochter zu nahe kommen.«

»Damit bin ich nicht einverstanden«, sagte die Schulleiterin bestimmt. »Entweder ist Nina in der Lage, normal am Unterricht teilzunehmen, oder eben nicht. Und in diesem Fall ...«

Marion trat zu dem Mann, der sie mißmutig ansah.

»Bleiben Sie nicht so nah bei den Kindern.«

»Warum?«

»Weil Sie stören. Gehen Sie ein Stück weg, zum Beispiel in den Hof, sorgen Sie dafür, daß Sie nicht so auffallen. Was weiß denn ich, überlegen Sie sich etwas.«

Der Leibwächter sah seine Chefin verständnislos an.

»Worauf warten Sie noch!« fauchte Marion, während die Direktorin davonrauschte.

Der Beamte stand auf und faltete langsam seine Zeitung zusammen.

»Zu Befehl«, knurrte er und packte seinen Stuhl.

Die Frau in Blau war hinter der Ecke verschwunden. Marion konnte nur noch das langsam verhallende Klappern ihrer teuren Schuhe hören. Sie blickte zum Himmel hoch, an dem dunkle Wolkengebirge vorüberzogen. Ein Regentropfen landete auf ihrer Wange. Sie fühlte sich sehr allein.

## 27

Als sich die Sicherheitsschleuse, die Marion mit Hilfe ihrer Magnetkarte geöffnet hatte, wieder schloß und sie die Dienststelle betrat, schlug ihr sofort eine beklemmende, feindselige Atmosphäre entgegen.

Drei Wärter, die um eine aschfahle, von oben bis unten gepiercte Frau herumstanden, grüßten Marion, aber sie spürte ihre Distanz und sah die verschlossenen Gesichter. Zum Glück fiel ihr gleich wieder ein, daß sie jedesmal, wenn sie ernsthaften Streß hatte, völlig paranoid wurde, und so ermahnte sie sich, erst einmal Ruhe zu bewahren. Sie ging direkt in den Lage- und Führungsraum, um dort mit einem Höflichkeitsbesuch für etwas bessere Stimmung zu sorgen. Die drei Männer an den Bedienungspulten drehten sich nicht um, als sich die Tür hinter ihnen öffnete. Der als Funkzentrale dienende Bereich in der Mitte war von mehreren verglasten Büros eingefaßt. In einem davon wurde gerade ein langhaariger Typ verhört, der mit noch mehr Metall gespickt war als die junge Frau im Gang. In dem kleinen Raum daneben ging ein Mann auf und ab, den Marion erkannte: Es war ein junger Anwalt, den sie schon häufiger hier gesehen hatte. Auf der rechten Seite befand sich Major Morels Büro, direkt neben dem Raum, in dem die Streifenpolizisten für gewöhnlich ihre Berichte verfaßten, ihre Sandwiches aßen, ihren Kaffee oder Aperitif tranken. Vier Beamte standen dort in Reih und Glied vor einer Wand, ein fünfter drehte Marion den Rücken zu. Sie hörte Morels Stimme.

»Jeder von Ihnen schreibt einen Bericht, und Sie schreiben nicht voneinander ab. Ich will die Wahrheit wissen, die reine Wahrheit. Ich geben Ihnen eine Stunde, danach rede ich mit der Chefin.«

Der Ton des Majors verstärkte Marions Unbehagen. Was mochte da wieder passiert sein? Vielleicht hatten sich die Eheleute von Saint Lazare mit ihren Dienstwaffen gegenseitig umgebracht. Oder es hatte schon wieder einen Unfall mit einer infizierten Spritze gegeben. Nein, der verschwundene Beamte! Den hatte sie schon fast vergessen. Wie hieß der Mann noch gleich? Prinz? König? Kaiser! Genau, Kaiser war sein Name! Bestimmt hatte man die Leiche gefunden und ihr nichts davon gesagt!

Marion ging zu den Beamten, die an den Bedienungspulten codierte Nachrichten entgegennahmen, während im Nachbarbüro der Major mit vor Wut zitternder Stimme weiter auf seine Männer einredete.

Sie blieb zwischen den beiden jungen Beamten stehen, die noch halbe Kinder waren. In ihren tadellos sitzenden Uniformen standen sie auf, um Marion zu begrüßen. Jetzt erst bemerkte sie, daß sich einer der beiden die Haare gebleicht hatte und einen kleinen Ohrring trug. Sie fragte sich, ob so ein Firlefanz nicht gegen die Vorschriften verstieß, und nahm sich vor, Morel darauf anzusprechen. Die beiden Männer nahmen wieder Platz, und Marion blieb einen Moment hinter ihnen stehen, um zu hören, was die Ätherwellen so reinbrachten. Als sie merkte, daß sie die Nachrichten doch nicht decodieren konnte, ging sie weiter zu einem Kollegen, an dessen Namen sie sich beim besten Willen nicht erinnern konnte.

»Fünfhundert! Wie soll ich mir auch fünfhundert Namen merken?« murmelte sie unwillig vor sich hin.

Der Beamte Amel saß wie ein dicker, mit Brille ausstaffierter Bär vor seinem Computer und schenkte Marion ein Lächeln, ohne dabei von der Tastatur aufzusehen.

»Ich schreibe gerade noch an meinem Protokoll«, sagte er. »Bin noch nicht fertig, und der Anwalt ist schon da, von wegen PG. Ich komme zu Ihnen, sobald ich kann.« Sie übersetzte: Laß mich arbeiten, ich spreche mit dir, wenn ich Zeit habe.

»Worum geht's denn? Ein Drogendelikt?«

Das Aussehen des Festgenommenen, der von Stichen durchlöchert war wie ein Schweizer Käse, ließ eigentlich keinen anderen Schluß zu.

»Nein, Autodiebstahl.«

Klar, Diebstahl gehörte zu der Palette von Verbrechen, mit denen man es in Bahnhöfen und Zügen ständig zu tun hatte … aber ein Autodiebstahl?

»Wie bitte?«

»Fünf Minuten, Chef, dann erklär ich's Ihnen.«

Wortlos drehte sich Marion um. Im Gang standen alle Türen weit offen. Marion entdeckte Abadie, der auf seinem Stuhl saß, die Füße auf dem Schreibtisch, den Telefonhörer ans Ohr geklemmt, und ihr den Rücken zuwandte. Als sie kurz stehenblieb, schnappte sie ein paar Brocken von seinem Gespräch auf und begriff, daß es privat war. Schnell ging sie weiter.

Im Gemeinschaftsraum trank Valentine Cara gerade mit drei Beamten in Zivil – Turnschuhe, Jeans, Blouson – einen Kaffee. Die Männer hatten kahlrasierte Schädel, was offenbar gerade der letzte Schrei war. Auch sie trugen kleine Ohrringe, die ganz oben in der Ohrmuschel saßen. Ob das ein Erkennungszeichen war, ein Hinweis auf irgendeine Stammeszugehörigkeit? Marion erkannte zwei Männer aus der Einsatztruppe, die insgesamt aus zehn Leuten bestand und je nach Bedarf als Verstärkung hinzugezogen wurde. Sie trat an die Tür, um guten Tag zu sagen, worauf Valentine ihr gleich einen Kaffee anbot.

»Später«, sagte sie und ging weiter zu ihrem Büro.

Die dicke Mappe mit den Vermißtenakten lag noch immer am selben Fleck. Abadie hatte sie dort hingelegt und ging offenkundig davon aus, daß es jetzt ihre Aufgabe war, sich darum zu kümmern. Wie war das noch mit der heißen Kartoffel? Marion wurde wütend. Sie marschierte wieder zur Tür und riß sie auf.

»Capitaine Abadie!« hallte ihre Stimme durch den Gang.

Beklommen sahen sie Marion an. Wie Schuljungen hatten sie sich in einer Reihe vor ihr aufgestellt: Morel, Abadie, Amel, Valentine und die drei Beamten, die gerade noch mit ihr Kaffee getrunken hatten.

Marion hatte sich mit bleichem Gesicht und auf dem Rücken verschränkten Händen zwischen ihrem Schreibtisch und einer großen Karte, die das Schienennetz der SNCF darstellte, aufgebaut. Das Barometer stand auf Sturm, soviel war klar. Dazu stand ihr die Müdigkeit ins Gesicht geschrieben, und in ihrem aus der Stirn gekämmten Haarschopf mit den dezenten Strähnchen verbarg sich mit Sicherheit auch das eine oder andere graue Haar. Die Beamten sahen sie unverwandt an und konnten nicht umhin, sie schön zu finden, trotz ihrer Härte und der Falte, die sich immer tiefer zwischen ihre Augenbrauen grub. Über ihrem wohlgeformten Mund lag ein müder Schatten.

Los, mach schon, ermahnte sich Marion.

Aber sie brauchte noch einen Moment, um all das zu verdauen, was die Männer gerade vor sie hingekippt hatten, als sei sie ein wandelnder Müllschlucker. Amel hatte angefangen, mit dem Fall des verschwundenen Beamten, der sich – Dienstwaffe inklusive – in Luft aufgelöst hatte.

»Und?« hatte Marion gefragt. »Noch immer nichts Neues?«

»Von ihm nicht. Vom Auto schon.«

»Warum muß ich Ihnen eigentlich immer die Würmer aus der Nase ziehen?«

Amel hatte breit gegrinst.

»Das Pärchen, das Sie eben gesehen haben, hat den Wagen geklaut. Sie behaupten, er hätte verlassen mitten im Wald von Vincennes gestanden, Zündschlüssel im Schloß. Sie brauchten sich nur zu bedienen. Später sind sie dann im Wagen von einer Streife geschnappt worden, das war gestern abend um sieben Uhr.«

»Gestern abend.«

»Genau.«

»Um sieben Uhr.«

»Exakt.«

»Und der Kaiser?«

»Von Kaiser keine Spur, Chef. Die Stelle, wo der Wagen stand, ist eine der übelsten Ecken im Wald.«

»Das heißt?«

»Da treiben sich Schwule und Transvestiten rum, entsprechend oft gibt's da Ärger.«

Abadie hatte den Mund zu einem zweideutigen Lächeln verzogen.

»Und Kaiser, was ist der? Schwul oder Transvestit?«

Marions spöttische Bemerkung wurde zunächst ignoriert.

»Kaiser? Keine Ahnung«, stammelte schließlich Major Morel, der sich angesprochen fühlte. »Ich … ich versteh die Männer nicht mehr. Der schien doch nun wirklich kein Homo zu sein.«

»Der ist losmarschiert, um sich einen blasen zu lassen, und hat den Schlüssel im Zündschloß vergessen, ganz einfach«, ergriff Amel wieder das Wort. »Kann ja mal vorkommen, aber um seinen Dienstwagen einfach so stehenzulassen, muß er ganz schön Druck auf der Pipeline gehabt haben!«

Amel hatte seine Schlüsse gezogen. Er machte einen ziemlich abgebrühten Eindruck, genau wie Abadie, der über Marions Kopf hinweg die sich kreuzenden Linien auf der SNCF-Karte studierte. Offenbar war sie die einzige, die sich überhaupt noch die Frage stellte, was mit dem Polizeibeamten Kaiser passiert war.

»Ich glaube, er traut sich einfach nicht, hier wieder aufzukreuzen«, hatte Amel abschließend gesagt. »Er schämt sich und ist abgetaucht. Wir suchen weiter nach ihm.«

»Das hoffe ich doch.«

Als nächstes hatte Abadie seiner Chefin verkündet, daß der taubstumme Junge klinisch tot sei, aber noch immer auf der Intensivstation liege. Das Krankenhaus warte auf die Ankunft der Eltern, die hoffentlich einer Organspende zustimmen würden.

»Ich nehme an, Sie haben die Staatsanwaltschaft informiert«, sagte Marion, der erst einmal die Luft weggeblieben war.

»Natürlich. Vorerst bleiben die Ermittlungen bei uns.«

»Und die entsprechenden internen Meldungen haben Sie auch schon rausgegeben?«

»Jawohl.«

Alle waren informiert worden. Alle, nur nicht Marion.

Die weiteren Neuigkeiten, die man ihr im Schnelldurchlauf serviert hatte – in Mantes-la-Jolie war eine Polizeistreife mit einer Jugendbande, die einen Vorstadtzug in Brand gesetzt hatte, aneinandergeraten, und in Juvisy hatten zwei Schaffner Prügel bezogen –, erschienen Marion im Vergleich zu dem, was sie gerade gehört hatte, geradezu lächerlich. Als dann Morel an der Reihe war, starrte der Beamte schweigend auf seine blank geputzten Schuhe.

»Ich möchte bitte allein mit Ihnen sprechen, Chef.«

»Warum? Haben wir Geheimnisse voreinander?«

»Tut mir leid, ist mir lieber so.«

Morels Gesicht war bleich, mit einer leicht gelblichen Färbung, seine Stimme klang belegt. Was konnte er zu sagen haben, das die anderen nicht hören sollten?

Jetzt reicht's, dachte Marion, so kann es definitiv nicht weitergehen.

»So, dann hören Sie mir jetzt mal gut zu!«

Ihre Stimme klang heiser. Der Cognac, dazu die Erregung. Die Männer spürten, daß ein Erdbeben bevorstand, und zogen schnell die Köpfe ein.

»Sie wissen«, sagte sie ruhig, »daß ich nicht aus Paris stamme. Sie wissen, daß ich noch nie eine so große Abteilung geleitet habe. Sie wissen, daß eigentlich die Kripo mein Spezialgebiet ist. Daß Sie vor mir bereits zahlreiche andere Chefs hatten. Daß ich mit ein bißchen Glück drei Jahre hierbleiben werde, höchstens drei. Daß für Sie ein Chef so gut ist wie der andere, weil sich die Erde eh weiterdreht, ganz egal, was er treibt. Die Erde und natürlich auch diese Dienststelle. Sie wissen, daß ich allein lebe und eine Tochter habe, die gerade etwas Schreckliches erlebt hat. Ich dagegen weiß nichts über Sie, ich weiß nicht einmal all Ihre Namen, und es kann gut sein, daß sich daran nichts ändern wird, solange ich hier bin. Aber wenn es etwas gibt, das ich wissen muß, ich betone: *muß*, dann sind es die Dinge, die in dieser verdammten Abteilung vor sich gehen!«

Ihre Stimme war lauter geworden.

»Und hören Sie auf, mich anzustarren, als wäre ich ein bißchen schwer von Begriff und würde gerade mal dazu taugen, Bleistifte und Radiergummis zu zählen!«

Sie trat zwei Schritte vor. Dieser verbale Tritt in den Hintern galt vermutlich weniger ihren Männern als ihr selbst.

»Von jetzt an will ich über alles, was hier passiert, Bescheid wissen, und zwar immer sofort. Ich will Ihnen Anweisungen und Befehle geben und nicht nur gutgemeinte Ratschläge. Ich will einen Überblick über die einzelnen Fälle haben und nicht nur Formulare abzeichnen. Das ist Ihnen vielleicht neu, aber Sie werden sich daran gewöhnen.«

Sie hielt inne und holte tief Luft, während die Beamten wie versteinert vor ihr standen. Amel wagte sich als erster vor.

»Ich wollte Sie gestern abend nicht auch noch mit dieser Sache belästigen, nachdem das mit Ihrer Tochter passiert war ...«

»Mich belästigen? Aber Sie versuchen doch schon seit drei Monaten, mich nicht zu belästigen, Monsieur Amel. Und kommen Sie mir bitte nicht mit meiner Tochter.«

Reihum sah sie den Anwesenden direkt ins Gesicht und versuchte zu erraten, was sich hinter Abadies bockiger Stirn verbarg, hinter Morels verärgerter Miene, Valentines grünen Augen, Amels blitzenden, ebenmäßigen Zähnen und den kahlen Schädeln der drei Zivilpolizisten, die sich wahrscheinlich fragten, was sie eigentlich verbrochen hatten. Marion ahnte, daß nicht alle das gleiche dachten, aber sie spürte auch, daß sie genau das Richtige getan hatte und daß man ihr dafür Respekt zollen würde.

»Von heute an unterliegen alle kriminalpolizeilichen Ermittlungen der Kontrolle von Capitaine Abadie. Er wird die Fälle koordinieren und entscheiden, ob es nötig ist, mich zu belästigen oder nicht. Das ist alles.« Mit einer barschen Handbewegung erklärte sie ihren Monolog für beendet.

Abadie war etwas blaß geworden und schien sich zu fragen, wie er das zu verstehen hatte. Seine Kollegen warfen ihm überraschte Blicke zu, während Marion sie mit ernster Miene ansah.

Jetzt, wo sie ihr Gift verspritzt hatte, wäre es richtig gewesen, ein freundlicheres, entgegenkommenderes Verhalten an den Tag zu legen. Sie hätte die Kollegen fragen sollen, ob ihnen diese neue Regelung zusagte. Personalmanagement war schließlich Teil ihrer Ausbildung gewesen, und man hatte ihr beigebracht, daß Menschen keine Roboter waren, die man nach Lust und Laune einsetzen oder ausrangieren konnte. Aber Marion rührte sich nicht, mit zusammengebissenen Zähnen stand sie da und machte deutlich, daß sie alles gesagt hatte.

Schweigend verließ man den Raum, zurück blieb Major Morel, der sich sichtlich Mühe geben mußte, nicht die Fassung zu verlieren.

Marion ließ sich auf ihren Ledersessel sinken.

»Ich höre.«

»Es ist eine schlechte Nachricht, Chef.«

»Was Sie nicht sagen.«

»Ich habe in der Waffenkammer eine Bestandsaufnahme gemacht.« Marions Kehle war plötzlich wie zugeschnürt, und ihr wurde schwindelig. Sie klammerte sich an die Schreibtischkante.

»Was fehlt?«

»Eine Pumpgun. Die Waffe war gerade aus der Zentrale zurückgekommen, und der Beamte hatte sie in unserer Waffenkammer abgestellt, ohne sie an den Ständer zu ketten.«

»Wie heißt der Mann?« fragte Marion, als sei das jetzt das wichtigste.

»Wer? Der Verantwortliche für die Waffenkammer? Aber … Jobert … Warum? Der Knabe ist zuverlässig. Hat sich noch nie etwas zuschulden kommen lassen.«

»Ja, ja, noch nie.«

Morel senkte betreten den Kopf.

»Bis jetzt.«

»Ist auch Munition verschwunden?«

»Nein, soweit ich weiß nicht. Die Munition ist im Panzerschrank. Aber natürlich kann da immer mal die eine oder andere Patrone herumliegen, besonders nach Schießübungen.«

Einmal pro Woche wurden die Jungs von zwei Lehrern zum Schießen abgeholt, immer zehn Leute in einer Gruppe. Das war natürlich nicht genug, aber nicht alle Dienststellen hatten so ein Glück.

»Das Team, das vergessen hat, die Tür abzuschließen, schreibt gerade einen Bericht. Ich habe eine genaue Beschreibung der Waffe und der Umstände dieses Vorfalls an alle Beamten weitergeleitet.«

»Vorfall nennen Sie das!« polterte Marion los. »Wissen Sie, daß uns dieser ›Vorfall‹ die Aufsichtsbehörde auf den Hals hetzen wird?«

»Ich weiß. Ich verstehe nicht, wie das passieren konnte. Ich kann nicht allen Beamten auf die Finger sehen.«

Doch! hätte sie ihm fast ins Gesicht gebrüllt, das sollten Sie aber! Statt dessen schwieg sie, in Gedanken schon einen Schritt weiter, dort, wohin das Gespräch mit Gervaise sie in der vergangenen Nacht geführt hatte: Wenn der Mörder vor dem Theater auf Nina gewartet hatte, dann kannte er ihre Gewohnheiten. Es mußte jemand aus ihrem Umfeld sein. Jemand, der vielleicht eine Dienstwaffe entwendet hatte? Jemand aus Marions Abteilung?

Sie richtete sich mit einem Ruck auf.

»Sagen Sie, Major Morel, wie ist dieser Kaiser eigentlich?«

»W-wie bitte?«

»Ich meine, wie sieht er aus?«

»Ach so! Groß, braune Haare, ein ziemlich gutaussehender Typ.«

»Dick?«

»Nein, überhaupt nicht, warum?«

»Wie groß?«

»Aber ... ich weiß nicht. Ziemlich groß ...«

»Größer als Sie?«

Morel blinzelte verwirrt und richtete sich unbewußt zu seiner vollen Größe von einem Meter siebzig auf.

»Ja, sicher. Viel größer ... doch, das kann man sagen ... Aber, was ...? Wenn Sie wollen, können wir uns seine Akte ansehen.«

Er schwieg und starrte in Marions angespanntes Gesicht, aber der erwartete Befehl blieb aus.

»Ich weiß nur«, fing er, nachdem er kurz Luft geholt hatte, wieder an, »daß er Schuhgröße 49 hat. Die größten Füße in unserer Abteilung, wenn man von Tamin, der es auf 52 bringt, mal absieht ...«

Marion lachte nervös.

»Sie kennen die Schuhgrößen von allen Beamten und Beamtinnen hier? Das ist ja unglaublich! Und ich kann mir noch nicht mal ihre Namen merken!«

Ein leises Lächeln huschte über Major Morels Gesicht.

»An Kaiser erinnere ich mich, weil er vor kurzem seine neuen Stiefel bei mir abgeholt hat ...«

»Wann war das?«

»Wann er deshalb bei mir war? Warten Sie ...«

Er nahm sein Kinn zwischen Daumen und Zeigefinger und zog die graumelierten Augenbrauen zusammen.

»Ach ja!« rief er schließlich erleichtert aus. »Jetzt fällt's mir wieder ein. Es war Sonntag nachmittag. Nein, Sonntag abend, er hatte um einundzwanzig Uhr Feierabend ... Es war, warten Sie, ich muß nachdenken ...«

»Schon gut, ist doch egal«, unterbrach ihn Marion schroff. »War ich noch da, als er zu Ihnen gekommen ist?«

»Nein, Sie waren mit Capitaine Abadie im Bahnhof.

Seinetwegen hatte ich währenddessen übrigens nicht auf Ihre Tochter aufpassen können.«

»Wegen Abadie?«

»Nein, wegen Kaiser natürlich!«

Der Major verlor langsam die Geduld.

»Schon gut, Morel, tut mir leid«, beschwichtigte ihn Marion. »Kam er Ihnen an diesem Abend normal vor?«

»Eigentlich schon, doch … Er hat dann vorne noch kurz mit ein paar Jungs geredet … Ich habe nicht gesehen, wann er gegangen ist.«

Nein, niemand hatte diesen unauffälligen, einsamen Nachtschwärmer, der wahrscheinlich wie alle Nachtschwärmer auch ein bißchen abgedreht war, gehen sehen. Konnte er wirklich der Mörder sein?

Tatsache war, daß Marion ihre Tochter, kurz nachdem Kaiser gegangen war, in zweifelhafter Gesellschaft im Gang der Dienststelle Gare du Nord aufgelesen hatte. Kurz darauf war ihr aufgefallen, daß die Tür der Waffenkammer geöffnet war.

## 28

»Das liegt doch auf der Hand.«

Die Finger auf dem Rücken verschränkt, ging sie mit großen Schritten im Raum auf und ab.

Abadie wurde vom Zugucken langsam schlecht. Er hatte noch nie ein Tennisspiel bis zum Ende verfolgen können, und schlecht gefederte Züge, eigentlich alle Züge waren ihm ein Greuel.

Er machte die Augen halb zu, um seiner Chefin nicht mehr hinterhersehen zu müssen.

Seit einer Viertelstunde versuchte ihn Marion davon zu überzeugen, daß der Polizeibeamte Kaiser Ange-Lou umgebracht hatte, aber Abadie zeigte keine Regung. Mit blitzenden Augen holte Marion zum nächsten Schlag aus.

»Der Mann ist pervers. Er steht auf Transvestiten. So richtige natürlich, mit Brüsten und Penis. Aber wie viele andere Perverse auch ist er nicht monoman, sondern kann sich, je nachdem, was ihm vor die Flinte kommt und wie es um seine Triebe gerade bestellt ist, umorientieren … Am Sonntag hat er seine neuen Stiefel abgeholt. Er hat Nina im Gang gesehen und ist sofort auf sie abgefahren. Womöglich hatte er sie vorher schon einmal gesehen oder ist ihr sogar gefolgt, jedenfalls kannte er ihre Gewohnheiten. Als er gegangen ist, hat er gesehen, daß die Tür zur Waffenkammer auf war, er ist rein und hat sich eine Waffe genommen. Montag abend hat er dann mitbekommen, daß ich hier aufgehalten wurde, und ist zum Theater gegangen, um auf Nina zu warten. Ange-Lou war nicht eingeplant und auch nicht, daß Nina einfach so dreist sein würde, ihm wegzurennen. Sein Plan ist in die Hose gegangen, und deshalb hat er Ange-Lou umgebracht.«

»Warum kann es nicht umgekehrt gewesen sein? Warum kann er nicht auf Ange-Lou gewartet haben?«

Sieh mal einer an, der Schönling kann ja auch reden, dachte Marion und musterte ihn von der Seite. Daß sie ihn mit der Leitung und Koordination der kriminalpolizeilichen Ermittlungen betraut hatte, war aus einer völlig spontanen Eingebung heraus geschehen, die eigentlich allem widersprach, was ihr seit gestern ständig durch den Kopf ging: Einer von ihnen war nicht sauber. Trotz seines abweisenden Verhaltens hatte sie gerade ihn herausgepickt und wußte eigentlich selbst nicht, warum.

»Stellen Sie sich vor, darüber habe ich auch schon nachgedacht«, gab sie unwirsch zurück. »Aber ich sage Ihnen nochmals, daß er Nina *kannte*, schließlich hat er sie beim Namen gerufen, und wenn er Ange-Lou hätte haben wollen, dann hätte er sie nicht erschossen, sondern mitgenommen, als Nina weggelaufen ist.«

Abadie ließ unmerklich die Schultern sinken, was darauf hindeutete, daß er Marions Argument gelten ließ. Die beiden starrten sich schweigend an, bis der Capitaine wieder wegsah.

»Warum sollte er eine Waffe stehlen, er hat doch selbst eine«, brachte er schließlich mit gepreßter Stimme hervor.

»Das liegt doch klar auf der Hand! Mit der eigenen Waffe würde er ja gewissermaßen seinen Namen unter das Verbrechen setzen.«

Abadie zuckte leicht die Achseln und fügte, noch immer unter dem Eindruck seiner rasanten Beförderung, vorsichtig hinzu:

»Er versucht also, Nina zu entführen, doch der Plan mißlingt. Er tötet Ange-Lou, dann nimmt er seelenruhig seine Arbeit wieder auf, um sich später in der Nacht bei den Schwuchteln im Wald von Vincennes zu erleichtern …«

»Nicht schlecht«, warf Marion sarkastisch ein. »Fahren Sie fort.«

»Ihre Tochter hat eine Waffe mit kurzem Lauf gesehen. Die gestohlene Pumpgun hat einen langen Lauf …«

»Den Lauf einer Waffe kann man innerhalb von dreißig Sekunden absägen. Nina hat aber auch gesagt, daß er schwarze Schnürstiefel trug. Schwarze Schnürstiefel, Abadie!«

»Sie hat einen dicken, hinkenden Mann beschrieben.«

»Ja und? Hinken kann jeder, das ist ein Ablenkungsmanöver … Er hätte sich auch eine Clownsnase oder eine Rasta-Perücke aufsetzen können. Und dick ist er womöglich gar nicht. Meine Tochter ist selbst so ein Hering, ihr kommt fast jeder dick vor. Außerdem war es dunkel.«

»Und der Wagen? Ein einfacher Polizeibeamter kann sich doch so eine Kutsche gar nicht leisten …«

»Autos kann man klauen, vor allem, wenn man damit etwas im Schilde führt ...«

»Ich finde es ziemlich absurd, so einen auffälligen Wagen zu klauen ... Außerdem hat Kaiser zur Tatzeit gearbeitet. Um einundzwanzig Uhr hat sein Dienst begonnen.«

Mit einer vielsagenden Grimasse wischte Marion den Einwand vom Tisch: Abadie wußte selbst, daß Verspätungen oder unvorhergesehene Fehlzeiten nicht gerade selten vorkamen, gerade in einer so zersplitterten Abteilung wie der Bahnhofspolizei, wo Mobilität oberstes Prinzip und man natürlich auch den Ungewißheiten des Schienenverkehrs ausgeliefert war.

»Ist er eigentlich Linkshänder?« fragte Abadie beiläufig.

Die Frage verunsicherte Marion.

»Überprüfen Sie das«, sagte sie und warf ihrem Kollegen einen eisigen Blick zu. »Alles, bis ins kleinste Detail. Ich will bis heute mittag alle Antworten haben.«

Abadie ließ ein paar Sekunden verstreichen, ehe er gemächlich zur Tür ging. Warum ausgerechnet ich? schienen seine schwarzen Augen zu fragen. Ein zufriedenes Lächeln umspielte Marions Lippen. Endlich war es ihr gelungen, diesen Capitaine, der ihr so auf die Nerven ging, ein bißchen aus dem Konzept zu bringen.

## 29

In seinem Büro im Turm der Präfektur, dem Sitz der Pariser Kripo, schlug sich Serge Kerman mit einem neuen Computer herum, den man für ihn bereitgestellt hatte. Über die Tastatur gebeugt, versuchte er die Benutzerhinweise zu verstehen, die auf eine Weise formuliert waren ... Dieser Computerkram ödete ihn an, aber er wollte ihn dennoch beherrschen. Kerman war ein eleganter, intelligenter und strenger Chef, der sehr auf sein Image bedacht war. Mit professioneller Aufmerksamkeit hörte er nun seiner Mitarbeiterin Régine Duplat zu, die in der Nacht den Wachdienst geleitet hatte und ihn über die laufenden Fälle informierte. Duplat ging ausführlich auf den Fall Ange-Lou Marly ein, obwohl es dazu noch gar nicht so viel zu sagen gab.

»Sie sollten sich vor Ihrer Kollegin Marion in acht nehmen«, sagte die junge Beamtin kühl.

»Ach ja? Was heckt sie denn aus?«

»Sie stellt Nachforschungen an.«

»Sie arbeitet.«

»Hat sie Ihnen irgend etwas gesagt?«

»Noch nicht. Aber ich kenne Marion, das tut sie erst, wenn sie sich sicher ist. Kümmern Sie sich nicht darum.«

Natürlich kannte er Marion, und zwar mit Sicherheit besser als diese eingebildete Person, deren ironischer Gesichtsausdruck zu sagen schien, daß er sich von einer jungen Frau, die einmal in seinen Armen gelegen hatte, einwickeln ließ. Jeder kannte die Geschichte. Marion war Kermans große und einzige Liebe, die anderen Frauen waren nur Trostpflaster gewesen.

»Sie hat einen Typen im Visier.« Die Beamtin ließ nicht locker. »Einen Mann namens Kaiser.«

Kerman sah unvermittelt von seiner Tastatur auf, die ihm ja doch nicht gehorchte und nur unverständliche Symbole auf den Bildschirm zauberte. Das Knacken in seinen Halswirbeln und der dazugehörende Schmerz ließen ihm für einen kurzen Moment schwarz vor Augen werden.

»Ach ja?« sagte er, ohne sich etwas anmerken zu lassen.

»Ja.«

»Und?«

»Nichts, ich sag's Ihnen nur, mehr nicht. Was machen wir? Rufen Sie sie an?«

»Nein.«

Kerman richtete seinen manikürten Zeigefinger auf die Kollegin.

»Aber Sie, Sie klemmen sich hinter diesen Typen.«

## 30

Marion rief als erste an, was Balsam für Kermans Ego war. Er habe sie auch gerade anrufen wollen, log er, um mit ihr über Ange-Lous Obduktion zu reden, die am Vortag abgeschlossen worden war. Eine einzige Kugel hatte das Mädchen durchbohrt, eine Brenneck. Die Leute von der Spurensicherung hatten sie anderthalb Meter von der Einschußstelle im Sand gefunden.

Marions Mund wurde trocken. Brenneck-Kugeln gab es in der Waffenkammer der Bahnhofspolizei definitiv, sie dienten den Pumpguns als Munition ...

»Und du hattest recht«, fügte Kerman in neutralem Ton hinzu. »Man hat keine Spermaspuren gefunden, die auf einen sexuellen Hintergrund hindeuten würden. Am Körper und an der Kleidung des Opfers sind allerdings andere Spuren gefunden worden. Du müßtest mal ins Labor kommen ...«

»Ich?«

»Du hast sie angefaßt ... Wir brauchen Haare von dir, um die DNA zu vergleichen. Wir müssen sicher sein, daß der Täter sie nicht berührt und keine Spuren auf ihr hinterlassen hat.«

Marion schwieg. Was hätte sie auch sagen sollen? Daß sie manchmal das Gefühl hatte, den Boden unter den Füßen zu verlieren? Daß diese Situation das Schlimmste war, was man sich vorstellen konnte? Kerman hätte ihr mit Sicherheit widersprochen: Das Schlimmste stand ihr noch bevor. Als Marion weiter schwieg, seufzte Kerman gereizt.

»Und du, hast du mir nichts zu sagen?«

Da war er wieder, dieser Inquisitorenton, den er schon vor Jahren immer dann anschlug, wenn Marion ohne ihn ausgegangen und irgendwann mitten in der Nacht zurückgekommen war. Wenn er diese Frage am nächsten Morgen stellte, wußte er ganz genau, wohin sie gegangen und was sie getan hatte, wann sie heimgekommen und wie es um ihren Alkoholpegel bestellt war ... Er war ein besitzergreifender Vater, ein Bruder mit übertriebenem Beschützerinstinkt und ein eifersüchtiger Ehemann in einem. Zuviel für eine einzige Frau ...

Hast du mir nichts zu sagen?

»Doch.«

Um sein ständig lauerndes Mißtrauen einzuschläfern, war es besser, ihm ein paar Happen hinzuwerfen. Es war zumindest einen Versuch wert. So berichtete ihm Marion ausführlich von dem gestohlenen Gewehr und ihrem Verdacht gegenüber dem Beamten Kaiser. Durch sein Verschwinden gab er schließlich einen guten Verdächtigen ab.

»Ich hatte von Anfang an den Gedanken, daß dieser Scheißkerl Nina vielleicht schon einmal gesehen hat, daß er sie irgendwoher kennt. Da paßt dieser Typ mit seinem zweifelhaften Lebenswandel natürlich gut ins Bild.«

»Stimmt, eine Möglichkeit wäre es«, sagte Kerman vorsichtig. Mit Befriedigung stellte er fest, daß Marion ehrlicher war, als er geglaubt hatte. »Kommst du auf dem Weg ins Labor kurz in der Präfektur vorbei und machst deine Aussage?«

Er wartete nicht auf Marions Antwort, die sowieso klar war.

»Und du kümmerst dich nicht mehr um diesen Kaiser«,

befahl er statt dessen. »Sollte er wieder auftauchen, sagst du mir sofort Bescheid.«

»Natürlich.«

Wenigstens konnte sie sich jetzt darauf verlassen, daß sie nicht mehr die einzige war, die nach dem vermißten Beamten suchte. Trotzdem wurde sie, als sie den Hörer wieder auflegte, das unangenehme Gefühl nicht los, daß Kerman schon von der Sache gehört hatte. Irgend jemand aus Marions Umfeld hatte geplaudert, was eigentlich gar nicht so überraschend war, denn manch einer aus Marions Truppe träumte davon, in die berühmte Pariser Kripo aufzusteigen. Das allerdings war eine Illusion, denn diese Auslese fand unter Ausschluß der Bahnhofspolizei statt. Darüber hinaus gab es viele Beamte, die Marion als Hinterwäldlerin abtaten, weil sie überzeugt davon waren, daß es nur in der Hauptstadt ernst zu nehmende Fälle gab, die von ernst zu nehmenden Kriminalbeamten gelöst wurden. Andererseits gab es auch nicht so viele Beamte, die über die Details von Ange-Lous Ermordung Bescheid wußten.

In ihrem Gespräch mit Kerman hatte Marion eine heiße Spur preisgegeben, von der sie allerdings selbst nicht hundertprozentig überzeugt war. Dafür hatte sie Zeit und hoffentlich auch Kermans Vertrauen gewonnen. Allerdings wußte sie selbst, daß sie bei dem Versuch, mit Serge Kerman Katz und Maus zu spielen, gute Chancen hatte, den kürzeren zu ziehen.

## 31

Capitaine Abadie trug die übliche undurchdringliche Miene zur Schau, und Marion fragte sich, wie lange sie diesen Mann noch würde ertragen können. Bemüht, sich nichts anmerken zu lassen, saß sie auf der Kante ihres Chefsessels und legte die Hände flach vor sich auf den Tisch. Sie holte tief Luft.

»Ja, bitte, Capitaine? Sie möchten mit mir sprechen?«

Die Vermißtenakte lag noch immer am anderen Ende des Schreibtischs. Abadie warf einen kurzen Seitenblick darauf.

»Es geht um den Wagen von Ange-Lou Marlys Mörder«, sagte er. »Was Sie mir da am Telefon gesagt haben, paßt mir überhaupt nicht in den Kram«

»Tut mir leid«, brummte Marion. »Aber ich kann mir schließlich nicht einfach was ausdenken.«

»Verstehen Sie mich nicht falsch, Chef. Sie dürfen nicht denken, daß ich gegen Sie bin.«

Marion beugte sich vor und starrte in seine schwarzen Augen, die so undurchdringlich waren wie ein See im Dunkel der Nacht.

»Ach, ja? Das überrascht mich aber. Was ist los, Abadie? Was habe ich getan? Oder unterlassen?«

»Nichts«, erwiderte er nach kurzem Schweigen. »Ich dachte, ich hätte den Wagen des Mörders ausfindig gemacht. Aber es war nicht der richtige. Das ist alles.«

»Was soll das heißen, ausfindig gemacht?«

Er sah Marion mit einem merkwürdigen Gesichtsausdruck an. Sie spürte, daß der Lack erste Risse bekam, daß Abadie kurz davor war, seine Haltung aufzugeben.

»Ich habe Zugang zu den Videoaufnahmen, die zur Überwachung der Ringautobahn gemacht werden«, sagte er schließlich. »Und ich weiß, daß man da unglaublich viele Informationen rausziehen kann. Ihre Tochter ist in der Nähe der Porte de Clignancourt überfallen worden ... Da habe ich mir gedacht, daß der Täter vielleicht in diese Richtung verschwunden ist.«

Tatsächlich schien der Capitaine langsam aus der Reserve

zu kommen. Sein Gesichtsausdruck hatte sich kaum verändert, aber die schönen, dunklen Augen waren weit geöffnet.

»Eine hervorragende Idee ...« sagte Marion vorsichtig. »Und wohin führt uns das?«

»Nirgendwohin ... Ich habe den Wagen nicht identifizieren können. Da war einer, von dem ich dachte, daß er interessant für uns sein könnte, die Zeiten stimmten genau überein. Aber Ihre zusätzlichen Details haben mir leider einen Strich durch die Rechnung gemacht.«

»Mist«, sagte Marion und stand auf. »Und Sie sind sicher, daß er es auf keinen Fall sein kann?«

»Ja. Ich habe vergrößerte Aufnahmen. Nina hat weiße Reifen gesehen und rote Radkappen mit einem Blitz drauf. Der auf dem Ring gefilmte Wagen ist ein Land Rover, das Markenzeichen hat mit Ninas Beschreibung nicht das geringste zu tun. Außerdem ist er um zweiundzwanzig Uhr dreißig an der Kamera vorbeigefahren, gerade mal zehn Minuten nach der Tat, in der Zeit konnte der Mörder unmöglich die Reifen wechseln ... Und dann habe ich auch noch eine ziemlich scharfe Aufnahme vom Heck des Wagens, da gibt's kein wildes Tier, nicht einmal auf dem Ersatzreifen. Wir müssen woanders weitersuchen.«

Marion versuchte ihre Enttäuschung zu verbergen. Mit halb geschlossenen Augen atmete sie mehrmals tief durch, um den Druck von ihrer Brust zu nehmen, dann hob sie den Kopf.

»Sonst noch was, Abadie?«

Der Capitaine, der zwischen Tür und Schreibtisch stand, sah seine Chefin schweigend an.

»Morgen reisen die Eltern des jungen Palmieri an ...«, sagte er schließlich mit belegter Stimme.

»Haben Sie irgendwelche Neuigkeiten?«

»Kaum. Es steht wohl fest, daß der Junge kein Opfer von

sexueller Gewalt geworden ist. Alle Spuren, die wir sichern konnten, und auch seine Kleider sind im Labor. Das Gepäck haben wir immer noch nicht gefunden, die Papiere auch nicht. Ich habe das Gefühl, daß man ihm die Taschen geleert und alle persönlichen Gegenstände weggenommen hat. Bis auf das kleine Foto in der hinteren Tasche seiner Jeans.«

Marion starrte auf ein Foto, das an einer der Bürowände hing, eine Luftaufnahme des Gare du Nord, eines der größten Bahnhöfe der Welt, wie die Bildunterschrift verriet. Ein riesiges, von Menschen wimmelndes Gebilde, kilometerlange Gänge, die sich wie ein Labyrinth durch mehrere Stockwerke schlängelten.

»Was hat er nur in der Damentoilette gemacht?« murmelte sie vor sich hin.

»Bitte?«

»Ach, nichts. Ich frage mich gerade, wie viele Irre wohl in dieser Stadt herumlaufen ... Ein einziger Sumpf ist das, da kann man richtig Schiß kriegen. Sonst noch was, Capitaine?«

Abadie verzog den Mund.

»Ein etwas ... ungewöhnliches Detail.«

»Ach ja?«

»Der Arzt von der Intensivstation hat mir gegenüber erwähnt, daß der Junge komplett rasiert war.«

»Rasiert? Was soll das heißen?«

»Rasiert. Von Kopf bis Fuß. Arme, Beine, Schambereich. Dabei war er sowieso nicht besonders behaart.«

»Vielleicht gibt es dafür einen Grund. Sprechen Sie die Eltern darauf an, Capitaine.«

Er nickte, rührte sich aber nicht vom Fleck.

Marion sah ihn an und fragte sich, warum er nicht ging. Sie hatten sich nichts mehr zu sagen, und sie hatte das Bedürfnis, allein zu sein, aber dann fiel ihr wieder ein, wie ungünstig sich ihre Reserviertheit auf die Beziehungen zu ihren Mitarbeitern auswirkte. Sie schenkte Abadie ein höfliches Lächeln.

»Ihre ... Kontaktperson bei der Ringüberwachung, ist das ...«

»Wir leben zusammen.«

»Aha ... gut.«

Abadie rührte sich immer noch nicht vom Fleck.

»Bedanken Sie sich trotzdem bei ihr«, sagte Marion und drehte sich zu der großen Wandkarte um. »Ist sie Kommissarin?«

»Nein, *er* ist kein Kommissar. Aber ich werde mich natürlich bei *ihm* bedanken.«

Marion erstarrte. Sie spürte Abadies Blick in ihrem Rücken und drehte sich langsam um.

»Moment mal ... Deshalb haben Sie ... Ich meine, deshalb dachten Sie ... Verflucht noch mal, Abadie! Sie leben mit einem Mann zusammen, das ist Ihr gutes Recht. Das kann mir doch egal sein, oder? Es ist allein Ihre Sache!«

Der Capitaine lächelte verkrampft.

»Ihre Vorgänger haben mir deshalb des Leben schwergemacht. Sie konnten es nicht akzeptieren, daß ein Polizist, so ein richtiger, ordentlicher Bulle, ich zitiere meinen letzten Chef ...«

Er verstummte.

»Verstehe«, seufzte Marion. »Mit solchen Leuten hatte ich auch schon das Vergnügen ... Er hat Ihnen das Leben so richtig zur Hölle gemacht, stimmt's?«

»Er hat mir meine Karriere vermasselt. Ich wollte am Auswahlverfahren teilnehmen ... Kommissar werden, warum auch nicht. Er hat mir solche Steine in den Weg gelegt, daß ich's schließlich aufgegeben habe. Das war auch der Grund, warum ich zu Ihnen auf Distanz gegangen bin.«

»Und warum sind Sie jetzt zu der Überzeugung gelangt, daß ich anders bin?«

»Sie haben mir Verantwortung übertragen, obwohl Sie mich nicht kannten. Dabei war ich vom ersten Tag an ekelhaft zu Ihnen. Ich glaube, ich hatte Angst, von Ihnen verurteilt zu werden. Aber Sie haben nur meine Arbeit beurteilt und nicht mein Privatleben. Sie können mir glauben, daß ich Ihnen das hoch anrechne …«

»Wenn hier einer ein Brett vorm Kopf gehabt hat, dann ja wohl ich, Abadie! Ich dachte, ich sei das Problem … Aber Sie wirken auch nicht … Ich meine, man würde nicht auf die Idee kommen, daß … Zum Teufel, jetzt rede ich mich noch um Kopf und Kragen!«

Luc Abadie brach in lautes Gelächter aus. Es war ein jungenhaftes Lachen, frisch und spontan wie ein Gewitterregen.

»Wissen Sie, man hat mir schon Affären mit allen Frauen aus unserer Abteilung angedichtet. Sogar mit Valentine, und das will was heißen …«

»Das will was heißen?«

»Nichts, Chef, Entschuldigung. Ich komme vom Thema ab.«

Abadies Miene wurde wieder ernst. Marions Blick fiel auf die abstehenden Ohren, die seinem makellosen Gesicht etwas Menschliches verliehen. Valentine … Was war wohl mit Valentine? Aber was kümmerte sie eigentlich das Sexualleben von Abadie und Valentine? Sie hätte besser daran getan, sich über ihr eigenes Gedanken zu machen, denn da sah es in letzter Zeit ziemlich mau aus …

»Schon gut, Capitaine. Aber was machen wir jetzt mit dem Auto?« sagte sie schnell, bemüht, das Gespräch wieder in unverfänglichere Bahnen zu lenken. »Ich gehe mal davon aus, daß bisher kein Geländewagen als gestohlen gemeldet wurde, oder?«

Selbstverständlich hatte Abadie das überprüft. Zuallererst sogar. Er schüttelte den Kopf.

»Die Kripo hat der Fahndung nach dem Geländewagen oberste Priorität eingeräumt«, fügte er hinzu. »Wenn er sich auf öffentlichen Straßen oder einem öffentlichen Parkplatz befindet, dürfte es nicht lange dauern, bis ihn eine Streife findet. Wenn nicht, wird sicherlich mehr Zeit verstreichen.«

»Vor allem, wenn der Kerl den Wagen in der Zwischenzeit verändert hat.«

Abadie fuhr sich mit der Hand durch sein schwarzes Haar. Den Ringfinger schmückte ein Brillantring. So einen hatte Marion nicht einmal während ihrer Ehe mit dem Richter getragen.

Es klopfte leise an der Tür, und Major Morel kam herein.

»Kaiser besitzt kein Auto, aber er ist Linkshänder«, verkündete er sofort.

Marion brauchte ein paar Sekunden, um die Neuigkeit zu verdauen.

»Haben Sie seinen Dienstplan überprüft?«

»Ja, am Montag abend ist er zu spät zur Arbeit erschienen.«

»Um wieviel Uhr?«

»Zweiundzwanzig Uhr dreißig.«

»Zehn Minuten nachdem die Kleine ermordet wurde«, sagte Abadie, und seine Stimme klang plötzlich erregt.

»Wie hat er sein Fehlen entschuldigt?«

»Gar nicht«, sagte Morel schulterzuckend. »Beziehungsweise nur mit einer der üblichen Ausreden, Staus in Paris, Wecker kaputt oder so was in der Art.«

Abadie verzog den Mund.

»Allerdings weiß ich doch nicht recht, wie er das in fünf Minuten geschafft haben soll: vom Gare du Nord zum Gare de Lyon, selbst mit Martinshorn ...«

»Danke, Major«, sagte Marion, um das Thema zu beenden.

»Und was machen wir jetzt, Chef?« fragte Abadie, sobald Morel gegangen war.

»Ich muß in die Präfektur, er wartet auf mich«, sagte Marion.

Abadie sah sie fragend an.

»Kerman. Ich werde ihm diese Neuigkeiten natürlich brühwarm erzählen ... Damit er was hat, womit er sich beschäftigen kann, und zwar möglichst lange.«

»Und wir, was machen wir?« hakte Abadie nach.

»Wir suchen weiter. Wir überprüfen die Dienstpläne aller Beamten, die wußten, daß Nina an diesem Montag ihre Theater-AG hatte und daß ich hier im Büro aufgehalten wurde. Wir gehen genau ihre Akten durch. Wir picken uns alle Linkshänder heraus, alle Personen, die ihre Waffe mit einer Hand bedienen können, eine Beinverletzung, eine Behinderung oder ein besonderes schauspielerisches Talent haben ... Gehen Sie alles durch, alle noch so unwichtigen Details. Und knöpfen Sie sich auch alle Spitzel und Informanten vor, mit denen Sie im Bahnhof und seiner Umgebung zusammenarbeiten.«

Abadie seufzte leise. Das bedeutete, bei vorsichtiger Schätzung, einen Monat Arbeit. Nebenbei bemerkt, war von »wir« in den letzten beiden Sätzen keine Rede mehr gewesen ...

»Und wo Sie schon dabei sind, nehmen Sie auch die Typen unter die Lupe, deren Personalien Sonntag nachmittag überprüft worden sind, und lassen Sie das Ganze einmal durch den Computer laufen ... Nina hat mit diesen Kerlen geredet. Könnte ja sein, daß einer von ihnen dabei auf dumme Gedanken gekommen ist.«

»Als Morel die Tür zur Waffenkammer aufgeschlossen hat, waren schon wieder alle auf freiem Fuß«, wandte Abadie ein.

»Alle? Sind Sie sicher? Ich meine, da hätte noch einer im Gang gesessen, oder?«

»Das war jemand, der Anzeige erstatten wollte.«

»Ja, und?«

»Gut, alles klar«, lenkte der Beamte schnell ein. »Aber ich brauche Hilfe, allein kann ich das nicht bewältigen. Haben Sie gegen irgend jemanden Vorbehalte?«

Nicht dumm, dieser Abadie. Vielleicht sogar ein bißchen zu schlau?

»Bestimmt, aber bei den vielen Beamten hier ...«

»Darf ich Ihnen helfen?«

Marion zögerte. Einerseits empfand sie noch ein gewisses Mißtrauen gegenüber dem Capitaine, andererseits brauchte sie jemanden, dem sie vertrauen konnte. Allein würde sie die Sache nicht durchziehen können. Sie gab sich einen Ruck.

»Irgend jemand aus der Abteilung hat bei der Kripo geplaudert.«

Ein Lächeln huschte über Abadies Gesicht.

»Valentine Cara«, sagte er leise. »Die ist da mit jemandem liiert ...«

»Kerman?«

Marions Stimme klang etwas belegt, beinahe unmerklich, aber dem Beamten war es nicht entgangen.

»Nein, der nun nicht gerade«, beruhigte er sie. »Etwas darunter.«

»Ein Gruppenleiter?«

»Eine Gruppenleiterin, Chef. Eine Gruppenleiterin.«

## 32

Bis Marion im Labor vorbeigeschaut und anschließend bei der Kripo ihre Aussage gemacht hatte, war die Mittagszeit längst vorbei. Niemand hatte ihr etwas zu essen angeboten. Nicht einmal einen Kaffee. Als sie das Büro der

Gruppenleiterin Régine Duplat verließ, die im Mordfall Ange-Lou Marly ermittelte, und im Flur sofort Serge Kerman in die Arme lief, wurde ihr auch klar, warum. Vermutlich hatte er sie abgepaßt, denn er nahm ohne Umschweife ihren Arm und zog sie zur Treppe.

»Ich habe im Trois Marches einen Tisch reserviert. Ich sterbe vor Hunger.«

Marion blieb wie angewurzelt stehen. Entscheidung getroffen, keine Widerrede. Das war Serge Kerman in Reinform.

»Es tut mir leid, Serge, aber ich habe keinen Hunger. Und keine Zeit. Und mir steht nicht der Sinn danach. Ein anderes Mal.«

Er hatte ihren Arm nicht losgelassen, und sie spürte den Druck seiner Hand. Energisch befreite sie sich aus seinem Griff.

»Ich bitte dich, Serge.«

Ein paar Neugierige kamen aus den Büros. Der Ton, den die beiden Chefs und früheren Liebhaber angeschlagen hatten, stellte eine prickelnde Szene in Aussicht, die man sich natürlich nicht entgehen lassen wollte.

»Willst du, daß alle auf uns aufmerksam werden?« sagte Kerman mit gedämpfter Stimme. »Los, komm, ich muß dir ein paar Dinge sagen.«

»Du wirst dich nie ändern«, empörte sich Marion, als die Bedienung sie zu einem Tisch im hinteren Teil des Raums geführt hatte.

Das legendäre Restaurant, in dem schon so viele berühmte Polizisten ein und aus gegangen waren, war fast leer. Die Uhr über der Kasse zeigte 14 Uhr 35.

»Zwei Kir!« orderte der Kripochef bei der Serviererin, die bereits ihr Blöckchen gezückt hatte.

Marion schlug mit der flachen Hand auf den Tisch.

»In was für einer Welt lebst du eigentlich, Kerman?« schimpfte sie los. »Ich bin nicht deine Befehlsempfängerin!«

Aber da kam schon die Kellnerin mit zwei Gläsern zurück, die bis zum Rand mit dem rubinroten Getränk gefüllt waren. Sie musterte Marion und schien sich zu fragen, wer eigentlich diese dumme Pute war, die es wagte, in so einem Ton mit ihrem wichtigen Gast zu sprechen.

»Was darf's denn heute sein, Monsieur Serge«, fragte sie betont vertraulich, als könne sie damit die Feindseligkeit dieser hübschen jungen Frau, die der Kripobeamte mit seinen Blicken verschlang, abwehren.

»Zweimal das Tagesgericht, Sylvette. Und einen Côte rôtie. Wohltemperiert«, antwortete Kerman im selben Ton.

»Das kann ja wohl nicht wahr sein«, mokierte sich Marion. »Zweimal das Tagesgericht! Du weißt doch überhaupt nicht, was es heute gibt!«

»Das Tagesgericht ist heute ein ...«, fing die Kellnerin an.

»Das ist mir egal. Ich habe keinen Hunger. Und auch keinen Durst«, fiel ihr Marion gereizt ins Wort.

»Was? Du machst dir nichts mehr aus Wein?«

Wenn Marion in dieser Stimmung war, hatte er es immer mit Ironie versucht, obwohl das komplett seiner Natur widersprach. Es war so, als würde er mutwillig die eigene Würde über Bord werfen, und das ließ ihn zerbrechlich wirken, beinahe pathetisch. Sekundenlang starrte sie ihn wortlos an, dann leerte sie in einem Zug ihr Glas Kir, und sofort röteten sich ihre Wangen.

»Willst du mich betrunken machen? Um mich zum Reden zu bringen?«

Sobald Marion Wein trank, öffnete sich ein Ventil, das sonst ihre Stimmungen und Gefühle unter Verschluß hielt. Kerman hatte – im guten wie im schlechten – schon allerlei Erfahrungen mit diesen Ausbrüchen gesammelt, und

Marion hatte nicht vergessen, daß er zwar manchmal darunter gelitten hatte, aber doch auch sehr oft auf seine Kosten gekommen war. Kerman tat nichts ohne Grund, er war eigentlich kein Mensch, sondern eine Registrierkasse.

Er berührte ihren Unterarm, und sie erschauerte.

»Ich will dir nur helfen, dich zu entspannen«, sagte er und fragte sich, wie er die gesträubten Härchen auf ihrem Handgelenk deuten sollte.

Sie verdrehte die Augen.

»Wirklich«, beharrte er und nahm einen Schluck Kir. »Du bist zu angespannt. Du brauchst eine Ruhepause, Edwige. Warum willst du immer stark sein, warum läßt du nicht zu, daß man sich ein bißchen um dich kümmert, nur ein kleines bißchen?«

»Serge«, erwiderte Marion entnervt, »sag mir, was du sagen wolltest. Und sag um Gottes willen nichts anderes.«

»Na hör mal, meine Liebe, bist du nicht vielleicht diejenige, dir mir etwas zu sagen hat?«

Das Tagesgericht, ein köstliches Schweinefilet mit Linsen, erkaltete auf Marions Teller. Regungslos hatte sie zugehört, wie ihr Kerman den Wagen des Kerls beschrieb, der Ange-Lou umgebracht hatte.

»Die scheint aber wirklich sehr verliebt zu sein!« sagte sie schließlich lächelnd.

»Verliebt? Von wem redest du?«

»Von Valentine Cara, Lieutenant in meiner Abteilung.«

»Ich verstehe kein Wort.«

Marion beugte sich provozierend vor.

»Sie vögelt mit Régine Duplat, und zwischen zwei Orgasmen berichtet sie ihr en détail, was bei mir in der Bahnhofspolizei so los ist. Sag bloß, du hast nicht gewußt, woher Duplat so gut über mich Bescheid weiß!«

Serge Kerman nahm noch einen Schluck Wein und schnalzte kopfschüttelnd mit der Zunge. Vorsichtig stellte er sein Glas wieder ab, um Marion mit undurchdringlicher Miene zu mustern.

»Wie du selbst feststellen konntest, ist Régine Duplat eine bemerkenswerte Gruppenleiterin und eine hervorragende Polizistin. Sie ist darüber hinaus eine Frau von vierzig Jahren, die im privaten Bereich gewisse Probleme hat. Sie war zweimal verheiratet, hat einen zwanzigjährigen Sohn und eine sechsjährige Tochter. Sie wechselt ständig zwischen Männern und Frauen und ist sexuell ziemlich aktiv. Ich weiß nicht, wer diese junge Beamtin ist, von der du redest, und es interessiert mich auch nicht im mindesten. Reicht dir das?«

»Lieutenant Cara ist ebenfalls eine kompetente Polizistin, darum geht es nicht. Und dir brauche ich ja wohl nicht zu erklären, wie schwachsinnig sich Menschen manchmal verhalten, wenn sie dieses verfluchte Gefühl haben, verliebt zu sein, und darüber jeden Realitätssinn und jede Kritikfähigkeit verlieren ... Wer ist also dein Spitzel?«

»Mein Spitzel? Welcher Spitzel? Du meinst, wer mein Zeuge ist? Eigentlich dürfte ich dir das nicht sagen, aber ich halte mich an unsere Abmachung ... Meine Zeugin ist eine gewisse Gervaise Bousse. Sie ist heute morgen vernommen worden. Ich hätte es gut gefunden, wenn du mir selbst von diesem Wagen erzählt hättest.«

»Das hätte ich auch gleich getan«, erwiderte Marion ruhig.

»Warum hast du Régine Duplat nichts gesagt?«

»Ich habe Duplat nichts gesagt? Ich habe Duplat nichts gesagt? Aber sie hat mich doch anderthalb Stunden über Kaiser ausgequetscht und über die Waffe, die in meiner Waffenkammer gestohlen wurde, ganze Seiten hat sie damit gefüllt. Ich habe ihr alle Informationen über die Personen gegeben, die am Sonntag und am Montag im Bahnhof kontrolliert worden sind ...«

Kermans verstockter Gesichtsausdruck machte ihr plötzlich bewußt, daß er schon wieder versuchte, sie zu manipulieren, und nicht einmal einen Hehl daraus machte. Sie straffte die Schultern.

»Hör auf, mit mir zu spielen! Ich kenne dich in- und auswendig! *Du* hast Duplat doch befohlen, nicht mit mir über den Wagen des Täters zu reden. Du wolltest sehen, ob ich es von selbst tun würde. Wenn ich das Thema angeschnitten hätte, dann hätte sie dich sofort dazugeholt. Damit du mir schön die Ohren langziehst, weil ich mir soviel Zeit gelassen habe ...«

Sie schäumte vor Wut. Kerman verzog das Gesicht zu einer Grimasse, die wohl beschwichtigend wirken sollte.

»Du bist nicht mit den Ermittlungen betraut, Edwige! Wenn ihr an Informationen kommt, du oder deine Jungs, dann müßt ihr sie sofort an mich weiterleiten. Ich hatte gedacht, das sei klar.«

»Das ist es auch!«

Ruhig und entschlossen begann Marion, ihre Serviette zu falten, wie sie es von ihrer Mutter, einer auf dem Land mit Strenge erzogenen Frau, gelernt hatte. Dann stand sie auf und zog ihre Lederjacke an.

»Du weißt, wo du mich findest«, sagte sie kühl und ging, ohne sich noch einmal umzudrehen.

Sie erwartete ihn auf dem Pont Saint Michel. Der Anblick der trüben Seine-Fluten und der leichte, frische Wind hatten ihren Zorn plötzlich verrauchen lassen. Sie dachte an Gervaise, die sich bei ihrer Zeugenaussage peinlich genau an das gehalten hatte, was sie selbst gesehen hatte. Kerman wußte demnach nichts über die Details, die Nina verraten hatte.

Marion hätte ihm davon berichten sollen, auch wenn diese Informationen aus den Alpträumen des Mädchens hervorgegangen und wenig verläßlich waren. Sic wußte, daß sie eigentlich dazu verpflichtet war, und verstand selbst nicht recht, warum sie ihm nichts gesagt hatte.

Der Mann ist dermaßen nervig, er hält sich für den lieben Gott persönlich, versuchte sie sich zu rechtfertigen, als am Ende der Brücke die schlanke Silhouette des Kripochefs auftauchte.

Während Marion ihn aus den Augenwinkeln näher kommen sah, konnte sie nicht umhin, seinen Gang und seine Gestalt zu bewundern. Erinnerungen an ihre Liebesspiele wurden wach und verursachten ihr hier auf dieser Brücke, über dem grauen Wasser der Seine, immer noch ein deutliches Kribbeln im Bauch. Und er? Was war von seiner so vereinnahmenden Leidenschaft geblieben?

Er stützte die Ellbogen auf das Geländer und blieb lange schweigend so stehen, ohne Marion anzusehen und ohne auf die Passanten zu achten, die das Paar im Vorbeigehen streiften.

»Ich dachte, du wärst aus meinem Leben und meinem Kopf verschwunden«, fing er schließlich an, als wolle er eine Antwort auf die Frage geben, die sich Marion stellte. »Und plötzlich, seit genau zwei Tagen, kann ich an nichts anderes mehr denken. Edwige, ich möchte, daß wir uns wiedersehen.«

Ich möchte, ich will, ich verlange ... Lieb mich, Edwige, ich befehle es dir!

Sie betrachtete seine Hände auf dem Brückengeländer, seine Schulter, die ihre Schulter fast berührte, das Fischgrätenmuster seines grauen Anzugs. Sie hätte nur langsam ihren Kopf darauf sinken lassen müssen. Zulassen, daß seine Männerarme sie umschlangen. Zulassen, daß er für sie entschied. Die Waffen strecken.

»Und was tun wir deiner Meinung nach seit zwei Tagen?« flüsterte sie.

»Du weißt genau, was ich meine.«

»Kommt nicht in Frage.«

»Warum?«

»Ich kann nicht, Serge. Ich mache im Moment Schreckliches durch.«

»Ebendarum. Ich bin allein, habe keine Kinder, aber ich kann verstehen, was du empfindest. Ich möchte das mit dir teilen.«

»Und mit Nina?« fragte sie, um klarzustellen, daß Nina jetzt nicht mehr von ihr wegzudenken war.

»Natürlich auch mit Nina.«

Er hatte gezögert. Marion schüttelte ihre kurzen Locken.

»Nein.«

»Warum?«

»Ich bin derselbe Mensch wie vor fünfzehn Jahren, Serge. Und du hast dich auch nicht verändert. Das mit uns kann nicht klappen, das weißt du selbst ganz genau.«

»Wo willst du denn jetzt schon wieder hin?« Marion hatte sich so plötzlich vom Brückengeländer gelöst, daß die vorwitzigen Tauben um sie herum auseinanderstoben.

In wenigen Sätzen hatte er sie eingeholt.

»Wir hören voneinander«, sagte Marion, der nichts anderes mehr einfiel. »Ich muß los, ich muß noch jemandem einen Besuch abstatten.«

»Wem?«

»Was soll das heißen, wem? Das geht dich nichts an.«

»Ich hoffe, du hast nicht vor, die Eltern des Mädchens zu besuchen.«

Er war steif, aber intuitiv. Oder lag es daran, daß sie so eine schlechte Schauspielerin war? Anstatt ihm zu antworten, legte sie einen Schritt zu.

»Das verbiete ich dir!«

Marion wirbelte so abrupt herum, daß er zurückfuhr und einen Passanten anrempelte. Der Mann stolperte und fing sofort an, die beiden laut zu beschimpfen.

»Zieh Leine!« schnauzte Marion ihn an.

Wie vor den Kopf geschlagen wich der Mann zurück und machte sich, der Form halber leise schimpfend, schleunigst davon. Kerman schüttelte mit einer Miene den Kopf, die Marion nur allzugut kannte. Sie sah ihm fest in die Augen.

»Du siehst doch, daß du dich nicht verändert hast, Kerman! Du willst, du verbietest! Dein überlegener Geist lenkt die Welt!«

»Ich will dir nur Ärger ersparen. Edwige, ich sage dir nochmals, daß diese Leute …«

»Krank vor Kummer sind, ich weiß.«

Sie deutete mit dem Zeigefinger auf ihre Stirn.

»Aber ich bin erwachsen, ich weiß, was ich tue. Und du verbietest mir nichts. Okay?«

## 33

Eve Marly schien innerhalb von zwei Tagen noch einmal zehn Kilo abgenommen zu haben. Müde öffnete sie Marion die Tür. Jede noch so kleine Geste, ja selbst das Atmen schienen ihr Mühe zu bereiten. Ihre Augen lagen riesig über den grauen, eingefallenen Wangen. Fast hätte sie die Tür wieder zugemacht, aber Marion war schneller. Die Stille der großzügigen Wohnung am Boulevard de Rochechouart ließ darauf schließen, daß Ange-Lous Mutter allein war. Ihr Ehemann war wohl ausgegangen, sonst hätte Marion niemals Einlaß gefunden. Als sie in der im Fünfziger-Jahre-Stil dekorierten Diele stand, sah sie zu ihrer Überraschung, daß sich im Wohnzimmer, das zum Boulevard hin lag, etwas bewegte. Im Gegenlicht der großen, bis zum Boden reichenden Fenster zeichnete sich eine Silhouette ab, die fast im selben Moment verschwand.

Eve Marly stand regungslos zwischen einem von zwei edlen Wandleuchten flankierten Konsoltischchen aus Mahagoni und einem kleinen, runden Tisch, der mit zerbrechlichen Nippesfiguren vollgestellt war. Mit schlaff herunterhängenden Armen und ebenso hängenden Schultern starrte sie auf Marions Schuhe. Die junge Kommissarin rührte sich nicht, weil sie spürte, daß im Inneren dieser am Boden zerstörten Frau ein Sturm wütete, der nur auf eine Gelegenheit wartete, nach außen durchzubrechen.

»Mein Mann«, murmelte Eve Marly. »Er will nicht ...«

»Ich weiß, Madame Marly, Ihr Mann hat großen Kummer. Aber lassen Sie sich von mir helfen, wenn ich kann. Ich bitte Sie!«

Die Frau wankte. Ihre Hände suchten Halt, fanden ihn schließlich an dem kleinen Konsoltischchen, das jedoch unter ihrem Gewicht umstürzte. Eve Marly kippte nach vorn, und Marion konnte gerade noch die Arme ausstrecken, um sie aufzufangen. Es war so, als hielte sie einen Karton Watte in den Händen, einen ausgehöhlten Körper, von dem man sich fragen konnte, was ihn eigentlich noch am Leben hielt. Ein Röcheln stieg aus der knochigen Brust empor und entlud sich in einem heiseren Aufschrei.

Marion stand da und stützte den mageren, aufgewühlten, zuckenden Körper, bis ihr die Arme und Schultern weh taten, bis ihr schlecht wurde.

Nach einigen schrecklichen Minuten ließ das krampfhafte Schluchzen nach, das Wimmern hörte auf, und Marion konnte Eve zu einem Klubsessel führen, auf den sie niedersank. Ange-Lous Mutter ließ ihren Tränen freien Lauf,

Schleim rann aus ihrer Nase, sie wischte ihn nicht ab. Sie weinte lautlos, die Arme fest um ihren eingefallenen Oberkörper geschlungen. Marion mußte lange warten, bis sich die Frau wieder beruhigt hatte. Es war wahrscheinlich das erste Mal, daß sie sich so gehenließ, daß sie ihrem Schmerz Ausdruck verlieh, anstatt sich davon auffressen zu lassen. Als ihr nach einer Weile wieder bewußt zu werden schien, daß Marion neben ihr stand, stieß sie einen schrecklichen Seufzer aus und streckte ihr eine Hand entgegen, unter deren durchsichtiger Haut dicke Adern schimmerten.

»Danke«, flüsterte sie. »Danke.«

Marion schloß ihre Hände um Eves Hand und wußte nicht mehr, was sie noch tun sollte. Ange-Lous Mutter machte den Eindruck, als ginge es ihr ein wenig besser, ihr Blick wirkte nicht mehr so leer, das Gesicht nicht mehr ganz so ausgezehrt.

»Ich wollte Sie fragen … Hat sie Ihnen etwas gesagt?«

Marion war sich nicht sicher, ob sie richtig gehört hatte. Erschrocken bat sie Eve Marly, ihre Frage zu wiederholen.

»Ange-Lou …«, flüsterte die Frau. »Hat Sie mit Ihnen gesprochen, bevor sie gestorben ist?«

Wieder die Erinnerung an Ange-Lous eiskalte Finger, ihren halbgeöffneten Mund, den kaum noch wahrnehmbaren Atem, die geschlossenen Augen …

Wie gern hätte Marion dieser trauernden Mutter einen Gefallen getan und ihr gesagt: »Ja, sie hat nach Ihnen verlangt, ja, ihre letzten Worte waren ›Mama, ich liebe dich‹ …«

Sie schluckte.

»Sie hat nichts gesagt, Madame Marly, sie war nicht mehr bei Bewußtsein und konnte nicht mehr sprechen … Sie war schon zu weit weg …«

Eve Marly schluchzte auf, dann schwieg sie, am Boden zerstört.

Plötzlich wurde Marion bewußt, daß sie nicht mehr allein waren. Hinter ihr stand ein großer, nicht gerade anziehend aussehender Jugendlicher in viel zu weiten Jeans und einem schmutzigbeigen Pullover, in den mehrere Jungs seines Kalibers hineingepaßt hätten. Marion erkannte Ange-Lous Bruder. Sein verzerrter Mund, sein aschfahles Gesicht und seine erweiterten Pupillen deuteten darauf hin, daß er total zugedröhnt war. Die Situation konnte jede Sekunde eskalieren.

Marion hatte schon den Rückzug angetreten, da flog die Wohnungstür auf. Jean Marly kam herein, schlug die Tür laut hinter sich zu und warf mit finsterer Miene einen Blick in die Runde.

»Was tun Sie hier?« donnerte er.

Marion wandte sich hilfesuchend an Eve Marly, die den Saum ihres Rockes knetete und sie durchdringend anstarrte.

»Ich bitte Sie, Madame«, sagte sie in flehendem Ton, »wir müssen uns jetzt gegenseitig unterstützen. Nina braucht Sie ... Sie müssen ihr sagen, daß sie keine Schuld trägt. Das müssen Sie für sie tun.«

Eve Marly schüttelte bestürzt den Kopf. Ihr Mann kam einen Schritt auf Marion zu.

»Hauen Sie ab!«

»Ich bitte Sie ... Hören Sie mich doch wenigstens an!«

»Nein, das tue ich nicht. Gehen Sie!«

Jean Marlys Halsstarrigkeit und sein blinder Haß brachten Marion plötzlich in Rage.

»Monsieur Marly, ich nehme Anteil an Ihrem Kummer, aber Ihre Haltung ist absurd«, entgegnete sie. »Wir sollten jetzt zusammenhalten. Statt dessen gehen Sie auf mich und auf Nina los ... Sehen Sie sich doch um. Ihrem Sohn geht es nicht gut, Ihre Frau leidet unter schweren Depressionen. Sie sollten sich um die beiden kümmern, ehe noch ein zweites Unglück passiert.«

»Und das wagen Sie mir zu sagen?« empörte sich Jean Marly. »Ich glaube, ich träume! Sie sind wohl völlig verrückt geworden! Gleich werden Sie mir vielleicht noch sagen, daß ich schuld daran bin, daß meine Tochter tot ist!«

Er schob eine Hand in die Innentasche seiner Jacke, zog ein weißes, rechteckiges Kärtchen daraus hervor und hielt es Marion hin.

»Ich will Sie nie wieder sehen«, sagte er mit drohend erhobenem Zeigefinger. »Und wenn Sie sich noch einmal in die Nähe meiner Familie wagen, kann ich für nichts garantieren!«

Entgeistert warf Marion einen Blick auf die Visitenkarte, auf der in kursiver Schrift der Name eines bekannten Anwalts prangte. Wortlos öffnete Jean Marly die Tür und deutete mit einer arroganten Kinnbewegung ins Treppenhaus.

»Sie tun mir leid!« sagte Marion beim Hinausgehen.

## 34

Als sie ihre Wohnungstür öffnete, hörte sie in der Küche Ninas und Gervaises Stimmen. Ihre Hand zitterte noch wegen Jean Marly, als sie den Schlüssel auf das Brettchen unter dem Dreißiger-Jahre-Spiegel legte, den Nina nicht leiden konnte.

»Ich habe Nudeln gekocht«, sagte Gervaise, sobald Marion durch die Tür kam. »Wollen Sie auch welche?«

Nina saß am anderen Ende des Tisches. Sie stand auf und kam zu ihrer Mutter, um sich schweigend einen Kuß abzuholen. Sie hatte dunkle Ringe unter den Augen.

»Wo warst du?« fragte sie nach kurzem Zögern.

Marion warf Gervaise, die gerade einen Berg von Nudeln

mit Tomatensauce und Parmesan vertilgte, einen Blick zu. Als sie das Haus der Familie Marly verlassen hatte, hatte sie bei Gervaise angerufen, weil sie noch einmal ins Büro mußte, um ein paar dringende Angelegenheiten zu regeln. Ninas Leibwächterin mußte abgelöst werden, und außerdem wollte sie die Theaterfrau etwas fragen. Eine Idee, die ihr nach ihrem Kripobesuch gekommen war.

»Ich war noch im Büro«, antwortete sie. »Tut mir leid, mein Schatz, aber du weißt ja, da ist immer der Teufel los.«

»Ein Problem?« fragte die Kleine und sah Marion prüfend an.

»Fünfhundert Männer, fünfhundert Probleme«, seufzte die Kommissarin und setzte sich an den Tisch. Sie runzelte die Stirn.

»Du gefällst mir gar nicht, Nina ... Ich frage mich, ob es wirklich eine gute Idee ist, daß du jetzt schon wieder in die Schule gehst.«

Nina packte die Gelegenheit beim Schopf.

»Es ist die reinste Hölle, alle starren mich an, als hätte ich Gott weiß was getan. Keiner redet mit mir. Und wenn ich zu Omi fahren würde?«

Lisette Lemaire, Ninas Großmutter, war in Lyon geblieben. Nach langen Monaten des Zögerns hatte sie sich schließlich vom Charme der Stadt einfangen lassen. Gerade als die alte Dame sich sogar ernsthaft überlegte, Ninas Geschwister Louis und Adèle zu sich zu nehmen, war Marion versetzt worden. Die Entscheidung, die Kinder bei sich aufzunehmen, war für eine Frau ihres Alters ohnehin nicht leicht gewesen, und seit Marions und Ninas Umzug, den sie durchaus als einen gewissen Treuebruch, wenn nicht gar Verrat empfand, konnte davon keine Rede mehr sein. Sie meldete sich nicht besonders oft bei den beiden, und Nina wußte, daß sich ihre Mutter das sehr zu Herzen nahm.

»Ich glaube, das geht im Moment nicht«, murmelte Marion. »Wegen der Ermittlungen, verstehst du? Du weißt doch, die Polizei braucht dich noch, um den Tathergang zu rekonstruieren.«

Nina nickte, ohne ihre Mutter anzusehen. In der Stille der Küche war nur noch das Kauen von Gervaise zu hören. Nervig. Marion wollte schon einen Kommentar abgeben, da sah sie, daß Nina die Tränen in den Augen standen. Sie streichelte vorsichtig über ihr blondes Haar.

»Kann ich denn hinfahren, wenn er verhaftet ist?« fragte die Kleine, die kurz davor war loszuheulen.

»Ich fürchte nicht.«

Nina stand auf.

»Warum?«

»Na ja ... Du wirst ihn dir ansehen müssen, man wird deine Erinnerungen und seine Äußerungen gegeneinanderhalten. Du wirst sagen müssen, ob du ihn wiedererkennst ... Verstehst du?« antwortete Marion.

»Natürlich, ich bin ja nicht blöd! Das ist total ungerecht! Er läuft frei herum, und ich werde eingesperrt! Ich kann's nicht fassen!«

Sie rauschte aus der Küche, und Marion leerte in einem Zug das Glas, das Gervaise inzwischen mit Wein gefüllt hatte. Sie hatte die Flasche selbst mitgebracht, einen Saint Émilion von '96. Nicht schlecht, dachte Marion und beobachtete fasziniert, mit welcher Gier Gervaise angefangen hatte, in der flachen Nudelschüssel herumzustochern.

»Sie verpassen was«, sagte sie mit vollem Mund. »Die sind wirklich lecker.«

Aber dann schien sie den drohenden Rüffel in Marions dunklen Augen zu lesen und wechselte schnell das Thema.

»Ihre Polizeifreunde waren bei mir.«

»Sie meinen die Leute von der Kripo.«

»Wie?«

»Das waren Beamte von der Kriminalpolizei.«

Gervaise winkte ab.

»Ist doch wurst. Wir sind jedenfalls alles noch mal durchgegangen. Ich habe den Wagen beschrieben.«

»Gut.«

Nina war nicht zurückgekommen, und Marion stand auf, um nach ihr zu sehen.

»Lassen Sie die Kleine lieber mal ein bißchen in Ruhe«, sagte Gervaise. »Die kommt schon, wenn ihr danach ist.«

»Meinen Sie?«

Endlich gesättigt, zündete sich Gervaise mit halbgeschlossenen Augen eine Gitane an.

»Natürlich. Was habe ich gerade gesagt? Ach ja! Ihre Kollegen haben mich mit Fragen über Ange-Lou und Nina bombardiert. Sie wollten meine Teilnehmerliste haben. Nicht nur von diesem Jahr, auch von den vergangenen Jahren. Aber ob an dem Abend alle gekommen sind, hat mich niemand gefragt. Ihr ... Bulldozer hat offenbar nicht soviel Vorstellungskraft wie Sie ...«

»Seien Sie sich da mal nicht so sicher.«

In der Mittagszeit hatte sich Régine Duplat Marions These angehört, daß der Täter zur Theaterwerkstatt gekommen war, um Nina zu entführen. Diese Möglichkeit werde von der Kripo durchaus in Betracht gezogen, hatte ihr die Beamtin versichert, dann aber in ihrem üblichen unterkühlten Ton hinzugefügt, daß sie selbst von einer weiter gefaßten Hypothese ausgehe: Ange-Lous Mörder war gekommen, um auf jemanden zu warten. Sie wußte nicht, auf wen, und war offen für alle Hinweise und Denkanstöße. Mehr war nicht aus ihr herauszubekommen, aber Marion hatte sofort wieder alle Hoffnungen darauf gesetzt, daß der Kerl vielleicht doch nicht auf Nina, sondern auf die Person gewartet hatte, deren Namen Ange-Lou ihrer Tochter zugeflüstert hatte. Anne? Jeanne?

»Ich fand diese Leute übrigens weder brillant noch besonders sympathisch«, verkündete Gervaise mit ihrer tiefen Stimme. »Die bilden sich wunder was ein, und deshalb denke ich da ganz so wie Nina: Ich hoffe, daß wir diejenigen sind, die den Kerl finden.«

Daß »wir« den Kerl finden! Jetzt hatte sich Gervaise schon selbst zur Polizeigehilfin ernannt!

Marion hatte nicht übel Lust, sie in ihr Theater zurückzuschicken. Aber dann begegnete sie Gervaises Blick, aus dem echtes Mitgefühl sprach. Das Bedürfnis zu helfen steckte bei dieser Frau, die sich schon ihre nächste Zigarette anzündete, offenbar in den Genen. In der engen Küche konnte man nicht mehr atmen. Marion öffnete hustend das Fenster, um die Rauchschwaden hinauszulassen.

»Haben Sie jetzt Interesse an meinen Listen oder nicht?«

Gervaise wurde ungeduldig. Marion streckte ihre Hand nach den beiden vollgetippten Blättern aus.

»Zwanzig sind angemeldet«, bemerkte Gervaise. »Aber im Schnitt kommen immer nur fünfzehn oder sechzehn, manchmal auch weniger. Das ist normal, es ist ja nur ein Hobby, und außerdem findet der Kurs auch noch abends statt. Wenn wir mit den richtigen Proben anfangen, kommen die Kinder regelmäßiger. Am Montag haben nur vier gefehlt.«

Marion griff plötzlich nach ihrer Gabel und wandte sich ihrem Teller zu, den sie noch nicht angerührt hatte.

»Warten Sie«, protestierte Gervaise, »die sind ja ganz kalt, ich stell sie Ihnen kurz in die Mikrowelle …«

»Fühlen Sie sich wie zu Hause«, murmelte Marion.

»Ein Mädchen und drei Jungs«, fuhr Gervaise fort. Sie

wartete, bis der Klingelton kam, nahm den Teller aus dem Gerät und stellte ihn vor Marion auf den Tisch. Ihr gieriger Blick entging der jungen Kommissarin nicht.

»Möchten Sie noch welche?«

»Aber nicht doch, ich will Ihnen doch nicht alles wegessen!«

»Doch, doch, bitte, nehmen Sie ruhig.«

Gervaise nahm ihre Gabel wieder in die Hand. Ihre Gefräßigkeit hatte etwas Wollüstiges, das Marion fast als peinlich empfand. Sie wandte den Kopf ab und sah zur Tür.

Da stand Nina, an den Türrahmen gelehnt, das kleine, aschfahle Gesicht vom Weinen noch ganz verschmiert. Ihre Lippen zitterten. Marion ging schnell zu ihr.

»Es tut mir leid, Mama«, sagte Nina mit bebender Stimme. »Das war total blöd von mir. Kann ich was essen? Ich sterbe vor Hunger.«

»Aber natürlich«, schaltete sich Gervaise ein. »Wo haben wir beide nur unsere Köpfe gelassen? Hier, Süße, iß! Das wird dich aufmuntern!«

Und Nina aß. Gerührt sah ihr Gervaise zu, für sie schien alles so einfach zu sein: essen, trinken, rauchen.

Langsam vertilgte die Kleine ihre lauwarmen Nudeln, und eine Weile hörte man nur noch das Klirren des Löffels in Gervaises Kaffeetasse.

Plötzlich ergriff Nina wieder das Wort.

»Ich hab gehört, worüber ihr eben geredet habt. Ich versuche immer noch die ganze Zeit, mich daran zu erinnern, was mir Ange-Lou vor der Theaterwerkstatt gesagt hat, aber ich komm einfach nicht drauf.«

Marion erstarrte, und Gervaise hörte auf, den geschmolzenen Zucker aus ihrer Tasse zu kratzen. Nina fixierte einen unsichtbaren Punkt auf dem Regal, irgendwo zwischen Zucker- und Mehltüte.

»Sie stand ganz hinten in der Sackgasse, da hat sie nach mir gerufen: Nina, komm zurück! Ich bin zu ihr gegangen. Sie hat mir von dem Mann erzählt, und ich bin sicher, daß sie ihn ganz aus der Nähe gesehen hat, sie hatte nämlich totale Angst. Ich hab sie gefragt, was er wollte, warum er sie angesprochen hat. Sie hat irgendwas gesagt, aber ich kann mich einfach nicht daran erinnern. Nicht mal dieser blöde Vorname fällt mir mehr ein! Das nervt!«

»Versuch nicht, dich um jeden Preis zu erinnern, Nina«, sagte Gervaise und pustete auf die Asche an ihrer Zigarette. »Je krampfhafter du es versuchst, desto weniger wird es dir gelingen. Du wirst sehen, das kommt irgendwann ganz von selbst.«

»Kann ich die Liste mal haben?« fragte Nina, und ihre Mutter gab sie ihr schnell.

Das Mädchen, das am Montag nicht gekommen war, hieß Lucie Martinet.

»Das war's nicht.« Nina schüttelte den Kopf. »Nein, da bin ich mir sicher.«

Die fehlenden Jungen hießen Louis, Marc und Lucas.

»Nein, nein«, sagte Nina, hoch konzentriert.

Auf der Liste der eingeschriebenen Mädchen gab es außerdem zwei Laurences, eine Manon und eine Meg. Eine Julie, zwei Léas, eine Pauline. Und schließlich Nina, die enttäuscht das Blatt wieder aus der Hand legte.

»Das macht doch nichts, mein Schatz«, beruhigte sie Marion. »Laß es gut sein für heute abend, du bist müde.«

Dafür sah sie sich selbst noch einmal die Listen an, die Gervaise mitgebracht hatte und die außerdem die Teilnehmer der Erwachsenenkurse und alle Namen vom Vorjahr aufführten. Keiner davon klang auch nur im entferntesten so wie Jeanne oder Anne.

Gervaise gähnte.

»Tut mir leid, aber ich bin auch hundemüde. Wenn Sie mich brauchen, können Sie mich jederzeit anrufen.«

Marion begleitete sie zur Tür. Als Gervaise gegangen war, wirkte die winzige Küche plötzlich riesengroß.

»Komm«, sagte sie und führte Nina zu ihrem Bett.

## 35

Marion zog mit einer energischen Handbewegung den Reißverschluß ihres Uniformblousons auf. Sie hängte die Jacke an den an der Tür befestigten Kleiderhaken und drehte sich zu den beiden Männern um, die sie eingehend betrachteten: ihre vollen Brüste unter dem eng anliegenden weißen Pullover, ihre schmale, durch den breiten Ledergürtel betonte Taille und ihre Waden, die elegant aus den derben Schnürstiefeln ragten ... Sie sah einfach toll aus. Nicht einmal Valentine Cara, die selbst ein Bild von einer Frau war, hatte dieses gewisse Etwas. Obwohl Abadie selbst kein Fachmann war, betrachtete er sie schweigend und voller Bewunderung. Amel schluckte.

»Also?« fragte Marion, der das Interesse, das sie geweckt hatte, inzwischen aufgefallen war.

»Ähm ...«, machte Amel und wurde rot. »Abadie hat mir gesagt, daß Sie mich brauchen ...«

Marion seufzte.

»Kann man so sagen, ja.«

Also hatte sich Abadie diesen Amel ausgesucht. Sie kannte ihn auch nicht besser als die anderen, aber wenigstens machte er einen neutralen Eindruck. Wohl eher einen transusigen Eindruck, meldete sich Marions innere Stimme zu Wort, die wie immer ihren Senf dazugeben mußte. Woher sollte sie nur wissen, wem sie vertrauen konnte?

Lieber Gott im Himmel, dachte sie, während sie den zwei Beamten einen verstohlenen Blick zuwarf, mach, daß ich mit den beiden richtigliege!

»Kaffee, Chef?« fragte Abadie und lächelte freundlich.

»Hören Sie, Abadie, jetzt übertreiben Sie's mal nicht! Gestern haben Sie kaum mit mir geredet, heute bieten Sie mir Kaffee an, und morgen rollen Sie vielleicht den roten Teppich für mich aus.«

Abadies Miene verfinsterte sich. Er hatte schon gemerkt, daß Marion ein Morgenmuffel war und immer einen Prügelknaben suchte, an dem sie ihre schlechte Laune auslassen konnte.

»Also gut«, seufzte Marion, als sie das mürrische Gesicht des Beamten sah. »Ich nehme einen Kaffee ... aber ich hole ihn mir selbst.«

Kurze Zeit später kam Marion mit einem Tablett zurück. Als sie die Tür aufstieß, erhaschten die beiden Männer einen Blick auf Valentine Cara, die mit ein paar Kollegen im Gang stand und sich zu fragen schien, was Marion in die Krone gefahren war. Wenn die Chefs jetzt anfingen, Kaffee zu holen, und die Untergebenen sich bedienen ließen, war es wirklich schlecht um die Polizei bestellt. Ehe die Tür wieder hinter Marion zufiel, war auch noch ein ärgerliches Murmeln zu hören. Das war zum einen die Stimme von Morel, der keine Zeit gehabt hatte, seine Protokolle der vergangenen Nacht bei ihr loszuwerden. Die andere Stimme war die von Valentine, die gerade die beiden Autodiebe darüber informierte, daß sie noch eine Weile in Polizeigewahrsam bleiben würden. Offenbar hatten die beiden immer noch nicht ausgepackt. Die Hausdurchsuchung – »Haus« bedeutete in diesem Fall eine von Kartons umstellte Matratze in einer stillgelegten Fabrik in Saint Denis – hatte nichts ergeben, was die Ermittlungen im Fall Kaiser vorangebracht hätte.

Zahlreiche Zeugen hatten allerdings behauptet, daß das Duo extrem gewalttätig sei.

»Schießen Sie los!« befahl Marion und pustete auf ihren heißen Kaffee.

Abadie begann telegrammartig von seinen Nachforschungen innerhalb der Dienststelle zu berichten: Durchsicht der einzelnen Akten, Druck auf die Informanten im Bahnhofsmilieu. Vorläufiges Ergebnis: keins. Bis auf ein Detail: der Mann mit dem Hut, der Anzeige erstatten wollte. Eine Anzeige gab es nicht.

»Die Beamtin, die ich gebeten hatte, sich um ihn zu kümmern, hat zu spät reagiert. Als sie endlich so weit war, war der Typ gerade gegangen, vermutlich weil er keine Geduld mehr hatte. Im Bahnhof hat sie ihn eingeholt. Er hat ihr gesagt, daß er jetzt keine Zeit mehr hätte und am nächsten Tag wiederkommen würde.«

»Hatte er ein Gewehr dabei?« fragte Marion ohne jede Ironie in der Stimme.

Die beiden Beamten sahen sich an. Sie wußten nicht recht, wie sie reagieren sollten.

»Nein, natürlich nicht.«

»Dumme Frage: Ist er am nächsten Tag wiedergekommen?«

»Nein. Und die Beamtin kann keine genaue Personenbeschreibung geben. Ich selbst habe ihn mir überhaupt nicht näher angesehen.«

»Ich auch nicht. Ich werde für alle Fälle die Kripo über den Vorfall informieren. Ist das alles?«

Abadie nickte kurz, und es wurde wieder still.

Nach längerem Schweigen hob Marion eine Zeitschrift vom Boden auf, die sie neben ihrer Tasche abgelegt hatte, und knallte sie auf ihren Schreibtisch. Abadie warf einen etwas irritierten Blick darauf. Den Namen der Zeitschrift – *Boost* –, die sich im Untertitel als »erstes Tuning-Monatsmagazin« präsentierte, hatte er noch nie gehört. Er sah Marion verständnislos an. Ungeduldig verschränkte sie die Arme vor der Brust.

»Los, los, werfen Sie einen Blick rein! Das Ding beißt nicht!«

Amel gehorchte ihr lustlos, und Marion konnte sich wieder einmal des Eindrucks nicht erwehren, daß mangelnder Elan eine unter ihren Männern verbreitete und hoch ansteckende Krankheit war. Während der Beamte die Seiten umblätterte, schien er sich zu fragen, wer eigentlich diese Irre war, die man ihnen als Chefin vor die Nase gesetzt hatte. Von Zeit zu Zeit warf er ihr einen beunruhigten Blick zu.

Er sah Fotos von Autos, die nicht das geringste mit dem zu tun hatten, was ihm tagtäglich im Straßenverkehr begegnete. Funkelnde, glitzernde, auf Hochglanz polierte Schlitten, aufgemotzt mit tausend verrückten Details. Bei einigen waren die Türen oder die Motorhaube mit merkwürdigen Motiven bemalt. Es gab seitenweise Werbung für technische oder dekorative Accessoires, ungewöhnliche Felgen, rosafarbene Stoßdämpfer, Auspufftöpfe, die aussahen wie aus massivem Silber, und riesige Verstärkeranlagen, die ganze Kofferräume füllten.

»Was fällt Ihnen dazu ein?« fragte Marion nach einigen Minuten, in denen nur das Rascheln der Seiten zu hören war. »Solche technischen und ästhetischen Spielereien an einem Auto oder einem Motorrad nennt man Tuning.«

Sie nahm einen Schluck Kaffee und verbrannte sich prompt die Zunge daran.

»Autsch! Scheiße, immer noch zu heiß!« schimpfte sie und sah ihre beiden Kollegen an. »Also, meine Herren? Noch nie was von Tuning gehört? Oder würden Sie jetzt vielleicht lieber noch in Ihren Betten liegen?«

Die beiden lächelten verkrampft und schüttelten die Köpfe. Dann gab sich Abadie einen Ruck und verkündete, daß er den Begriff zumindest schon einmal irgendwo gehört habe. Worauf Amel darauf hinwies, daß er selbst kein Auto besitze und vermutlich niemals eins besitzen werde. Insofern habe er keine Ahnung von dem Thema. Und es interessiert mich auch nicht, schien der Ausdruck in seinem runden Gesicht zu sagen.

»Ich habe die ganze Nacht kein Auge zugetan«, erwiderte Marion. »Und ausnahmsweise war meine Schlaflosigkeit einmal zu etwas gut. Der Wagen des Täters ging mir einfach nicht aus dem Kopf, ich habe ständig darüber nachgedacht, und irgendwann ist mir zu dem Thema ein Freund eingefallen. Kein Verflossener«, fügte sie schnell hinzu, als sie das Flackern in den Augen ihrer Kollegen sah. »Ein Jugendfreund, ein absoluter Motorrad-Freak. Er hatte sich damals eine Harley gekauft und sie komplett umgemodelt. Alles hat er verändert und dem Ding so eine Art Wildwest-Outfit gegeben, mit Indianern und Pferden auf dem Tank und einem Ständer, der aussah wie eine silberne Raubvogelkralle. Ein echtes Kunstwerk, so perfekt, daß man nicht mehr wagte, sich überhaupt noch draufzusetzen. Abend für Abend hat mein Freund seine Maschine auf Hochglanz poliert, jedes noch so kleine Staubkörnchen wurde entfernt, die Chromteile stundenlang blank gerieben, richtig gehegt und gepflegt hat er die Karre. Sie durfte in seinem Wohnzimmer schlafen, und natürlich hat er sein ganzes Geld reingesteckt.«

»Ehrlich?« sagte Amel, der eine ziemlich spartanische Vorstellung vom Leben zu haben schien und neben seinem Job offenbar keine Zerstreuungen suchte.

»Ja, ja. Das war sein einziger Lebensinhalt geworden, irgendwann hat ihn sogar die Freundin sitzenlassen.«

»Das kann ich verstehen«, murmelte Abadie tief beeindruckt. »Mit einem normalen Motorradfahrer zusammen zu leben, ist ja schon schwer genug …«

Er blätterte weiter durch die Zeitschrift. Als er auf eine Seite stieß, die für preisreduzierte Felgen warb, hielt er abrupt inne.

»Sehen Sie mal! OZ. Könnte das nicht der Kreis mit dem Blitz drin sein, den Ihre Tochter beschrieben hat?«

»Möglich«, sagte Marion. Ihre belegte Stimme verriet die Hoffnung, der Lösung plötzlich ganz nah zu sein. »Aber wir sollten uns nicht zu früh freuen. Da sind seitenweise Felgen abgebildet, könnte sein, daß Ninas Beschreibung auch auf andere zutrifft.«

»Haben Sie ihr die Zeitschrift schon gezeigt?«

»Noch nicht. Das tue ich, sobald sie aufwacht.«

»Und wo und wie findet man diese Tuning-Freaks?« schaltete sich Abadie ein.

Marion fing an, im Büro auf und ab zu gehen.

»Diese Typen sind eher Einzelgänger. Sie basteln oft alleine oder in kleiner Runde an ihren abgöttisch geliebten Maschinen herum, denn sie mögen es nicht, wenn Fremde Hand anlegen … Dafür lassen sie ihre Schmuckstücke aber gern bewundern, bei Shows, Wettbewerben, Ausstellungen … Das steht in der Zeitschrift alles drin. Auf Seite vier zum Beispiel.«

»… das Klubleben«, fiel ihr Amel ins Wort, der die Seite zufälligerweise gerade aufgeschlagen hatte.

Sein Mondgesicht hatte sich plötzlich aufgehellt.

Die Geräusche im Flur hatten einen beunruhigenden Pegel erreicht. Es gab Krawall, und Marion wußte, daß sie eigentlich hätte nachsehen müssen. Statt dessen fixierte sie ihre beiden Mitarbeiter mit geradezu hypnotischem Blick.

Zeitgleich fuhren die beiden von ihren Stühlen hoch.

»Von diesen Klubs wird es wohl nicht Tausende geben«,

sagte Abadie auf dem Weg zur Tür. »Aber ein bißchen wie die Suche nach der Nadel im Heuhaufen ist es schon ...«

»Und außerdem«, ereiferte sich Amel, der ebenfalls fast an der Tür angelangt war, »ist es überhaupt nicht gesagt, daß der Typ Mitglied in einem dieser Klubs ist!«

Marion hätte am liebsten laut gebrüllt. Abadie merkte, daß sie kurz davor war, ihm oder seinem Kollegen an die Gurgel zu gehen.

»Wir werden nach ihm suchen, Chef«, sagte er rasch.

## 36

Solange Martine Lemaire, Ninas Aufpasserin, nicht anrief, konnte Marion davon ausgehen, daß die Kleine noch schlief, tief eingebettet in ihre schalen Rosa-Tabletten-Träume. An diesem Morgen hatte Nina bekräftigt, daß sie vorerst doch nicht in die Schule gehen wolle. Es überstieg einfach ihre Kräfte, die neugierigen Blicke der Mitschüler ertragen und so tun zu müssen, als sei nichts gewesen. Marion hatte nicht darauf bestanden, zumal der Beamte, der in der Schule auf Nina aufpaßte, am Vorabend Presseleute gesehen hatte, die in der Gegend herumlungerten.

Die junge Kommissarin nutzte die Zeit, um sich mit den laufenden Fällen zu befassen, einen Stapel Protokolle zu überfliegen und mehrere Formulare abzuzeichnen. Außerdem empfing sie drei Vertreter der Dienstaufsichtsbehörde, die den Auftrag hatten, dem Verschwinden der Dienstwaffe nachzugehen. Man drohte ihr mit einer eingehenden Prüfung der Vorgänge in ihrer Abteilung, was Marion auf eine distanzierte Weise zur Kenntnis nahm, die ihre Besucher erzürnte.

»Das scheint Sie ja nicht sonderlich zu beeindrucken«,

wunderte sich der Chef der Gruppe in kühlem Ton. »Ich kann Ihnen nur raten, sich für das, was wir Ihnen hier sagen, zu interessieren …«

»Tut mir leid. Mir ist übel. Entschuldigen Sie, aber ich glaube, ich muß mich übergeben.«

Unangenehm berührt, hatte das Trio die Unterhaltung abgebrochen, ihr aber erst noch für den folgenden Montag eine Vorladung ausgehändigt. Natürlich war die Sache damit nicht vom Tisch, aber für den Augenblick hatte Marion Zeit gewonnen. Im übrigen war ihr wirklich schlecht, und sie mußte sich für einen Moment hinsetzen.

Als es ihr wieder etwas besser ging, hatte sie die Notizen überflogen, in denen Morel einige Antworten auf die zahlreichen Fragen gab, die seine Chefin am Vortag aufgeworfen hatte. In der Abteilung gab es ziemlich viele Linkshänder, vor allem unter den Frauen. Jobert, der für die Waffenkammer verantwortliche Beamte, hatte die Schießtrainer danach ausgefragt, wer von den Polizisten auch mit der linken Hand schoß. Aus ihren Unterlagen ging hervor, daß dies nur auf eine Frau zutraf. Alles übrige war noch in Bearbeitung.

Marion warf einen Blick auf ihre Uhr: Es war fast zwölf.

Wieder mußte sie sich zwingen, sitzen zu bleiben und nicht zur Tür von Abadies Büro zu gehen, in dem sich die beiden Beamten verbarrikadiert hatten. Plötzlich wurde ihr bewußt, daß sie schon zum dritten Mal dabei war, den vorläufigen Laborbericht, den sie in ihrer E-Mailbox gefunden hatte, durchzulesen.

»Untersuchungsbericht zum Fall Pierre Palmieri.« Der Taubstumme vom Bahnhof.

Sie atmete tief durch, um sich auf das zu konzentrieren, was sie da las.

»An den Kleidern gefundene Spuren weisen eine Ähnlichkeit mit tierischen Exkrementen auf, wahrscheinlich

Nagetiere mittlerer Größe, vermutlich Wanderratten ... Weitere Spuren an den Kleidern: mehrere Kadaver von Parasiten, die gewöhnlich auf diesen Tierarten leben.«

Marion schauderte. Ratten, Spinnen und Reptilien konnte sie auf den Tod nicht ausstehen. Wie hatte der Junge in die Nähe dieser Tiere kommen können? Im Bahnhof gab es überall welche, aber sie ließen sich so gut wie nie blicken, nur die kleinen, ausgehungerten Mäuse vielleicht, die von Zeit zu Zeit unter den Süßigkeitenautomaten nach etwas Eßbarem suchten. Gab es dort, wo man den Jungen gefunden hatte, Ratten? Das würde sie überprüfen lassen. Ansonsten verwies der Bericht auf weitere, noch nicht abgeschlossene Analysen, über deren Ergebnisse man sie so bald wie möglich informieren würde.

Gedankenverloren griff Marion nach dem Papierstapel, den sie auf dem Schreibtisch vor sich hingelegt hatte, und fing an, die Protokolle und Erkennungsbögen aus der Vermißtenakte zu lesen. Lange betrachtete sie die Fotos der Jugendlichen und legte sie nebeneinander. Irgendwie hatten all diese jungen Männer, deren Herkunft unterschiedlicher nicht hätte sein können, äußerlich eine gewisse Ähnlichkeit. Alle waren blond, hatten feine Gesichtszüge und strahlten etwas Unschuldiges, Naives und gleichzeitig etwas Aufreizendes aus, das in sonderbarem Kontrast dazu stand.

Auch als sie die Berichte durchlas, hatte sie mehrmals das Gefühl, dasselbe zu lesen. Die beschriebenen Örtlichkeiten und die Aussagen der wenigen Zeugen wiesen Gemeinsamkeiten auf, die bisher noch niemand bemerkt zu haben schien. Was ihr am meisten auffiel, war ein geographisches Detail. Sie blickte auf und betrachtete die Wandkarte in ihrem Büro, die den größten Bahnhof Europas zeigte. Neben dem Flipchart lag ein roter Filzstift. Sie nahm ihn, ohne ihren Blick von den ineinander verschachtelten Bahnhofsebenen zu lösen. Es war ein riesiger Gebäudekomplex, in dem sich Marion trotzdem schnell zurechtgefunden hatte. Allerdings auch nur dadurch, daß sie stundenlang den Plan studiert, sich alle möglichen Wege und Abkürzungen eingeprägt und sie anschließend in langen Wanderungen erkundet hatte. Marions oberstes Prinzip lautete, daß man sein Jagdrevier kennen mußte wie die eigene Westentasche, wenn man als Polizist erfolgreich sein wollte.

Schließlich fand sie, was sie gesucht hatte, und zeichnete einen roten Kreis auf den Plan. Der kleine, im Gewirr der Gänge kaum erkennbare Kringel umschrieb die Gegend um die Damentoilette, vor der Pierre Palmieri aufgetaucht war.

Das Klingeln des Telefons riß Marion aus ihren Grübeleien. Abadies Stimme klang nah und gleichzeitig sonderbar fern, was vielleicht daran lag, daß ihr vor Erregung das Blut in den Ohren rauschte.

»Können wir uns sehen, Chef?«

## 37

»Wir haben alle Klubs angerufen«, verkündete Amel stolz.

Abadie schwenkte ein Blatt Papier.

»X Auto Tuning 95 ... Der Vorsitzende ist ein gewisser Roland Menez. Wir haben ihn auf seinem Handy erreicht. Er arbeitet als Techniker bei der Télécom.«

Der Capitaine ließ sich jedes Wort auf der Zunge zergehen, und Marion hing an seinen Lippen.

»Er kennt den Geländewagen«, fuhr Amel fort. »Er hat sogar selbst dabei geholfen, den Tiger auf die Heckscheibe zu applizieren und die kleinen roten Birnchen als Augen einzusetzen ...«

Luc Abadie zückte einen Filzstift. Er malte ein Oval und schrieb ein Zeichen hinein, das wie ein Z oder ein H aussah.

»Es ist ein schwarzer Hyundai«, sagte Amel. »Modell Terracan, dreieinhalb Liter, sechs Ventile … aufgemotzt, aber nicht zu sehr. Leicht zu identifizieren, aber auch kein extremer Blickfang. Abgesehen von dem Tiger und den Reifen, die an den Seiten weiß sind.«

»Das H ist die Abkürzung des Herstellernamens«, sagte Abadie. »Der Blitz auf den Radkappen, den Nina beschrieben hat …«

»Ich glaub's nicht«, flüsterte Marion. »Und dieser … Roland Menez … kennt er den Besitzer?«

»Ja.«

»Mein Gott, jetzt hören Sie doch auf, mich so auf die Folter zu spannen!«

»Er heißt Morino, Jean-Loup Morino.«

»Haben wir die Adresse? Wo wohnt er? Was ist das für ein Mann?«

In solchen Momenten, wenn Marion unter extremer Anspannung stand, war sie nicht mehr zu halten, sie wollte alles, sofort, und ging fest davon aus, daß sie das miese Schwein gefunden hatten. In einer Stunde, vielleicht auch zwei, würde er vor ihr sitzen. Nun ja, vermutlich in Kermans Büro oder in dem von Régine Duplat, aber so oder so würde er vor ihr sitzen. Sie fragte sich, was sie mit ihm anstellen würde.

Jean-Loup Morino … Jean-Loup, eigentlich ein viel zu weicher Vorname für einen Mörder.

Die beiden Beamten schwiegen bedrückt. Ziemlich bedrückt.

»Hat die Sache einen Haken?«

»Ja.«

»Und welchen?«

»Morino war ein echter Tuning-Freak. Er hatte auch ein total aufgemotztes Motorrad. Vor zwei Jahren ist er bei einem Unfall ums Leben gekommen.«

»Scheiße. Und wer ist dann der Kerl, der in dem Geländewagen durch die Gegend fährt?«

Zu Lebzeiten hatte Jean-Loup Morino im Departement 95 gewohnt. Es gab eine Witwe, mehr wußte Roland Menez, der Vorsitzende des Vereins X Auto Tuning 95, nicht. Keine Adresse, kein Telefon.

Marion dachte konzentriert nach. Es gab nicht den geringsten Grund, die Suche fortzusetzen. Es war ihre Pflicht, sofort Kerman anzurufen und ihm alles in den Schoß zu legen. Er hatte die entsprechenden Befugnisse, die Ermittlungen weiterzuführen. Im übrigen war dank der Zeugenaussage von Gervaise Bousse eins seiner Teams damit beschäftigt, alle Off-Roader, die im Departement 95 gemeldet waren, zu überprüfen. Es war eine Herkulesarbeit, und die Informationen, die Marion gerade bekommen hatte, würden die Beamten ein riesiges Stück voranbringen. In maximal einer Stunde hätte Kerman den Namen und die Adresse des Kerls und könnte ihn hochnehmen. Sie hob das Kinn, sah zu Abadie, und ihre Blicke begegneten sich. Er ahnte, was in ihr vorging und wie schmerzhaft die Vorstellung für sie war, dem Kripochef den Vortritt zu lassen. Zuzulassen, daß am Ende ein anderer dem Mörder den Lauf seiner Waffe an die Stirn drückte.

»Ich rufe Nimbus an«, sagte sie entschlossen.

Die beiden Männer rissen die Augen auf.

## 38

Nimbus war Telekommunikationstechniker, und Marion hatte ihn im Zusammenhang mit einem komplizierten, endlosen Fall von Telefonbetrügereien kennengelernt. Sechs Monate lang waren sie ein Team gewesen, hatten sich fast täglich gesehen, und obwohl die Verhaftung und Verurteilung der Betrüger schon weit zurücklag, war Nimbus, der diesen Spitznamen seinem unerschöpflichen Wissen und seiner Glatze verdankte, immer noch eine wertvolle Informationsquelle für Marion. Wenn er ihr ohne Wissen seiner Vorgesetzten so bereitwillig half, dann tat er das natürlich aus Freundschaft, aber auch, weil er eine heimliche Schwäche für die junge Kommissarin hatte, die so tat, als merkte sie nichts. Einmal hatte sie die Gelegenheit gehabt, sich bei ihm zu revanchieren. Nimbus hatte eines Abends seinen Kummer in reichlich Wodka Orange ertränkt und war gegen ein halbes Dutzend parkender Autos geprallt. Seit jenem Tag ging er auf jede ihrer Bitten ein, egal, ob mit oder ohne Vollmacht.

Er war sofort am Apparat. Seine Stimme bebte vor Freude, als er Marion erkannte. Im Nu hatte er Zugriff auf eine Datei, in der sämtliche Kunden von France Télécom verzeichnet waren. Jean-Loup Morinos Witwe, Madame Sylviane Morino, wohnte in der Rue des Morillons in Paris, wohin sie, wie sich aus den Angaben herauslesen ließ, offenbar nach dem Tod ihres Mannes gezogen war.

»Sie ist zu Hause«, sagte Amel, der von einem anderen Apparat aus einen Testanruf gestartet hatte. »Was machen wir jetzt?«

Er hatte den Hörer wieder aufgelegt.

Mit wild klopfendem Herzen sah Marion Capitaine Abadie an, der die Hand auf das Telefon gelegt hatte. Sie zögerte, denn sie wußte, daß sie und die beiden Männer mit ihr durch dieses Vorpreschen in eine Spirale geraten würden, die ihnen zum Verhängnis werden mußte. Einem verwaltungstechnischen Verhängnis.

»Los«, sagte sie dennoch mit fester Stimme.

Während sie zuhörte, wie Abadie mit der Witwe sprach, mußte sie sich eingestehen, daß ihr die Gelassenheit ihres Kollegen gefehlt hätte. Ihre Hände kribbelten, ihre Kopfhaut brannte.

»Aha, Sie haben den Wagen gleich nach dem Tod Ihres Mannes verkauft ... Natürlich, das verstehe ich ... Und ... wer war der Käufer?«

Marion setzte sich auf einen Stuhl, sie hatte weiche Knie. Das Warten war unerträglich. Sie mußte sich arg zusammennehmen, um ihrem überhöflichen Untergebenen nicht den Hörer aus der Hand zu reißen und »Der Name, verdammte Scheiße!« hineinzubrüllen.

Auch Amel wartete gespannt.

Schließlich hörte Marion ein kaum vernehmbares Knacken und merkte, daß Abadie das Gespräch beendet hatte.

»Sie erinnert sich nicht an den Namen«, sagte er und runzelte verärgert die Stirn. »Sie hat alle Papiere weggeschmissen. Sie wissen schon, nach der Trauer kommt das Großreinemachen ... Sie erinnert sich nur vage an einen etwas untersetzten Typen Mitte Dreißig.«

»Das ist er!« behauptete Marion. »Da bin ich mir sicher. Zum Teufel noch mal! Mehr konnte sie Ihnen nicht sagen?«

»Doch: die Zulassungsnummer.«

# 39

Mit auf dem Rücken gefalteten Händen und leicht nach vorn gebeugtem Oberkörper ging Marion in ihrem Büro auf und ab. Langsam verstrich der Nachmittag, und Martine Lemaire hatte noch immer nicht angerufen. Nina wachte einfach nicht auf, und Marion fragte sich langsam, ob das normal war. Eins wußte sie allerdings mit Gewißheit: Sie hätte sich darum kümmern müssen, hätte hochgehen müssen, um nach ihrer Tochter zu sehen und ihr zur Seite zu stehen. Aber sie wußte auch, daß sie den Kerl unbedingt schnappen mußte, um ihn Nina auf dem Tablett zu servieren. Damit die Kleine ihrem Haß ein Gesicht geben und endlich um Ange-Lou weinen konnte.

Äußerlich ruhig las Marion die Vermißtenakte und vermied es dabei, auf die Wanduhr zu sehen. Nur das ständige Räuspern verriet ihre Nervosität. Der Streß schnürte ihr die Kehle zu, daher die Heiserkeit. Als plötzlich Capitaine Abadie, ohne anzuklopfen, die Tür aufstieß, zuckte Marion zusammen und hätte am liebsten schon wieder eine Schimpftirade losgelassen.

Der Capitaine hielt einen Zettel in der Hand.

»Zig.«

»Wie bitte? Zig was?«

»So heißt er. Zig.«

»Zig! Das ist doch keine Name!«

»Das ist der Name, den mir der Mann von der Zulassungsstelle genannt hat«, entgegnete Abadie. »Ich habe mir den nicht ausgedacht.«

»Das ist ein Spitzname. Er versteckt sich hinter einem Spitznamen!«

Ohne um Erlaubnis zu fragen, hatte Capitaine Abadie Marions Computer eingeschaltet, das Verzeichnis der Télécom aufgerufen und hämmerte nun heftig auf die Tastatur ein.

»Allein in Paris gibt es erstaunlicherweise ein halbes Dutzend Zigs. In den Nachbardepartements sind es noch mal so viele«, sagte er, ohne aufzublicken. »Aber keinen Claude Zig, Route du Miel in Écouen, Val d'Oise.« Er seufzte und gab es auf.

Dieser Name und diese Adresse standen auf dem Kraftfahrzeugschein des dunkelgrauen Geländewagens, seit ihn die Witwe Morino verkauft hatte. Abadie fuhr sich nervös durch sein schwarzes Haar.

»Nicht einen einzigen Claude«, wiederholte er, als müsse er sich selbst davon überzeugen. »Ich habe einen Victor, eine Francine ...«

»Ist doch scheißegal!« rief Marion aus.

»Gut. Seitdem scheint es keinen Besitzerwechsel gegeben zu haben, aber der Mann, der den Geländewagen fährt, kann natürlich auch ›vergessen‹ haben, sich einen neuen Kraftfahrzeugschein zu besorgen ... Ansonsten kann ich nur nochmals bestätigen, daß der Wagen nicht als gestohlen gemeldet wurde.«

»Okay, okay ... Dann suchen Sie also weiter nach diesem Claude Zig, ich denke da an das Rathaus von Écouen, die Post, das Finanzamt, die Krankenkassen ... Lassen Sie nichts aus. Ich werde noch einmal mit Nimbus telefonieren. Vielleicht hat der Kerl ja eine Geheimnummer. Es muß doch einen Vorgang geben, wir werden schon was über ihn herausbekommen ... Also los, Tempo!«

Abadie rührte sich nicht vom Fleck.

»Was ist los, Capitaine?«

»Wir führen diese Ermittlungen nicht«, erwiderte der Beamte und rückte seine Krawatte zurecht.

»Danke, das war mir noch gar nicht aufgefallen. Nun,

dann werden wir eben sagen, daß wir nicht ermitteln. Wir überprüfen nur ein paar Informationen, die uns zufällig in die Hände gefallen sind.«

Abadie verzichtete auf weitere Kommentare.

Als er die Tür öffnete, drangen Rufe und hektische Geräusche in Marions Büro.

»Das Geschäft boomt wieder«, sagte sie, aber Abadie konnte darüber nicht lachen.

Marion war in den Lage- und Führungsraum hochgegangen, um auf der großen Karte, die das Schienennetz der Pariser Vororte zeigte, im Departement Val d'Oise nach der Stadt zu suchen, in der dieser Zig angeblich wohnte. Schließlich fand sie auch die Route du Miel, die durch den Wald von Écouen führte, und malte sich einen Ort mit viel Grün und Vogelgezwitscher aus. Leider konnte sie sich den Kerl, den sie suchte, überhaupt nicht inmitten von Bäumen und Vögeln vorstellen. Sie dachte eher an einen finsteren, labyrinthischen Ort, an dem es von Schlangen und Ratten wimmelte. Da gehörte er hin.

»Unter den Fernsprechteilnehmern der ganzen Region Île de France ist nicht ein einziger Claude Zig«, sagte sie mit ausdrucksloser Stimme zu Abadie, der dazugekommen war. »Es gab mal einen Joseph Zig in Écouen, aber der ist seit drei Jahren abgemeldet. Mein Informant überprüft noch die Handykunden, aber bis jetzt ist nichts dabei herausgekommen. Daß wir im verborgenen arbeiten, macht die Sache nicht leichter.«

»Was wollen Sie tun?« fragte der Capitaine und schlug dabei ungewollt einen ebenso vertraulichen Ton an wie seine Chefin.

»Ich werde Kerman alles erzählen«, sagte Marion, ohne sich zu ihm umzudrehen. »Ich hab doch eh keine andere

Wahl, er hat mich gerade anrufen lassen, weil er heute abend den Tathergang rekonstruieren will. Nina wird ihm sagen müssen, was sie gesehen hat, den Rest wird er von mir erfahren. Punkt.«

Sie hatte ihre Entscheidung getroffen, gezwungenermaßen.

»Dann lasse ich die Anfrage im Rathaus?« fragte Abadie.

Marion ging schulterzuckend an ihm vorbei. Der Capitaine hätte ihr vielleicht nachlaufen und sie fragen müssen, wie er diese resignierte Geste zu verstehen hatte. War das ein Ja oder ein Nein? Er verzichtete darauf, als die Metalltür krachend ins Schloß fiel und Morel, der die Szene von seinem Büro aus beobachtet hatte, das Gesicht zu einer Grimasse verzog.

Abadie fühlte sich plötzlich müde. Am liebsten wäre er nach Hause gegangen, aber er brachte es nicht übers Herz, Marion im Stich zu lassen. Also beschloß er, daß ihm ein kleiner Spaziergang durch den Wald von Écouen guttun würde. Sein Blick fiel auf Amel, der untätig herumsaß.

»Komm!« rief er ihm zu. »Ich fahr mit dir aufs Land.«

## 40

Marion durfte an der Rekonstruktion des Tathergangs nicht teilnehmen, angeblich weil ihre Anwesenheit Nina beeinflussen würde. So lautete jedenfalls Kermans Version, die genauso gut war wie jede andere. So oder so leitete er die Ermittlungen, es blieb ihr also nichts anderes übrig, als sich seiner Entscheidung zu beugen. Sie wartete etwas abseits in einem Wagen der Bahnhofspolizei. Am Steuer saß Valentine Cara und behielt ebenfalls die schmale Straße im Auge, in der eine zierliche blonde Frau in einem strengen grauen

Kostüm ihres Amtes waltete. Sie war mit einem Stoß von Papieren bewaffnet, die sie auf einer Klemmappe befestigt hatte. Régine Duplat erledigte ihren Job, ohne irgendeine Gefühlsregung zu zeigen.

Nina wirkte zerbrechlicher und hilfloser als je zuvor, und Marion litt Höllenqualen. Ihr Magen war wie zugeschnürt, und sie hätte Gott weiß was dafür gegeben, woanders zu sein. Wie gern hätte sie ihrer Tochter diese schlimme, aufwühlende Erfahrung erspart.

»Glauben Sie, daß die ganze Inszenierung etwas bringen wird?« fragte Lieutenant Cara mit gepreßter Stimme.

»Ich habe keine Ahnung.«

Sicher, Nina machte alles brav mit. Sie protestierte nicht und sträubte sich nicht, weil ihre Mutter sie inständig darum gebeten hatte. Aber sie würde Kerman nichts sagen, das hatte sie bereits angekündigt, und alles Reden hatte nichts genutzt. Nina würde weder von ihren Träumen noch von ihren Erinnerungen erzählen. Im übrigen sprach sie sowieso kaum noch.

Gegen sechzehn Uhr war Marion nach dem Anruf von Martine Lemaire in ihre Wohnung geeilt. Nina war aufgewacht, aber sie wollte nichts tun, wollte sich nicht anziehen, nicht essen, nicht reden. Sie wollte nur dasitzen, ihren Gedanken nachhängen und dabei durchs Fenster auf die Spitze des Eiffelturms starren, der in der Ferne zu sehen war. Martine Lemaire hatte angerufen, weil ihr Dienst zu Ende ging und sie darauf wartete, abgelöst zu werden. Als Marion kam, saß Nina in ihrem Zimmer am Schreibtisch, den Kopf auf die Hände gestützt. Vor ihr lagen etliche Bögen mit Paßbildern, die in einem Automaten, wie es sie an Bahnhöfen gab, gemacht worden waren. Mit verschlossener Miene betrachtete sie ihre eigenen Grimassen und daneben das kleine, lachende Gesicht von Ange-Lou.

Überrascht stellte Marion fest, daß diese gemeinsamen Fotoaktionen für die beiden Mädchen offenbar ein beliebter Zeitvertreib gewesen waren. Wahrscheinlich war ihr ganzes Taschengeld dabei draufgegangen. Nina spielte den Clown, und Ange-Lou lachte, die Rollen waren klar verteilt. Es waren Farbfotos, manche mit weißem, andere mit einem blauen Hintergrund, auf dem ein Graffiti prangte. Eine Art Fragezeichen, nur ohne Punkt.

Marion hatte dagestanden und nicht gewußt, was sie sagen sollte. Irgendwann hatte Nina aufgeblickt und ihre Mutter hilflos angesehen. Dann war sie wieder ins Bett gegangen.

»Du mußt Kommissar Kerman alles sagen«, hatte Marion sie gedrängt. Das war Stunden später gewesen, als Nina endlich bereit war, aufzustehen und sich Jeans und Pullover überzuziehen.

»Ich hab aber keine Lust, mit dem zu reden. Sag du's ihm doch einfach. Warum muß ich da hin?«

Marion hatte es ihr ausführlich erklärt. Aber die Worte brannten in ihrem Mund. Es war sehr leicht, Opfern zu erklären, warum sie sich an die Spielregeln der Justiz halten mußten, aber um so quälender, das eigene Kind diesen Dingen auszusetzen.

»Die Psychologin hat gesagt, Ninas Zustand ist so stabil, daß man es ihr zumuten kann …«, hatte Kerman am frühen Nachmittag behauptet.

Was fiel ihm eigentlich ein, so darauf zu beharren? Wo und wann hatte sich Brigitte Nill davon überzeugen können, daß Nina die Kraft hatte, die ganze Situation noch einmal zu durchleben? Und wer würde eigentlich Ange-Lous Rolle spielen? Und die Rolle des Täters?

»Beamte aus meiner Abteilung«, lautete die Antwort.

»Warum so schnell, warum heute abend?« hatte sich Marion empört.

»Weil der Untersuchungsrichter es so entschieden hat und weil heute abend ein Theaterkurs für Jugendliche stattfindet. Deshalb.«

## 41

Nach und nach kamen die Schüler aus dem Theater. Neugierig musterten sie die Kripobeamten, die Nina umringten. Die Polizisten forderten sie auf, sich ganz normal zu verhalten und weiterzugehen. Bald blieb nur noch Nina mit einer Beamtin zurück, die Ange-Lous Rolle spielte. Kurz darauf erschien Gervaise, die in ihrem bunten Tuch aus allen Nähten zu platzen schien. Sie blieb kurz neben den beiden Mädchen stehen, dann ging sie weiter. Genau wie am vergangenen Montag.

Gerade als die Schauspiellehrerin auf ihren alten Simca zusteuerte, trällerte Marions Handy los.

Erst konnte sie nicht erkennen, ob es Amels oder Abadies Stimme war. Mit zusammengebissenen Zähnen preßte Marion das Telefon an ihr Ohr, um zu verstehen, was am anderen Ende gesagt wurde.

»Ich bin mit Amel in Écouen«, hörte sie schließlich.

»Was? Was machen Sie denn da?«

»Wir sind zum Rathaus gegangen. Es gibt tatsächlich eine Familie Zig, die früher in Écouen gelebt hat.«

Mit einem Satz sprang Marion aus dem Auto. Valentine Cara warf ihr einen neugierigen Blick zu, ehe sie diskret das Radio anstellte. Feurige Salsamusik ließ den Wagen vibrieren.

»Ich hatte doch gesagt, daß wir Kerman den Vortritt lassen«, schimpfte Marion und trat ein paar Schritte von dem Auto zurück.

»Ich hatte eh in der Gegend zu tun«, behauptete Abadie aus dem Stegreif. »Eine Akte, die ich bei der Staatsanwaltschaft von Pontoise hinterlegen mußte. Weil Écouen auf dem Weg liegt, habe ich mir gedacht ...«

»Schon gut«, unterbrach ihn Marion, die darauf brannte, mehr zu erfahren. »Was haben Sie herausgefunden?«

»Das letzte Mitglied der Familie, Joseph Zig, ist vor drei Jahren gestorben. Das steht im Personenstandsregister.«

»Keine Kinder?«

»Anscheinend nicht. Wenn doch, dann sind sie nicht in Écouen auf die Welt gekommen. Die Spur endet bei Joseph ...«

»Was sonst?«

»Wir sind zu der alten Adresse gegangen ... Im Rathaus hieß es, das Haus der Familie sei verkauft worden. Aber im Katasteramt ist noch ein Grundstück auf den Namen Zig eingetragen, ein Stück Wald mit einem Häuschen mittendrin ... so ein Zwischending zwischen Hütte und Försterhäuschen. Alles ist verriegelt, die Bude ist leer und verwahrlost. Drumherum gibt es ziemlich viele Bienenstöcke, die genauso verfallen sind. Bienenstöcke gibt's in der ganzen Gegend übrigens nicht zu knapp ...«

»Deswegen auch der Name Route du Miel?« fragte Marion.

»Ja, genau ... Die Frau im Rathaus konnte sich noch daran erinnern, daß der alte Zig ein Bienenfan war, der hatte Hunderte von Bienenstöcken ...«

»Und die Quintessenz?«

»Hier ist niemand. Es gibt keine Reifenspuren, und nichts deutet darauf hin, daß hier noch jemand wohnt. Ich denke, das ist schon lange so, aber man müßte vielleicht die Leute aus der Gegend befragen. Was sollen wir tun?«

»Heute abend nichts mehr. Jetzt ist es sowieso schon dunkel. Und in Zukunft unterlassen Sie solche unabgesprochenen Aktionen, verstanden?«

»Ich dachte …«

»Ja, ich weiß. Danke.«

Sie unterbrach die Verbindung, lehnte sich an die Motorhaube und ließ ihren Blick über die Schaulustigen schweifen, die neugierig das Geschehen verfolgten und sich zu fragen schienen, was das kleine Mädchen mit dem bleichen, verzweifelten Gesicht wohl zu erzählen hatte.

Ein Mann in Schwarz ging eilig davon und verschwand in der Rue du Delta. Marion sah ihm unwillkürlich nach, bis sie hörte, daß Valentine Cara von innen gegen die Windschutzscheibe klopfte: Das Kripoteam um Kerman und Nina kam näher, und sie mußten verschwinden, um die Arbeit nicht zu behindern. Im Auto spielte Radio Latina ein Lied von Mariana Montalvo. Ihre rauhe Stimme jagte Marion einen Schauer über den Rücken und ließ alte, fast schon verheilte Wunden wieder aufbrechen. Mit einer energischen Handbewegung schaltete die Kommissarin das Radio aus.

## 42

Marion wartete auf der anderen Seite des kleinen Parks. Valentine Cara hatte sich, sobald Marion ihr signalisiert hatte, daß sie gehen könne, sang- und klanglos aus dem Staub gemacht. Jetzt war es fast Mitternacht, das Kripoteam war fertig, die Gruppe löste sich auf. Serge Kerman bestand darauf, die vor Müdigkeit schwankende Nina persönlich ihrer Mutter zu übergeben.

»Sie war sehr tapfer«, lobte er die Kleine und legte ihr eine Hand auf die Schulter. Nina ging langsam, wie in Trance, auf Abstand zu dem Kripochef.

Marion nahm ihre Hand und drückte sie an ihre Wange. Nina war starr vor Kälte, sie reagierte kaum.

»Hat es dir wenigstens etwas gebracht?« fragte die junge Kommissarin vorwurfsvoll.

»Mehr, als du denkst.«

Kerman starrte Marion durchdringend an. Jetzt oder nie, dachte sie, denn ihre Entscheidung, ihm alle Informationen zu geben, war ja gefallen. Aber noch stand ihr ihre unsägliche Wut im Weg.

Nina sah ihre Mutter flehend an.

»Können wir jetzt nach Hause gehen?«

Mit einem Kopfnicken gab Kerman seine Einwilligung. Ein paar Meter weiter warteten Régine Duplat und ein paar andere Beamte ebenfalls auf ein Zeichen ihres Chefs. Marion führte Nina zu dem weißen, als Privatauto getarnten Wagen der Bahnhofspolizei und half ihr einzusteigen. Nina ließ es geschehen, ohne Kerman auch nur eines Blickes zu würdigen, und schnallte sich an. Marion setzte sich ans Steuer, ließ den Motor an. Kerman sah ihr zu. Er wirkte gequält und schien mit sich zu kämpfen. Schließlich gab er sich einen Ruck.

»Ich möchte nicht, daß du jetzt so gehst ...«

»Und warum nicht?«

»Ich mache mir Vorwürfe. Ich hätte die ganze Sache verhindern sollen. Viel ist nämlich letzten Endes doch nicht dabei herausgekommen. Ich habe ein schlechtes Gewissen wegen Nina.«

»Was du nicht sagst!«

Schweigend starrten sich die beiden an. Marion war erschöpft, müde Schatten lagen auf ihrem Gesicht. Kerman, der noch nie immun gegen die Ausstrahlung dieser Frau gewesen war, betrachtete sie verwirrt. Auch er machte einen ausgelaugten Eindruck, und Marion mochte den bitteren Zug um seinen Mund und die etwas hängenden Lider, die darauf hinzudeuten schienen, daß er kurz vor der Kapitulation stand. Er tat nicht mehr so, als sei er der Größte, sondern gab sich Marions Willkür preis, und das ließ eine triumphierende Freude in ihr aufsteigen. Gleichzeitig empfand sie fast ein bißchen Mitleid.

»Also gut, in Ordnung«, seufzte sie. »Dann laß uns bei mir noch einen Schluck trinken.«

Worauf sie unsanft den ersten Gang einlegte und losfuhr.

»He!« schrie ihr Kerman hinterher. »Ich weiß ja nicht mal, wo du wohnst!«

Marion winkte durch das geöffnete Fenster ab.

»Warum lädst du ihn ein?« protestierte Nina. »Außerdem weiß er doch wirklich nicht, wo wir wohnen.«

Marion verzog müde den Mund.

»Aber ja doch. Kerman weiß alles, mein Schatz.«

## 43

Für Kerman mußte es Single Pure Malt sein, ohne Eis, und so hatte er sich seine Flasche Lagavulin gleich mitgebracht. Zu Recht war er davon ausgegangen, daß Marion mit so etwas nicht dienen konnte. Sie fragte sich, wann er diese Vorkehr getroffen hatte oder ob er vielleicht immer mit einer Flasche Whisky im Auto spazierenfuhr, um für alle Fälle gerüstet zu sein.

Marion hatte sich ein Glas von ihm einschenken lassen, denn ihr Martell XO Suprême war den beiden Abenden mit Gervaise zum Opfer gefallen. Und an diesem Abend hätte sie alles getrunken, nur um den unerträglichen Druck von ihrer Brust zu nehmen.

Nina war in ihren medikamentösen Schlaf abgetaucht, nachdem sie nochmals gefragt hatte, warum ihre Mutter Kerman eingeladen habe und was er bei ihr wolle. Die Kleine war zwar mitgenommen, aber nicht auf den Kopf gefallen.

Im Gegensatz zu Lyon, wo solche Besuche an der Tagesordnung waren, hatte in Paris noch kein männlicher Kollege einen Fuß in ihre Wohnung gesetzt. Für einen kurzen Moment hatte Marion überlegt, Nina anzuschwindeln und die laufenden Ermittlungen als Grund anzugeben.

»Wir waren uns früher einmal … sehr nah«, hatte sie schließlich doch lieber zugegeben.

»Schläft er hier?«

»Nina, das ist lange her. Zwischen uns ist es definitiv aus.«

Nina hatte im Lauf der Zeit eine Reihe von Männern erlebt, die Marion auf ihre stürmische, kompromißlose Weise geliebt hatte. Alle waren wieder aus ihrem Leben verschwunden, auch wenn das nicht immer in Marions Sinn gewesen war. Die Kleine wußte, daß neue Männer in ihr Leben treten würden. Dieser Kerman ließ Marion nicht kalt, das spürte sie. Allein die Tatsache, daß sie sich so über ihn aufregte, war ein untrügliches Zeichen. Außerdem hatte sie ja selbst zugegeben, daß sie früher einmal … Wann mochte das gewesen sein, früher einmal?

Ehe sich Nina zur Wand umdrehte, hatte sie die Hand ihrer Mutter abgeschüttelt, die ihr wie immer den Kopf kraulen wollte, um Kummer und Schmerz zu vertreiben.

»Schlaf gut, mein Engel. Ich liebe dich.«

Nina hatte sie keiner Antwort gewürdigt.

Marion schwieg, Kerman ebenfalls. Er hatte seine Krawatte gelöst und die Beine auf einen Karton gelegt. Hin und wieder trank er genüßlich einen Schluck Whisky und ließ dabei langsam seinen Blick über den Rücken der jungen Frau wandern, ihre strammen Pobacken, die in der blauen, eng anliegenden Tuchhose besonders zur Geltung kamen. Eigentlich alles andere als feminin, diese Uniform, aber trotzdem unglaublich sexy …

Marion stand mit ihrem Glas in der Hand vor der Balkontür und betrachtete die Lichter der Stadt. Dabei blickte sie wohlweislich über das finstere Hofloch hinweg, das meilenweit von den Phantasien des Kripochefs entfernt war.

Sie mußte mit ihm reden.

»Serge … Ich muß dir sagen …«

»Ich bin nicht gekommen, um zu reden.«

Seine Stimme hörte sich dumpf und etwas belegt an. Marion kannte diesen ganz besonderen Klang, es war der Klang der Begierde.

»Es ist wichtig, es gibt …«

»Schhh!«

Ein großer, geschmeidiger Schritt, und er stand hinter ihr. Sie spürte seinen Körper gegen ihren Rücken.

Marion streifte sich einen roten Morgenmantel über und sah ihm beim Anziehen zu. Er hatte sich kaum verändert. Nur in der Taille waren die Umrisse seines athletischen Körpers vielleicht ein bißchen weicher geworden. Als könnte er Gedanken lesen, spannte er die Bauchmuskeln an, um seine Hose zuzuknöpfen.

»Willst du einen Kaffee?«

»Laß gut sein, Edwige, sonst bilde ich mir noch ein, ich sei ein phantastischer Liebhaber. Ich bin gleich weg.«

Sie ging ins Wohnzimmer, um dort auf ihn zu warten. Als er schließlich auftauchte, wäre niemand auf die Idee gekommen, daß er gerade dem Bett einer Frau entstiegen war. Marion bewunderte und haßte diese Disziplin und Selbstbeherrschung. Er blieb so dicht vor ihr stehen, daß sie sich berührten, und atmete den Duft ein, der ihrem leicht geöffneten Morgenmantel entströmte. Dann sah er ihr aufgewühlt in die Augen. Damit er nicht aussprach, was ihm auf der Zunge lag, hielt Marion ihm schnell eine Diskette hin, die sie hinter dem

Rücken versteckt hatte. Er warf einen kurzen, keineswegs überraschten Blick darauf und schob sie in seine Jackentasche.

»Darf ich wissen, wie ...«

»Nein«, sagte sie. »Ich werde dir meine Quellen nicht verraten. Und ich sag's gleich dazu: Sicher bin ich mir bei all dem nicht.«

»Ninas Träume?« Ein flüchtiges Lächeln umspielte Kermans Lippen.

»Nein, Intuition, die eine oder andere Schlußfolgerung und ... eine Portion Glück«, korrigierte sie ihn.

Er legte seine schönen Hände auf ihre Schultern und hielt sie mit ausgestreckten Armen von sich weg. In dieser Haltung wartete er darauf, was sie noch sagen würde, aber Marion schwieg hartnäckig.

Mitleidig schüttelte er den Kopf und wandte sich zum Gehen. An den Türrahmen gelehnt, knotete Marion den Gürtel ihres Morgenmantels zu. Kerman trat noch einmal zu ihr.

»Ich möchte dich wiedersehen«, sagte er.

Sie beschränkte sich auf ein leises, ironisches Lächeln. Mit gerunzelter Stirn beugte er sich zu ihr, berührte mit den Lippen ihr Ohr, knabberte am Ohrläppchen und beobachtete amüsiert, wie sie erschauerte.

»Aber wenigstens um eins bitte ich dich«, murmelte er. »Hör auf, mich mit deinen Intuitionen für dumm zu verkaufen.«

Sie zuckte die Schultern und schob ihn sanft zur Tür.

## 44

Als Nina aufgewacht war, hatte man ihr die miese Stimmung gleich angesehen. Sie hatte ihre Mutter lange gemustert und sich dann wortlos in ihrem Zimmer eingeschlossen.

Irgendwann war sie wieder herausgekommen, um in Marions Armen zu weinen, und als die junge Kommissarin später im Büro erschien, hatte sie selbst rote Augen.

»Ich kann so nicht weitermachen«, sagte sie zu Abadie.

Der Capitaine sah auf den ersten Blick, daß sie mit den Nerven am Ende war.

»Was ist los?«

»Meine Tochter ... Ich muß mit ihr zum Arzt, zu einem Psychologen, zu jemandem, der sich auskennt.«

»Ich dachte, die hätten da jemanden bei der Kripo ...«

»Ja, schon, aber da liegt auch das Problem. Die Frau ist von der Kripo und mit anderen Dingen beschäftigt.«

»Und wenn Sie sich ein paar Tage frei nehmen?«

»Und wie soll das gehen?« schnaubte Marion. »Hier läuft doch alles total beschissen, und es wird von Tag zu Tag schlimmer. Ich habe das Gefühl, daß langsam, aber sicher alles den Bach runtergeht, daß ich nichts dagegen tun kann, daß dieser Scheißkerl weiterhin frei herumläuft und sich niemand darum schert, nicht einmal Kerman.«

Abadie beugte sich über die Papiere, die Marions Schreibtisch bedeckten – die häßliche Ausbeute der vergangenen Nacht –, und blätterte mit einer Hand darin herum. Mit der anderen zündete er sich eine Extra-light-Zigarette an.

»Apropos Kerman, ich habe ihm die Infos in die Hand gedrückt, alle«, sagte Marion unvermittelt und ließ sich in ihren Sessel fallen.

Abadie hatte das undeutliche Gefühl, daß sie noch etwas loswerden mußte, und hob den Kopf. Ob sie ihm seinen Abstecher nach Écouen vorwerfen würde? Oder hatte sie mit Kerman ein Hühnchen zu rupfen, wegen dieser alten Geschichte zwischen den beiden?

»Nehmen Sie sich ein paar Tage frei«, wiederholte er vorsichtig. »Kümmern Sie sich um Ihre Tochter, glauben Sie mir, das ist jetzt das wichtigste, und niemand wird Ihnen das hier übelnehmen.«

»Wir werden ja sehen, was der große Kerman damit anfängt«, knurrte Marion.

Abadie atmete erleichtert auf. Dann hatte sie also wirklich noch eine Rechnung mit dem Kripochef offen.

»Heute morgen sind die Eltern von Pierre Palmieri eingetroffen, um sechs Uhr, mit dem Flugzeug«, wechselte er nach kurzem Schweigen das Thema, denn ihm war es lieber, sich aus diesen privaten Reibereien herauszuhalten. »Ich bin jetzt weg, ich muß mich um die beiden kümmern.«

Als er die Hand auf die Türklinke legte, wurde Marion bewußt, daß sie in wenigen Sekunden allein in ihrem Büro sitzen würde. Diese Vorstellung war ihr unerträglich. Sie sprang aus ihrem Sessel.

»Ich komme mit.«

## 45

Kerman rief just in dem Moment an, als die Eheleute Palmieri die Persönlichkeit ihres Sohnes zu beschreiben und zu verstehen versuchten, was in ihrem geordneten Leben eigentlich so dramatisch aus dem Ruder gelaufen war.

»Edwige«, sagte Kerman in seinem Chefton, »ich muß wissen, woher du diese Hinweise hast.«

»Kommt nicht in Frage.«

»Die Sache mit dem Tuning, der Geländewagen … da kannst du doch nicht zufällig drauf gestoßen sein …«

»Was du nicht sagst. Hör zu, ich habe dir die Informationen gegeben, was willst du mehr?«

»Und was schreibe ich in die Akte? Soll ich dich noch einmal vernehmen? Oder gehst du lieber gleich selbst zum Untersuchungsrichter?«

»Ich pfeif auf deine Akte!« brauste Marion auf. »Ich will, daß wir diesen Scheißkerl verhaften! Ich kann mich gern selbst darum kümmern, wenn dir der Mumm dazu fehlt.«

Abadie warf ihr einen tadelnden Blick zu. Er räusperte sich, um die Eltern des jungen Palmieri mit erhobener Stimme zu fragen, ob ihr Sohn Pierre die Gewohnheit hatte, sich am ganzen Körper zu rasieren.

Fernand und Solange Palmieri brachen in laute, empörte Protestrufe aus.

Er war jenseits der Fünfzig und hatte die fade Eleganz eines erfolgreichen, wenn auch wenig brillanten Karrierediplomaten. Sie war ein sonnengebräuntes, geschminktes, wehleidiges Pummelchen. Pierre, der einzige Sohn, war erst spät in das Leben dieses Paares getreten, das die Liebe längst hinter sich und die Hoffnung auf Nachwuchs schon lange begraben hatte. Ein plötzliches Wiederaufleben leidenschaftlicher Gefühle? fragte sich Marion und betrachtete die beiden, während sie mit halbem Ohr Kermans Wortschwall über sich ergehen ließ. Wahrscheinlich eher ein Seitensprung, überlegte sie und versuchte, sich die feinen Züge des sterbenden Jungen in Erinnerung zu rufen. Der französische Konsul in Dakar hatte ein feistes Gesicht mit einer dicken Nase und einem schlaffen Kinn. Auch seine Frau verfügte über keine besonderen Reize. Ein Adoptivsohn? Aber behinderte Kinder werden nur selten adoptiert, dachte Marion, während die beiden voller Entrüstung klarstellten, daß sich ihr Sohn niemals am Körper rasiert habe und im übrigen auch nur selten im Gesicht, weil er sowieso noch keinen richtigen Bartwuchs gehabt habe.

»Hörst du mir eigentlich zu?« Kermans Stimme klang gereizt.

»Ja, sicher … Ich wußte, daß du mit so etwas ankommen würdest!«

»Womit?«

»Es reicht dir nicht, daß ich dir alles, was ich weiß, sage! Nein! Weil du es nämlich in Wahrheit nicht ertragen kannst, daß ich schneller bin als du.«

»Ach was! Da täuschst du dich, darum geht es doch überhaupt nicht ...«

Marion legte den Hörer auf den Schreibtisch, und Kermans Stimme erstarb zu einem fernen Gemurmel, das auch den übrigen Anwesenden nicht entging.

»Es war das erste Mal, daß wir Pierre erlaubt haben, alleine zu reisen«, stöhnte Solange Palmieri. »Wegen seiner Behinderung haben wir immer sehr auf ihn aufgepaßt, verstehen Sie?«

»Waren Sie schon im Krankenhaus?« fragte Abadie in seinem professionellen Ton, durch den er sich besser als Marion vor unkontrollierten Gefühlsregungen zu schützen wußte.

»Ja ...«, flüsterte der Vater. »Die Ärzte lassen ihn uns bis heute abend, bis achtzehn Uhr ...«

»Ich will, daß du in Zukunft keine, aber auch nicht die geringste Initiative mehr ergreifst«, drang Kermans Stimme aus dem Hörer. »Sonst wird die Staatsanwaltschaft informiert, nur daß du Bescheid weißt ...«

Marion wußte, daß Kerman nicht davor zurückschrecken würde, ihre Suspendierung in die Wege zu leiten. Aber ob er auch wußte, wie gleichgültig ihr das in diesem Moment war? Das einzige, was zählte, waren Ange-Lou, Nina, Pierre und die anderen – all diese Kinder, die sich nicht hatten retten können.

Das Ehepaar Palmieri stand auf, um sich zu verabschieden. Die beiden wirkten plötzlich alt und erschöpft, so wie alle Eltern, die die grauenvolle Erfahrung machen mußten, ein Kind zu verlieren. Sie würden noch ein paar Stunden bei ihrem klinisch toten Jungen verbringen, dann würde ein

Arzt die Geräte abschalten. »Es ist vorbei«, würde er sagen und das Kind schnell abtransportieren, um ihm Herz, Leber und Lunge zu entnehmen und die Organe anderen todgeweihten Kindern zu bringen. Sie würden überleben, und ihre Eltern wären glücklich darüber. Die Palmieris aber würden gebrochen die Heimreise antreten.

Als der Diplomat und seine Frau Marion zum Abschied müde zunickten, nahm sie den Hörer wieder auf.

Kerman, der am Telefon sonst eher kurz angebunden war, schien es diesmal nicht eilig zu haben. Marion wurde mißtrauisch, ihr Magen verkrampfte sich.

»Das hast du mir jetzt schon mindestens dreimal gesagt«, zischte sie. »Los, pack endlich aus, was gibt's?«

»Die Marlys haben Anzeige erstattet und wollen als Nebenkläger auftreten.«

Endlich hatte er wieder zu seinem üblichen Ton zurückgefunden: schroff und professionell.

»Gegen mich?«

»Ja, gegen dich persönlich.«

»Und?«

»Du kennst die Gesetze. Der Richter wird dich vorladen.«

Artikel 104 der Strafprozeßordnung, leierte Marion im Geiste herunter. Nach der Anhörung kann der Richter entscheiden, ein Strafverfahren einzuleiten. Ihr fehlte der Mut, Kerman zu fragen, warum gerade er der Überbringer der frohen Botschaft war. Sie schluckte.

»Danke für den Hinweis.«

»Hast du einen Anwalt?«

Die Frage war überflüssig.

»Wozu?«

Er seufzte genervt.

»Machst du das eigentlich extra? Los, schreib auf: David Schmidt, Place des Abbesses, 01 53 53 ...«

Marion ließ den Hörer sinken. Ihr war schwindelig, das Zimmer um sie herum schien langsam zu kippen, bis sie Capitaine Abadie, der gerade die Papiere auf dem Tisch sortierte und das Vernehmungsprotokoll dazulegte, verkehrt herum sah. Marion ließ den Hörer auf die Gabel fallen und preßte ihre Daumen gegen die Schläfen. Ein Blatt Papier, das dem Beamten aus der Hand gerutscht war, flatterte vor ihren Füßen auf den Boden. Mechanisch bückte sie sich, um es aufzuheben. Es war der Erkennungsbogen, den man erstellt hatte, nachdem der junge Palmieri gefunden worden war. Der Capitaine hatte das Foto darangeheftet, das in der hinteren Hosentasche des Jugendlichen gesteckt hatte. Als Marion einen Blick darauf warf, fiel ihr das Fragezeichen ohne Punkt auf, das gegen den blauen Hintergrund abstach. Sie gab Abadie das Blatt zurück und merkte, daß er sie mitleidig ansah. In der Tür hatten sich einige ihrer Männer versammelt.

»Ich gehe nach Hause«, sagte sie in die Runde. »Rufen Sie mich nur an, wenn der dritte Weltkrieg ausbricht.«

## 46

Marion konnte Nina nicht dazu überreden, auch nur einen Fuß vor die Tür zu setzen, nicht einmal mit der Aussicht, dem Reitklub von La Courneuve einen Besuch abzustatten, was sonst ein absolutes Highlight für ihre Tochter war.

Es gab nur eins, was sie heute wollte: zu Ange-Lou gehen. Marion wußte nicht weiter. Bestürzt erklärte sie Nina, daß dies nicht möglich sei. Man würde sie nicht ins gerichtsmedizinische Institut hineinlassen, und wahrscheinlich war es auch besser so.

»Ich kann einfach nicht glauben, daß sie tot ist, Mama, verstehst du? Ich muß sie sehen, ich will mir sicher sein.«

»Das kann ich gut verstehen, Nina, aber nicht jetzt. In ein paar Tagen wird der Richter die Beerdigung genehmigen. Dann kannst du sie sehen. Das verspreche ich dir.«

»Sie haben ganz richtig reagiert«, hatte Brigitte Nill, die Kripo-Psychologin, Marion beruhigt. In ihrer Verzweiflung hatte sie, als Nina wieder in ihrem Zimmer verschwunden war, bei ihr angerufen. »Bringen Sie Nina zu mir, wenn das geht, damit ich mit ihr reden kann ... Ich kann verstehen, daß Sie dafür vielleicht nicht die richtige Person sind, Sie sind zu sehr in die Geschichte verwickelt.«

»Nina wird sich weigern«, hatte Marion erwidert. »Das brauche ich gar nicht erst zu versuchen.«

Die Psychologin hatte kurz nachgedacht.

»Ich bin um vierzehn Uhr bei Ihnen. Geben Sie mir Ihre Adresse.«

Nina hatte zwar nicht vor die Tür gehen wollen, aber wenigstens war sie bereit gewesen, etwas zu essen, und Marion hatte eine Pizza bestellt, die die beiden allerdings kaum angerührt hatten. Dann hatte Nina, immer noch genauso schweigsam, den Fernseher angestellt. Auf einem Kabelsender liefen die letzten Minuten eines Krimis, und bei jedem Schuß zuckte das Mädchen zusammen. Mehrmals hatte Marion versucht, das Programm zu wechseln, aber jedesmal hatte sich Nina mit aller Kraft dagegen gewehrt. Es war fast zwei, und Marion wußte immer noch nicht, wie sie ihr beibringen sollte, daß gleich diese Psychologin kommen würde. Sie nahm Ninas Hand, und schon wieder kam es ihr so vor, als spürte sie Ange-Lous eiskalte Finger, ihre durchsichtige Haut, die kurzen Nägel ... Marion erschauderte.

»Nina ...«

Das Klingeln an der Tür ließ sie zusammenfahren. Die Psychologin war pünktlich.

»Nina«, sagte sie und stand auf. »Wir bekommen Besuch.

Du weißt doch, die Psychologin, die schon einmal mit dir geredet hat …«

Nina reagierte nicht, und Marion war erleichtert.

Leise ging sie zur Tür von Ninas Zimmer. Auf der anderen Seite hörte sie Brigitte Nills Stimme.

»Gare du Nord, den kauf ich mir!«

Kurz darauf hörte sie Nina zu ihrem großen Erstaunen aufjuchzen. Verblüfft machte sie die Tür einen Spaltbreit auf.

Die Psychologin saß auf dem Bett, das Mädchen hockte vor ihr auf dem Boden. Die beiden spielten Monopoly.

»Rue de la Paix«, frohlockte Nina. »Ja! Die ist für mich!«

»Oh, du hast vielleicht ein Schwein! Aber wart's nur ab! Ich habe immer noch die Champs-Élysées … Das wird harte Verhandlungen geben.«

»Entschuldigen Sie«, sagte Marion. »Ich muß ins Büro. Eine dringende Sache.«

»Gehen Sie ruhig!« erwiderte die junge Frau, die gerade die bunten Scheine sortierte, die Nina ihr gegeben hatte, um den Kauf zu besiegeln. »Wir sind hier noch ein Weilchen beschäftigt, ich warte auf Sie.«

»Wenn Sie gehen wollen …«

»Nein, nein, ich habe heute Zeit, wenn nötig, rufe ich Sie einfach an.«

Unter anderen Umständen hätte Marion das Verhalten der Frau merkwürdig gefunden. Aber Nina wirkte plötzlich so glücklich, als wäre nie das geringste vorgefallen. Zögernd ließ sie ihren Blick durch das Zimmer schweifen, das aussah, als sei vor kurzem eine Bombe eingeschlagen. Auf Ninas Schreibtisch lagen noch immer die Paßfotos. Ange-Lou schien über die Jubelrufe ihrer Freundin, die am laufenden Band Bahnhöfe und Straßen in Paris kaufte, zu lachen. Marion trat mit gerunzelter Stirn an den Tisch und betrachtete die Bilder. Sie nahm eins davon in die Hand, um es sich näher anzusehen. Sofort sprang ihr ein Detail ins Auge. Aber natürlich! dachte sie und steckte das Bild ein, während Nina und Brigitte Nill weiterspielten, ohne auf sie zu achten.

Als sie die Wohnungstür hinter sich zuzog, stellte sie mit schlechtem Gewissen fest, daß sie ein Gefühl der Erleichterung empfand. Capitaine Abadie wartete schon vor dem Aufzug auf sie. Er war kurz nach Brigitte Nill bei Marion aufgetaucht, weil sie ihr Handy und ihr Telefon ausgestellt hatte und er Neuigkeiten hatte, die nicht warten konnten. Daß er mit dem Zeigefingern den Aufzugknopf malträtierte und eine Zigarette nach der anderen rauchte, verriet seine Ungeduld.

»Kommen Sie«, rief ihm Marion zu und war schon an der Treppe. »Zu Fuß sind wir schneller.«

## 47

Die Gegenstände lagen auf dem Tisch des Besprechungsraums. Die schwarze Tasche war mit Rücksicht auf eventuelle Spuren in eine Plastiktüte gewickelt.

»Sie lag in einem Mülleimer«, bemerkte Wolski, ein kahlgeschorener Beamter mit einer Statur wie Rambo. »Aber viel wird da wohl nicht rauszuholen sein.«

Den Fund hatte er gemacht. In der Mittagszeit hatte er einen Mann begleitet, der Anzeige erstatten wollte, weil man ihm seine Tasche aus der Hand gerissen und gestohlen hatte. Der Mann hatte den Dieb noch gesehen und war ihm nachgelaufen. Eine ziemlich dumme Idee, wie er selbst im nachhinein fand, denn auf seinem linken Auge prangte nun ein schillerndes Veilchen. Er hatte den Täter in einem abgelegenen Teil des Bahnhofs eingeholt, dort, wo die Abfälle gelagert wurden. Abend für Abend brachten Kipplaster die Säcke zur Müllverbrennungsanlage. Die meisten Taschendiebe entsorgten hier die gestohlenen Handtaschen, Gepäckstücke und Aktenkoffer, nachdem sie alles Verwertbare an sich genommen hatten.

Der Dieb hatte sein Opfer niedergeschlagen und war getürmt. Seine Tasche hatte der Mann nicht wiedergefunden. Dafür hatte »Rambo« eine andere schwarze Tasche entdeckt, die aus einem aufgeschlitzten Müllbeutel ragte …

»Was meinen Sie, was ich für ein Gesicht gemacht habe«, sagte er zu Marion, »als ich das hier gesehen habe.«

Er deutete auf den Dienstausweis und den Revolver. Beides gehörte dem Kollegen Kaiser. Sein Name stand auf dem Ausweis, und Morel hatte soeben bestätigt, daß der Manurhin tatsächlich seine Dienstwaffe war.

Marion starrte schweigend auf die grüne Mappe, auf der mit schwarzem Filzstift ein Name geschrieben stand: Ange-Lou Marly.

»Hören Sie«, sagte Abadie hinter ihrem Rücken. »Die Kripoleute sind da.«

Régine Duplat, blonder Pagenkopf, perlgraues Kostüm, pflaumenblaue Seidenbluse, war in Begleitung von zwei Beamten gekommen. Der eine trug einen dunklen Anzug, der andere sportlich-schicke Freizeitkleidung. Sie waren jung, beflissen und höflich. Echte Gentlemen. Ein krasser Gegensatz zu den Bahnhofspolizisten, die sich nach und nach ihrem Umfeld anzugleichen schienen.

»Ich hoffe, Sie haben beim Berühren der Gegenstände Vorsicht walten lassen«, sagte Duplat mit neutraler Stimme. Sie selbst hatte Latexhandschuhe übergestreift und öffnete mit spitzen Fingern Ange-Lous Mappe.

»Pro Tag finden wir in den Mülleimern etwa zwanzig

gestohlene Taschen«, bemerkte Rambo grinsend. »Wir ziehen nur Handschuhe an, damit wir nicht von 'ner Ratte gebissen werden oder uns an einer Spritze verletzen ...«

Régine Duplat warf ihm einen eisigen Blick zu.

»Die haben aufgepaßt«, beruhigte Marion sie schroff. »Sie kennen ihren Job.«

»Das bezweifle ich nicht«, sagte die Kripofrau.

»Was halten Sie davon?« fragte Marion, während einer der Beamten einen kleinen schwarzen Lederkoffer öffnete und verschiedene Utensilien, darunter mehrere durchsichtige Plastikbeutel, herausnahm.

»Und Sie?«

»Wenn ich mir eine Bemerkung erlauben darf«, säuselte Rambo in einem Ton, der zu ihm paßte wie die Faust aufs Auge.

»Ja?«

»Die Kerle, die hier am Bahnhof Sachen klauen, schmeißen das Zeug meistens so in den Abfall, die machen sich nicht die Mühe, den Kram erst in Müllbeutel zu verpacken ...«

»Aha«, sagte Régine Duplat. »Wir sollten uns also auch für die Umhüllung interessieren. Habe ich Sie da richtig verstanden?«

Rambo nickte, und sie drehte sich wieder zu Marion um.

»Der Spur dieses verschwundenen Beamten ist nicht ausreichend nachgegangen worden«, sagte sie. »Das war ein Fehler.«

»Wir haben natürlich auch nach ihm gesucht. Er hat niemandem eine Nachricht hinterlassen, und es gibt, soweit ich weiß, bis jetzt nicht den geringsten Hinweis darauf, daß er noch lebt.«

Die Kripobeamtin sah sich die Fundstücke weiter an. Konzentriert tat sie ihre Arbeit. Ein feiner Duft umwehte Marions Nase – sie erkannte Cristalle von Chanel.

»Dann mal los, Jungs, packt alles ein«, sagte Régine Duplat schließlich. »Ich nehme Ihre Aussage auf«, fügte sie, an Rambo gerichtet, hinzu. »Haben Sie ein Büro?«

Sie folgte dem Beamten, während sich ihre Männer an die Arbeit machten, ohne sich um die Kollegen von der Bahnhofspolizei zu kümmern.

»Mein Chef wird Sie über die Ergebnisse unserer Untersuchungen auf dem laufenden halten«, sagte sie zu Marion, die ihr bis in den Flur nachgegangen war.

»Wann?«

»Sobald wir etwas wissen. In den nächsten Tagen.«

»Fingerabdrücke sichern, dann einmal durchs Afis damit, das dauert eine, maximal zwei Stunden.«

»Sofern man welche findet. Der Typ hatte Handschuhe an, das hat Ihre Tochter zumindest gesagt. Ich glaube, Sie wissen selbst, daß die Dinge dann doch immer ein bißchen komplizierter sind, oder?«

## 48

Abadie kam mit Major Morel und den anderen Beamten aus dem Lage- und Führungsraum.

»Chef«, sagte einer von ihnen. »Glauben Sie, daß es Kaiser war?«

»Ich weiß es nicht.«

»Kaiser ist mein Freund«, schaltete sich ein rothaariger Beamter mit üppigem Schnurrbart ein. »Wir haben hier vor zehn Jahren zusammen angefangen. Er ist ein anständiger Kerl und hat das Herz auf dem rechten Fleck. Ab und zu geht er mal zu 'ner Nutte, aber wer tut das nicht? Jedenfalls ist er nicht pervers. Und ein Kind würde er niemals anrühren. Ich kann das nicht glauben, verflucht noch mal!«

»Ich auch nicht«, sagte Marion. »Aber jedesmal, wenn ich

einen Kriminellen verhafte, finde ich, daß er eigentlich völlig normal aussieht, das brauche ich Ihnen wahrscheinlich nicht zu sagen.«

Der Beamte schüttelte energisch den Kopf.

»Trotzdem, ich würd mir die Eier dafür abschneiden lassen, daß er's nicht war …«

Ein Lächeln umspielte Marions Mund.

»Das würde ich mir an Ihrer Stelle noch mal gut überlegen, es sei denn, Sie sind fest entschlossen, sich nicht mehr fortzupflanzen!«

Ehe das Grinsen in Rambos Gesicht in Hohngelächter umschlug, wurde Marion schnell wieder ernst.

»Es gibt zwei Hypothesen«, sagte sie. »Entweder ist Kaiser Ange-Lou Marlys Mörder und hat zusammen mit der grünen Mappe seine eigenen Sachen beseitigt – wobei ich mich dann frage, warum er das ausgerechnet hier getan hat –, oder …«

Morel und Kaisers Freund sahen sich betroffen an, während Marion die zweite Hypothese, die ihnen allen im Kopf herumging, auf den Punkt brachte: Vielleicht war der Polizeibeamte irgendwie in die Gewalt des Mörders geraten, der dann die kompromittierenden Gegenstände in den Müllcontainer geworfen hatte. Wenn das der Fall war, bestand für den Kollegen leider kaum noch eine Hoffnung.

»Aber warum wollte dieser Typ plötzlich seine Tasche loswerden?« fragte Abadie und sprach damit aus, was Marion schon angedacht hatte. »Der Müll wird immer abends weggebracht, also muß er heute morgen dagewesen sein. Warum heute morgen?«

»Weil er merkt, daß die Luft dünn für ihn wird, Abadie. Wir sind ganz nah an ihm dran, und er kriegt Panik. Das war sein erster Schnitzer.«

»Und wir sitzen hier rum und warten darauf, daß die Blondine, die sich aufführt wie …«

»Die machen ihre Arbeit«, beschwichtigte ihn Marion. »Es steht uns nicht zu, darüber zu urteilen, wie sie das tun. Das einzige, was zählt, ist das Ergebnis. Aber eins ist sicher, ich werde nicht warten und Däumchen drehen.«

Und mit diesen Worten wandte sie sich zum Gehen. Aber nach wenigen Schritten blieb sie wieder stehen, zog das Foto von Nina und Ange-Lou aus der Tasche, machte kehrt und hielt es Abadie hin. Schweigend nahm er es.

## 49

Seit geraumer Zeit beobachtete Marion eine braunhaarige, untersetzte Putzfrau, die in schiefgetretenen Schlappen lustlos ihren Wagen hinter sich herzog, der mit einem dunkelgrünen Müllsack bestückt war. Sie nahm den Sack aus dem Gestell, knotete ihn zu und lehnte ihn neben dem Paßbildautomaten an die Wand. Marion wußte, daß der Müllsack kurze Zeit später eingesammelt und ins Mülldepot des Bahnhofs transportiert werden würde. Die schwarze Tasche, in der man Kaisers Sachen gefunden hatte, war vermutlich denselben Weg gegangen. Rambo hatte recht: Normale Taschendiebe verloren keine Zeit damit, ihre Beute vor der Entsorgung in Müllsäcke zu verpacken.

Die Firma Pronet, die mit der Reinigung des Bahnhofs beauftragt war, benutzte verschiedene Arten von Müllbeuteln. Die größten waren dunkelgrün und paßten auf die Wagen, die tagein, tagaus durch die Hallen gerollt wurden und vor allem im Bereich der sanitären Einrichtungen zum Einsatz kamen. In einem dieser großen, besonders reißfesten Säcke hatte inmitten von Abfall – Zeitungen, Papier und anderen teils absurden Dingen – die schwarze Tasche gelegen. Seit dieser Entdeckung hatten sich Kermans Leute in Marions

Revier mehr oder weniger breitgemacht, doch die Suche nach Zeugen erwies sich als ziemlich schwierig. Tausende von Menschen waren hier unterwegs, aber niemand sah je etwas. Das lag in der Natur der Sache. Kerman oder Duplat riefen ständig bei Marion an, um sie etwas zu fragen oder Informationen über den Bahnhof, sein Personal, seine Obdachlosen einzuholen. Im Gegenzug konnte sie ihnen dann die eine oder andere Neuigkeit über den Fall entlocken. Kerman hatte ihr zum Beispiel verraten, daß Kaisers Revolver und sein Dienstausweis mit Fingerabdrücken übersät waren. Wahrscheinlich waren es seine eigenen, aber da seine Fingerabdrücke noch nie erfaßt worden waren, gab es dafür keinen Beweis. Die Fingerabdrücke auf der Mappe stammten dagegen eindeutig von Ange-Lou: Sie waren an ihrer Leiche überprüft worden. Außerdem hatte man weitere Spuren gefunden, die nicht mit denen von Ange-Lou übereinstimmten. Die Suche im automatischen Fingerabdruck-Identifizierungsprogramm, kurz Afis genannt, hatte nichts ergeben. Abgesehen davon gab es zahlreiche andere Spuren, die man bisher noch nicht hatte zuordnen können: Kopfhaare, Körperhaare, weißliche Staubpartikel sowie tierische Ausscheidungen, bei denen es sich mit großer Wahrscheinlichkeit um den Kot von Nagetieren handelte. Aber Rambo hatte es ja schon hinausposaunt: Bei den Müllcontainern gab es Ratten zuhauf.

Capitaine Abadie kam aus dem Toilettenbereich und ging auf die Putzfrau zu, um ein Gespräch anzuknüpfen.

Amel hatte sich vor dem Paßbildautomaten aufgebaut und schien sich zu fragen, womit er eigentlich anfangen sollte. Das Foto aus Pierre Palmieris Hosentasche war eindeutig hier an diesem Automaten gemacht worden, auf dessen Vorhang ein anonymer Künstler sein *tag* hinterlassen hatte: ein Fragezeichen ohne Punkt. Merkwürdigerweise stammte auch das Foto, das Marion ihrer Tochter stibitzt hatte, aus diesem Gerät. Nina hatte ihnen geholfen, es zu finden: Es befand sich im Zwischengeschoß, in unmittelbarer Nähe zur Damentoilette. Die Kleine hatte keine Erklärung dafür, warum Ange-Lou sie gerade zu diesem Automaten geschleift hatte, aber die Ermittlungen von Abadie und Amel hatten ergeben, daß die Fotos am selben Tag entstanden waren: am Samstag, das heißt einen Tag bevor der schwerverletzte Junge gefunden und zwei Tage bevor Ange-Lou ermordet worden war. Was war zwischen Samstag morgen und Sonntag nachmittag mit Pierre Palmieri passiert?

»Vieles läuft hier zusammen«, hatte Marion gesagt und auf den roten Kreis gezeigt, den sie auf den Bahnhofsplan gemalt hatte. »Das kann kein Zufall sein.«

Abadie war inzwischen dabei, der Reinigungskraft von Pronet die Bilder der Kinder zu zeigen. Die Frau verzog verneinend den Mund, worauf der Capitaine zu Marion zurückkam.

»Sie scheint taub und blind zu sein«, murmelte er verärgert. »Dabei gibt es gerade in dieser Ecke ziemlich viel Anmache. Alte Typen, die junge Mädchen suchen. Oder auch Jungs. Aber daß uns irgendeiner mal was sagen würde – nie und nimmer.«

»Die haben Schiß«, sagte Marion. »Um hier zu überleben, muß man absolut farb-, geruchs- und geschmacksneutral sein. Und die Frau, die hier gearbeitet hat, als Pierre Palmieri im Klo aufgetaucht ist? Haben Sie mit der schon geredet?«

Abadie sah zu Amel herüber, der sich mit einem spindeldürren, schmutzigen Mädchen unterhielt.

»Sie ist mir über den Weg gelaufen, als ich die Tatbestandsaufnahme gemacht habe. Sie hat nichts gesehen, nicht mal den Jungen. Die hat sich damit begnügt, mit ihrem Aufnehmer sein Blut wegzuwischen. Da hat sich doch Roger Lenfant noch so drüber aufgeregt.«

»Wer ist diese Frau?«

»Sie war um die Vierzig, trug eine dicke Brille und hatte ein Gesicht zum Davonlaufen. Und kratzbürstig war die!«

»Und Sie haben sie nicht vernommen?«

»Was hätte sie mir schon groß sagen sollen?«

Abadie starrte auf seine blitzblanken Boots. Schweigend fragte sich Marion, was sie an seiner Stelle getan hätte. Wahrscheinlich dasselbe, dachte sie, aber vielleicht doch ein bißchen mehr.

»Die Frau muß vernommen werden«, sagte Marion, und Abadie verstand, daß es ein Befehl war. »Alle anderen, die hier arbeiten, übrigens auch.«

Der Capitaine wußte, daß es wahnsinnig viel Zeit kosten würde, auch nur eine Liste der ständig wechselnden und sich ablösenden Belegschaft zusammenzustellen, aber da ihm auch bewußt war, daß er sich schon früher darum hätte kümmern müssen, nickte er schnell.

»Ich müßte auch noch einmal mit Nina reden«, fügte er hinzu. »Vielleicht ist ihr irgend jemand oder irgend etwas aufgefallen.«

»Der Mann, der Pierre Palmieri überfallen hat? Und das würde dann erklären, was am Montag passiert ist?«

»Ich weiß nicht. Ist nur eine Hypothese.«

»Ich habe schon ausführlich mit ihr über diese Fotos gesprochen«, wandte Marion ein. »Wenn sie etwas gesehen hätte, dann hätte sie es mir gesagt.«

Als sie sich auf den Rückweg ins Büro machten, schloß Amel sich ihnen an.

»Haben Sie sich eigentlich schon mit den Bändern beschäftigt, von denen der Wachmann der SNCF gesprochen hat?« fragte Marion plötzlich.

»Roger Lenfant ist unser offizieller Ansprechpartner im Videoüberwachungsraum«, sagte Abadie ausweichend. »Er verwahrt alles, was unseren Ermittlungen dienlich sein kann, Unfälle, Prügeleien, alles mögliche. Das sind Berge von Videokassetten, der Himalaya ist nichts dagegen.«

Mit finsterer Miene starrte er auf ein Musikerpärchen, das nach besten Kräften russische Volkslieder verhunzte, und vergrub seine Fäuste tief in den Hosentaschen.

Marion dachte an die verschwundenen Jungen. An Nina und Ange-Lou, die hier umhergestreift waren. Die Videoaufnahmen zu überprüfen bedeutete einen enormen Zeitaufwand für eine doch ziemlich wackelige Hypothese. Aber auch wenn es eine mühselige Arbeit war – was blieb ihnen anderes übrig? Die Zeit verging, Kaiser war wie vom Erdboden verschluckt, von Pierre Palmieris Mörder gab es nicht die geringste Spur, und Zig, dieses miese Schwein, lief weiterhin frei herum.

Abadie warf Amel, der beharrlich in die andere Richtung sah, einen hilfesuchenden Blick zu.

»Morgen fangen wir an«, sagte er zähneknirschend.

»Nicht morgen. Sofort.«

## 50

Kermans Ermittlungen nahmen in gewohnt langsamer, methodischer Bulldozer-Manier ihren Lauf. Marion zwang sich, ihre Nase aus dem, was sie nichts anging, herauszuhalten, aber dieses Schrittempo machte sie rasend, und vor allem wußte sie nicht mehr, was sie Nina sagen sollte.

Die Kleine hatte Brigitte Nill gegenüber ihren Unmut über ihre Mutter geäußert, deren Verhalten sie nicht nachvollziehen konnte. Marion war doch ihr Vorbild, ihre Heldin. Und da sie Ange-Lou selbst nicht rächen konnte, mußte ihre Mutter das tun. *Mission impossible*, hatte Marion dazu gesagt. Wie kann sie so etwas von mir verlangen?

»Reden Sie mit Nina, verbringen Sie soviel Zeit wie möglich mit ihr, und erklären Sie ihr, was Sie tun. Lassen Sie sie nicht hängen, sie will verstehen, was jetzt passiert, sie braucht das.«

Marion hatte ihrer Tochter erklärt, wie die polizeilichen Ermittlungen vorangingen, welche Schwierigkeiten, Fallstricke und Zweifel es gab und was sich Tag für Tag an Hinweisen ansammelte, die in diesem Stadium alles nur noch undurchsichtiger machten. Sie hatte die Ermittlungen mit einem Puzzlespiel verglichen. Es ging immer darum, die Teile so zusammenzusetzen, daß ein klares Bild entstand, nur waren manche Puzzle eben schwieriger als andere.

Sie verbrachten ein trostloses Wochenende, das durch keine neuen Puzzleteile aufgehellt wurde, und am Montag fühlte sich die Kleine noch nicht in der Lage, wieder in die Schule zu gehen. Marion vereinbarte mit der Leiterin, daß täglich ein Mitschüler vorbeikommen würde, um Nina über den Unterrichtsstoff auf dem laufenden zu halten, bis sie wieder einigermaßen hergestellt wäre. Sie war so blaß und antriebslos, daß Marion sich ernsthaft Sorgen machte.

Am Abend äußerste Nina wider Erwarten den Wunsch, zur Theater-AG zu gehen. Marion war sofort einverstanden, es kam ihr fast so vor, als sei plötzlich ein Wunder geschehen.

Am Telefon reagierte auch Gervaise mit Erleichterung: Sie hatte sich über Ninas weitere Teilnahme an dem Kurs bereits lange den Kopf zerbrochen. Sollte man aus Pietätsgründen etwas Zeit verstreichen lassen? Oder war es besser für Nina, sofort weiterzumachen, denn sie durfte sich auf keinen Fall unterkriegen lassen, und wie hieß es doch so schön: *The show must go on*.

Eine Bedingung hatte Marion allerdings gestellt: Sie würde ihre Tochter begleiten.

Capitaine Abadie erhielt die Anweisung, ein paar Männer mit der Überwachung der näheren Umgebung des Theaters zu beauftragen. Sollten sich die Kripoleute, die wahrscheinlich auch zur Stelle sein würden, doch ruhig auf den Schlips getreten fühlen.

## 51

Marion und Abadie, die im hinteren Teil des kleinen Raums auf zwei unbequemen Stühlen Platz genommen hatten, sahen aus wie ein ganz normales Elternpaar. Gervaise Bousse stapfte, in eine riesige Rauchwolke gehüllt, auf der Bühne hin und her. Ein paar Jugendliche umringten die dicke Frau, während Nina am Rand auf ihren Einsatz wartete und sich derweil in ihren Text vertieft hatte.

Gervaise gab einem großen, unattraktiven Mädchen mit herrischer Geste ein Zeichen, worauf es stockend zu deklamieren begann:

»Wenn ich's wär, sagt ich nein – und zehnmal nein!!«

Ein etwas rundlicher Jugendlicher trat einen Schritt vor.

»Was für ein Satansweib – um Gottes willen!«

Der Junge, der mitten im Stimmbruch war, versuchte, männlich zu klingen:

»Ich täte … ich täte mich noch … an ihr versündigen, nein, Entschuldigung! Ich würde mich noch an ihr versündigen, träf ich sie wieder …«

»Du hast deinen Text nicht gelernt, mein Freund«, schimpfte die Lehrerin mit ihrer rauhen Stimme. »Es heißt: ›Ich versündigte mich noch an ihr, träf ich sie wieder.‹ Los, sprich mir nach. Und vergiß nicht, daß du Orgon bist, du hast eine Stinkwut im Bauch! In der Szene mußt du auf und ab laufen, du rückst Dorine richtig auf die Pelle und versuchst ihr eine Ohrfeige zu geben. Herrgott noch mal, wenn du so steif dastehst, schlägst du noch Wurzeln! Leg dein ganzes Herzblut rein! Das hört sich ja an, als würdest du die Messe lesen!«

Die Jugendlichen ließen ihre Textblätter sinken und nutzten die Gelegenheit, um ein bißchen zu verschnaufen.

»Los!« befahl Gervaise mit einer ausholenden Handbewegung, die ihr Umschlagtuch zum Flattern brachte. »Wir machen die nächste Szene. Aber Louis, fürs nächste Mal lernst du deinen Text, sonst bist du derjenige, der den Vorhang auf- und zumacht, kapiert? Los, weiter! Zweiter Akt, dritte Szene ...«

Das junge Mädchen mit dem pickeligen Gesicht tat einen Schritt nach vorn.

»Hat's Ihnen denn die Sprache ganz verschlagen,
daß ich hier Ihre Rolle spielen muß?
Sie hören sich den hirnverrückten Redefluß
Geduldig an – und wissen nichts zu sagen?«

Sie schwieg. In dem kleinen Raum herrschte Grabesstille. Gervaise stampfte mit dem Fuß auf den Holzboden und sah in ihren Text.

»Was soll ich tun, wenn mich mein Vater zwingt ... Was ist los, Männe, bist du eingepennt?«

Alle Blicke richteten sich auf einen Jungen mit einem fein geschnittenen Gesicht, etwas zu langen Haaren und großen, unschuldigen Augen, den Marion zuerst für ein Mädchen gehalten hatte. Er trug eine weite Hose, die fast wie ein Rock aussah.

»Hallo, hallo, Mariane! Wir warten auf dich!« schimpfte Gervaise.

Keine Reaktion, dann bewegte sich der Junge endlich fast wie in Trance ein paar Schritte nach vorn.

»Was soll ich tun, wenn mich mein Vater zwingt ...«, fing er mit heller Stimme an.

Marion hörte nicht, was er sagte, und nahm auch Gervaise in ihrer Rauchwolke und Nina, die weiter am Rand der Bühne stand, kaum noch wahr.

»Was ist los?« flüsterte Abadie, dem Marions plötzliche Anspannung nicht entgangen war.

Er drehte sich um. Die Tür war zu, sie waren die einzigen Zuschauer. Weder die Kripo noch das miese Schwein waren aufgetaucht.

Abadie wurde bewußt, daß Marion den Jungen anstarrte, der mit monotoner Stimme seinen Text aufsagte.

Fünf Minuten vergingen. Als Gervaise das nächste Mal eingriff, stand Marion auf und ging zur Bühne.

Der junge Hobbyschauspieler hieß Lucas Mérien. Das stand auf dem Namensschildchen, das er sich wie die anderen an die Brust geheftet hatte. Marion stellte sich vor, wie er in Mädchenkleidern aussehen würde, und kam wieder einmal zu dem Schluß, daß sich die Natur manchmal ziemlich vergaloppierte. Die anmutige Geste, mit der sich Lucas immer wieder eine Haarsträhne aus dem Gesicht strich, hätte ihr bei Nina, an der eindeutig ein Junge verlorengegangen war, besser gefallen.

Der Kurs neigte sich dem Ende zu. Marions Blick war auf Lucas Mérien gerichtet, dessen große Augen aufmerksam jede Geste seiner Kameraden verfolgten. Wenn Engel ein Gesicht haben, dachte sie, dann so eins. Aber in dem unschuldigen Blick des Jungen lag auch ein unmerkliches Flackern, das Marion nicht entging. Ständig schielte er zum anderen Ende des Raums, als wartete er auf etwas oder jemanden.

Plötzlich hallte die Titelmusik von *Pulp Fiction* durch das kleine Theater, und Gervaise, die zusammengezuckt war, sah sich empört um. Während Marion auf der Suche nach dem

Handy in ihren Taschen wühlte, nahm sie sich zum x-ten Mal vor, diesen unerträglichen Klingelton umzustellen.

»Oder Sie stellen's auf Vibrationsalarm«, flüsterte Abadie, der zu ihr gekommen war.

»Chef«, ertönte eine diensteifrige Polizistenstimme am anderen Ende. »Es brennt!«

## 52

Den Tigerkopf auf der Heckscheibe des Geländewagens konnte man noch deutlich erkennen. Die Reifen waren geschmolzen, das Wageninnere komplett ausgebrannt. Das Benzin hatte das ganze Gefährt in Flammen aufgehen lassen, die um ein Haar auf die nähere Umgebung übergesprungen wären, obwohl das Auto in einer abgeteilten Box der Bahnhofstiefgarage stand. Aber es gab keinen Zweifel, es handelte sich tatsächlich um den Geländewagen von Ange-Lous Mörder. Das vordere Nummernschild, das unversehrt geblieben war, erbrachte den eindeutigen Beweis. In der Nähe des qualmenden Brandherdes war es immer noch sehr heiß.

Marion sah sich das Ganze mit merkwürdigen Gefühlen an. Anstatt sich zu freuen, empfand sie nur Angst. Unwillkürlich drehte sie sich immer wieder um, starrte in die dunklen Winkel und Ecken der Tiefgarage und fuhr bei der leisesten Bewegung zusammen.

Abadie hatte bei der Feuerwehr ein paar Informationen eingeholt und war dann wieder zu Marion gestoßen, während Gervaise Nina in die Wohnung zurückbrachte.

Die Kripo war aufmarschiert, und mit Unterstützung der Bahnhofspolizei wurden alle Ebenen der Tiefgarage systematisch abgesucht. Auch die Brandspezialisten vom Zentrallabor und die Leute von der Spurensicherung hatten sich bereits an die Arbeit gemacht. Gruppenleiterin Régine Duplat waltete höchstpersönlich ihres Amtes, und Marion hörte, wie ihr ein weißgekleideter Mann von der Spurensicherung die ersten Ergebnisse präsentierte. Der Brand war im vorderen Teil des Fahrzeugs ausgebrochen, und die Aggressivität des Feuers ließ darauf schließen, daß größere Mengen Brandbeschleuniger verwendet worden waren. Ein krimineller Akt? Das Metallgitter, das den Zugang zur Parkbox versperrte, war nicht aufgebrochen worden, der Schlüssel hatte sogar noch im Schloß gesteckt und war erstaunlicherweise vom Feuer verschont geblieben. Ein anderer Beamter war gerade dabei, ein paar hübsche Fingerabdrücke abzupinseln, die darauf entdeckt worden waren. War hier der Mörder von Ange-Lou am Werk gewesen? Um die Spuren seiner Tat zu verwischen? Aber warum gerade hier? Die Parkbox war schließlich ein relativ sicheres Versteck. Außerdem hätte sich ein Tuning-Freak wahrscheinlich eher beide Beine amputieren lassen, als sein geliebtes Auto zu zerstören.

»Wenn dieser Typ ähnlich tickt wie der, den ich mal kannte«, murmelte Marion in Régine Duplats Richtung, die ihr den Rücken zugewandt hatte, um den Männern von der Spurensicherung auf die Finger zu sehen, »dann würde er es nicht fertigbringen, das Ding in Brand zu setzen. Er könnte es nicht mal ertragen, auch nur einen Tag ohne sein Auto zu verbringen. Das ist eine richtige Sucht, schlimmer als Drogen oder Sex.«

Die Kripobeamtin drehte sich kurz zu ihr um.

»Will sagen?«

»Wenn er es nicht selbst war, dann wird er kommen.«

Régine Duplat erstarrte unmerklich.

»Glauben Sie?« sagte sie nach kurzem Nachdenken.

»Ich bin mir sicher.«

»Nun, dann werden wir hier sein.«

Und mit diesen Worten ging sie los, um sich mit mehreren Zivilbeamten und dem Chef der Männer in Weiß zu unterhalten. Weder ihre ruhigen, kontrollierten Bewegungen noch ihr undurchdringliches Gesicht verrieten die leiseste Gefühlsregung. Man hätte glauben können, daß sie nie etwas empfand, denn sie sah immer so aus.

»Sobald wir fertig sind«, sagte sie, als sie wieder bei Marion war, »werden wir von hier verschwinden. Die ganze Umgebung wird überwacht, aber ich möchte, daß sich niemand hier aufhält. Ich bitte Sie, diesbezüglich Anweisung zu geben, Madame.«

*Roger, over*. Wenn sie sich doch nur um einen Hauch von Herzlichkeit bemüht hätte …

»Sie haben natürlich auch an die Videoüberwachung des Parkhauses gedacht?« hakte Marion trotzdem nach und fügte hinzu, daß es ein von der Bahnhofsüberwachung unabhängiges System sei.

»Ja, ich habe jemanden hingeschickt. Die Aufnahmen werden gerade gesichtet.«

Marion seufzte.

»Obwohl der Wagen ja nun wirklich auffällt, hat ihn kein Mensch in diesem Parkhaus bemerkt, stimmt's?«

Régine Duplat nickte schweigend, und Marion gab ihren Männern ein Zeichen, sich zurückzuziehen. Als auch sie gehen wollte, nahm die Kripobeamtin sie plötzlich am Arm und sah sie an. Die Distanziertheit war aus ihrem Blick gewichen.

»Täuschen Sie sich bitte nicht, Madame«, sagte sie. »Ich weiß, was Sie empfinden, und ich fühle mit Ihnen. Wenn sich Ihr Verdacht als richtig erweist, werden wir ihn kriegen, das verspreche ich Ihnen.«

»Danke«, sagte Marion.

## 53

Gervaise nahm sofort ab.

»Ich habe mir Sorgen gemacht«, sagte sie. »Kommen Sie bald?«

»Warum? Gibt es ein Problem?«

»Nein, nein, aber ich bin todmüde. Ich gehe sonst immer früh schlafen.«

Marion schwieg für einen kurzen Moment. Es war ihr unangenehm, zugeben zu müssen, daß sie eigentlich noch nicht vorhatte, nach Hause zu kommen, und weiter auf ihre Hilfe angewiesen war. Abadie, der neben Marion stand, ließ die Schultern hängen, als er ihre Antwort hörte: Es würde also wieder eine durchwachte Nacht werden, langsam hatte er die Nase voll.

»Lucas Mérien?« wunderte sich Gervaise. »Stimmt, er ist wirklich besser in weiblichen Rollen. Haben Sie seine Stimme gehört? Samtweich. Und seine Mimik, seine Gesten? Im übrigen hat er mich selbst darum gebeten. Er will keine männlichen Rollen.«

»Was wissen Sie über ihn?«

Gervaise dachte nach.

»Nicht viel«, sagte sie schließlich. »Seine Adresse, seine Telefonnummer. Ach, ja! Er geht auch aufs Lycée Jacques Decour, in die neunte Klasse, glaube ich. Warum?«

»Ich weiß nicht …«

»Aha, ja dann … Soll ich also auf Sie warten?« Als Marion schwieg, seufzte sie. »Hab schon verstanden, Sie sind noch die ganze Nacht beschäftigt. Und ich hau mich auf Ihr Sofa, stimmt's?«

Seite an Seite durchquerten Marion und Abadie den Bahnhof, der noch merkwürdig belebt war. Wahrscheinlich weil die Sicherheitskräfte die Obdachlosen mit ihren kläffenden Hunden noch nicht rausgeschmissen hatten.

»Dieser Junge, Lucas Mérien, ist Ihnen an dem nichts aufgefallen?«

Abadie deutete ein ironisches Lächeln an.

»Wenn ich gemein wäre, würde ich sagen: Willkommen im Klub.«

»Das habe ich nicht gemeint, Abadie«, entgegnete Marion. »Erinnert er Sie nicht an jemanden?«

»Nein. Aber Sie schon, wenn ich das richtig verstanden habe. Und an wen?«

»Pierre Palmieri.«

Abadie blieb abrupt stehen. Er stemmte die Hände in die Hüften und starrte Marion aus müden, flackernden Augen an. Dann schüttelte er mitleidig den Kopf.

»Sie sollten nach Hause gehen und sich ausruhen.«

»Mich ausruhen! Das würde mir sowieso nicht gelingen, ich kann jetzt nicht die Hände in den Schoß legen. Ich glaube, ich kann erst wieder schlafen, wenn wir den Kerl geschnappt haben.«

Und es gibt Leute, schoß es Abadie durch den Kopf, die müssen jahrelang auf die Verhaftung eines Mörders warten. Aus Nächstenliebe verzichtete er auf jeden weiteren Kommentar.

Als sie an der Sandwichbar vorbeikamen, die noch geöffnet war, erinnerten die Gerüche Marion daran, daß ihr Magen völlig leer war.

Irgendwo in der Nähe spielte ein Akkordeon *Mackie Messer*. Eine Frau, die einen Hund an der Leine führte, stimmte mit zittriger Stimme den Refrain an, während ein junges, in Lumpen gehülltes Mädchen, das bettelnd neben einem Haufen ebenso zerlumpter Kleider stand, ein paar Walzerschritte tanzte. Solche Szenen waren im Bahnhof alltäglich. Das Mädchen würde sich auf seinem Kleiderhaufen schlafen legen, der russische, bulgarische oder rumänische Akkordeonspieler würde in seinen Wohnwagen zurückkehren, der vermutlich irgendwo am Stadtrand auf einem unbebauten Gelände stand, und am nächsten Morgen wären alle wieder zur Stelle. Nichts würde sich ändern, nie. Marion schluckte mehrmals, um die Traurigkeit zu vertreiben, die ihr plötzlich die Kehle zuschnürte.

Vor der Rolltreppe, die Stunde für Stunde Hunderte von Menschen aus den unterirdischen Gängen spülte, lungerten noch diverse Individuen herum. Es waren junge und weniger junge Gestalten, die in der Hoffnung, noch einen Glückstreffer zu landen, die Passanten belauerten. Marion erkannte zwei Dealer, die ihr schon einmal in den Räumen der Bahnhofspolizei begegnet waren, und einen schnauzbärtigen Mann, der eine Truppe von Bettlern beiderlei Geschlechts unter seinen Fittichen hatte. Als er die beiden Polizisten erblickte, wich er rasch von einer Frau zurück, die ein schlafendes Baby im Arm hielt, und hechtete die Treppe hinunter.

»Den Typen müssen wir schnappen«, sagte Marion. »Ich hab die Nase voll von diesen Seelenverkäufern.«

»Natürlich«, antwortete Abadie gelassen. »Aber es reicht nicht, den Typen zu schnappen, wir müssen schon das ganze Netz lahmlegen.«

»Und worauf warten wir?«

Der Capitaine seufzte.

»Darauf, daß wir mal Zeit haben …«

Sie erreichten das Zwischengeschoß, und als sie sich den Toiletten näherten, entdeckte Marion eine in Deckenhöhe in die Wand eingelassene Kamera, die langsam, fast unmerklich, hin- und herschwenkte.

»Zehn Kameras, ein Aufnahmegerät«, nahm Abadie ihre Frage vorweg. »Die sind ständig in Bewegung. Bei der hier, das ist die K28TF, wird von zehn Aufnahmen eine ausgedruckt. Für die ganze Ebene gibt es fünf Aufnahmegeräte. Obwohl uns nur der Bereich hier interessiert, muß ich mir alles ansehen und die relevanten Aufnahmen heraussuchen. Die K28TF schwenkt leider nicht bis zum Paßbildautomaten hinüber.«

Alles war leer, nur ein Angestellter der Reinigungsfirma war mit seinem Putzwagen unterwegs. Abends wurden mehr Männer losgeschickt, die Frauen hatten Angst. Der Mann ging in zwei Meter Abstand an den beiden Polizisten vorbei und warf ihnen einen finsteren Blick zu. Marion sah ihm nach, bis er rechts abbog und in dem kleinen Gang verschwand, der zur Damentoilette führte.

»Sollen wir mal reingehen?« fragte Abadie, der Marions Blick verfolgt hatte.

An den Wänden prangten mehrere brandneue *tags*. Sie stammten von Orgo, einem seit einiger Zeit im Bahnhof wirkenden Sprayer, der offenbar unter enormem Schaffensdruck stand. Der Mann mußte schleunigst gefunden werden, sonst würde er noch den ganzen Bahnhof umdekorieren.

Aus dem Toilettengang schlugen ihnen ekelerregende Gerüche entgegen. Für einen kurzen Moment empfand Marion Mitleid mit dem Mann in dem grünen Kittel, der gerade mit teilnahmsloser, resignierter Miene die erste Kabine öffnete, um sie zu putzen. Dann beschloß sie, den Rückzug anzutreten. Und wieder einmal fragte sie sich, was sie eigentlich in dieser tristen, deprimierenden Bahnhofswelt suchte.

»Haben Sie vor, noch lange hier herumzusitzen und zu warten?«

Abadie sah auf und schob die Brille, die er nur abends,

wenn er müde war, trug, auf seiner Nase hoch. Es war ein Uhr morgens. Im Büro war es ruhig geworden, die letzten Streifen waren unterwegs, und Amel hatte es sich als diensthabender Beamter auf dem Feldbett bequem gemacht.

Marion konnte sich nicht dazu durchringen, nach Hause zu gehen. Sie kannte diesen Zustand: Wenn sie spürte, daß die Beute zum Greifen nah war, konnte sie tagelang auf Schlaf und Essen verzichten. Sich ganz aufs Warten konzentrieren. Es war jedesmal so, als stünde sie unter Drogen.

»Er ist ganz in der Nähe, Abadie, verstehen Sie das denn nicht?«

»Glauben Sie nicht, daß es besser wäre zu schlafen? Es nützt doch nichts ...«

»Ich bin nicht müde«, fiel ihm Marion ins Wort.

Das Telefon ließ sie hochfahren.

Régine Duplat schien nicht überrascht zu sein, Marion im Büro anzutreffen.

»Madame«, sagte sie in gewohnt unpersönlichem Ton. »Ich rufe wie versprochen an.«

Versprochen? Wer hatte was versprochen? Marion wartete gespannt.

»Die Fingerabdrücke auf dem Schlüssel der Parkbox stimmen mit denen auf der schwarzen Tasche, die heute morgen gefunden wurde, nicht überein.«

»Das wäre ja auch zu schön gewesen«, antwortete Marion mit einem Anflug von Ironie. »Heute morgen schmeißt er uns Beweismaterial vor die Füße, abends setzt er seinen Wagen in Brand ... Da könnte man ja glatt denken, daß er geschnappt werden will!«

»Warum nicht?«

Der schroffe Ton verriet, daß ihr Marions Bemerkung nicht besonders gefiel.

»Aber Sie rufen mich doch bestimmt nicht wegen dieser

Fingerabdrücke an, oder?« entgegnete die Kommissarin, der es keine Probleme bereitete, bei dieser Frau ausnahmsweise einmal Oberwasser zu haben.

»So ist es. Zwei meiner Männer befinden sich noch im Überwachungsraum der Tiefgarage. Könnten Sie bitte dort hinkommen?«

»Warum?«

»Ich möchte, daß Sie sich die Videos ansehen.«

## 54

Die wartenden Kripobeamten tranken Kaffee. Daneben saßen schweigend zwei Aufseher der Tiefgarage in ihren nachtblauen Uniformen und rauchten.

Abadie und Amel, Garnier und Wolski, die eiligst hinzugerufen worden waren, begleiteten Marion.

»Der Brand ist zwischen einundzwanzig Uhr und einundzwanzig Uhr fünfzehn ausgebrochen. Unmittelbar nach dem letzten Kontrollgang. Wenn die Brandexperten recht haben, hat sich das Feuer innerhalb weniger Sekunden ausgebreitet, und der Rauchmelder hat Alarm geschlagen. Die Autovermieter machen immer um neunzehn Uhr zu, bis zwanzig Uhr waren alle Besitzer der Parkboxen zurück. In dem Zeitraum, der uns interessiert, ist nur eine Person gefilmt worden.«

Der Beamte Kleiner sprach in dem strengen Ton, den man ihm bei der Kripo beigebracht hatte. Er schnipste mit den Fingern, und der zweite Beamte schaltete den Videorecorder ein. Marion und ihre Leute stellten sich im Kreis darum auf.

Die Kamera schwenkte zwischen dem Mietwagenbereich und einer Metalltür, durch die ausschließlich die Parkboxbesitzer Zugang zur Tiefgarage hatten, hin und her. Die Tür führte zu einer Treppe, über die man zur Rue de Maubeuge gelangte, gegenüber dem Hôpital Lariboisière. Um einundzwanzig Uhr sechs hatte die Kamera die geschlossene Tür gefilmt. Um einundzwanzig Uhr zehn den menschenleeren Mietwagenbereich. Um zwölf wieder die Metalltür. Der Beamte drückte auf Stop und betätigte den Zoom. In der Nahaufnahme war deutlich zu erkennen, daß die Tür einen Spaltbreit offenstand. Dahinter bewegte sich etwas, dann war nichts mehr zu sehen. Um einundzwanzig Uhr fünfzehn tauchte auf der rechten Seite des Bildschirms für einen kurzen Moment eine Frau auf. Dann kam sie wieder ins Blickfeld, diesmal war sie von hinten zu sehen. In acht Sekunden hatte sie die Tür erreicht.

»Sie macht sie auf«, kommentierte Kleiner. »Sie geht durch und verschwindet.«

»Glauben Sie, daß sie das war, dieser Schatten hinter der Tür?« fragte Marion.

»Möglich wäre es.«

»Was bedeuten würde, daß sie den Bewegungsablauf der Kamera kennt?«

»Ja, schon«, schaltete sich Rambo-Wolski ein. »Aber drauf ist sie trotzdem.«

»Sagt Ihnen das was?« unterbrach Kleiner, dem die Kopfgeburten der anderen sichtlich auf die Nerven gingen.

»Zoom!« befahl Marion.

Die Frau war von hinten gefilmt worden. Ihr Gesicht war nicht zu erkennen, und sie trug ein Tuch über den Haaren, die in der Schwarzweißaufnahme blond oder grau aussahen. Dazu ein dunkler, unförmiger Regenmantel, der bis zu den ebenso dunklen Gummistiefeln reichte. Die Hände in den Manteltaschen vergraben, bewegte sich die leicht gebeugte, eher korpulente Frau wie jemand, der die Räumlichkeiten kannte. Nichts deutete darauf hin, daß sie gerade etwas Verbotenes getan hatte.

»Die haben wir hier noch nie gesehen«, sagte einer der Aufseher. »Und man braucht einen Schlüssel, um die Tür zu benutzen.«

»Einen Schlüssel kann man klauen oder ausleihen«, murmelte Marion.

Sie straffte die Schultern.

»Tut mir leid, aber diese Frau sagt mir nichts.«

Sie sah ihre Kollegen an, die einhellig den Kopf schüttelten.

Abadie gähnte. Er beschloß, nach Hause zu gehen, ob es Marion nun paßte oder nicht. Sie würde aller Voraussicht nach die Nacht hier verbringen, und dazu fehlte ihm einfach die Kraft. Marion fand immer wieder einen neuen Vorwand, um noch ein bißchen zu bleiben. Zweimal waren sie in den Überwachungsraum des Parkhauses zurückgekehrt. Das erste Mal, um sich die Aufnahmen aus der Nacht, in der Ange-Lou ermordet worden war, anzusehen. Auf keiner der Kassetten war der Hyundai aufgetaucht. Dann wollte Marion noch einmal hin, um sich die völlig uninteressanten Protokolle der Tiefgaragenaufseher durchzulesen. Die scheelen Blicke der Kripobeamten, die noch nicht dazu gekommen waren, hatten Marion um so nervöser gemacht.

Ordentlich, wie er war, brachte Abadie den Papierstapel auf Marions Schreibtisch, der von Tag zu Tag höher wurde, wenigstens etwas in Form. Dann ging er zum Faxgerät, dessen grünes Lämpchen blinkte, weil offenbar gerade etwas gesendet wurde.

»Hören Sie«, sagte der Beamte sichtlich genervt, »heute nacht können wir nichts mehr tun. Wir verlieren nur Zeit. Hier, das ist für Sie.«

Er reichte ihr mehrere Blätter mit dem Briefkopf des Rechtsanwalts David Schmidt, Place des Abbesses. Es war die Kopie einer Anzeige wegen vorsätzlicher Tötung, die Jean Marly gegen die Kommissarin Edwige Marion erstattet hatte. Marion riß dem Capitaine die Seiten aus der Hand, aber er hatte schon die ersten Zeilen gelesen. Mit hängenden Schultern stand sie da, und für einen kurzen Moment rechnete Abadie fest damit, daß sie vor seinen Augen zusammenbrechen würde.

»Gehen Sie, Abadie«, sagte sie mit brüchiger Stimme. »Gehen Sie nach Hause.«

»Dann hat er das also wirklich getan. Das ist doch verrückt.«

Sie bestand darauf, daß Abadie heimging. Sie wollte allein sein. Er zögerte. Sie schob ihn zur Tür. Wenigstens nach Hause begleiten wollte er sie. Das akzeptierte Marion schließlich, aber nur unter der Bedingung, daß er sich jede Bemerkung verkniff. Und so begleitete er sie artig bis zu ihrer Tür, ohne ein Wort zu sagen.

## 55

Sie zog sich aus und duschte so leise wie möglich, um Nina und vor allem Gervaise, die schnarchend wie eine Horde Ferkel im Wohnzimmer lag, nicht aufzuwecken.

Dann zog sie sich in ihr Zimmer zurück und fing an, das Schreiben zu lesen, das ihr der Anwalt geschickt hatte. Sie wußte selbst, daß das keine gute Idee war: Diese Anhäufung von Unsinnigkeiten würde sie nur auf die Palme bringen. Aber sie konnte nicht anders. Als sie die ungerechten, in harte Worte gefaßten Beschuldigungen von Jean Marly gelesen hatte, blieb sie lange Zeit regungslos sitzen, die Blätter in der Hand.

Sie dachte an Kerman, der sofort einen Verteidiger für sie

gesucht hatte, und wußte nicht, ob sie sich ärgern oder dankbar sein sollte. Vielleicht lag ihm ja wirklich etwas an ihr. Die Vorstellung war verwirrend, und ohne groß nachzudenken, griff Marion nach der Visitenkarte, die er auf dem Nachttisch »vergessen« hatte. Auf der Rückseite stand seine Privatnummer. »Du kannst mich jederzeit anrufen. Tag und Nacht.«

Nach dreimaligem Klingeln wurde Kermans Hörer abgenommen. Die Frau am anderen Ende hörte sich verschlafen an. Marion legte stumm wieder auf.

Es war fünf Uhr morgens, als der Kripochef Marion zurückrief. Sie war in einen unruhigen, quälenden Schlaf gesunken. Ständig fuhr sie mit dem Gefühl hoch, in großer Gefahr zu schweben. Kerman hatte eine klare, feste Stimme, die irgendwie alarmbereit klang, so als sei er gerade im Dienst. Marion rechnete damit, daß er ihr etwas über die Frau sagen würde, die für ihn an den Apparat gegangen war und wahrscheinlich das Bett mit ihm geteilt hatte. Auch wenn Marion gleich wieder aufgelegt hatte, mußte er wissen, daß sie um zwei Uhr morgens bei ihm angerufen hatte – einem Telefon ließ sich heutzutage schließlich nichts mehr verheimlichen. Er würde ihr eine nebulöse Erklärung servieren. Wahrscheinlich würde er sagen, daß er in den zehn Jahren ohne sie nicht wie ein Mönch gelebt hatte. Wie viele Frauen mochte er gehabt haben? Wer waren sie? Und die Frau am Telefon, ob das eine flüchtige Bekanntschaft oder eine »echte« Beziehung war? Marion merkte, daß es ihr nicht gefiel, sich Kerman mit einer anderen Frau vorzustellen.

»Hörst du mich, Edwige?«

»Ja, ich höre dich«, antwortete sie schroff. »Es war nicht nötig, noch diese Nacht zurückzurufen. Du hättest in Ruhe zu Ende vögeln können.«

Es folgte ein kurzes Schweigen.

»Willst du's wissen?« fragte er dann mit ruhiger Stimme.

»Ich will nichts wissen.«

»Edwige, ich muß dir etwas sagen.«

Sie wollte schon auflegen, weil sie nicht die geringste Lust hatte, sich um fünf Uhr morgens Kermans Sexualleben erläutern zu lassen.

»Du kannst mir ein anderes Mal von deinen Heldentaten berichten.«

»Wir haben in der Tiefgarage einen Verdächtigen festgenommen. Den Besitzer des Geländewagens …«

## 56

Es war acht Uhr. Gervaise war am frühen Morgen gegangen, und Marion hatte eine Stunde damit zugebracht, sich die richtigen Worte zu überlegen. Sie beobachtete Nina, die sich lustlos anzog. Sie wußte noch nicht, daß der Mann, den sie gesucht hatten, in einer Kripozelle saß oder sogar schon verhört wurde.

Als sich Marion schließlich einen Ruck gab und ihr die Neuigkeit verkündete, reagierte Nina weder verwirrt noch aufgeregt. Mit gerunzelter Stirn dachte sie einen Moment nach, dann fragte sie ihre Mutter, wer Ange-Lous Mörder verhaftet habe.

»Freu dich nicht zu früh«, antwortete Marion ausweichend. »Bisher ist er nur ein Verdächtiger. Du mußt Ruhe bewahren und dir den Mann erst einmal völlig unvoreingenommen ansehen. In Ordnung?«

»Hast du ihn verhaftet?« beharrte Nina.

»Nein. Das war Serge Kerman beziehungsweise sein Team.«

Die Kleine musterte ihre Mutter und verzog dabei das Gesicht zu einer Grimasse, die nur halb ironisch war.

»Kerman leitet die Ermittlungen«, wiederholte Marion, denn sie spürte, daß Nina kurz davor war, etwas zu sagen, das nicht mehr rückgängig zu machen wäre. »Das weißt du selbst, und das wichtigste ist doch, daß der Mann verhaftet worden ist, findest du nicht?«

Marions Stimme klang ungewöhnlich streng, und Nina verstand. Sie ging zu ihrer Mutter.

»Werde ich dem Mörder ins Gesicht sehen?«

Aus ihrer Frage klang keinerlei Angst. Im Gegenteil, sie schien sich diese Konfrontation herbeizuwünschen, ihre Augen funkelten vor Entschlossenheit.

»Nein, mein Herz, du wirst ihm nicht direkt gegenübergestellt. Man wird ihn dir hinter einer Scheibe zeigen.«

»Wird er mich sehen?«

»Nein, er wird dich nicht sehen können.«

## 57

Kerman erwartete sie in seinem Büro. Er bot ihnen die beiden weinroten Ledersessel an und setzte sich selbst auf eine Ecke seines Schreibtischs. Ein Bein baumelte in der Luft, er war blaß und sah übernächtigt aus. Marion fand ihn attraktiv.

Auf der anderen Seite der Tür waren im Flur immer wieder leise Schritte zu hören. Das Team von Régine Duplat ging seiner Arbeit nach.

Kerman erläuterte Marion in knappen Worten, daß sie mit ihrer Vermutung, der Besitzer des Geländewagens würde ihnen im Parkhaus in die Falle gehen, richtiggelegen hatte. Gegen vier Uhr morgens war er aufgetaucht und hatte seiner Verzweiflung über das zerstörte Auto lautstark Ausdruck verliehen.

»Wir haben ihn gefilmt«, sagte Kerman. »Es war schlimmer, als wenn er einen geliebten Menschen verloren hätte.«

»Für ihn ist es bestimmt auch schlimmer«, erwiderte Marion. »Weiß man, warum er mitten in der Nacht sein Auto holen wollte?«

»Er sagt, daß er nach Rungis fahren wollte, auf den Markt.«

Marion riß ungläubig die Augen auf. Kerman gab ihr mit einer Handbewegung zu verstehen, daß ihm ihre Fragerei langsam zuviel wurde. Um seinen guten Willen zu bekunden, gab er ihr trotzdem eine Antwort:

»Er hat als Koch gearbeitet. Er hat da noch Kontakte und braucht wohl große Mengen an Lebensmitteln.«

Wieder reagierte Marion überrascht. Kerman warf ihr einen gereizten Blick zu.

»Hör zu, das hat er uns so erklärt, du kannst das Vernehmungsprotokoll lesen, ich gestatte es dir.«

Womit er sagen wollte: Hör auf, mich mit deinen Fragen zu löchern, es geht jetzt nicht um dich.

»Nina«, wandte er sich freundlich an das Mädchen. »Du weißt, warum du hier bist ...«

Nina nickte verkrampft und strich mit den Händen über ihre Jeans, was die ganze Selbstsicherheit, die sie bisher zur Schau getragen hatte, Lügen strafte.

»Nicht weit von hier sitzt ein Mann in einer Zelle. Wir haben ihn diese Nacht verhaftet. Er heißt Laurent. Laurent Zig.«

Zig! Dann hieß er also wirklich so. Nina lachte nervös auf.

Kerman lächelte.

»Ich weiß, das ist ein komischer Name.«

»Entschuldigung«, sagte Nina. »Ich wollte mich nicht über ihn lustig machen.«

Zerknirscht sah sie den Kripochef an, und er fragte sich,

ob sie damit auf ihr Lachen anspielte oder auf ihre unüberlegten Gesten vor dem Theater, die den Kerl so in Rage gebracht hatten. Niemals würde sich Nina das verzeihen.

»Laurent?« fragte Marion verwundert. »Und wer ist Claude?«

Kerman holte tief Luft.

»Seine Mutter. Nina ... Sag mal ... Möchtest du, bevor wir anfangen, vielleicht noch etwas trinken?«

Nina bat um ein Glas Wasser, das Kerman ihr aus dem kleinen Bad neben seinem Büro holte. Er gab es dem Mädchen, und Marion ließ ihren Blick durch das Büro schweifen, um seinen braunen Augen auszuweichen.

»Suchst du etwas?« fragte er prompt. »Brigitte Nill vielleicht? Sie ist nicht da, sie mußte um drei Uhr zu einem Einsatz. Wie du siehst, können wir uns hier nicht über mangelnde Arbeit beklagen.«

Er griff zum Telefon und kündigte an, daß sie in fünf Minuten kommen würden. Dann ging er wieder zu Nina, die ihm das leere Glas zurückgab. Marion hatte Kerman noch nie so aufmerksam und zugewandt erlebt.

»Meinst du, es wird gehen, Nina?«

Die Kleine nickte und protestierte auch nicht, als er ihr den Arm um die Schultern legte und sie zur Tür führte. Der lange Flur empfing sie mit seinen aneinandergereihten Wandschränken. Sie kamen an einem Büro vorbei, in dem der diensthabende Beamte Zeitung las, während er darauf wartete, daß ihm weitere Leichen gemeldet würden. Immer wieder Leichen, Leichen und noch mehr Leichen. Es hatte schon seinen Grund, daß man diese Etage das Leichengeschoß nannte.

Marion ging neben Nina, auf deren Schulter immer noch Kermans Hand lag. Es ärgerte sie, daß ihr, der Mutter, die Beine zitterten, daß sie Herzklopfen und feuchte Hände hatte. Nina ging unerschütterlich weiter, von Kerman mit ruhiger Hand geführt. Erst als ihnen an der Ecke zu einem schmalen Flur plötzlich Régine Duplat und ihre beiden Männer gegenüberstanden, blieb das Mädchen unvermittelt stehen und griff nach der Hand seiner Mutter.

Bereit, ihre Rolle zu erfüllen, drückte Marion Ninas kleine Hand, um ihr Mut zu machen, auch wenn sie selbst im Moment ohne zurechtkommen mußte. Bald standen sie vor einer drei Meter langen dunklen Glasfläche, hinter der ein scheinbar leerer Raum lag. Aber beide wußten, daß sich eine Person darin befand, die sie in wenigen Sekunden sehen würden.

»Da drin wird es gleich hell«, erklärte Kerman. »Du wirst ihn dann sehen können, aber er kann dich nicht sehen. Die Scheibe ist ein Einwegspiegel, du brauchst keine Angst zu haben, Nina.«

»Du weißt, daß du jetzt stark sein mußt, Nina«, fügte Marion schnell hinzu. »Es wird dir einen Schock versetzen. Oder es wird überhaupt keine Wirkung auf dich haben. Du mußt dir sicher sein ...«

»Ich weiß, Mama. In Ordnung!« Nina hatte sich zu den anderen umgedreht, die auf ein Zeichen von ihr warteten.

»Also los!« befahl Kerman.

Ein Beamter drückte auf einen Schalter, und der Raum wurde in helles Licht getaucht. Der Mann saß auf einer einfachen Holzbank und hatte die Ellbogen auf die Knie gestützt. Er zuckte nicht einmal zusammen, als ihn das grelle Licht traf – eine Gelassenheit, die Marion in seiner Situation ziemlich ungewöhnlich fand. Der Mann fixierte die Tür, als ob sie jeden Moment aufgehen würde, und der Hauch eines Lächelns umspielte seine Lippen. Für einen kurzen Moment wandten sich seine braunen, etwas vorstehenden Augen von der Tür ab, als hoffe er, daß vielleicht doch jemand in dem

Raum war, den er ansehen konnte. Im Bruchteil einer Sekunde hatte Marion das Bild dieses Mannes erfaßt und musterte ihn von Kopf bis Fuß. Ihrem vagen Gefühl, ihn schon einmal gesehen zu haben, mißtraute sie. Sie kannte das Phänomen, eine typische Begleiterscheinung von Übermüdung oder Streß. Aber trotzdem ...

Nina, die neben ihr stand, rührte sich nicht. Marion spürte, daß es ihr genauso ging wie ihr: Sie war enttäuscht. Sie hatten einen schwarz gekleideten, Angst einflößenden Mann mit Schirmmütze erwartet. Vor ihnen saß ein ganz banaler, eher häßlicher Kerl, der weder beunruhigt noch geschockt wirkte, nur irgendwie erstaunt. Er trug Alltagskleidung – graue Flanellhose, braune Lederjacke, dazu ein kariertes Hemd mit offenem Kragen und Mokassins. Abgesehen von seiner relativen Beleibtheit und der Tatsache, daß er der Besitzer eines ausgefallenen Geländewagens war, hatte dieser Mann nicht die geringste Ähnlichkeit mit dem Typen, der Ange-Lou umgebracht hatte.

Man befahl ihm, aufzustehen und ein Stück zu gehen. Dabei zu humpeln. Sich zu bücken und einen Papierschnipsel vom Boden aufzuheben. Etwas zu sagen. Die Worte zu schreien, die er vor einigen Tagen in den Mund genommen hatte. Und das tut er ganz brav, dachte Marion, die ihn fast ein bißchen zu willig fand. Seine Fistelstimme klang monoton.

Nina ließ den Mann nicht aus den Augen. Er solle noch einmal etwas sagen, bat sie. Und noch einmal. Vor allem jene grausamen Worte, die sie bis in ihre Alpträume verfolgten: »Bleib stehen, Nina! Sonst bring ich sie um!« Der Schuß hallte in ihren Ohren, während sie rannte, rannte, rannte ... Die Stimme des Mannes hinter der Scheibe klang, als würde ein Schwein abgestochen. Die Worte taten Nina weh, aber die Stimme machte ihr nichts. Weder Angst noch sonst irgendwas. Rein gar nichts.

»Er ist es«, sagte sie schließlich.

»Bist du dir sicher?«

Kerman beugte sich zu ihr herab. Sein Gesicht war nur wenige Zentimeter von ihrem entfernt.

Marion kannte Nina besser, als wenn sie sie selbst gezeugt hätte. Und eins wußte sie in diesem Moment mit Gewißheit: Ihre Tochter war sich dessen, was sie sagte, nicht sicher. Ihre Blicke begegneten sich. Nina starrte zurück, ohne auch nur einmal zu blinzeln. Dann drehte sie sich wieder zur Scheibe um.

»Ja«, sagte sie und fixierte den Mann. »Ich bin mir sicher.«

## 58

Er machte keins der Rechte geltend, die ihm das Gesetz einräumte: Er wollte keinen Arzt sehen und auch keine Person seiner Wahl benachrichtigen. Um einen Rechtsanwalt kam er aufgrund der Strafprozeßordnung nicht herum. Da er keinen kannte, bekam er einen Pflichtverteidiger zugewiesen, der sich damit begnügte, das nachzubeten, was Zig schon bis zum Überdruß wiederholt hatte: Er müsse sich um seine Mutter kümmern, eine bettlägerige Diabetikerin, mit der er zusammen wohne. Sollte er zu lange wegbleiben, könne das fatale Folgen haben. Er sei bereit, alle Fragen zu beantworten und zu kooperieren. Ja, er würde sogar eine schwarze Einsatzuniform und Schnürstiefel anziehen und sich nochmals hinter der verspiegelten Scheibe zeigen, sofern es nicht den ganzen Tag dauern würde, denn er mußte sich ja, wie gesagt, um seine Mutter kümmern.

»Was soll diese Mutter-Geschichte?« fragte Marion, die um elf Uhr langsam ungeduldig wurde.

»So etwas nennt man Leitmotiv«, sagte Régine Duplat

lakonisch. »Wenn es nicht der Hund ist, der sich im leeren Haus um den Verstand bellt, kann es der Milchtopf sein, der noch auf der Herdplatte steht, oder das Baby, das auf sein Fläschchen wartet …«

»Sie glauben ihm nicht?«

»Wenn es stimmen würde«, schaltete sich ein junger Lieutenant leicht gereizt ein, »dann hätte er ein Handy. Das ist doch heutzutage das mindeste, wenn man für eine Mutter erreichbar sein will, die in ständiger Lebensgefahr schwebt …«

Die schwarze Uniform, das mußten sich alle Anwesenden eingestehen, war eine Aufmachung, in der dieser Mann nach gar nichts aussah, erst recht nicht wie ein gefährlicher Krimineller. Man gab ihm eine Schirmmütze. Die machte es auch nicht besser. Er hielt sich krumm und gab ein jämmerliches Bild ab. Marion war in Régine Duplats Büro gegangen, um sich das Protokoll der ersten Vernehmung von Laurent Zig, achtunddreißig Jahre alt, leiblicher Sohn von Claude Zig, durchzulesen. Andere Verwandte besaß er nicht. Eine Schwester war verstorben, eine Frau oder Lebensgefährtin gab es nicht. Er hatte Koch gelernt und seinen Beruf ausgeübt, bis ihn ein Arbeitsunfall zum Umsatteln zwang. Daß er dann eine Stelle bei der SNCF fand, hatte er seinem Großvater zu verdanken – jenem Joseph Zig aus Écouen –, der dort ein halbes Jahrhundert lang in leitender Position tätig gewesen war. Vor drei Jahren war Zig aus bislang ungeklärten Gründen aus dem Unternehmen ausgeschieden. Seitdem lebte er vom Geld seiner Mutter. Der Hyundai Terracan war eine Verrücktheit ohnegleichen, aber Mama Zig hatte offenbar manchmal ihre Spendierhosen an.

Und die Adresse in Écouen? Die Hütte im Wald? Das waren die letzten Überreste des ländlichen Familienbesitzes. Seine Mutter hing sehr an dieser Adresse, ebenso wie sie

Wert darauf legte, deutlich zu machen, daß der Geländewagen von ihrem Geld gekauft worden war. Warum sonst hätte sie ihn auf ihren Namen anmelden lassen? Claude ... Ein geschlechtsneutraler Name, der Marion in die Irre geführt hatte.

Alles war einfach, alles paßte zusammen. Es gab Fragen, und es gab Antworten. Im ersten Teil der Vernehmung deutete nichts darauf hin, daß es im Leben dieses Laurent Zig irgendeine Ungereimtheit gab. Marion war enttäuscht.

Mit einem Schwerverbrecher ergeht es einem wohl ähnlich wie mit dem Märchenprinzen, auf den man sein ganzes Leben gewartet hat: Er wird zwangsläufig zum Mythos. So wie der Märchenprinz kein normaler Mann sein kann, der ißt und trinkt, zur Toilette geht und nachts schnarchend im Bett liegt, konnte auch diese Karikatur eines unauffälligen Durchschnittsbürgers unmöglich ein Mörder sein.

Marions Herz schlug schneller, als sie den zweiten Teil des Vernehmungsprotokolls in Angriff nahm, in dem es um Zigs Alibi in der Nacht von Ange-Lous Ermordung ging. Wieder war die Enttäuschung groß, und das gleich nach den ersten Zeilen. Während seiner Zeit bei der SNCF hatte Zig in zwei Bahnhöfen gearbeitet, dem Gare de l'Est und dem Gare du Nord. Seit drei Jahren wohnte er auf halber Strecke dazwischen, in der Rue de Belzunce, die zwischen dem Boulevard de Magenta und der Rue de Maubeuge an der Église Saint Vincent de Paul vorbeiführte. Das war allerdings reiner Zufall: Seine Familie besaß dort eine Wohnung; als nach Joseph Zigs Tod das Haus in Écouen verkauft werden mußte, war Claude Zig mit ihrem Sohn dahin umgezogen. Er kannte sich im Stadtteil gut aus, behauptete aber, dort weder Bekanntschaften zu pflegen noch sonstigen Aktivitäten nachzugehen, da ihn seine Mutter fast rund um die Uhr in Anspruch nehme. Auch an dem Montag, an dem Ange-Lou ermordet worden war, hatte er sich mit ihr in der Rue de Belzunce aufgehalten. Den Hyundai hatte er nicht angerührt: Nachts ließ er den Wagen grundsätzlich stehen, weil er im Dunkeln schlecht sah. Eigentlich benutzte er ihn sowieso ziemlich selten, im Grunde nur für größere Einkäufe oder um gelegentlich zu einem Tuning-Treffen zu fahren.

Was mag sich wohl hinter diesem merkwürdigen Hobby verbergen? fragte sich Marion und nahm sich vor, die Psychologin darauf anzusprechen.

Als sie am Ende des Protokolls angelangt war, hörte sie mit halbem Ohr, daß die Nummer zwei aus Régine Duplats Team gerade mit dem Erkennungsdienst telefonierte. Enttäuscht verabschiedete sich der Beamte und legte den Hörer auf.

»Total ausgebrannt, der Wagen«, sagte er zu Marion, die unwillkürlich aufgesehen hatte. »Da ist nix mehr, keine Fingerabdrücke, kein Haar, rein gar nichts. Und natürlich auch keine Waffe, nicht mal die verkohlten Überreste.«

## 59

Gegen Mittag brach das Kripoteam zu Zigs Wohnung in der Rue de Belzunce auf. Kerman hatte Marion angeboten mitzukommen, und die junge Kommissarin konnte nicht umhin, sich zu fragen, was diese plötzliche Offenheit zu bedeuten hatte.

Nina war am Quai des Orfèvres geblieben, um nochmals eine Zeugenaussage zu machen. Brigitte Nill, die inzwischen zurückgekehrt war, würde bei ihr bleiben, weshalb Marion das Angebot des Kripochefs überhaupt nur angenommen hatte.

Als sie vor dem fünfstöckigen Gebäude eintrafen, das unscheinbar und nicht besonders gepflegt war, sahen sie sofort, daß es dort ein Problem gab.

»Ich hatte es Ihnen doch gesagt!« brüllte Zig und fing trotz der Handschellen wild zu gestikulieren an. »Wenn ihr etwas zugestoßen ist, dann sind Sie schuld daran. Dafür bringe ich Sie vor Gericht!«

Während er diese Drohung ausstieß, sah er Marion an. Die junge Frau wechselte einen vielsagenden Blick mit Kerman (»Warum wollen mich eigentlich alle vor Gericht schleifen ...«), dann hatten sie die Einsatzfahrzeuge erreicht, die vor dem Gebäude parkten. Es waren derer drei: ein Polizeiauto, ein Krankenwagen und ein Wagen der Feuerwehr.

Mehrere Männer mußten Zig festhalten, damit er nicht sofort in den dritten Stock hochrannte. Im Hausflur stand ein Mann, den die Feuerwehrleute zur Öffnung der Tür als Zeugen herangezogen hatten, und rollte entsetzt mit den Augen.

»So was hab ich noch nie gesehen«, wiederholte er immer wieder, während Zig weiter herumbrüllte und sich loszureißen versuchte.

Marion schloß sich schnell der Gruppe um Serge Kerman und Régine Duplat an, die bereits die Treppe hochstürmten, denn der Aufzug war durch die Feuerwehrleute blockiert. An der Wohungstür in der dritten Etage standen zwei Polizeibeamte Wache, denen Kerman seinen Ausweis zeigen mußte, damit man sie hineinließ. Auch die beiden Männer beteuerten kopfschüttelnd, daß sie ja schon einiges gesehen hätten, aber so was ...

Marion war auf das Schlimmste gefaßt: einen Berg von Kinderleichen – kleine Mädchen, die das miese Schwein ermordet und in seine Wohnung geschafft hatte. Aber wo? Sie warf einen Blick in die Küche, die penibel aufgeräumt war. An einer Wand stand ein riesiger Kühlschrank, daneben ein

Gefrierschrank des gleichen Kalibers. Noch nie hatte sie in einer normalen Wohnung solche Geräte gesehen. Aber in der Küche war niemand, alle Einsatzkräfte hatten sich im Wohnzimmer versammelt. Die Feuerwehrleute und die Sanitäter in ihren weißen Kitteln traten zur Seite, um die Kripobeamten vorbeizulassen. Sprachlos blieben sie in der Tür stehen. Der gar nicht mal so kleine Raum wurde fast vollständig von einem Bett ausgefüllt. Eine gigantische Lagerstatt, auf der sich eine undefinierbare Masse türmte. Mehrere Sekunden verstrichen, bis Marion und ihre Kollegen begriffen, was sie da vor sich hatten.

»Unglaublich, einfach unglaublich«, murmelte ein junger Arzt, während er prüfend einen Infusionsbeutel gegen das Licht hielt. »Was schätzt du, wieviel?«

Die Frage war an einen verdatterten Krankenträger gerichtet, der ein Auge zukniff, als könne er so besser nachdenken.

»Mindestens dreihundert«, sagte er schließlich.

Dreihundert? Dreihundert was? fragte sich Marion, als einer der Feuerwehrmänner vom Kopfende des Bettes zurücktrat und das Gesicht dieser unsäglichen Kreatur zum Vorschein kam.

»O mein Gott«, entfuhr es Régine Duplat. »Das ist eine Frau. Wie entsetzlich!«

»Ein bißchen Zurückhaltung, bitte«, sagte Kerman tadelnd.

Marion konnte Régine Duplats ungewöhnlichen Gefühlsausbruch verstehen. Die Konfrontation mit etwas Monströsem läßt bei fast allen Menschen die ursprünglichsten Reaktionen hervorbrechen: Ablehnung, Ekel, vielleicht auch verdrängte Erinnerungen an ein gewisses Mutterbild. Wie alle Mütter hatte auch diese hier – auf ihre Weise – etwas Exzessives.

Im gleichen Moment bemerkten sie den scheußlichen Geruch. Sogar Kerman, der Moralapostel, wich unwillkürlich zurück.

Claude Zig wog um die dreihundert Kilo und kämpfte in diesem Moment darum, noch ein bißchen weiterzuleben. Ihr Schließmuskel hingegen hatte den Widerstand aufgegeben, was zur Folge hatte, daß eine abscheulich stinkende Masse an ihrem Wasserbett heruntertroff, auf dem sie vermutlich jede Minute ihres Lebens zubrachte. Wie hätte sich so ein Berg aus Fleisch und Fett auch bewegen sollen? Welches Knochengerüst wäre stark genug gewesen, um diesem Gewicht standzuhalten?

»Sie hat uns um elf Uhr dreißig angerufen«, sagte der Einsatzleiter der Feuerwehr. »Sie war allein und hat sich schlecht gefühlt. Sie hat uns gesagt, sie sei herzkrank und habe ›Übergewicht‹, deshalb könne sie ihre Wohnung nicht verlassen.«

»Wie sind Sie reingekommen?«

»Wir haben die Tür aufgebrochen. Sie hat eine Freistellungserklärung unterschrieben.«

»Sie hätte einen Arzt rufen können«, wandte Kerman ein.

»Ja, und wie wäre der reingekommen? Außerdem hatte sie alles vollgeschissen.«

Schaudernd widerstand Marion der Versuchung, sich umzudrehen und wegzulaufen, nur schnell raus, ins Freie, um wieder atmen zu können. Lieber die abgasverpestete, schmutzige Großstadtluft atmen als diesen Gestank.

»Ist denn bekannt, wer sich um diese … Person kümmert?« wollte ein anderer Feuerwehrmann wissen, der sich zu fragen schien, welche Bezeichnung auf diesen aufgedunsenen, mit bläulichen Flecken übersäten Menschenberg zutraf.

»Ja«, sagte Kerman. »Ihr Sohn.«

»Dann muß der Sohn her. Solange er nicht bei ihr ist, wird sie nicht kooperieren.«

»Was hat sie?« fragte Régine Duplat mit belegter Stimme.

»Ein Emphysem, Diabetes und außerdem ... einen gewaltigen Dünnpfiff. Scheiße!«

»Das kann man wohl sagen«, murmelte die Kripobeamtin mit versteinerter Miene.

»Gut«, sagte Kerman, der zusehends bleicher wurde. »Holen Sie Zig, und fangen Sie mit der Hausdurchsuchung an, ehe noch die ganze Wohnung unter der Scheiße verschwindet. Und machen Sie, verdammt noch mal, die Fenster auf!«

Zig wollte, daß man ihm die Handschellen abnahm, aber Kerman weigerte sich. Er hatte schon oft genug Ärger bekommen, weil sich Typen dünnegemacht hatten. Jedesmal wenn so etwas passiert war, hatte man vorher an sein Mitgefühl appelliert. »Mein Vater ist herzkrank, Herr Kommissar, er würde es nicht verkraften, mich so zu sehen ...«

»Meine Mutter ist herzkrank«, greinte Zig denn auch. Er war außer sich. »Sie sind ein Unmensch! Ich warne Sie ...«

»Keine Drohungen«, fiel ihm Kerman schroff ins Wort. »Sonst machen wir auf dem Absatz kehrt, und ab ins Loch.«

Sein Blick war finster genug, um Zig Angst einzuflößen. Er schluckte seine Wut herunter, mußte aber wieder festgehalten werden, damit er sich nicht schluchzend auf den unförmigen, von Sanitätern umringten Fleischhaufen warf.

»Mam! Mam!« heulte Zig. »Was haben sie dir angetan? O Mam! Es tut mir so leid ...«

»Es tut dir leid«, ertönte eine Stimme, die bis dahin noch niemand gehört hatte. Sie schien unter dem Bett ihren Ursprung zu haben. »Du läßt mich einfach allein, du vergißt zurückzukommen, und jetzt tut es dir leid!«

Dann hatte dieser gestrandete Wal also eine Stimme. Und was für eine! Ein dröhnendes, markerschütterndes Organ.

»Ich kann nichts dafür«, jammerte Zig wie ein kleiner Junge, den man bei einem Fehler ertappt hatte. »Ich wollte dich nicht allein lassen. Die haben mich festgehalten. Aber jetzt bin ich da, Mam, ich kümmere mich um dich. Ich mache dich gleich sauber.«

Erleichtert über den offenbar doch nicht so dramatischen Zustand ihrer übelriechenden Patientin, entfernten sich die Sanitäter, um ein bißchen frische Luft zu schnappen. Kerman, Régine Duplat und die anderen Beamten machten sich daran, die Wohnung zu durchsuchen, die außer der Küche und dem Wohnzimmer noch zwei Schlafzimmer besaß, ein Arbeits- und ein Badezimmer. Zig, den man mit auf dem Rücken gefesselten Händen in die Obhut eines jungen, athletischen Beamten gegeben hatte, fand sich allein mit seiner Mutter und Marion wieder. Die Kommissarin war so fasziniert von dem Schauspiel, daß sie darüber den störenden Geruch fast vergaß. Ihr Blick wanderte zwischen Zig und seiner Mutter hin und her, und das, was sie sah, entsetzte sie zutiefst. Wie abhängig und unterwürfig dieser Mann war! Und was für eine Verachtung und Wut ihm die Mutter entgegenbrachte …

»Ist das ihretwegen, der ganze Zirkus?« fragte Claude Zig plötzlich.

Für einen kurzen Moment legte sich ein Schleier über Zigs Augen.

»Aber Mam, sie … sie ist tot!«

Der Mund des Monstrums, ein rötlicher Strich inmitten von Fleischkaskaden und einer Unzahl von Doppel- und Tripelkinnen, öffnete sich einen Spalt, hinter dem sich grauenerregende Abgründe erahnen ließen, und die kleinen, im Fett versunkenen Augen funkelten. Zig beeilte sich, ihr den Wind aus den Segeln zu nehmen.

»Mam, es tut mir leid, wirklich sehr leid. Ich wasche dich auch gleich, und dann mache ich dir etwas zu essen, du mußt doch völlig ausgehungert sein! Ich mache alles wie immer, Mam, na ja, wenn der Herr hier so nett ist, mir die Hände loszubinden. Sie begehen einen schweren Fehler, meine Herren ...«

Wieder starrte er Marion aufgebracht an. Die Fistelstimme dieses bedauernswerten Kerls jagte ihr einen Schauer über den Rücken, sie stellte sich vor, wie er sich abends in der Hoffnung, endlich geliebt zu werden, an die riesige Brust seiner Mam schmiegte.

»Was?« fragte das Riesenweib. »Dir ... die Hände losbinden? Aber was ist denn ...?«

Zig machte eine halbe Drehung und zeigte ihr die Handschellen. Mühsam hob sie den rechten Arm, der wie ein behaarter, schmutziger Schinken aussah, und ließ ihn wieder auf den Berg wabbeliger Gelatine sinken, der wohl ihre Brust war. Irgendwo darunter, gefangen in einem Mantel aus Fett, mußte auch ein Herz schlagen.

»O mein Gott!« stöhnte sie. »Aber was soll dann aus mir werden?«

»Hab keine Angst, Mam, die werden mich freilassen. Das kann nicht anders sein. Es besteht ja überhaupt kein Anlaß. Ich werde mich um dich kümmern, genauso wie vorher, genauso wie immer. Ich schwör's dir, Mam!«

»Aber was soll dann aus mir werden?« wiederholte die fette Frau gebetsmühlenartig. »Was soll aus mir werden?«

Marion wurde Zeugin eines unmöglichen Dialogs. Zigs klägliches Betteln um Liebe scheiterte an der gnadenlosen Egozentrik seiner Mutter. Was auch immer Ange-Lous Mörder alles verbrochen haben mochte – wenn es denn wirklich dieser arme Tropf war, der vor seiner mit Scheiße beschmierten Mutter herumtänzelte, als gäbe es nichts Schöneres auf der Welt –, es gab tausend und noch mehr Entschuldigungen dafür. Fast hätte Marion Mitleid mit ihm bekommen. Bis sie plötzlich Ange-Lous kleinen Körper wieder in ihren Armen spürte und der Puls des Kindes wieder unter ihren zitternden Fingern erlosch. Marion hatte den Eindruck, daß ihre Gefühle allmählich kopfstanden. Reiß dich bloß zusammen, ermahnte sie sich. Immer schön professionell bleiben.

»Mam, die haben mich festgenommen, sieh mal, sie haben mir Handschellen angelegt!«

»Mein Gott, aber was soll dann aus mir werden?«

Und wenn es nicht nur die Reaktion einer egoistischen Mutter war? Sondern auch die Reaktion einer Mutter, die *weiß*, warum man ihren Sohn verhaftet hat, die *weiß*, daß es einen extrem schwerwiegenden Grund dafür gibt und daß er für sehr, sehr lange Zeit fortbleiben wird?

Aber was soll dann aus mir werden?

Kerman kam ins Wohnzimmer zurück, weil er der Ansicht war, daß die vertrauliche Unterredung zwischen Mutter und Sohn nun lange genug gedauert hatte. Unter gellendem Geschrei wurde Zig, der dem Fleischberg nicht von der Seite weichen wollte, weggeschleift. Die Männer in den weißen Kitteln kamen zurück. Marion beugte sich rasch über die schwer atmende Frau, obwohl der stinkende Menschenhaufen sie unbeschreiblich ekelte.

»Madame Zig«, sagte sie schnell. »Wenn es etwas gibt, das Sie uns sagen sollten, dann tun Sie es jetzt.«

Die kleinen, lebhaften Augen fixierten das Gesicht der Kommissarin, die sich geradezu entblößt fühlte. Bosheit und Rachsucht lagen darin.

»Bitte«, fing Marion ein zweites Mal an und kam noch näher. »Denken Sie an die verschwundenen Kinder … an dieses tote Mädchen. Hat Ihr Sohn …?«

Plötzlich kam so etwas wie Bewegung in den Fettberg, der immer noch in seinen Exkrementen lag, und Marion, der es regelrecht den Magen umdrehte, wich instinktiv zurück.

»Ich ekele Sie an«, ächzte die Frau. »Das kann ich in Ihren Augen lesen. Lassen Sie meinen Sohn in Ruhe. Er trägt keine Verantwortung.«

»Verantwortung? Wofür? Warum? Warum sagen Sie mir das?«

»Scheren Sie sich zum Teufel.«

## 60

Nimbus war sofort wieder zu allen Schandtaten bereit. Er brauchte nur eine Minute, um an die Informationen zu kommen, die Marion haben wollte. Zig hatte weder ein Handy noch einen Festnetzanschluß, und in Paris gab es nach wie vor keine Télécom-Kundin namens Claude Zig. Aber Madame hatte ja nun einmal von ihrem Bett aus bei der Feuerwehr angerufen. Der Anschluß in der Rue de Belzunce war auf den Namen Aubin gemeldet. Georges Aubin. Nimbus hatte keine Erklärung dafür und Marion auch nicht. Sie ging los, um nach Kerman zu sehen.

Die Hausdurchsuchung lief nach den erprobten Bulldozer-Regeln des Kripochefs ab: Methode, Präzision, Reflexion. Und Langsamkeit. Seit einer Stunde schon wurde das konzentrierte Schweigen der arbeitenden Beamten nur durch die Rufe der Feuerwehrleute und Sanitäter gestört, die sich fragten, wie sie Claude Zig aus ihrer Wohnung transportieren sollten. Allmählich schwand bei den Kripoleuten die Hoffnung, noch etwas zu finden, das den jungen Zig belasten würde. Es gab nichts, was man mit Ange-Lous Ermordung in einen Zusammenhang hätte bringen können. Die Männer von der Spurensicherung arbeiteten auf Hochtouren, besonders in Zigs Zimmer, in dem es außer den typischen Kleidungsstücken und Attributen eines gewöhnlichen Kleinbürgers nichts zu entdecken gab. Die Spezialisten schossen unzählige Fotos und verrichteten emsig ihre Arbeit. Marion hatte das Wohnzimmer verlassen und beobachtete das Treiben mit einer gewissen Gleichgültigkeit, die Kerman nicht entging. Er hatte gerade angefangen, sich im Arbeitszimmer umzusehen, und hielt inne.

»Was ist los? Langweilst du dich schon bei uns?«

»Nein ... Aber es ist komisch ... Irgendwie sagt mir mein Riecher, daß hier nichts ist.«

»Erklär mir mal, wie du das machst«, erwiderte Kerman trocken. »Mein Riecher signalisiert mir nur, daß ich in eine Jauchegrube gefallen bin.«

»Ich glaube, daß wir hier nichts finden werden«, wiederholte Marion, die sich ein Lächeln verkneifen mußte.

»Intuition?«

»Hm ... so ähnlich.«

»Weißt du, Intuition ist nicht so ...«

»... eure Methode, ich weiß. Meine eigentlich auch nicht, aber hier bin ich ja nur Zuschauer, da lasse ich mich eben ein bißchen gehen.«

»Ich liebe es, wenn du dich gehenläßt.«

Kerman, der gerade dabei war, einen Papierstapel durchzusehen, hatte nicht aufgeblickt. Fast hätte ihm Marion hingeschleudert, daß es mit ihm kein weiteres Sich-Gehenlassen geben würde. Weiberheld, Hurenbock! Aber dann wurde ihr bewußt, daß sie sich ganz allein in Rage brachte. Laß dir deine Erregung bloß nicht anmerken, ermahnte sie sich, komm lieber wieder auf den Fall zurück.

»Ist irgend etwas über die Schwester bekannt?«

»Welche Schwester?«

»Die verstorbene Schwester. Warum, gibt's noch eine?«

»Soweit ich weiß, nicht. Sie hieß Laurette. Viel mehr wissen wir nicht. Warum?«

Laurette Zig. Seltsamer Start ins Leben, mit so einem Namen, dachte Marion.

»Nur so.«

»Was soll das heißen, nur so? Hör zu, Edwige, ich kenne dich. Los, spuck's aus.«

»Nein, nein, wirklich. Eben hat Mutter Zig etwas gesagt, und es kam mir so vor, als hätte sie nicht von einer Toten geredet. Oder sie hat von einer ›sie‹ gesprochen, die erst kürzlich gestorben ist und deren Tod sie noch nicht wirklich akzeptiert hat.«

»Sind neununddreißig Jahre deiner Meinung nach ausreichend, um den Tod eines Kindes zu realisieren?«

»Wie bitte?«

»Laurette, die ältere Schwester von Laurent Zig, ist vor neununddreißig Jahren gestorben. Im Alter von zwölf Jahren.«

## 61

Plötzlich machte sich Unruhe breit, Schritte polterten, und Marion stürzte in den Flur. Zig saß in der Küche zwischen den beiden gigantischen Kühlgeräten, in denen er die Tonnen von Lebensmitteln lagerte, die für den Fortbestand von Mams dreihundert Kilo nötig waren. Ein lauter Ruf aus dem Wohnzimmer ließ ihn zusammenzucken.

»Sie hat einen Herzstillstand!«

»Nein! Mam!« brüllte Zig.

Claude Zig, die ihre beinahe siebzig Lebensjahre damit zugebracht hatte, sich zu mästen wie eine Zuchtsau, hatte beschlossen, von der Bühne des Lebens abzutreten. Dabei war sie nicht immer dick gewesen und in früheren Zeiten sogar relativ hübsch. Das zeigte eins der alten Fotos mit Büttenrand, die man im Arbeitszimmer in einem Wust von Papieren gefunden hatte. Eine klassische Schönheit war sie vielleicht nicht gewesen, aber sie hatte durchaus einen gewissen Reiz. All die anderen Fotos zeigten im übrigen ein und dasselbe Motiv: ein kleines, blondes Mädchen mit hellen Augen. Einmal hatte sich Claude Zig auch neben dem hübschen Mädchen, das ein kariertes Kleid und Satinschleifen im Haar trug, ablichten lassen. Unter dem Bild stand ein Datum. 15. August 1963.

»Wir müssen sie abtransportieren!« schrie ein Arzt, der wie verrückt die riesige Brust der Frau massierte.

Marion preßte sich an die Wand, um einen Feuerwehrmann durchzulassen, der mit einem großen Vorschlaghammer bewaffnet war, und zwei weitere, die einen Mauerbrecher trugen. Verdutzt folgte sie den Männern. Als die ersten Schläge das Gebäude erbeben ließen, tauchte Kerman auf.

»Was tun die da?« fragte Marion, die ihren Ohren nicht traute.

»Die lassen eine Hebemaschine mit Flaschenzug kommen. In der Zeit schlagen die Feuerwehrmänner zur Straße hin die Mauer auf, um das Fenster zu vergrößern. Es gibt keine andere Möglichkeit, sie da rauszukriegen. Man kann sie nicht tragen, außerdem paßt sie durch keine Tür. Sie muß mitsamt dem Bett abtransportiert werden.«

»Das gibt's doch gar nicht«, murmelte Marion, die wie alle übrigen Beteiligten noch nie etwas auch nur annähernd Vergleichbares erlebt hatte.

»Sie kommt wieder zu sich!« schrie der massierende Arzt. »Ich kann den Puls fühlen!«

Aus der Küche drang ein lautes Poltern und Scheppern. Schreie, Getrampel. Kerman rannte los, Marion gleich hinterher. Erst ging die Tür nicht auf, aber dann stand plötzlich

Régine Duplat mit wirrem Haar vor ihnen. Zwei Knöpfe ihrer Kostümjacke waren abgesprungen, ihre Bluse war blutbefleckt.

»Er hat versucht, sich davonzumachen«, sagte sie mit erregter Stimme. »Und zwar ein für allemal – durchs Fenster. Als er gehört hat, daß das Herz seiner Mutter schlappmacht.«

Zig saß benommen auf einem Stuhl, die heruntergerutschte Hose war mit einem Geschirrtuch an seinen Waden befestigt. Drei Polizisten hatten ihn festgehalten, als er sich mit einem Kopfsprung in die Tiefe stürzen wollte. Die Hose diente als Fußfessel, damit er es nicht noch einmal versuchte. Marion sah, daß er einen lächerlichen weißen Slip trug und offene Wunden an den Beinen hatte, aus denen Blut über seine glatte Haut lief. Die Beine waren völlig unbehaart. Marion sah genauer hin. Hatte er Haare auf den Armen? Und auf der Brust? Wie war es eigentlich um seinen Bartwuchs bestellt? Am liebsten hätte sie ihn gezwungen, auch noch die restlichen Kleider auszuziehen, aber sie beherrschte sich.

Zig hatte den Kopf gehoben und sah sich wie weggetreten das Schauspiel an, das man ihm eigentlich hatte ersparen wollen. Alle um ihn herum verfolgten schweigend den Ausgang eines Abenteuers, das verrückter nicht hätte sein können. Zig sah, wie das Bett seiner Mutter emporgehoben wurde. Auf der mit Wasser gefüllten Unterlage Mams reglose, widerliche Fleischmassen. Ein Arzt, der einen Infusionsbeutel umklammert hielt, kniete auf ihr wie ein Faun auf einer aufgeblähten Walküre. Das im Zimmer hängende Bett drehte sich leicht im Kreis, ehe es auf die gähnende Maueröffnung zuschwebte, durch die der graue Herbsthimmel zu sehen war. War das die Art, wie Mütter von einem gingen, von einem höhnischen Gnom fortgetragen durch eine Himmelspforte, die Feuerwehrmänner mit Vorschlaghämmern in die

Hauswand gebrochen hatten? Die Antwort blieb Zig verwehrt, aber der tiefe Schmerz in seiner Brust sagte ihm, daß er seine Mam nicht mehr wiedersehen würde. Nie mehr. Er befand, daß ihm dieser Gedanke unerträglich war, und fiel in Ohnmacht.

Auf dem Rückweg saß Kerman am Steuer, daneben Marion. Beide schwiegen, bis die runden Türme der Conciergerie zu sehen waren, wo ein schwacher Sonnenstrahl die Spitze der Sainte Chapelle aufleuchten ließ. Es war ein langes Schweigen, das nicht reichte, um die unsäglichen Dinge, die sie gesehen hatten, zu verarbeiten. Kerman fiel es nach den Ereignissen in der Rue de Belzunce ebenso schwer wie Marion, sich wieder auf das wesentliche zu konzentrieren: die Ermittlungen in einem scheußlichen Mordfall, in dem gegen den Hauptverdächtigen bisher bis auf Ninas Aussage nichts vorlag.

»Wir holen Nina ab und gehen essen«, sagte er schließlich, um wieder Boden unter die Füße zu bekommen.

»Igitt, jetzt an essen zu denken. Du bist vielleicht hart im Nehmen.«

»Nein, aber das ändert ja nichts. Wir sind trotzdem nur Menschen und müssen sterben, wenn wir nichts essen.«

## 62

Nina befand sich in Gesellschaft von Brigitte Nill, und es schien ihr so gut zu gehen, wie das unter den gegebenen Umständen möglich war. Marion konnte sie sogar kurz an sich drücken und ihr einen Kuß geben, ohne daß sich die Kleine gleich losriß.

»Hast du Hunger?«

»Nein, ich hab schon gegessen«, verkündete Nina. »Brigitte und ich waren beim Chinesen, das war supertoll ... Ich hab nicht auf dich gewartet, ist doch nicht schlimm, Mama, oder?«

Natürlich war es schlimm. Aber was war jetzt wichtiger? Daß Marion in Gesellschaft ihrer Tochter wieder Mensch sein durfte oder daß Nina bei der Psychologin möglichst viel Kraft schöpfte?

»Absolut nicht«, sagte sie und zwang sich zu einem Lächeln. »Ich ... muß noch einmal kurz ins Büro. Darf ich Nina bei Ihnen lassen, Brigitte?«

Brigitte Nill nickte und lächelte leise vor sich hin: Sie hatte den Zweck der Lüge sofort verstanden. Marion wollte, daß sich die Kleine wohl fühlte, und zwar so lange wie möglich. Brigitte war eine zarte, hübsche, noch sehr junge Frau, aber sie strahlte eine ungewöhnliche Stärke aus.

Schwatzend wie alte Freundinnen, zogen die beiden von dannen, und Marion blieb allein zurück. Sie überlegte, ob sie jetzt zu Kerman gehen sollte, wozu er sie in einem Ton, der eigentlich keinen Widerspruch duldete, aufgefordert hatte. Allein dieser Ton. Nein, sie hatte keine Lust, ihm zu gehorchen, und wandte sich entschlossen von seiner Bürotür ab.

Es war fast drei Uhr nachmittags, und sie beschloß, sich einen ausgiebigen Spaziergang am Seineufer zu gönnen. Sie wollte ein bißchen den Schiffen nachsehen, bei den Bouquinisten herumstöbern, in den Büchern blättern und ihren Geruch in sich aufnehmen, um endlich den widerlichen Gestank loszuwerden, der sogar in den Kleidern zu hängen schien. Als sie unauffällig auf das Treppenhaus zusteuerte, kam Régine Duplat aus einem Büro.

»Ah, Madame!« sagte sie. »Wir essen gerade eine Kleinigkeit, möchten Sie auch?«

Essen. Warum waren hier eigentlich alle so wild aufs Essen?

Erst wollte sie dankend ablehnen, aber dann besann sie sich. Sie konnte sich ja nicht mit allen überwerfen. Außerdem waren diese Leute wichtig für sie.

Die Gruppe war vollzählig versammelt. Überall auf den Schreibtischen lagen geöffnete Pizzaschachteln herum, zwischen Computern, aufgeschlagenen Akten und Bilderrahmen mit Kinderfotos. Am Ende des Raums, unter dem Oberlichtfenster, stand ein liebevoll angelegtes Aquarium, das dem kargen Zimmer etwas Atmosphäre gab. Die Beamten aßen, während sie redeten, oder redeten, während sie aßen, und als Marion in das Büro trat, verstummten sie. Der gutaussehende junge Beamte, der während der Hausdurchsuchung beinahe mit Zig aus dem Fenster gesegelt wäre, bot ihr schnell ein Stück Pizza an, das nach warmem Ziegenkäse roch.

»Ein anderes Stück wäre mir lieber«, sagte die Kommissarin, die durch die Stille im Raum fast ein bißchen eingeschüchtert war. »Jedenfalls keinen Ziegenkäse.«

Es fand sich noch ein Stück mit Tomaten und Oliven für Marion, und wie sie kauend so dastand, wurde ihr bewußt, daß alle sie beobachteten. Natürlich war die ganze Situation ungewöhnlich. Daß eine fremde Person, Polizistin hin oder her, die auch noch mit einem Opfer verwandt war, so an den Ermittlungen teilnahm, war alles andere als üblich. Und natürlich hatte jeder im Hinterkopf, daß sie dieses Privileg ihren intimen Beziehungen zum Chef verdankte. Was wußten sie eigentlich darüber? Aus den verstohlenen Blicken der Männer sprach große Neugier.

»Was hat die Hausdurchsuchung denn bisher ergeben?« fragte sie, nachdem sie einen kräftigen Schluck Dosenbier getrunken hatte.

»Nichts, *niente*.«

Régine Duplat war gerade in den Raum zurückgekehrt.

Sie deutete auf mehrere Kartons, die in einer Ecke auf dem Boden standen.

»Die werden wir uns auch noch ansehen.«

Auf dem Schreibtisch, auf den Marion ihre Bierdose gestellt hatte, lag eine Reihe kleiner Fotos, die meisten in Schwarzweiß.

»Das Familienalbum?«

Die Beamtin nickte.

Es war wieder still. Marion nahm eins der Fotos, das die verstorbene Schwester zeigte. Laurette. Laurette Zig. Mit so einem Namen ins Leben zu starten, dachte sie wieder, das konnte ja nicht gutgehen. Warum gab es in den Kartons eigentlich nicht ein einziges Foto von Zig? Was hatte dieses Kind, das nach Marions Berechnungen gerade mal ein Jahr nach dem Tod der Schwester zur Welt gekommen sein mußte, für ein Leben gehabt? Das Bild von Zig, dem Mörder, wurde unscharf. Ärgerlich stellte Marion fest, daß sich ein anderes Bild in ihrem Kopf festsetzte: das Bild eines kleinen Jungen, den bei der Vorstellung, die Mutter zu verlieren, das nackte Entsetzen packt.

»Aber eins ist schon komisch«, sagte Régine Duplats Stellvertreter, ein Capitaine mit grauen, etwas traurigen Augen.

Er hatte seine Pizza aufgegessen und angefangen, in einem Papierstapel nach etwas zu suchen. Régine Duplat ging um den Schreibtisch herum und beugte sich vor, um zu sehen, was er in der Hand hielt. Es war ein Personalausweis aus gelbem Papier, ein altes Exemplar, das noch aus der Zeit vor Einführung der angeblich fälschungssicheren Plastikausweise stammte.

»Das ist Zigs Personalausweis, wahrscheinlich sein erster. Aus dem Jahr 1969. Das ist er doch, oder?«

Marion beugte sich von der anderen Seite über den Schreibtisch. Obwohl er auf dem Bild erst fünf Jahre alt war, lange Haare hatte und einen merkwürdigen Spitzenkragen trug, sah Zig eigentlich schon genauso aus wie heute. Es gibt Leute, die einfach nicht alt werden. Vielleicht weil sie im Grunde nie jung waren.

»Und was ist daran komisch?« fragte Marion.

»Fällt Ihnen nichts auf?«

»Ach, ja!« rief die Kommissarin aus.

Der Personalausweis war auf den Namen Laurence Zig ausgestellt. Laurence! Nicht Laurent Zig, Laurence Zig. Das Geburtsdatum stimmte, das Foto auch. Warum also Laurence?

»Ein Tippfehler?« warf einer der Beamten vorsichtig ein.

»Solche Fehler werden in der Regel ziemlich schnell korrigiert«, sagte Régine. »Mit so was kann schließlich keiner leben.«

»Hat das schon jemand bei den Ämtern überprüft?«

Das gehörte zu den absoluten Grundregeln und sollte eigentlich im Schlaf passieren. Der Beamte, der dafür zuständig gewesen wäre – ausgerechnet er hatte kurz zuvor den Tippfehler aufs Tapet gebracht –, war noch nicht dazu gekommen und griff peinlich berührt nach dem Telefon.

Kerman war unbemerkt in den Raum getreten. Die Hände in den Hosentaschen vergraben, warf er einen Blick auf die leeren Pizzaschachteln.

»Danke, daß Sie mir etwas übriggelassen haben«, sagte er und verzog das Gesicht zu einer Grimasse.

»Tut mir leid«, sagte Régine Duplat unbefangen. »Ich dachte, Sie würden essen gehen ...«

Dabei warf sie einen vielsagenden Blick auf Marion, die wieder ein Bild der kleinen Laurette in die Hand genommen hatte. Es war von weitem aufgenommen, hübsch sah sie darauf aus. Die Gesichtszüge wirkten auf dem Schwarzweißfoto etwas verschwommen, und das Blond ihres langen

Zopfes war im Lauf der Jahre extrem hell geworden. Marion wurde von einem merkwürdigen Gefühl beschlichen.

»Dann werde ich wohl ein andermal essen«, murmelte Kerman und kehrte Marion, die ihn beharrlich ignorierte, den Rücken zu. »Die Kinder sind da.«

Marion war in Gedanken versunken. Es passierte ohne ihr Zutun: Während sie das Foto betrachtete, schob sich immer wieder Ninas oder Ange-Lous Gesicht über das Gesicht von Laurette. Dabei gab es überhaupt keine Ähnlichkeit zwischen den Mädchen. Marion zermarterte sich das Hirn. Warum Nina und Ange-Lou?

»Hallo, haben Sie gehört, was ich gesagt habe?« giftete Kerman. »Die Kinder sind da.«

Die Männer erhoben sich wie auf Kommando und verließen den Raum.

»Kommst du?« sagte Kerman zu Marion, die sich nicht vom Fleck gerührt hatte. Mechanisch stand sie auf und folgte ihm.

## 63

Alle waren gekommen. Der Bulldozer hatte niemanden vergessen. »Die Kinder«, das waren die Jugendlichen, die an Gervaise Bousses Montagskurs teilnahmen. Alle waren in Begleitung eines Elternteils gekommen, dazu Gervaise, das gab einen ziemlichen Menschenauflauf. Kerman hatte sie in einen viel zu kleinen Raum gebeten, den größten, über den man in den beengten Räumlichkeiten der Kripo verfügte. Dort erklärte er ihnen, was er von ihnen erwartete. Nina hörte wie die anderen zu, aber ihre Haltung verriet, daß sie kripomäßig schon ein alter Hase war.

Brigitte Nill stand mit Marion an der Tür, daneben Régine Duplat, die auf ein Zeichen ihres Chefs wartete.

»Sie sehen besorgt aus«, sagte die Psychologin leise.

Marion winkte zerstreut ab. Kerman wandte ihnen den Rücken zu. Die Jugendlichen sahen ihn aufmerksam an, einige wirkten angespannt. Nur Lucas Mérien nicht, er sah sich ständig um oder starrte zur Decke. Neben ihm stand eine Frau, die wohl seine Mutter war. Nicht mehr ganz jung, nicht besonders hübsch. Ein etwas grobes Gesicht, ganz im Gegensatz zu ihm …

Marion fragte sich, wie Lucas' Vater wohl aussah.

»Also, dann mal los«, befahl Kerman.

Sie defilierten an der verspiegelten Scheibe vorbei, ohne irgendeine Reaktion zu zeigen. Keiner der Jugendlichen hatte Zig an jenem Abend gesehen, weder aus der Nähe noch von weitem. Auch zu einem anderen Zeitpunkt war er keinem von ihnen jemals über den Weg gelaufen, weder in den Straßen rings ums Theater noch am Gare du Nord. Lucas' Gesicht war vollkommen undurchdringlich. Als er an Marion vorbeikam, hielt er den Blick gesenkt, so daß sie seine Augen nicht sehen konnte. Auch Gervaise schüttelte, als sie an der verzagten Silhouette von Laurent Zig vorbeimarschierte, bedauernd ihre dicken Backen.

Nina hatte sich abseits gehalten und war bei Brigitte Nill und Kerman geblieben. Der Kripochef drehte die Kleine zu sich um.

»Nina«, sagte er. »Wir fangen jetzt noch mal ganz von vorne an. Ich will, daß du dir ganz sicher bist.«

## 64

Es war acht Uhr, Abenddämmerung. Jener schwierige Moment des Tages, an dem sich Hunde grundlos die Kehle heiser bellen und sogar Babys in Weltuntergangsstimmung sind.

Nina sah unter Aufsicht von Maguy, Kermans Sekretärin, fern, während Marion in Begleitung von Brigitte Nill darauf wartete, daß Duplats Männer endlich auseinandergingen. Als der Kripochef an ihr vorbeikam, blieb er kurz stehen. In seinem Blick lag eine stumme Frage. »Was machen wir heute abend? Sehen wir uns?« Eisig wandte sie sich ab.

Das letzte Briefing dieses Kripotages hatte in dem Raum stattgefunden, in dem sich die Kinder versammelt hatten. Marion, der man erlaubt hatte dabeizusein, empfand nach diesem Treffen nichts als Frust.

Die Ergebnisse des Tages waren alles andere als umwerfend.

Bei der Hausdurchsuchung in Zigs Wohnung war nichts gefunden worden, was irgendwie mit Ange-Lous Ermordung in Verbindung gebracht werden konnte.

Der Telefonanschluß auf den Namen Georges Aubin war und blieb ein Rätsel. Außer daß der Mann früher einmal in der Wohnung gelebt hatte, hatte man bislang nichts über ihn herausgefunden. Die Telefonate, die in jüngster Zeit von dort aus getätigt worden waren, beschränkten sich auf Anrufe bei Nahrungsmittelzulieferern: einem Metzger, einem Lebensmittelgeschäft, einem Lieferanten von Fertiggerichten … und natürlich, heute, bei der Feuerwehr. Kein Arzt, keine Krankenpflegerin, und angerufen wurde diese seltsame Familie sowieso nicht.

»Solange sie ihre Telefonrechnung bezahlen …«, hatte der Beamte Kleiner gesagt. »Wer soll sich da schon groß dran stören?«

Georges Aubin vielleicht?

Auch der zerstörte Geländewagen, den am Abend der Tat niemand gesehen hatte, weder im Parkhaus noch in der Gegend um das Lycée Decour, war ein deprimierend stummer Zeuge. Selbst Gervaise Bousse war sich nicht mehr ganz sicher, ob es wirklich derselbe Wagen war. Morgen würde ihn Régine Duplat Nina zeigen. Das war unumgänglich, aber der Gedanke bedrückte Marion.

Blieben also noch die schwarze Tasche, Ange-Lous Mappe und die Habseligkeiten des Polizeibeamten Kaiser. Keiner der auf diesen Gegenständen sichergestellten Fingerabdrücke war von Zig, und die Suche im Afis hatte auch nichts ergeben. Nur der Fingerabdruck auf dem Schlüssel zur Parkbox war eindeutig zuzuordnen. Er stammte von Zigs rechtem Daumen. Zig war also ohne jeden Zweifel Rechtshänder, hatte Régine Duplat gefolgert.

Nach dem Selbstmordversuch war Zig gegen seinen Widerstand zunächst einmal einer ärztlichen Untersuchung unterzogen worden. Es sprach nichts dagegen, ihn wieder in Polizeigewahrsam zu nehmen, so das Ergebnis. Seine Krise wurde auf die Verzweiflung über den plötzlich drohenden Tod der Mutter zurückgeführt.

»Und die Verletzungen an seinen Beinen?« hatte Marion zu fragen gewagt, denn es wunderte sie, daß sie gar nicht erwähnt worden waren.

Bedeutungslos, hieß es, aufgekratzte Pickel, nicht Ernstes. Marion hatte nicht lockergelassen, zur großen Verärgerung von Kerman, der wohl oder übel zugeben mußte, daß dieser Punkt nicht geklärt worden war. Er hatte also weitere Untersuchungen angeordnet, und weil er wußte, was in Marions Kopf herumgeisterte, hatte er außerdem klarstellen lassen, daß Zig nicht hinkte, und zwar kein bißchen.

Die Ergebnisse eines Vergleichs von Zigs DNA mit den auf Ange-Lous Leiche und in der schwarzen Tasche gefundenen Spuren waren zur Begutachtung in das dafür zuständige Labor in Nantes geschickt worden. Mit einer Antwort war frühestens am nächsten Morgen zu rechnen, weshalb Zig weiter in Polizeigewahrsam bleiben mußte. Endlich einmal eine gute Nachricht, hatte Marion gedacht. Vierundzwanzig Stunden, in denen sie das miese Schwein ausquetschen und ihn vielleicht dazu bewegen konnten, endlich auszupacken. Vierundzwanzig Stunden. Ein Stück Ewigkeit.

Als dann während des Briefings die Persönlichkeit von Laurent Zig zur Sprache gekommen war, hatte sich Marion wieder eingemischt. Zig war nach seiner Geburt tatsächlich unter den beiden Vornamen Laurence und Marie gemeldet worden. Erst 1976 war dies auf Ersuchen von Claude Zig geändert worden. Wieder meldete sich derselbe Beamte mit der Ansicht zu Wort, daß es sich wahrscheinlich um einen Fehler beim Eintrag ins Geburtenregister handele.

»Ein Fehler, der sich auf einem 1969 ausgestellten Personalausweis wiederholt! Und die Mutter hat nichts gemerkt? Hat sieben Jahre gewartet, bis sie die Sache endlich richtigstellen ließ?«

Es gab keine Erklärung. Weder von Zigs Seite noch von seiner Mutter, die man noch nicht hatte befragen können. Im übrigen ging diese alte Geschichte Kermans Leuten allmählich gehörig auf den Geist. Das hatte Marion ihrem verkrampften Schweigen entnommen. Eigentlich hatte sie noch einmal nachhaken wollen, aber da war man schon zum nächsten Punkt übergegangen, Zigs Lebensunterhalt. Er hatte zunächst als Hilfskoch gearbeitet, dann als Schalterbeamter bei der SNCF, wo er acht Jahre geblieben war, bis er vor drei Jahren ohne ersichtlichen Grund gekündigt hatte. Der einzige engere Zusammenhang, der sich herstellen ließ, betraf ein Datum, den Todestag des Großvaters Joseph. Claude Zig hatte den Familienbesitz geerbt und sehr schnell wieder verkauft, um in die Rue de Belzunce zu ziehen. Der plötzliche Reichtum der Familie hatte Zig wahrscheinlich dazu veranlaßt, seine Stelle aufzugeben und sich ausschließlich um seine Mutter zu kümmern, die damals schon gut und gern zwei

Doppelzentner gewogen haben mußte. Die Wohnung in der Rue de Belzunce war seit 1938 im Besitz der Familie Zig, die Erben brauchten sich um ihr Auskommen wirklich nicht mehr zu sorgen.

Marion drehte sich zu Brigitte um.

»Kann ich Sie mal kurz sprechen?«

## 65

Brigitte Nills kleines Büro lag wie eingeklemmt unter einer Treppe. Es war eng, dunkel und voll.

»Warum läßt er Sie nicht zu Wort kommen?« empörte sich Marion. »Sie haben doch einiges zu sagen, oder?«

»Es ist noch zu früh. Ich muß erst die Akte lesen, und außerdem ist Zigs Befragung noch nicht abgeschlossen.«

»Sind Sie bei den Vernehmungen dabei?«

Brigitte schüttelte den Kopf.

»So ist es nun einmal entschieden worden, und das akzeptiere ich. Ich greife nur ein, wenn ich darum gebeten werde.«

»Ich bitte Sie darum, mit mir über Zig zu reden …«

»Ich weiß nicht, ob ich das kann.«

»Es ist völlig informell und wird unter uns bleiben. Ich bitte Sie wegen Nina darum und auch für mich.«

Brigitte Nill lehnte sich mit dem Rücken an ein freies Stück Wand. Mit verschränkten Armen sah sie Marion lange an, schweigend. Unten im Hof schlugen Türen.

»Gut«, sagte sie schließlich. »Was möchten Sie wissen?«

Marion wollte wissen, wer dieser Zig eigentlich war, wie sich sein sonderbares Verhältnis zur Mutter deuten ließ, warum er Nina und Ange-Lou angegriffen hatte, warum er die eine umgebracht hatte. Und nicht die andere.

Brigitte mußte über ihren Wortschwall lächeln. Sie hatte nicht auf alles eine Antwort. Marion war der Ansicht, daß Zig von seiner Mutter nicht geliebt worden war. Brigitte war vom Gegenteil überzeugt, fand aber auch einige Ungereimtheiten, und in einem Punkt stimmte sie mit der Kommissarin überein: Der falsche Vorname im Geburtenregister war verdächtig. Die Frage nach dem Auto als Projektionsfläche ließ sich Brigitte Nill zufolge möglicherweise mit einem mangelnden Selbstbild erklären, einem auf das Auto projizierten Narzißmus, hinter dem sich die Angst vor anderen Menschen verbarg, das Gefühl, nackt im Leben zu stehen und sich hinter einem Wahnobjekt verstecken zu müssen.

»Dieser Mann hat ein sehr schwammiges, verwaschenes Selbstbild. Viel mehr kann ich nicht dazu sagen.«

»Eine Persönlichkeitsspaltung?«

»Vielleicht. Jedenfalls eine schlecht umrissene Persönlichkeit. So als wüßte er nicht recht, wer er eigentlich ist. Man müßte sich die Familiengeschichte näher ansehen.«

»Sie denken an den Tod seiner Schwester Laurette?«

Brigitte nickte. Der »Tippfehler« im Geburtenregister war auch in ihren Augen eine Art Freudsche Fehlleistung. Fehlleistung oder willentlicher Akt?

»Solche Dinge kann man relativ häufig beobachten, wenn es um sogenannte ›Ersatzkinder‹ geht: Kinder, die gezeugt wurden, um ein Vakuum zu füllen, das durch den Tod eines anderen Kindes entstanden ist. Die Ähnlichkeit der Vornamen ist ein weiterer Hinweis. Laurette, Laurent. Dafür gibt es in der Geschichte berühmte Beispiele.«

»Die Störungen, die das bei solchen Kindern vermutlich hervorruft – bis wohin können die führen?«

Brigitte verzog nachdenklich den Mund und schüttelte vorsichtig den Kopf. Sie überlegte. In solchen Momenten zählte jedes Wort. Jedes Wort, das man sagte oder auch nicht sagte.

»Solche Brüche in der Familie, wie sie in Zigs Fall offenbar stattgefunden haben, hinterlassen immer tiefe Spuren. Aber aus den betroffenen Menschen werden nicht unweigerlich Kriminelle. Manche sind Genies geworden, zum Beispiel Dali oder van Gogh.«

Ein bißchen durchgeknallte Genies, oder?

»Was glauben Sie?« Marion ließ nicht locker. »Ist er wegen dieser alten Geschichte auf die Mädchen losgegangen?«

»Nein ... Na ja, schwer zu sagen. Aber ich wüßte eigentlich nicht, warum er das gerade jetzt hätte tun sollen.«

»Irgendwann muß er ja anfangen. Vielleicht hat es einen Auslöser gegeben, irgendein Ereignis ...«

»Ich müßte mit ihm sprechen, aber ich bezweifele, daß ich dazu die Gelegenheit haben werde.«

Die polizeilichen Ermittlungen hatten den Vorrang, das wußte Marion und verzichtete darauf weiterzubohren.

»Sagen Sie mir nur noch eins ... Leidet er an einer sexuellen Perversion?«

»Sicher ist das nicht. Jedenfalls kann ich mir nicht vorstellen, daß er so eine Perversion an kleinen Mädchen ausleben würde, auch wenn er wegen der Geschichte mit seiner Schwester vermutlich ein konflikthaftes Verhältnis zu ihnen hat.«

»Warum?«

»Weil er homosexuell ist.«

## 66

Es wurde eine dumpfe, ohnmachtsgleiche Nacht, in der Marions und Ninas Alpträume dem undurchdringlichen Schwarz der rosa Tabletten weichen mußten. Marion hatte zum ersten Mal in ihrem Leben zu diesem Zaubermittel gegriffen.

Es war gerade mal acht, als sie die Tür zur Bahnhofspolizei aufstieß. Eigentlich hatte sie zur Garage der Präfektur fahren wollen, wohin die Überreste von Zigs Geländewagen transportiert worden waren. Vorher hatte sie kurz am Bahnhof angerufen, um den Kollegen mitzuteilen, daß sie den ganzen Tag unterwegs sein würde. Aber sie hatte sofort begriffen, daß dort die Probleme überhandnahmen und sie wohl oder übel vorbeischauen mußte. Wenigstens mal kurz vorbeischauen, hatte der Beamte am Telefon mit müder Stimme gesagt.

»Was war denn hier los?« murmelte Marion, als sie durch die Panzertür trat. »Ein Erdrutsch?«

»Kann man so sagen, ja …«, erwiderte Major Morel, dessen Gesicht von einer durchwachten Nacht gezeichnet war.

Eine Bürotür war halb aus ihrer Verankerung gerissen worden. Es war die Tür zu dem Raum, in dem die Verdächtigen vorgeführt wurden. Der Einwegspiegel war zerbrochen, aus dem Rahmen ragten hier und da noch ein paar glänzende Scherben. Die kurz und klein geschlagenen Stühle, die aus den Wänden gerissenen Telefonkabel und die zerkratzten, verschmierten Tapeten vervollständigten das Gesamtbild.

»Eine Riesenkeilerei«, berichtete Morel. »Eine Meute junger Kerle ist hier eingedrungen, um einen Dealer zu befreien, den das Einsatzkommando gerade geschnappt hatte. Ein Beamter liegt im Krankenhaus, eine Glasscherbe hat ihm die Achillessehne durchtrennt.«

»Schlimm?«

»Ziemlich. Kann sein, daß er für mehrere Monate ausfällt. Wo uns eh schon Personal fehlt.«

»Unsere Personalstärke ist jetzt nicht das wichtigste, Major … Sonst noch Verletzte?«

»Nichts Schlimmes. Prellungen, Schürfwunden. Die Bande haben wir eingelocht. Aus Sicherheitsgründen haben wir sie auf alle Bahnhöfe verteilt und das Wachpersonal verstärkt. Bei uns sind jetzt praktisch alle Beamten im Einsatz.«

»Warum haben Sie mich nicht angerufen?«

Marion war verärgert und mutlos zugleich.

»Ich hab's versucht«, ertönte hinter ihr eine Stimme. »Da ist niemand rangegangen.«

Abadie stand mit einem Nunchaku in der Hand vor ihr. Eine Trophäe. »Hier«, sagte er zu der Beamtin an seiner Seite. »Das Spielzeug gehört archiviert.«

»Ich habe gestern abend eine Schlaftablette genommen«, sagte Marion zerknirscht. »Das tue ich sonst nie, aber gestern ...«

»Kann ich verstehen, Chef. Ich hab mein Bestes getan.«

»Da bin ich mir sicher. Gibt es sonst noch ein Problem?«

Morel und Abadie sahen sich betreten an. Marions Magen zog sich zusammen.

»Was ist? Etwas Schlimmes? Wie viele Tote?«

Morel lächelte verkrampft.

»Kommen Sie«, sagte er schließlich und setzte sich die Mütze auf, die er die ganze Zeit in den Händen gedreht hatte.

Er führte Marion in den Umkleideraum. Auf den Schränken, an den Wänden und Türen, überall klebten gelbe Zettel, auf denen in schwarzen, fetten Druckbuchstaben »SCHNAUZE VOLL!« geschrieben stand, darunter eine Liste all dessen, was seit Marions Dienstantritt bei der Bahnhofspolizei nicht lief. Vorwürfe über Vorwürfe.

»In den anderen Bahnhöfen sieht es genauso aus. Wir haben es diesmal mit einer sehr ernst zu nehmenden Krise zu tun.«

»Danke, daß Sie mir Mut machen! Was tun wir jetzt?«

Er breitete die Arme aus: Du bist der Chef.

»Bis jetzt konnte ich der Sache Einhalt gebieten«, sagte er

dann. »Aber das wird nicht von Dauer sein. Wir müssen mit den Gewerkschaften reden.«

»Ich hasse es, wenn mir andere ihren Willen aufzwingen.«

»Die werden sich an höhere Stellen wenden. Mir ist zu Ohren gekommen, daß schon ein Brief an die Direktion aufgesetzt wurde.«

Marion zog die Augenbrauen zusammen und starrte den braven Morel aus ihren schwarzen Augen an.

»Wie lange kann das noch warten?«

»Ein paar Tage, länger nicht. Wir müssen ein Datum festlegen, das wird die Leute beruhigen. Es reicht nicht …«

»Verflucht noch mal, Major, Sie machen mir angst!«

»Die Dienstaufsichtsbehörde hat uns gestern die Hölle heiß gemacht. Man wundert sich über Ihr Fernbleiben und Ihr Schweigen.«

»Was soll das heißen?«

»Sie hatten wohl eine Vorladung.«

Marion wurde bleich. Die Worte des Vertreters der Dienstaufsichtsbehörde fielen ihr wieder ein. Montag! Am Montag hätte sie dort erscheinen müssen!

»Scheiße!« fluchte sie leise. »Das habe ich total vergessen. Die glauben, daß ich absichtlich nicht gekommen bin, oder?«

Der Major nickte.

»Und außerdem«, fuhr er fort, als wolle er Marion noch den Rest geben, »wollen sie heute wiederkommen. Wenn sie das Chaos und das hier sehen«, er deutete mit der ausholenden Geste eines Sämanns auf die gelben Flugblätter, »wird es die Sache nicht unbedingt besser machen.«

»Die kochen vor Wut«, bestätigte Abadie. »Ich habe getan, was ich konnte, um ihnen die Situation zu erklären und sie zu beruhigen, aber ich fürchte, das hat nicht gereicht.«

»Das heißt?«

»Der Oberboß hat Sie für heute elf Uhr vorgeladen.«

»Oh, Scheiße! Und da konnten Sie mir nicht Bescheid geben?«

»Wir haben's selbst gerade erst erfahren«, rechtfertigte sich Abadie. »Alle suchen nach Ihnen, Chef.«

Benommen ließ sich Marion auf einen Stuhl sinken, dessen Rückenlehne verschwunden war, nur die nackten Metallstützen reckten sich wie zwei tote Arme der Decke entgegen.

Symbol eines Debakels.

Die beiden Männer schwiegen. Marion musterte sie abwechselnd. Wenn sie jetzt schlappmachte, war es endgültig um sie geschehen.

»Gut«, sagte sie kühl und stand wieder auf. »Ich warte auf die Dienstaufsichtsbehörde. Sobald diese Leute kommen, werde ich sie empfangen. Um elf gehe ich zum Chef. Und was die Gewerkschaften betrifft, geben Sie mir eine Woche Zeit. Nächsten Freitag, neun Uhr, Generalversammlung. Aber aufgepaßt, ich will keine kleinen Würstchen, ich will die Entscheidungsträger. Und ich verlasse mich darauf, daß Sie alle Unterlagen für mich vorbereiten. Alles klar?«

»Und was machen wir mit den Flugblättern?«

Marion ließ ihren Blick durch den Raum schweifen. Die Möbel, häßlich. Die Farbe an den Wänden, schmutzig und abgeblättert. Ein ironisches Lächeln umspielte ihre Lippen.

»Lassen Sie sie da, wo sie sind, Major. Ich weiß nicht, wie Sie das sehen, aber ich persönlich liebe gelb.«

Abadie lächelte ihr zu.

»Schön, Sie zu sehen«, sagte er.

»Das klingt ja so, als wäre ich einen Monat weg gewesen!«

»Ich freue mich trotzdem.«

»Danke. Wo sind Sie gerade dran?«

In ihrem halbwegs aufgeräumten Büro wartete Marion auf

die Besucher von der Dienstaufsichtsbehörde. Abadie war dagewesen, er hatte Berge von Papierkram abgeheftet und sortiert.

»Das mit den Videokassetten dauert verdammt lang«, sagte er. »Und es ist fast immer dasselbe drauf: Frauen, die in die Damentoilette gehen und wieder rauskommen, und natürlich die Frauen und Männer vom Putzdienst. Hin und wieder ein Klempner. Ein paar ulkige Szenen, aber nichts, was interessant für uns wäre, zumindest bis jetzt. Wir haben ein Zeitproblem. Die Staatsanwaltschaft hat mir noch mal Druck gemacht. Wir kommen nicht schnell genug voran, ich habe Angst, daß man uns die Ermittlungen abnimmt. Obwohl es vielleicht sogar besser wäre, wenn sich die Kripo um den Fall kümmern würde ...«

»Sie sind wohl nicht ganz bei Trost! Wir schaffen das, Abadie. Und bringen Sie bloß nicht den Staatsanwalt auf dumme Gedanken, okay?«

»Für wen halten Sie mich? Das habe ich doch nur so dahergesagt. Wegen der Keilerei letzte Nacht ...«

»Darum soll sich das Einsatzkommando kümmern.«

»Das ist nicht deren Job.«

»Ausnahmsweise schon. Sagen Sie denen, das ist ein Befehl. Konzentrieren Sie sich mit Amel auf den Fall Palmieri. Und wenn Sie wollen, nehmen Sie Valentine Cara dazu.«

Abadie sah seine Chefin aufmerksam an.

»Ich dachte ...«

Marion winkte ab.

»Die Kripo braucht keine Valentine mehr, um mich zu überwachen. Und ich hoffe einfach, daß sie sich für ein Lager entschieden hat. Wenn nicht, werde ich dafür sorgen, daß sie die Abteilung verläßt.«

Abadie machte ein skeptisches Gesicht, was Marion nicht mitbekam, weil sie auf ihre Schuhe sah, die sie schon wieder nicht geputzt hatte. Manchmal fragte sie sich, woher sie diese Aversion gegen das Schuheputzen hatte, gerade sie, die in Sachen Sauberkeit und Hygiene sonst so pingelig war.

Der Beamte wechselte das Thema.

»Darf ich Ihnen den letzten Laborbericht und die Ergebnisse der Autopsie von Pierre Palmieri zeigen?«

»Geben Sie mir bitte eine Zusammenfassung. Ich habe nicht viel Zeit.«

Sie sah auf die Uhr. In nicht einmal zehn Minuten würde die Dienstaufsichtsbehörde vor der Tür stehen.

»Also ... Auf seinen Kleidern hat man Haarspuren gefunden, auf dem Gesicht Hautabschuppungen und Speichelspuren. Alles nicht von ihm selbst. Außerdem waren Blutflecken auf der Jeans, fremdes Blut. Der genetische Fingerabdruck liegt vor, aber leider ist er nicht in der Computerdatei gespeichert.«

»Natürlich«, murrte Marion. »Da ist doch nie was drin, in dieser blöden Datei. Und einen toxikologischen Befund gibt es nicht?«

»Doch. Die Spur einer Injektion und eine geringe Dosis Benzodiazepin im Blut.«

»Dann hat man dem Jungen also irgendwas verabreicht?«

»Wahrscheinlich schon, aber gerade so viel, daß er ruhiggestellt war. Er muß mit einem Tuch oder einem weichen Gürtel gefesselt worden sein, die Spuren an den Handgelenken sind kaum zu sehen.«

»Und die Haarentfernung?«

»Wahrscheinlich mit einem Rasiermesser. Es gibt einige Hautabschabungen und ein paar winzige Schnittwunden. Die Epilation muß mehrere Stunden vor dem Auffinden des Opfers stattgefunden haben. Keine Erklärung.«

Marion dachte nach. Zigs Beine schossen ihr unsinnigerweise durch den Kopf.

»Aber absolut nichts Sexuelles, das steht fest?«

»Genau. Die Körperöffnungen weisen keinerlei Spuren von Gewaltanwendung oder Sperma auf.«

Abadies Sprache war von grausamer Präzision. Als er plötzlich den Kopf hob und Marion ansah, fürchtete sie schon, eine weitere Ungeschicklichkeit begangen zu haben.

»Was ist, Abadie?«

»Nichts, Chef.«

»Doch. Was ist los?«

Abadie war bleich geworden und preßte die Lippen zusammen wie ein Kind, das kurz davor ist, seine Wut oder Enttäuschung hinauszuschreien.

»Nun ja, es geht um Zig ...«

»Was ist mit Zig? Haben Sie Neuigkeiten?«

Der Capitaine straffte die Schultern. Sein Verhalten erinnerte Marion an ihre Kollegen in Lyon, von denen manche ein so gefühlsbetontes Verhältnis zu ihr gehabt hatten, daß es immer wieder zu Szenen wie dieser kommen konnte. Wie gut hatte es da Kerman, der mit seiner kühlen Art bestens gegen solche Dinge gefeit war ...

»Ich dachte, daß Sie mir etwas erzählen würden ...«

»Ach du liebe Zeit, Abadie!« Marion war trotz allem gerührt. »Das hätte ich doch selbstverständlich gleich getan!«

Und sie schilderte ihm in groben Zügen die Ereignisse des vergangenen Tages. Er hörte aufmerksam zu. Im Gang waren Schritte und Stimmen zu hören.

»Wo ist Nina jetzt?« fragte Abadie, als sie fertig war.

»Bei Kerman. Sie muß noch den ganzen Tag dort bleiben. Schrecklich, was die Kleine da durchmacht.«

»Ja, ich weiß.«

»Nein, das glaube ich nicht. Natürlich haben wir es hier

jeden Tag mit Opfern zu tun und auch mit ihren Angehörigen. Aber wenn man auf der anderen Seite steht, ist es die Hölle, das können Sie mir glauben.«

## 67

Am Nachmittag konnte Marion Nina abholen. Die Kleine war völlig erschöpft. Die Konfrontation mit dem Geländewagen hatte ihr besonders zugesetzt. Was Marion befürchtet hatte, war eingetreten: Sie war sich nicht mehr sicher. Der glänzende Blitz, den sie in der Tatnacht gesehen hatte, war rauchgeschwärzt, ringsum hatte der Lack Blasen geworfen. Die weißen Reifen waren schwarz und wellig oder ganz weggeschmolzen. Trotzdem hatte Nina das Fahrzeug, das sie in jener Nacht wie ein riesiges, metallenes Raubtier abgefangen hatte, »einwandfrei identifiziert«.

Jetzt saß sie wieder im Büro des Kripochefs, von dem nichts zu sehen war.

»Warum kommst du so spät?« fragte sie mit bebender Stimme.

»Ich mußte im Büro ein paar Dinge regeln.«

»Du immer mit deinem Büro!«

»Wenn ich mich nicht um meine dortigen Aufgaben kümmere, Nina«, erklärte Marion geduldig, »dann kriege ich Unannehmlichkeiten. Willst du das?«

Unannehmlichkeiten, nett gesagt.

Eine geschlagene Stunde hatte sie mit den Leuten von der Dienstaufsichtsbehörde verbracht. So ein Stündchen konnte zur Ewigkeit werden, wenn man tausend andere Dinge hatte, um die man sich kümmern mußte. Marion hatte alles auf ihre Kappe genommen. Angesichts der gängigen Praxis, in solchen Fällen die Verantwortung auf rangniedrigere Kollegen abzuwälzen, war dies ein, man konnte fast sagen, anstößiges Verhalten, das die Besucher nicht verstanden.

»Es gibt Leute, die ziehen einfach Ärger an«, hatte der Chef der Gruppe, der über die fehlende Kooperationsbereitschaft der Kommissarin sichtlich enttäuscht war, am Ende gesagt.

Als Marion dann kurz darauf das Büro des Direktors verließ, wo das Gespräch noch unangenehmer verlaufen war, fragte sie sich, wie lange sie es noch in dieser Rattenfalle aushalten würde.

»Mama, das ist schrecklich …«

Nina begann leise zu weinen. Marion war sofort bei ihr.

»Nein, mein Schatz, nun wein doch nicht! Ich kriege schon keine Probleme. Mach dir um mich keine Sorgen, ich bin stärker als die … Mein lieber Schatz …«

»Das ist es nicht … Es ist … Ange-Lou …«

»Was, Ange-Lou?«

Marion wurde schwindelig.

»Ange-Lou«, schluchzte Nina.

»Aber Nina, jetzt red doch endlich!«

Kermans Sekretärin Maguy kam, durch das Weinen alarmiert, aus ihrem Büro.

»Ich glaube, sie will über die Beerdigung ihrer Freundin reden, Madame.«

Marion sah die Frau verdattert an.

»Die Beerdigung?«

»Ja, sie ist für übermorgen angesetzt worden. Ich habe eben den Anruf entgegengenommen. Dann habe ich es dem Chef gesagt …«

Und zwar im Beisein von Nina. Maguy war völlig zerknirscht. Aber was änderte es schon, daß Nina so schnell davon erfahren hatte? Die Beerdigung stand sowieso an, die Toten können ja nicht zeitlebens in einem Kühlfach herumliegen. Marion hatte ihrer Tochter den Arm um die Schulter gelegt.

»Komm, mein Schatz, laß uns ein bißchen frische Luft schnappen.«

Im Flur mußte Nina plötzlich zur Toilette.

»Dann geh«, sagte Marion. »Ich warte hier auf dich.«

Nina kannte den Weg. Die Kripo mit ihren Winkeln und Ecken barg keine Geheimnisse mehr für sie. Sie steuerte auf die Toilette zu, hinter der die Räume des Drogendezernats anfingen, und kam schließlich am letzten Büro vorbei, dessen Tür weit geöffnet war. Unwillkürlich drehte sie den Kopf zur Seite und blieb abrupt stehen.

Da saß Zig, allein. Sein rechter Arm war mit einer Handschelle an einen Ring gekettet, der in der Wand verankert war. Zusammengesackt hing er auf einem Stuhl, das Kinn war ihm auf die Brust gesunken. Das regelmäßige Auf und Ab seiner Schultern und der rauhe Atem, der aus seinem halbgeöffneten Mund drang, deuteten darauf hin, daß er schlief. Aber wo waren die anderen? fragte sich Nina mit trockenem Mund. Warum war er allein? Natürlich war das Oberlicht vergittert, und Zig war angekettet. Aber auch so hatte dieser Mann, allein in dem engen Raum, etwas Bedrohliches.

Fasziniert tat die Kleine einen Schritt nach vorn. Zig bewegte sich nicht. Nina faßt sich ein Herz und ging zwei Schritte weiter. Ihr schwirrte der Kopf. Noch zwei Schritte. Und noch zwei. Ihre blauen Augen versuchten, den Körper dieses Mannes zu durchdringen und in seinen Kopf hineinzusehen. Sie studierte sein rundliches Gesicht, das Doppelkinn über dem karierten Hemdkragen, den Bart, der wie ein Schatten auf seinen Wangen lag, sein weichliches, fast hilfloses Äußeres. Ja, jetzt war er ihr ausgeliefert, so wie sie ihm an jenem Abend ausgeliefert gewesen war.

Bald war sie nur noch einen Schritt von ihm entfernt, so nah, daß sie ihn riechen konnte – sie roch Schweiß und Kölnischwasser, dazwischen ein wenig Schinkensandwich, dessen Reste auf dem Tisch herumlagen. Und Kaffee, von dem ein Schluck in einem Plastikbecher zurückgeblieben war.

Nina beugte sich vor, um den Geruch des Mannes in sich aufzunehmen und endlich eine Erinnerung wachzurufen, die sich ihr bislang entzog.

Die Angst sollte wieder lebendig werden, auch wenn es kaum auszuhalten wäre.

Aber sosehr sich Nina auch konzentrierte, Zigs Geruch war nicht der Geruch, den sie in jener Nacht wahrgenommen hatte. Dieser Mann war nur mitleiderregend.

Plötzlich fiel ihr auf, daß er sich gefährlich nach links neigte und kurz davor war, von seinem Stuhl zu rutschen. Was würde passieren, wenn er aufwachte und sie sah? Würde er sie wiedererkennen? Würde er »Bleib stehen, Nina, sonst bring ich sie um!« rufen?

Plötzlich fuhr Zig im Schlaf zusammen, und Nina bekam es mit der Angst zu tun. Gerade als sie wieder in den Flur stürzte, kam ein Beamter mit zwei Kaffeebechern zurück. Die Toilettentür ging auf, und ein zweiter Beamter stand vor Nina. Verdutzt starrten die beiden das Mädchen an.

»Was machst du denn hier?« rief der Commandant aus.

Bleich und am ganzen Leib zitternd, drehte sich Nina wortlos auf dem Absatz um.

»Hast du den Verdächtigen etwa allein gelassen? Hast du sie noch alle? Du willst wohl richtig Ärger kriegen, oder was?« hörte sie den Polizisten noch sagen, während sie zu ihrer Mutter zurücklief.

## 68

Kerman hatte das abendliche Briefing auf acht Uhr gelegt.

Die Männer um Régine Duplat hatten reihum ein paar Stunden geschlafen und waren insofern relativ fit. Die Gründe für ihre verdrossenen Mienen mußten woanders liegen.

Als Kerman an Marion vorbeiging, streichelte er kurz über die widerspenstigen Härchen in ihrem Nacken. In seinem Gesicht lag etwas Weiches, Mattes, jener Anflug von Traurigkeit, der manchmal seine Augen- und Mundwinkel nach unten zog.

Er setzte sich auf die Tischkante, ließ die Beine baumeln und stibitzte sich bei einem Beamten eine Zigarette. Das waren ja ganz neue Sitten. Marion hatte ein schlechtes Vorgefühl, zumal Brigitte Nill an dem Treffen offenbar nicht teilnahm.

»Feuer!« sagte Kerman.

Der Beamte mit der Brille gab ihm sein Feuerzeug. Kerman zündete die Zigarette an und sog den Rauch ein.

»Schlechte Neuigkeiten«, fing Régine Duplat an. »Wir haben umsonst am Hôpital Lariboisière ausgeharrt. Claude Zig konnte nicht vernommen werden, wir durften nicht einmal in ihre Nähe, und heute abend hatte sie zum zweiten Mal einen Herzstillstand. Dazu eine leichte Hirnblutung. Sie liegt im Koma. Ihre Überlebenschancen gehen gegen Null. Ein paar Stunden hat sie vielleicht noch, mehr nicht. Wir haben Zig noch nichts gesagt.«

Kerman stieß einen leisen Fluch aus.

»Und die Befragung der Nachbarn?« sagte er dann.

Der jüngste Beamte der Gruppe ergriff das Wort.

»In der Rue de Belzunce Nummer fünf wohnen fünf Parteien. Das ganze Gebäude gehört der Familie. Zig und seine

Mutter brauchen sich also keine Sorgen zu machen. Finanziell gesehen, meine ich …«

»Okay, okay«, unterbrach ihn Kerman ungeduldig. »Weiter, Kleiner.«

Stimmt ja, der Mann heißt Kleiner, erinnerte sich Marion, die sich erst über den vertraulichen Ton gewundert hatte, den Kerman bei seinen Männern sonst eigentlich vermied.

»Die meisten Mieter sind ältere Leute. Seit einem halben Jahrhundert herrschen stabile Mietverhältnisse, das Haus wird von der Firma Lorit, Rue des Pyramides, verwaltet. Die Verwalter kennen die Zigs kaum. Zu den anderen Hausbewohnern haben sie ein gutes nachbarschaftliches Verhältnis, mehr nicht.«

»Also keine besonderen Vorkommnisse, ist es das, was Sie damit sagen wollen?«

»Ja, in etwa.«

»Georges Aubin?«

»Dem Verwalter zufolge hat Georges Aubin in der Wohnung im dritten Stock gewohnt und ist eine Etage höher gezogen, als die Zigs nach Paris gekommen sind. Das ist alles.«

Kerman wedelte gereizt mit der Hand.

»Haben Sie mit diesem Aubin gesprochen oder nicht?«

»Nein. Die Nachbarn sagen, daß sie ihm schon länger nicht mehr begegnet sind.«

»Lebt jemand anderes in der Wohnung?«

»Nein.«

Schweigen. Er verlange, daß bei solchen Nachforschungen mehr Sorgfalt und größere Präzision an den Tag gelegt werde, warf Kerman in die Runde, und da mußte ihm Marion ausnahmsweise einmal recht geben.

»Weiter!« befahl er dann.

»Die Ergebnisse der biologischen und toxikologischen Untersuchungen sind ein totaler Reinfall«, sagte Régine Duplat. »Nantes hat heute mittag alles durchgegeben. Zigs DNA stimmt mit keiner der Spuren überein, die wir auf der Leiche der kleinen Marly, auf ihren Kleidern, auf der grünen Mappe oder den Gegenständen in der Tasche gefunden haben.«

Als Antwort kam nur ein Seufzen, dann ein erschöpftes Schweigen. Besorgt fragte sich Marion, was noch alles kommen würde.

»Und der ausgebrannte Geländewagen?« fragte Kerman weiter. »Die Frau in der Tiefgarage?«

»Völlig unbekannt. Sollte sie wirklich das Feuer gelegt haben, können wir bisher über die Gründe nicht das geringste sagen.«

»Und wenn Zig selbst der Brandstifter ist?« warf Marion ein. Der Gedanke lag eigentlich nahe.

Hier und da wurde diskret geseufzt, und sie fing ein paar mitleidige Blicke auf. Kerman breitete die Arme aus.

»Erklär uns, wie du dir das vorstellst!«

»Wie sollte ich! Ich habe nur eine Idee in den Raum gestellt, damit wir weiterkommen. Man kann doch versuchen, die Dinge mal aus einem anderen Blickwinkel zu betrachten.«

»Der Staatsanwalt erwartet Fakten, keine vagen Hypothesen«, sagte Kerman scharf. »Bis jetzt gibt es keinen Grund zu der Annahme, daß ausgerechnet Zig den Wagen in Brand gesteckt haben soll, den er selbst abgöttisch liebt.«

Régine Duplat und ihre Männer gaben keinen Mucks von sich, aber in ihren Gesichtern war deutlich zu lesen, daß sie die Meinung ihres Chefs teilten. Marion schwieg.

»Nina hat ihn erkannt«, fing sie schließlich mit belegter Stimme wieder an. »Sie lügt nicht.«

Kerman zog noch einmal an seiner Zigarette, blies den Rauch aus und zerdrückte den Zigarettenstummel in einem Ricard-Aschenbecher.

»Daran zweifelt auch niemand«, sagte er in die bleierne Stille hinein. »Aber es ist nun einmal so, daß sich der Verdacht gegen Zig ausschließlich auf ihre Zeugenaussage stützt. Wir haben kein Motiv und außer dem Wagen keine konkreten Hinweise. Weil Nina und Gervaise nicht dieselben Teile gesehen haben, haben wir daraus ein Gesamtbild gebastelt und sind so auf Zig gestoßen.«

*Ich* bin auf Zig gestoßen, dachte Marion und fragte sich, ob es nicht genau das war, was Kerman an der Sache störte.

»Also«, fuhr der Kripochef fort. »Der Staatsanwalt verlangt, daß wir ihm bis morgen früh, fünf Uhr, wenn auch die Verlängerung des Polizeigewahrsams abgelaufen ist, konkrete Ergebnisse servieren.«

»Was können wir heute abend noch tun?« fragte Régine Duplat mutlos.

»Zig vernehmen. Noch einmal. Nicht lockerlassen. Ihn in die Enge treiben, bis er einknickt. Wenn das geht.«

Kinderleicht. Ob Zig wußte, daß die Zeugenaussage eines jungen Mädchens das einzige war, was ihn belastete? Ja, natürlich wußte er das.

»Vielleicht ist er es ja gar nicht«, gab plötzlich der bebrillte Beamte zu bedenken und sprach damit aus, was alle dachten.

Kerman nahm sich noch eine Zigarette, zündete sie an und deutete auf eine alte Wanduhr über der Tür.

»Sie haben noch acht Stunden, um das Gegenteil zu beweisen.«

## 69

Als Marion mit Nina nach Hause gehen wollte, erinnerte Kerman sie daran, daß man sie – sprich: ihre Tochter – in den nächsten Stunden möglicherweise noch brauchen würde. Eigentlich hatte sie damit gerechnet, daß er seinen Annäherungsversuch vom Vorabend wiederholen würde, aber da hatte sie sich geirrt. Widerspruch hin oder her, Marion empfand eine gewisse Enttäuschung darüber.

»Wir sind natürlich zu Hause. Oder meinst du, ich gehe heute abend noch in die Disco?« murrte sie.

Kerman gab Nina einen huldvoll hingenommenen Kuß auf die Wange und warf Marion einen fast zärtlichen Blick zu, der mit seinen sexuellen Prahlereien wenig zu tun hatte.

»Bis morgen«, sagte er wie ein Handelsreisender, der sich von seiner Frau verabschiedet.

Marion ließ Nina vorgehen. Kerman wußte, was sie jetzt sagen würde.

»Ich schwöre dir, daß wir alles Menschenmögliche tun werden«, kam er ihr schnell zuvor. »Aber es gibt Beamte in unserer Gruppe, denen es schwerfällt, daran zu glauben. Wir haben nicht das Recht, subjektiv zu sein, die Gefühle sprechen zu lassen. Du mußt dich in diese Leute hineinversetzen, du kennst doch die Problematik, oder?«

»Ich habe solche Angst um Nina«, sagte Marion leise.

Kerman nahm ihre Hände. Seine fühlten sich warm an und stark. Ich bin da, Edwige, sagten seine Augen.

Im Auto – die Präfektur hatten sie längst hinter sich gelassen – fing Nina an.

»Marion, ich glaube, ich habe was ziemlich Dummes gemacht ...«

Marions Herz setzte für einen Moment aus.

»Etwas ... Dummes? In welcher Hinsicht?«

»Zig.«

»Wie?«

Die Kleine warf einen finsteren Blick auf die erleuchtete Fassade der Samaritaine, die schon mit Weihnachtsgirlanden und riesigen, leuchtendroten Kugeln geschmückt war. Die bunten Schaufenster, die Weihnachtsmänner auf den

Bürgersteigen, die flackernden Kerzen, deren Flammen sich in den vor Ungeduld glänzenden Augen der Kinder spiegelten, all das hatte den faden Beigeschmack einer Kindheit, die Nina langsam entglitt. Der Glanz war aus ihren Augen gewichen, nur das Licht eines Scheinwerfers huschte für einen kurzen Moment über ihre starren Pupillen.

»Ich war bei ihm.«

Marions Wagen machte einen Schlenker, um ein Haar hätte sie einen Motorroller gerammt, der einen heiseren Hupton von sich gab.

»Was soll das heißen, Nina?«

»Ich habe ihn gesehen, er saß in einem Büro, ich bin zu ihm gegangen, so nah ran, daß ich ihn fast berührt hätte.«

»Aber wo denn und wann? Wer hat dich zu ihm gelassen?«

Nina erklärte es ihr.

»Du bist verrückt, Nina, total verrückt! Wenn ich mir vorstelle ... Die spinnen ja wohl!«

»Ich habe ihn gerochen.«

Ninas Stimme klang belegt, während sie die Begegnung mit Zig nochmals durchlebte.

»Seine Stimme habe ich nicht wiedererkannt, seinen Gang habe ich nicht wiedererkannt. Und jetzt habe ich auch seinen Geruch nicht wiedererkannt.«

»Warum sagst du das?«

»Als er in der Nacht an dem Park auf uns zukam, da habe ich ihn gerochen. Er hat nicht so gerochen wie eben. Er hat irgendwie ... dreckig gerochen.«

»Dreckig?« murmelte Marion, die immer ratloser wurde.

»Ja, so nach schmutziger Wäsche, weißt du? Das riecht ein bißchen muffig und angeschimmelt, und dann war da noch was anderes, das richtig gestunken hat. Verstehst du?«

Nicht wirklich, nein. Im Gegenteil, Marion hatte das Gefühl, daß sie immer mehr den Durchblick verlor.

»Da hatte er andere Kleider an«, gab sie zu bedenken. »Vielleicht ist das der Grund.«

Verzweifelt klammerte sich Marion an den Gedanken, daß die Hölle der letzten Stunden nicht umsonst gewesen war. Nina schloß die Augen und drückte sich tief in ihren Sitz.

Schweigend fuhren sie zur Rue Saint Vincent de Paul.

Als sie wieder zu Hause waren, in ihrer Wohnung im siebten Stock, wo der Nachbar gerade Jazz hörte und mit den Töpfen klapperte, erwiderte Nina schließlich den durchdringenden Blick ihrer Mutter. Lange sahen sich die beiden prüfend an. Die Kleine ließ sich nicht erschüttern.

»Er ist es, Mama. Da bin ich mir sicher.«

»Nina! Eben hast du noch das genaue Gegenteil gesagt ...«

»Ich weiß. Und ich muß auch ständig daran denken.«

Sie stand auf und wandte Marion den Rücken zu. Dann drehte sie sich mit Tränen in den Augen wieder um.

»Ich will, daß er dafür büßt.«

## 70

Marion träumte von Kerman. Er war bei ihr, auf ihrem Bett. Elegant gekleidet, saß er auf der Bettkante. Er streichelte ihr über die Stirn, die Wangen und strich ein paar widerspenstige Strähnen zur Seite. Er redete, aber sie konnte nicht verstehen, was er sagte. Auch er konnte die stummen Worte nicht hören, die ihr trotz aller Bemühungen nicht über die Lippen kamen.

Zieh deine Bürokratenkleider aus, wollte Marion ihm sagen, leg dich neben mich, drück deine Haut an meine Haut. Aber sie brachte keinen Ton heraus. Sanft streichelte er sie, und sie gab sich diesem unendlich weichen, angenehmen Gefühl hin. Sie war ja so müde.

»Kriegt man sie morgens immer so schwer wach?«

»Nee, eigentlich nicht. Ich versteh das nicht, normalerweise hat sie eher Mühe zu schlafen.«

»Hat sie wieder was genommen?«

Nina gluckste. Ihr Lachen drang durch die Watteschichten um Marions Hirn. Nina?

Mit einem Aufschrei fuhr sie hoch und wäre um ein Haar gegen Ninas Schädel geknallt. Im nächsten Moment sah sie, daß Abadie zögernd in der Tür stand.

»Was soll das? Was macht ihr hier? Mitten in der Nacht!«

Nina brach in schallendes Gelächter aus, während sich der Beamte schnell ins Wohnzimmer verzog.

»Es ist fast neun!« ließ er über die Schulter hinweg verlauten.

»Neun Uhr? Scheiße! Warum hast du mich nicht geweckt, Nina?«

»Ich versuch's ja seit einer Viertelstunde ...«

»Ich muß Ihnen etwas zeigen«, rief Abadie aus dem Wohnzimmer.

»Und das konnte nicht warten?«

»Nein.«

Seine Stimme klang erregt.

Aus dem, was die Küche noch hergab, hatten sie sich ein Frühstück zusammengesucht. Seit zehn Tagen war die Wohnung gewissermaßen sich selbst überlassen: stapelweise ungeöffnete Post, der Haushalt verwahrlost, Vorratsschränke und Kühlschrank leer. Nina hatte sich, als Marion ihr verbot, alleine zum Bäcker zu gehen, beleidigt im Badezimmer verbarrikadiert.

»Und? Wie sieht's aus?« fragte Abadie.

Er hatte sich vor den Videorecorder gehockt, um eine Kassette einzuschieben.

»Sie meinen Zig? Er wird wohl noch in Polizeigewahrsam sein, aber die Frist müßte jetzt ablaufen.«

»Hat er geredet?«

Bestimmt nicht. Kerman hätte es sich nicht nehmen lassen, Marion zu wecken, um es ihr zu sagen.

»Ich weiß nicht. Los, Capitaine, wir wollen doch nicht den ganzen Tag damit zubringen, oder?«

Abadie drückte auf Start und setzte sich mit der Fernbedienung in der Hand neben Marion. Die Bilder huschten im Zeitraffer vorüber. Menschen, die in den verschiedenen Zonen des Bahnhofs herumrannten, durch Großaufnahmen verzerrte Gesichter, Bahnsteige und Züge, aus denen anonyme Massen quollen. Abadie hielt den Zähler im Auge. Stop. Kamera K28TF. 150902/10H. Das Zwischengeschoß, Eingangsbereich der Damentoilette. Leer.

Marion konzentrierte sich.

»Schauen Sie genau hin«, sagte Abadie.

Bild für Bild spulte er die Aufnahme ab. Zunächst der leere Eingangsbereich. Einige Passanten. Eine Raumpflegerin kam mit ihrem Wagen ins Bild. Grüner Kittel, Pronet-Logo. Sie verschwand in der Toilette. Ende. Wieder der leere Eingangsbereich. Dann Kamera K32ZR, der Ausgangsbereich vor der großen Rolltreppe. Abadie drückte auf Zeitraffer. Zahlen wie Menschen rasten in Höchstgeschwindigkeit über den Bildschirm. Wieder Stop. Kamera K28TF. Zwischengeschoß, Eingangsbereich der Damentoilette. Immer noch genauso menschenleer. Toilettentür. Die Raumpflegerin tauchte wieder mit ihrem Wagen auf und verschwand aus dem Blickfeld der Kamera. Klack. Abadie drückte auf Stop und spulte das Band zurück. Marion starrte entsetzt auf ihren Fernseher.

»Ich traue mich nicht, das zu verstehen«, flüsterte sie.

»Ich habe genauso reagiert. Deshalb wollte ich Ihnen auch

erst die Bilder zeigen und Ihnen dann sagen, was ich davon halte. Wollen Sie's noch mal sehen?«

»Ja.«

Wieder wurde Bild für Bild abgespult. Den Blick auf den Bildschirm geheftet, kommentierte Marion die Aufnahmen mit leiser Stimme.

»Um zehn Uhr verschwindet die Putzfrau mit ihrem Wagen in der Toilette. Um zehn Uhr zehn kommt sie wieder raus. Sehen Sie sich den Müllsack an!«

Zehn Uhr, der große, am Wagen befestigte Beutel ist leer. Zehn Uhr zehn, die Putzfrau kommt heraus, der Beutel ist voll. Proppenvoll. Die Frau scheint sich gegen den Wagen stemmen zu müssen, damit er sich von der Stelle bewegt.

»Innerhalb von zehn Minuten hat sie ihren Müllbeutel unmöglich füllen können«, bestätigte Abadie das, was auch Marion dachte. »In den Toiletten ist im Schnitt alle acht Stunden ein neuer Sack fällig. Der Müll besteht hauptsächlich aus Papier und Damenbinden, das heißt leichtem Abfall. Voluminös, aber leicht. Was sie da vor sich herschiebt, ist schwer.«

»Hut ab, Abadie!«

Ohne auf das Kompliment einzugehen, spielte Abadie das Band noch einmal ab.

»Sehen Sie das Datum?«

»Ja. 15. September 2002.«

»Einer der vermißten Jungen ist am 13. verschwunden. Auf diese Weise bin ich überhaupt auf die Sache gestoßen. Ich habe mir ganz gezielt die Aufnahmen aus den Zeiträumen angesehen, in denen am Bahnhof Jungs verschwunden sind.«

Marion schwieg. Der Gedanke, daß Abadies Phantasie auch vor dem Schlimmsten nicht haltmachte, streifte sie. Kaum zu glauben, aber darin übertraf er sie bei weitem. Sie waren im Begriff, einer Sache auf die Spur zu kommen, die so grauenvoll war, daß es ihr Vorstellungsvermögen überstieg.

»Wer ist diese Frau?« flüsterte sie.

Abadie spulte das Band vor, bis der Kopf der Pronet-Mitarbeiterin ins Bild kam. Großaufnahme. Ein Mondgesicht, durch dicke Brillengläser entstellt.

»Kenne ich nicht«, murmelte Marion.

»Das ist die Frau, die gerade Dienst hatte, als Pierre Palmieri aufgetaucht ist. Die Frau, die sein Blut aufgewischt hat.«

»Die Frau, die nicht vernommen worden ist, weil Sie's *vergessen* haben! Wie heißt sie?«

»Aubin. Laurence Aubin.«

Aubin. Davon gab es allein in Paris wahrscheinlich Hunderte. Trotzdem war Marion sofort alarmiert.

»Ihre Adresse?«

Hunderte von Aubins ...

Abadie fixierte die Balkontür. Hinter den Scheiben verschmolz der bleierne Himmel mit dem Grau der Pariser Dächer.

»Tja, Sie werden's nicht glauben ...«, antwortete er etwas befangen. »Sie wohnt in der Rue de Belzunce. Nummer fünf.«

## 71

Martine Lemaire, die wieder ihren Dienst an Ninas Seite angetreten hatte, war von der Kleinen freudig empfangen worden, weil sie eine Tüte Haribo und zwei Videokassetten mitgebracht hatte.

Indessen war Marion zur Bahnhofspolizei geeilt, hatte Morel, der ihr unbedingt über mehrere »überaus dringende« Fälle Bericht erstatten wollte, einfach stehenlassen und sich mit Capitaine Abadie in ihrem Büro verbarrikadiert. Von Valentine Cara war weit und breit nichts zu sehen. Irgendwann hatte Abadie zugegeben, daß sie sich ein paar Tage Urlaub genommen hatte.

»Ausgerechnet jetzt!« schimpfte Marion, die sich gerade in die Palmieri-Akte vertiefen wollte. »Wo wir in Arbeit ertrinken. Ich hoffe, sie hat gute Gründe!«

»Ich glaube, sie muß Energie tanken.«

Wenn hier einer bevorzugt behandelt wird, dann ja wohl eindeutig Valentine Cara, dachte Marion. Aber gleichzeitig mußte sie sich eingestehen, daß das Ganze wohl auch an ihr lag. An ihrer allzu direkten, impulsiven Art, die genauso unberechenbar war wie ihre Launen.

»Und Amel, hat der gearbeitet?«

»Ja, er kommt in zehn Minuten.«

Obwohl Marion offiziell gar nicht im Büro war, beharrte die Telefonzentrale darauf, einen Anrufer zu ihr durchzustellen. Marion hoffte, daß es Kerman war. Statt dessen hatte sie Maître Schmidt, Rue des Abesses, an der Strippe, der sich wunderte, daß sie noch nicht auf sein Fax reagiert hatte. Marion würgte eine vage Entschuldigung hervor, die der Anwalt im Raum stehenließ, ehe er ihr mitteilte, daß sie Freitag, vierzehn Uhr, beim Richter vorgeladen sei. Morgens die Gewerkschaftsvertreter, nachmittags der Richter.

»Haben Sie heute abend schon etwas vor?« erwiderte Marion, was der Anwalt mit einem Schweigen quittierte. »Wir könnten uns zusammen betrinken. Zur Entspannung.«

Der Mann lachte gezwungen und legte auf, nachdem er ihr noch dringend geraten hatte, vor Freitag zu einem Gespräch in die Kanzlei zu kommen und die Sache nicht auf die leichte Schulter zu nehmen.

»Wer war das?« traute sich Abadie zu fragen.

»Niemand.«

Aus einem Papierstapel zog sie den Zettel hervor, den Abadie von Roger Lenfant bekommen hatte.

Aubin, Laurence, geboren in Pontoise. Angestellte der Firma Pronet.

Nicht gerade aufschlußreich, es gab nicht einmal ein Foto der Frau. Wer war sie? Wie lebte sie?

»Ich werde sie vorladen«, sagte der Capitaine, dem längst nicht mehr wohl in seiner Haut war.

Klar. Sobald man sich ein paar intelligente Fragen überlegt hätte. Zum Beispiel: Was schleppen Sie in Ihren Müllsäcken durch die Gegend, Madame Aubin? Vielleicht diese verschwundenen, in Teile zerlegten Jungs? Sie wissen doch, die, von denen man nie wieder etwas gesehen oder gehört hat?

Laurence Aubin. Rue de Belzunce 5.

Wenn das kein Zufall war, was war es dann?

Marion sah auf die Uhr.

»Wo bleibt er?«

»Er wird schon kommen.«

Sie warf Abadie, der, um äußere Gelassenheit bemüht, in der Akte blätterte, einen durchdringenden Blick zu. Er hob den Kopf und sah die Frage in ihrem Gesicht.

»Amel kommt gleich. Warten Sie noch auf jemand anderen?«

»Ja.«

Ja, ja, ja! Ich warte auf Kerman. Warum zum Teufel ruft er nicht an? Um diese Uhrzeit mußte er doch längst erfahren haben, was die Staatsanwaltschaft beschlossen hatte.

»Mieser Typ«, fluchte sie leise vor sich hin.

»Wie bitte?«

»Nicht Sie, Abadie, nicht Sie.«

72

Seit fünf Minuten fixierte Kerman das Telefon, als sei es eine Kobra, die darauf lauerte, ihm bei der ersten falschen Bewegung ihr Gift in die Adern zu spritzen. Regungslos saß er da und konnte sich zu keiner Entscheidung durchringen.

»Edwige«, murmelte er. »Ich muß dir etwas sagen ... es ... es fällt mir schwer ...«

Nein, nein, zu abgeschmackt.

»Marion, du hörst mir jetzt bitte zu, ohne dich aufzuregen! Ich weiß, es ist saublöd, aber ...«

Nein, zu brüsk.

»Edwige, du erinnerst dich doch noch daran, was ich dir gestern gesagt habe ...«

Ein geniertes Räuspern ließ ihn aufblicken. Maguy, seit dreißig Jahren Sekretärin der wechselnden Kripochefs, stand im Türrahmen.

»Ich habe angeklopft, Monsieur«, sagte sie schnell.

»Ja, Maguy? Ich ... wiederhole gerade meine Rede für den Polizeipräsidenten ...«

Den Polizeipräsidenten! schien Maguys ironischer Blick zu sagen. Der Polizeipräsident hieß plötzlich Edwige!

»Es geht um die Beerdigung der kleinen Marly. Der Staatsschutz hat angerufen, und weil Sie im Justizpalast waren ...«

»Ja?« fiel ihr Kerman, der allergisch gegen jedes unnötige Drumherumgerede war, ungeduldig ins Wort.

»Es werden wahrscheinlich viele Presseleute kommen, und es wird wohl eine Versammlung geben, zu der der Verein ›SOS – Vergewaltigte Kinder‹ aufgerufen hat – natürlich ohne die Würde der Toten zu verletzen, das haben sie gleich dazugesagt.«

»Vergewaltigte Kinder? Was soll der Quatsch? Hier gibt's keine vergewaltigten Kinder! Wo haben die diesen Mist her?«

Maguy zuckte die Achseln. Woher hätte sie das auch wissen sollen? Kerman fing an, wütend in seinem Büro hin und her zu laufen.

»Verdammt noch mal! Wenn sie erst den Rest erfahren … Da müssen wir gut aufpassen … Berufen Sie eine Generalversammlung ein, wir müssen vorbereitet sein.«

Die Sekretärin nickte und wollte gehen, aber Kerman hielt sie zurück.

»Ach, Maguy, noch etwas! Sagen Sie Madame Marion nichts von der Beerdigung. Falls sie anruft … Was? Was ist los?«

Maguys Gesicht sagte alles.

»Zum Teufel aber auch, bin ich hier eigentlich nur von Idioten umgeben?«

Er wußte, daß er ungerecht war. Daß Maguy seine zuverlässigste und kompetenteste Mitarbeiterin war. Sie hatte geglaubt, richtig zu handeln, schließlich war Marion eine Kollegin. Kerman entließ sie mit einer Handbewegung und setzte sich, immer noch genauso unentschlossen, wieder vors Telefon.

73

Amel, Wolski, ein paar andere Beamte und … Roger Lenfant hatten sich im Beisein von Abadie und Marion die Teile der Kassette angesehen, die der Capitaine ausgewählt hatte.

Roger Lenfant ergriff als erster das Wort, seine Stimme war heiser vor Erregung.

»Was befindet sich Ihrer Meinung nach in diesen Beuteln? Sagen Sie mir die Wahrheit.«

»Wir wissen es nicht«, sagte Marion vorsichtig. »Wir wissen nur, daß in diesem Teil des Bahnhofs einiges vorgefallen ist.«

Das konnte Amel nur bestätigen. Er hatte den ganzen Bereich gemeinsam mit mehreren Beamten, die bereit waren, Überstunden zu machen, nun längere Zeit überwacht. Sie waren einem merkwürdigen Treiben auf die Spur gekommen, in das Jugendliche beiderlei Geschlechts verwickelt waren. Drei Zentren waren ausgemacht worden. Erstens ein Bereich hinter der Sandwichbar am äußersten Ende des Zwischengeschosses, dort, wo die Rolltreppen mündeten, über die man von den Vorstadtzügen nach oben gelangte. Zweitens die zur Bahnhofshalle führenden Gänge, wo jugendliche Stricher unter unglaublichen Bedingungen anschafften.

Der dritte Brennpunkt befand sich am anderen Ende des Zwischengeschosses, in der Nähe der Damentoilette: Es handelte sich um den Paßbildautomaten. Dort ließen sich abenteuerlustige Jugendliche mit ihren wechselnden »Kunden« ablichten. Ein Spielchen, bei dem ein paar Euro heraussprangen, abgedrückt von Männern auf der Suche nach schnellen, flüchtigen Genüssen, die, auf dem Weg zu ihren Frauen und Kindern, zwischen Metro und Vorstadtzug den Bahnhof durchquerten.

Niemand wußte, wie lange das schon so ging, aber es gab eine erstaunliche Mund-zu-Mund-Propaganda, die immer mehr Kunden anlockte.

»Haben Sie diese Kunden identifiziert?« fragte Marion, die noch immer ganz fassungslos war.

»Nein«, sagte Amel. »Das ist eine langwierige Arbeit, um die sich die Kollegen vom Jugendschutz kümmern.«

»Haben Sie mit denen gesprochen?«

»Noch nicht, ich hatte keine Zeit«, rechtfertigte sich der Beamte. »Außerdem …«

Marions Blick hielt ihn davon ab, nach weiteren Ausflüchten zu suchen.

»Bin schon unterwegs«, sagte er.

Wieder wurde Kerman aus seinen Grübeleien gerissen, diesmal von Régine Duplat.

»Claude Zig ist vor einer Stunde gestorben.«

»Scheiße. Weiß er Bescheid?«

»Nein.«

»Wird der Richter es ihm sagen?«

Kerman verschränkte die Arme vor der Brust, ließ sie wieder auf den Tisch sinken, nahm einen Stift, der neben dem Telefon lag, und fing an, ihn zwischen den Fingern zu drehen. Schließlich legte er ihn wieder hin und erwiderte den kühlen Blick der Beamtin.

»Um wieviel Uhr ist es soweit?«

»Um zwölf.«

»Scheiße.«

»Sie haben heute morgen einen großen Wortschatz, Chef. Was machen wir?«

»Wir hängen uns an den Kerl ran.«

»Ach ja? Und aus welchem Grund?«

Kerman hob abwehrend die Hände und straffte die Schultern.

»Ich kann ihr das nicht antun.«

Ein müdes Lächeln trat in Régine Duplats erschöpftes und angespanntes Gesicht.

»Weiß sie noch nicht Bescheid?«

Kerman schüttelte langsam den Kopf. An diesem Tag entdeckte die Beamtin eine Seite ihres Chefs, die ihr hinter seinem professionellen, zackigen Auftreten bisher verborgen geblieben war: Vor ihr saß ein verliebter und schrecklich unglücklicher Mann. Zwei nicht voneinander trennbare Zustände, die ihr selbst glücklicherweise völlig unbekannt waren.

Roger Lenfant hatte sich für Marion ins Zeug gelegt, um seiner Angst Herr zu werden, aber auch, weil an ihm ein Polizist verlorengegangen war. Wenn einer seinen Beruf verfehlt hatte, dann er. Daß jemand, der schon als Kind davon geträumt hatte, Jagd auf Ganoven zu machen, als Wachmann bei der SNCF gelandet war … Es gab Tage, an denen ihn diese Ironie des Schicksals zutiefst deprimierte.

»Laurence Aubin arbeitet seit knapp drei Jahren für Pronet. Zuerst Vollzeit, dann war sie länger krankgeschrieben und ist danach auf Teilzeit gegangen. Sie macht Vertretungen, je nach Bedarf. Ihre Akte gibt nicht viel her«, berichtete Lenfant. »Der Lebenslauf ist ziemlich übersichtlich: keine Zeugnisse, vorher nie gearbeitet. Bei der Arbeit korrekt, keine besonderen Vorkommnisse.«

Ziemlich »übersichtlich«, in der Tat …

»Ihre Adresse ist …«

»Die haben wir«, unterbrach ihn Marion.

»Vierte Etage«, fügte Lenfant dennoch hinzu.

»Danke«, sagte Marion. »Was verrät die Akte über ihre familiäre Situation?«

»Äh … sie ist ledig, hat keine Kinder.«

Welchen Zusammenhang – über die Adresse und das Stockwerk hinaus – mochte es zwischen dieser Frau und dem Phantom Georges Aubin geben? Eins war klar: Was auch immer die beiden miteinander und vielleicht auch mit den Zigs zu tun hatten, vor etwa drei Jahren war irgend etwas passiert. Das Datum schien der Dreh- und Angelpunkt einer Geschichte zu sein, in die auf die eine oder andere Weise alle diese Personen verwickelt waren.

»Wo ist sie im Moment?«

»Das ist es ja gerade, wir wissen es nicht. Am Montag

morgen hat sie gearbeitet, von fünf bis elf. Seitdem hat man nichts mehr von ihr gehört. Eigentlich sollte sie Dienstag abend wiederkommen, aber sie ist nicht aufgetaucht. Ich habe mit ihrem Chef gesprochen, er weiß nicht, was da los ist.«

»Hat niemand versucht, sie anzurufen?

»Sie hat kein Telefon.«

Ein Telefon auf den Namen Aubin, Rue de Belzunce 5, dritte Etage, in der Wohnung einer Frau namens Zig. Und in der vierten Etage eine Frau namens Aubin, die keinen Telefonanschluß hatte ...

Marion schüttelte ratlos den Kopf. Dafür muß es eine Erklärung geben, hätte Kerman gesagt, es gibt immer eine Erklärung.

»Sie könnten ja mal jemanden hinschicken«, schlug Lenfant vor.

Marion verzog den Mund. Hätte sie ihm sagen sollen, daß sie nichts lieber täte, ihr der Kripochef das aber sehr übelnehmen würde? Im übrigen war es höchste Zeit, ihn anzurufen und ihm zu erklären, warum sie zu der Überzeugung gelangt war, daß es einen direkten Zusammenhang zwischen seinen und ihren Ermittlungen gab.

»Abadie«, sagte sie nichtsdestotrotz, »überprüfen Sie den Familienstand von Laurence Aubin, finden Sie heraus, ob und wann sie an den Tagen, an denen hier am Bahnhof Jugendliche verschwunden sind, gearbeitet hat, und trommeln Sie alle Kollegen zusammen.«

»Okay«, sagte der Capitaine, der noch dabei war, Roger Lenfants Informationen in den Computer zu tippen. Dann hob er den Kopf, und als er das entschlossene Gesicht der Kommissarin sah, wußte er, daß es ernst wurde. Marion holte tief Luft.

»Wenn der Paßbildautomat und die angrenzende Damentoilette der gemeinsame Nenner zwischen Pierre Palmieri und unseren vermißten Jugendlichen sind, dann müssen wir uns Klarheit darüber verschaffen. Ich will, daß Sie das ganze Gebiet genauestens unter die Lupe nehmen, daß sie dieses Klo schließen und auf den Kopf stellen, um das zu finden, was es dort zu finden gibt. Können Sie uns dabei helfen, Monsieur Lenfant?«

»Natürlich, ich werde alles in die Wege leiten. Meine Jungs sind dabei.«

Marion hatte ihre Jacke angezogen. Weil draußen ein ziemlich frischer Wind wehte, hatte sie außerdem ihren Parka mitgenommen. Erstaunt sah Abadie zu, wie seine Chefin auf die Tür losmarschierte.

## 76

Von außen erinnerte es an Beirut in seinen besten Zeiten. Der Zerstörung, versteht sich. An eins jener von Kugeln durchsiebten, ausgebombten Häuser, in deren Wänden statt Fenstern Löcher klafften, in denen Menschen unter freiem Himmel schliefen, in Betten, die manchmal am Rande eines Abgrunds standen.

Niemand war auf die Idee gekommen, das Loch, das die Feuerwehrleute in die Fassade des Mietshauses in der Rue de Belzunce 5 geschlagen hatten, wieder zuzumauern. Wer auch?

Während sich Marion die Bescherung ansah, hasteten Passanten an ihr vorbei, ohne auch nur den Kopf zu heben. Sie trat durch die Eingangstür. Es war zwölf Uhr mittags, alles war ruhig, durch die geschlossenen Türen drang leichter Essensgeruch. Im dritten Stock hatte man die Wohnungstür notdürftig wieder verschlossen. Ein quer darübergespanntes gelbschwarzes Band signalisierte, daß der Zutritt verboten war. Eine Etage höher gab es nichts zu sehen, nur eine braun gestrichene Tür ohne Klingel. Marion klopfte mehrmals. Ihr war klar, daß das Risiko, einem Mitarbeiter von Régine Duplat in die Arme zu laufen, groß war, und sie wußte auch, daß es im Grunde nur einen Ausweg gab: sofort bei ihr anzurufen.

Gerade als sie wieder nach unten gehen wollte, ertönte die Melodie von *Pulp Fiction*.

»Edwige?«

Kerman. Seine Stimme klang anders als sonst.

»Ich habe eine schlechte Nachricht.«

Sie ging die Straße entlang, setzte sich auf eine Bank und schlug ihren Kragen hoch, weil es kalt war. Nur nicht in Panik geraten, erst mal die Gedanken ordnen.

Sie mußte zu Nina. Ihr die Neuigkeit verkünden: Ihre Zeugenaussage hatte nicht gereicht. In Ermangelung von Beweisen war Zig soeben auf freien Fuß gesetzt worden. Um zwölf Uhr. Tief in ihrem Inneren hatte sie ein bißchen damit gerechnet. Aber bei Nina sah die Sache anders aus.

Zu Marions Erschütterung kam noch die Müdigkeit hinzu, sie fühlte sich verzagt. Woher sollte sie nur den Mut nehmen, Nina zu sagen, daß man ihr nicht geglaubt hatte, daß es niemanden mehr gab, auf den sie ihren Kummer und ihre Wut richten konnte, und daß sich daran wahrscheinlich so bald nichts ändern würde?

Brigitte Nill hatte sich aus persönlichen Gründen einen freien Tag genommen, und Kerman hatte einen Haufen Probleme zu lösen. Marion wurde das unangenehme Gefühl nicht los, daß er kniff.

»Er steht unter Beobachtung«, hatte er ihr versichert.

Unter Beobachtung! Und Nina? Unter wessen Beobachtung würde Nina stehen?

Ungeachtet der neugierigen Blicke der Passanten hatte sie die Stimme erhoben.

»Man kann Leute nicht ihr ganzes Leben lang unter Kontrolle halten. Das weißt du selbst ganz genau, Kerman.«

»Aber ich sage dir doch, daß ...«

»Und Nina, was mache ich mit Nina? Soll ich darauf warten, daß er sie auch noch umbringt? Soll ich ihr Tag und Nacht Begleitschutz geben, bis er an einem Herzinfarkt stirbt wie seine überdimensionale Mutter?«

»Ich weiß, daß du jetzt schon darauf achtest, daß immer jemand an ihrer Seite ist, Edwige. Mach noch eine Weile weiter so. Ich verspreche dir ...«

»Oh, jetzt kommen die Versprechungen! Davon kann man sich aber nichts kaufen!«

»Vertraust du mir eigentlich oder nicht, verdammt noch mal?«

Marion hatte aufgelegt.

Nein, bloß kein Vertrauen schenken. Niemandem. Du hast deine Chance vertan, Kerman. Du und deine Jungs, die nicht daran glauben wollten. Sie haben ihr Routineding abgespult, alles wie immer gemacht, und du hast sie gelassen. Nur daß dieser Fall anders ist. Hier geht es auch um Nina.

Sie stand wieder auf, um mit leicht zitternden Beinen weiterzugehen. Aber dann riß sie sich zusammen und ballte ihre tief in den Taschen vergrabenen Hände zu Fäusten.

»Jetzt heißt es: jeder für sich, Kerman.«

## 77

Régine Duplat warf einen gereizten Blick in den Seitenspiegel. Die Straße war leer, das für die Jahreszeit typische Grau hatte sich über die Häuser gelegt. Auf dem Nachbarsitz rutschte mit knurrendem Magen Kollege Kleiner hin und her.

»Meine Fresse, ich hab vielleicht Hunger! Was tun wir eigentlich hier, kannst du mir das mal sagen?«

»Klappe! Behalte lieber die Zielperson im Auge.«

»Die Zielperson!« spottete der Beamte. »Daß ich nicht lache. Wie lange sollen wir eigentlich noch hinter diesem Würstchen herschleichen?«

»So lange, bis Kerman uns sagt, daß wir damit aufhören können.«

»Warum eigentlich gerade wir? Da könnte sich genausogut eine andere Abteilung drum kümmern.«

»Du weißt ganz genau, warum. Hör auf, so bescheuerte Fragen zu stellen.«

In der dritten Etage hatte sich etwas bewegt. Die Zielperson hatte sich vor das klaffende Fensterloch gesetzt und starrte mit schmerzerfülltem Blick ins Leere.

»Und wenn er von dort aus anruft?« fragte Kleiner in provozierendem Ton.

»Seit gestern ist die Leitung unterbrochen. Und das Krankenhaus hat für den Fall, daß er trotzdem anrufen sollte, strikte Anweisungen erhalten: Niemand hat seine Mutter gesehen.«

Der Lieutenant klemmte die Hände zwischen seine Knie und drückte sich tiefer in den Sitz.

»Scheiße, ist das kalt.«

Kurz darauf tauchte Zig mit einer Reisetasche überm Arm in der Haustür auf.

»Da rührt sich was«, sagte Kleiner.

»Ich hab's gesehen.«

Régine Duplat wartete, bis Zig etwa zwanzig Meter zurückgelegt hatte, ehe sie den Motor anließ. Wenn sie schon jemanden beschatten mußte, dann wenigstens hinterm

Steuer. Und wenn sich doch noch einer zu Fuß hinter die »Zielperson« klemmen mußte, dann bitte schön der Kollege.

An der Ecke zum Boulevard Magenta hielt ein Taxi an, ein Pärchen stieg aus. Während der Fahrer seinen Zähler auf Null stellte, warf sich Zig in den Wagen, der sofort losraste. Régine Duplat gab Gas. Jetzt fühlte sie sich endlich wieder ein bißchen besser.

## 78

Nina sah sich einen der Filme an, die Martine Lemaire ihr mitgebracht hatte, das schmale Gesicht grau vor Müdigkeit. Als sie die Miene ihrer Mutter sah, wußte sie sofort, daß etwas nicht stimmte.

»Warum bist du schon wieder zurück? Bist du krank?«

»Komm mal her, Nina, komm.«

Es war noch schlimmer, als Marion befürchtet hatte. Martine Lemaire würde erst am frühen Nachmittag wiederkommen, sie war allein mit Nina und wußte nicht, was sie noch sagen sollte.

Erst ging die Kleine mit ihrer Mutter ins Gericht, dann mit Kerman, den anderen Polizisten, der ohnmächtigen Justiz und schließlich mit der ganzen Welt. Nichts hatte vor ihren Augen mehr Bestand. Marion versuchte es mit Argumenten: das Gesetz, das schließlich für alle galt, die Unschuldsvermutung, die den Staat dazu verpflichtete, die Rechte eines Verdächtigen zu respektieren, ihn nicht ohne Beweise einzusperren oder gar zu verurteilen.

»Was soll das heißen, ohne Beweise? Und was ist mit mir? Das, was ich sage, ist wohl keinen Pfifferling wert!«

»Natürlich hat deine Aussage ihren Wert ... Aber dein Wort steht gegen sein Wort. Du erkennst ihn, er leugnet.

Abgesehen von euren Aussagen gibt es keinen greifbaren Beweis. Verstehst du?«

Nina konnte es nicht verstehen, in ihrem Zustand hatte sie mit Recht und Gesetz nichts mehr am Hut.

Zwischen bitteren Vorwürfen und Tränen der Verzweiflung mußte ihr Marion hoch und heilig versprechen, daß sie wenigstens zu Ange-Lous Beerdigung gehen würden. Nina hatte ein Recht darauf, Abschied zu nehmen, vielleicht sogar noch mehr als die Eltern, die Klassenkameraden oder die Freunde aus der Theater-AG, die vorhatten, eine Delegation zu entsenden. Die Diskussion endete mit einem Kompromiß: Nina war einverstanden, sich in Begleitung von Martine Lemaire einen weiteren Film anzusehen, während Marion noch einmal ins Büro gehen würde. Abadie hatte angerufen, es gab Dinge, die er mit ihr besprechen mußte.

## 79

Es war die Hauptabfahrtszeit der Fernzüge am Gare de l'Est. Unter den Anzeigetafeln drängten sich Menschentrauben. Régine Duplat, die den Wagen am Ende der Taxischlange abgestellt hatte und wieder zu Kleiner gestoßen war, fürchtete schon, daß Zig in einen der Züge steigen würde.

»Das hätte gerade noch gefehlt«, schimpfte der Lieutenant, den die Aussicht, so plötzlich eine Reise anzutreten, alles andere als begeisterte.

»Was treibt er eigentlich hier?« murrte Duplat. Gerade sie war fest davon ausgegangen, daß er die ganze Stadt und ihre Krankenhäuser auf den Kopf stellen würde, um seine Mutter wiederzufinden.

Statt dessen geisterte Zig in diesem überfüllten Bahnhof herum. Auf der Höhe von Gleis sieben bog er links ab und machte einen kurzen Abstecher in ein Reisepoint-Geschäft, die beiden Kripobeamten in einigem Abstand hinter sich. Als er wieder herauskam, riß er das Papier von einem Marsriegel und ging kauend weiter. Zwei Bissen, und er hatte die Süßigkeit vertilgt. Am äußersten Ende des Bahnhofs gelangte man in eine Art Halle, in der sich Gepäckwagen und Schließfächer befanden. Mittendrin türmte sich ein riesiger Berg von Koffern und Gepäckstücken, der die Sicht auf den ganzen mittleren Teil der Halle versperrte. Dahinter verschwand Zig.

»Da ist die Gepäckaufbewahrung«, erklärte Régine Duplat ihrem Kollegen. »Bleib hier, nicht daß er uns reinlegen will.« Sie setzte sich eine Sonnenbrille auf, schlang ein weinrotes, farblich genau zu den Schuhen passendes Tuch um ihr blondes Haar und nahm Zigs Verfolgung auf.

Vor einer Reihe von Schließfächern entdeckte sie ihn. Zig war stehengeblieben, hatte sich halb umgedreht und blickte konzentriert um sich. Sie blieb ebenfalls stehen und wartete, daß er weiterging. Er ließ die erste Schrankreihe hinter sich, und gerade als er Anstalten machte, um eine Ecke zu biegen, kam direkt vor der Polizistin eine Gruppe uniformierter Bahnbeamter aus einem Büro spaziert. Ein Dutzend Männer, die ihr den Weg versperrten. Bis sie sich an der Gruppe vorbeigedrängelt hatte, war Zig verschwunden. Auch von Kleiner war nichts mehr zu sehen.

»Wo kann er nur hin sein?« murmelte sie verärgert und stellte sich Kermans Gesicht vor, wenn sie ihm sagen würde, daß sie die »Zielperson« verloren hatten. Entschlossen ging sie im trüben Licht der spärlich verteilten Neonlampen weiter und lief an den Fächern entlang, vor denen sie den Verdächtigen zuletzt gesehen hatte. Als sie das letzte Fach erreichte, kam wie aus dem Nichts ein riesiger Gepäckwagen auf sie zugerollt und riß sie um.

Régine Duplat saß noch auf dem Boden und versuchte erstens, wieder zu sich zu kommen, und zweitens, die Fassung zu bewahren, als Lieutenant Kleiner angestürzt kam. Sie ignorierte die Hand, die er ihr entgegenstreckte, und stand mit schmerzverzerrtem Gesicht alleine auf.

»Zig«, sagte sie zwischen den Zähnen. »Siehst du ihn?«

Jeder marschierte in eine Richtung los, systematisch liefen sie alle Gänge ab. Von Zig keine Spur. Sie suchten überall, vergebens. Am Ende der Halle stießen sie auf eine verschlossene Tür, die ihnen ein Aufsichtsbeamter des Bahnhofs nach fünfzehnminütigem Palaver schließlich aufsperrte: Der Raum hatte früher zur Gepäckaufbewahrung gedient und wurde jetzt als Lagerraum genutzt. Er war leer. Sie mußten sich den Tatsachen beugen: Zig war verschwunden.

## 80

Die drei Beamten der Bahnhofspolizei hatten den Toilettenbereich abgesperrt und angefangen, mit Unterstützung von Roger Lenfants Männern jeden Quadratmeter genauestens zu untersuchen. Auch der Paßbildautomat war bereits mit Beschlag belegt worden, man wartete nur noch auf fachkundige Hilfe, um ihn auseinanderzunehmen und ihm seine Geheimnisse zu entreißen.

Bei ihrem kurzen Besuch hatte Marion sofort gemerkt, daß die Sache ganz und gar nicht im Sinne der SNCF war. Wieder einmal würde sie einen Bericht nach dem anderen schreiben müssen, um diesen tornadohaften Polizeieinsatz zu rechtfertigen.

»Schon was rausgefunden?« fragte sie, und ihre Stimme klang ängstlicher, als ihr lieb war.

»Noch nichts«, sagte Abadie, der gerade vom anderen Ende des Zwischengeschosses zurückkam.

»Und Sie, haben Sie Neuigkeiten?«

Abadie schüttelte den Kopf.

»Die Geburt einer Laurence Aubin ist den Behörden von Pontoise nicht gemeldet worden, weder zum angegebenen Datum noch sonst irgendwann.«

Marion musterte ihn grimmig.

»Ich weiß, ich hätte die Frau noch am gleichen Tag vernehmen müssen«, sagte er zerknirscht, »hätte ihre Papiere überprüfen müssen ... Scheiße aber auch, wenn ich gewußt hätte ...«

Marions Handy unterbrach seine Litanei. Er wollte sich ein Stück entfernen, aber die Kommissarin gab ihm mit einer Handbewegung zu verstehen, daß er bleiben solle.

»Ah!« sagte sie, als sie Kermans Stimme erkannte. »Ich wollte dich auch anrufen.«

Der Kripochef sprach zuerst, und während Marion ihm zuhörte, sah Abadie, daß sie kreidebleich wurde. Sie klammerte sich so fest an das Geländer der nach oben führenden Treppe, daß ihre Knöchel weiß hervortraten.

»Was gedenkst du jetzt zu tun?« fragte sie mit Grabesstimme.

Ihre starre Körperhaltung verriet, daß ihr die Antwort des Kripochefs nicht gefiel.

»Hör zu«, brachte sie mühsam hervor. »Du hältst dich von Nina fern, darum kümmere ich mich selbst. Ich hoffe für dich, daß ihr nichts zustößt.«

Sichtlich erschüttert beendete sie das Gespräch.

»Ein Problem?« Abadie mußte gegen die kreischenden Bremsen eines einfahrenden Zuges fast anbrüllen.

»Zig ... Sie haben ihn verloren. Er ist von der Bildfläche verschwunden.«

Drei Kollegen von der Bahnhofspolizei sollten auf Nina aufpassen. Rund um die Uhr. Sie würden abwechselnd im Wohnzimmer, im Treppenhaus oder im Hof Wache schieben, ganz egal, Hauptsache, sie wichen der Kleinen nicht von den Fersen. Und falls auch nur einer von Kermans Männern aufkreuzen würde, sollte er am besten gleich seine Knochen numerieren lassen. Marion sah rot.

Die Notwendigkeit, Entscheidungen zu treffen und Befehle zu erteilen, half ihr, wieder einen kühlen Kopf zu bekommen, ehe sie Nina gegenübertrat. Als die Kleine ihrer Mutter die Tür öffnete, standen auch gleich die drei »Gorillas« vor ihr.

»Was ist los? Was machen die hier? Die sind doch wohl nicht wegen mir gekommen, oder?!«

»Nina ... Der ... Ich meine ... Zig ...«

Nina sah Marion durchdringend an.

»Was ist mit Zig? Tot wird er ja wohl nicht sein, das wär zu schön, um wahr zu sein!«

»Er ist geflohen. Wir wissen nicht, wo er ist ...«

Nina hatte nervös aufgelacht und angefangen, gegen die Kripoleute zu wettern – »sich aufblasen, aber nichts auf die Reihe bringen« –, um dann ihrer Mutter aufs Dach zu steigen, die tatenlos zugesehen habe, bloß um sich nicht mit Kerman zu streiten. Auch ihr eigentlich längst vergessener Haß auf den Kripochef war wieder aufgeflammt, aber nach einer Weile war die ganze Wut in Angst umgeschlagen. Und Verzweiflung.

»Er weiß, daß ich ihn beschuldige, was wird er mit mir machen?«

»Nina, ich passe auf dich auf.«

»Bleibst du bei mir?«

»Soviel ich kann, mein Schatz. Das richte ich mir ein. Und wenn es gar nicht anders geht, sorge ich dafür, daß zuverlässige Leute bei dir sind. Aber du mußt mir auch versprechen, daß du schön die Ruhe bewahrst und daß du, wenn ich mal nicht da bin, ständig in Kontakt mit mir bleibst.«

»Okay«, murmelte Nina.

Marion versuchte nach besten Kräften, sich ihre eigene Panik nicht anmerken zu lassen.

»Willst du, daß wir Gervaise für heute abend einladen?« fragte sie, bemüht, entspannt zu klingen.

»Nein, Mama, ich will mit dir allein sein. Nur wir beide.«

## 82

Zig wußte, daß ihm nicht viel Zeit blieb. Als er die Rue d'Alsace erreicht hatte, verschwand er in der ersten Toilettenkabine, an der er vorbeikam, und öffnete die Tasche, die er aus der Rue de Belzunce mitgenommen hatte. Nach einigen Minuten verließ er die Toilette wieder.

Vor dem Schaufenster einer Bäckerei warf er einen flüchtigen Blick auf sein Spiegelbild und merkte plötzlich, daß er Hunger hatte. Er ging hinein, wählte ein Schokocroissant und eine Apfeltasche und gab der Verkäuferin einen Geldschein.

»Danke, Madame«, sagte sie und gab ihm das Wechselgeld.

Zig lächelte. Wieder draußen, ging er zurück Richtung Gare de l'Est. Von weitem beobachtete er das Chaos, das er in der großen Gepäckhalle ausgelöst hatte. Er setzte seinen Weg bis zum Boulevard Magenta fort und spazierte dann gemächlich weiter in Richtung Gare du Nord. An der Ecke der Rue de Maubeuge kaufte er in einem Geschäft einen Koffer, nicht zu klein und nicht zu groß, und bog in die Rue

Saint Vincent de Paul ein. Vor einem siebenstöckigen Gebäude, das grau war und etwas trist, blieb er stehen. Gegenüber lag das Select, ein unauffälliges Zwei-Sterne-Hotel, in das er hineinging, um sich ein Zimmer zu nehmen, zweite Etage, Straßenseite.

Von seinem Zimmer hatte Zig einen wunderbaren Blick auf die Fenster der siebten Etage, wo wegen der düsteren Stimmung dieses grauen Tages bereits Licht brannte.

## 83

Kerman hatte alle Fotos von Nina ausgeteilt. Fünfzehn startbereite, bis an die Zähne bewaffnete Männer standen im Halbkreis vor ihm. Profis in Sachen Opferschutz und Observation.

»Und geben Sie ja acht«, sagte er in seinem schroffsten Chefton. »Falls der Typ auftaucht, darf er Sie auf keinen Fall bemerken.«

Und Marion auch nicht, hätte er hinzufügen sollen.

»Ich will, daß Sie für das Mädchen und sein Umfeld unsichtbar sind. Es ist wichtig, daß sie sich natürlich verhält. Und passen Sie auf, da geistern ziemlich viele Kollegen herum.«

»Ach, ja? Wozu dann das Ganze?«

»Wenn Sie das nicht verstehen, Capitaine, dann nehme ich mir jemand anderen!«

Der Chef der schwarz gekleideten Truppe, ein glatzköpfiger Riese mit blauen Augen, gab keinen Mucks mehr von sich. Kerman stand nicht gerade im Ruf, ein Spaßvogel zu sein.

»Wie groß ist das Risiko, daß die Aktion verbrennt?« fragte der Riese schließlich in neutralem Ton.

»Groß. Der Typ ist im Rahmen von Ermittlungen zum Mord an einem jungen Mädchen als Verdächtiger vernommen worden. Das war vor kurzem in Pigalle, erinnern Sie sich?«

Der Capitaine nickte.

»Er ist wieder auf freien Fuß gesetzt worden, weil das Belastungsmaterial nicht ausgereicht hat, aber die kleine Nina, das Mädchen auf dem Foto, hat gegen ihn ausgesagt. Sie ist unsere einzige Zeugin. Kapiert?«

»Kapiert.«

Beim Hinausgehen blieb der Mann vor Kerman stehen. Er lächelte leise und wedelte vielsagend mit Ninas Foto.

»Und an der Kleinen liegt Ihnen ziemlich viel, stimmt's, Chef?«

## 84

Abadie hatte einen Umschlag aufgeschlitzt, der vom Quai des Orfèvres gekommen war. Régine Duplat hatte ihn an Marion adressiert, die dem Capitaine die Erlaubnis erteilt hatte, ihn zu öffnen. Er zog zwei erkennungsdienstliche Fotos daraus hervor, die auf 10 x 10 vergrößert worden waren. Zuerst las er den kurzen Begleitbrief, in dem Kerman die Kommissarin aufforderte, die Fotos des flüchtigen Mannes schnellstens in allen Bahnhöfen in und um Paris zu verbreiten. Dann nahm er die Bilder in Augenschein. Das eine war eine Nahaufnahme von Laurent Zigs Gesicht. Auf dem anderen sah man den gleichen Mann stehend. Abadie zuckte zusammen.

»Erinnern Sie sich noch, Sonntag?«

»Sonntag?«

Um ihre Anspannung zu vergessen, spielte Marion mit

ihrer Tochter Monopoly. Gerade hatte sie die Rue de Belleville gekauft und fühlte sich durch Abadies Anruf extrem gestört.

»An dem Tag, bevor Ange-Lou Marly ermordet wurde«, sagte er.

Marion gab Nina mit einer Handbewegung zu verstehen, daß es nicht lange dauern würde.

»Ich bin beschäftigt, Abadie, wenn Sie vielleicht ein bißchen schneller auf den Punkt kommen könnten ...«

»Ja, ja, schon gut ... Erinnern Sie sich an den Typen, der im Gang stand, ein bißchen abseits?«

»Nein, oder jedenfalls nur vage. Warum?«

»Das war Zig.«

Abadie, den Marion gebeten hatte, auf einen Tee vorbeizukommen, traf im gleichen Moment ein wie Gervaise, die sich selbst eingeladen hatte. Allerdings hatte sie einen großen Karton mit Gebäck dabei, alles hausgemacht, wie sie betonte, und so ließ Marion sie herein.

Der Beamte zeigte ihr Zigs Foto und den Brief von Kerman.

»Ich habe den Mann nur ganz kurz gesehen«, sagte Marion zerknirscht. »Richtig angesehen habe ich ihn mir nicht.«

»Als wir aus dem Bahnhof zurückgekommen sind, haben Sie vor allem auf Nina geachtet, die bei diesen verkrachten Existenzen herumstand. Und was mich betrifft, ich hab von Anfang an sowieso nur Mist gebaut, ich könnte mich in den Hintern beißen ...«

Abadie war fix und fertig. Zig hatte in der Dienststelle der Bahnhofspolizei an der Wand gelehnt, sie hatten ihn direkt vor der Nase gehabt. Was hatte er wohl dort gewollt? Die Anzeige, die er angeblich erstatten wollte, war nicht aufgenommen worden, dafür hatte er sich mit einem aus der Waffenkammer entwendeten Gewehr davongeschlichen.

»Du vermutest, daß er die Waffe gestohlen hat«, stellte Kerman richtig, als Marion ihn endlich an die Strippe bekam. »Hast du nicht gesagt, daß eine Beamtin ihn noch gesehen hat, als er die Dienststelle verließ?«

»Ja, stimmt. Aber ein Gewehr kann man verstecken, unterm Mantel, hinterm Rücken oder was weiß ich wo.«

»Wo denn?«

Marion wurde gereizt.

»Ich hab doch keine Ahnung. Dieser Typ ist übergeschnappt, da ist alles möglich!«

»Gut. Beruhige dich. So kommen wir nicht weiter. Vor allem nicht, solange wir weder das Gewehr noch Kaiser wiedergefunden haben.«

Marion hörte gar nicht mehr zu.

»Scheiße, Scheiße, Scheiße!« schimpfte sie. »Wenn die Frau doch nur seine Anzeige entgegengenommen hätte ...«

Leute, die Anzeige erstatten wollten, mußten bisweilen stundenlang warten, was dazu führte, daß manche einfach wieder gingen. Aber warum war Zig nicht noch ein paar Minuten länger geblieben? Warum, wenn nicht aus dem einfachen Grund, daß er eine unverhoffte Gelegenheit wahrgenommen hatte?

»Ja, ja, Edwige«, entgegnete Kerman in etwas strengem Ton. »Und wenn doch nur die Tür zu deiner verfluchten Waffenkammer zu gewesen wäre, und wenn du doch nur rechtzeitig am Theater gewesen wärst ...«

»Nett von dir, mich so aufzumuntern«, fauchte sie, legte auf und warf ihr Handy auf den Kartonstapel.

Sie war leichenblaß, die Stille hing bleiern im Raum. Gervaise hatte sogar aufgehört, nach den Mandelplätzchen zu greifen.

»Was habe ich dem lieben Gott eigentlich getan, Himmelsakrament?!«

»Sprechen Sie lieber nicht in so einem Ton zum lieben Gott«, beschwerte sich Gervaise, die schon wieder kaute. »Das macht's auch nicht besser!«

Marion wischte die Bemerkung mit einer nervösen Handbewegung vom Tisch. Nina war aufgestanden und hatte die Hände in die Hüften gestemmt.

»Das ist ja wohl das letzte! Kerman ist doch an dem Ganzen schuld! Er hätte halt diesen Verrückten nicht freilassen dürfen.«

»Nina, ich habe dir doch schon erklärt ...«

»Ja, ja, blablabla ... Ich hab die Nase voll. Ihr immer mit eurem Gerede!«

Sie ging und knallte die Tür hinter sich zu. Marion warf ihren beiden Besuchern einen verzweifelten Blick zu. Gervaise schien Mitleid zu empfinden, aber der Capitaine, der immer noch über seine Patzer, um nicht zu sagen seine Inkompetenz, nachgrübelte, reagierte nicht.

»Wohin gehen Sie?« fragte Marion, als er aufstand.

»Versuchen, meine Fehler wiedergutzumachen.«

## 85

Gervaise hatte den letzten Keks vertilgt. Marion, die darauf wartete, daß sie wieder ging, hatte sich noch gar nicht gefragt, warum sie eigentlich gekommen war.

»Ich wollte wegen morgen mit Ihnen reden«, sagte die Theaterfrau schließlich verlegen. »Ich begleite ein paar Schüler aus meinem Kurs zur Beerdigung und wollte wissen, ob Nina auch kommt ...«

»Natürlich wird sie kommen«, sagte Marion mit finsterer Miene.

»Gut ... gut ...«

Marion spürte, daß eine schlechte Nachricht im Anzug war.

»Ist das ein Problem?«

»Nun ja, also … Es ist so … Monsieur Marly hat von mir verlangt, daß ich ihm eine Liste der ›Teilnehmer‹ gebe, wenn ich das so sagen darf. Und er hat gesagt … Er hat ›angeordnet‹, wäre eigentlich treffender, daß Nina nicht dabeisein darf … Das wollte ich Ihnen sagen. Und außerdem«, fügte sie hastig hinzu, »waren auch noch andere Eltern bei mir und haben dasselbe verlangt …«

»Dieses Arschloch«, knurrte Marion. »Jetzt stiftet er auch noch die anderen an!«

»Sie haben Angst, daß der Mörder ihren Kindern etwas antun könnte! Na ja, Sie wissen schon, so nach dem Motto: Der Täter kommt zur Beerdigung und murkst die Zeugin ab … aber wird während der Beisetzung von den Bullen abgeknallt …«

»Reizend. Wie kann man sich nur so einen Unsinn ausdenken, dazu wird es natürlich nicht kommen, wir sind doch hier nicht beim Film. Nina steht unter Personenschutz.«

»Ah, das habe ich gemerkt! Die wollten mich abtasten! Zum Glück kam da gerade Ihr Kollege … Obwohl ich bestimmt nicht nein gesagt hätte«, fügte sie augenzwinkernd hinzu.

»Wovor haben die Eltern dann Angst?«

»Na ja, wahrscheinlich verunsichert gerade das Polizeiaufgebot die Leute. Sie empfinden es als Ausdruck einer Bedrohung.«

»Gut, dann sorgen wir dafür, daß sich die Polizisten im Hintergrund halten«, räumte Marion ein. »Aber Nina wird zu dieser Beerdigung gehen und ich auch. Und daß Sie's gleich wissen, Gervaise, wehe, jemand versucht uns daran zu hindern …«

Der Cimetière de Montmartre lag wie erstarrt unter einem verhangenen Himmel, der auf Regen hindeutete. Die Friedhofsmauern waren in leichten Nebel gehüllt, was der traurigen Versammlung eine dem Anlaß entsprechende Atmosphäre verlieh. Versammlung war allerdings ein großes Wort. Marion verstand jetzt den Sinn von Gervaises gestrigem Besuch, bei dem die Schauspiellehrerin vielleicht nicht alles zu sagen gewagt hatte. Es hatte keinerlei religiöse Zeremonie gegeben, da Jean Marly sein Leben unter dem stolzen Banner eines geradezu fanatischen Atheismus bestritt. Rings um den Sarg aus hellem Holz standen Ange-Lous Eltern und ihr Bruder, ein Lehrer, einige Mitschüler sowie Gervaise und drei Jugendliche aus der Theater-AG. Einer von ihnen war Lucas Mérien. Als Marion und Nina, die in ihrem wassergrünen Anorak und ihrer ausgewaschenen Jeans blaß und verloren aussah, dort eintrafen, war es, als würde ein Platzregen auf die Gräber niedergehen. Eine Mitschülerin las gerade ein Gedicht vor, das man gemeinsam verfaßt hatte. Als sie die beiden erblickte, verstummte sie, und alle hoben die Köpfe.

Nina, die kaum etwas um sich herum wahrnahm, steuerte sofort auf den Sarg zu. Dabei stieß sie ein bestürzendes leises, rauhes Schluchzen aus, das so klang, als ränge sie um Atem. Marion folgte ihr zögernd und mit zugeschnürter Kehle, die Hände in ihren Taschen zu Fäusten geballt. Sie sah, wie Eve Marly ins Wanken geriet und umgekippt wäre, wenn Gervaise sie nicht im letzten Moment gestützt hätte. Dann sah auch Jean Marly, daß Marion und Nina gekommen waren. Sein drohender Blick ließ die junge Kommissarin erbeben.

Seine Augen waren rot und geschwollen, wahrscheinlich hatte er die letzten Tage und Nächte ständig geweint. In seinen Wimpern hingen noch Tränen, die verquollenen Augen waren feucht. Aber um nichts in der Welt hätte er nachgegeben. Nina trat an den Sarg, nachdem die anderen zur Seite gerückt waren, um sie durchzulassen.

Jean Marly tat einen Schritt auf sie zu.

»Ich werde gehen«, sagte Marion schnell, ohne sein vom Schmerz gezeichnetes Gesicht aus den Augen zu lassen. »Aber ich bitte Sie, lassen Sie Nina Abschied nehmen.«

Nina hatte eine Hand auf Ange-Lous Sarg gelegt. Marion merkte, daß sie weiche Knie hatte.

»Sie müssen sie lassen, Monsieur Marly. Ange-Lou war ihre einzige Freundin ...«

Jean Marly wollte schon weitergehen, aber das laute Schluchzen seiner Frau ließ ihn erstarren.

Schnell stellte sich Marion neben Nina und zog sie mit zitternden Beinen fort, Richtung Ausgang.

Auf dem Friedhof war ein leichter Wind aufgekommen. Die Menschen um den Sarg rückten wieder zusammen, und das kleine, rechteckige Stück Papier, das Nina daraufgelegt hatte, wurde fortgeweht. Träge flatterte es durch die Luft und segelte dann zu Boden. Es war ein Foto, auf dem zwei junge Mädchen in die Kamera blickten, die eine lachend, die andere ernst, über ihren Köpfen ein großes Fragezeichen ohne Punkt.

## 86

Am Friedhofseingang erwartete Kerman sie vor seinem Wagen.

»Manchmal frage ich mich wirklich, was du dir eigentlich so denkst«, knurrte er.

»Du verstehst überhaupt nichts«, erwiderte Marion empört.

»Du weißt nicht, was du tust.«

»Misch dich in Dinge ein, die dich was angehen! Was soll diese Machtdemonstration?«

»Wovon redest du?«

»Von deiner grandiosen Inszenierung in Schwarz! Glaubst du etwa, daß man die Typen nicht sieht?«

»Das ist eine reine Vorsichtsmaßnahme.«

»Ich hatte dir gesagt, daß du dich nicht einmischen sollst!«

»Du hast mir nichts vorzuschreiben!«

»Du hättest mir Bescheid sagen sollen!«

»Du gehst mir auf den Geist, Edwige!«

Erregt fauchten sich die beiden an. Ihre wütenden Stimmen taten Nina in den Ohren weh. Plötzlich hielt sich die Kleine die Hand vor den Mund.

»Hört endlich auf, euch zu streiten!« schrie sie wütend, schluckte und fügte mit heiserer Stimme hinzu: »Oh! Mama, ich glaube, ich muß brechen.«

Der Notarzt, den Marion herbeigerufen hatte, diagnostizierte einen extremen Erschöpfungszustand infolge eines Nervenschocks, und Marion fand, daß sie eigentlich auch gut eine Arztpraxis hätte aufmachen können. Nina mußte sich ausruhen, schlafen. Der Arzt schlug eine Reise vor, einen Tapetenwechsel. Leicht gesagt, dachte Marion, die ständig das vibrierende Handy an ihrer Hüfte spürte. Von Kerman und der Kripo mal ganz zu schweigen. Und Zig. Nein, sie konnte auf keinen Fall weg, solange *er* nicht gefaßt war.

»Im Moment leider unmöglich«, murmelte sie, worauf der Mann gleichgültig die Schultern zuckte und Nina weitere Tabletten aufschrieb, Medikamente gegen Depressionen und Angstzustände – ein pharmazeutisches Waffenarsenal gegen ihren Kummer und ihre Schuldgefühle.

»Muß das wirklich sein?«

»Haben Sie keine Angst, die Mittel werden Ihre Tochter nicht umhauen, im Gegenteil, sie werden ihr Energie geben und ihr helfen, die Sache durchzustehen. Aber passen Sie auf, sie ist am Rand einer Depression.«

Beruhigend.

Marion telefonierte erst mit Brigitte Nill, die ihr versprach, abends vorbeizukommen, und anschließend mit Gervaise, die von der Beerdigung zurück und noch ganz geschockt über Jean Marlys Auftritt war.

»Ich komme«, sagte sie sofort.

Wenigstens das war fürs erste geregelt. Marion konnte nur hoffen, daß sie bald in der Lage sein würde, ihre Tochter aus Paris zu entführen, weit weg von ihren quälenden Erinnerungen.

»Sie schläft«, sagte Gervaise, als Marion von der Apotheke zurückkam. »Kümmern Sie sich um Ihre Sachen, ich werde ihr die Medikamente geben, sobald sie aufwacht. Und machen Sie sich keine Sorgen, das wird alles vorübergehen.«

## 87

Mehrere stumme Gestalten kreuzten Marions Weg, darunter Valentine Cara, die fast noch die Flucht ergriffen hätte, als sie die Kommissarin erblickte.

»Schön, Sie hier zu sehen«, fauchte Marion die junge Beamtin an. »Sie haben wohl keine Probleme damit, sich auszuruhen, während die anderen in Arbeit ersticken?«

Valentine Cara sah zu Boden, aber die Männer um sie herum machten keinen Hehl daraus, daß ihnen die Bemerkung ihrer Chefin gar nicht gefiel. Sie forderten ihre Rechte ein, die Kommissarin ihre Pflichten. Marion beschloß, daß jetzt nicht der Moment war, eine Diskussion anzufangen, und verschwand in ihrem Büro. Abadie folgte ihr ungefragt.

»Ich habe etwas herausgefunden«, verkündete er, als sie

die Tür hinter sich zugezogen hatte und von der Gewitterfront nichts mehr zu sehen war.

Er machte plötzlich einen erregten Eindruck.

»Reden Sie«, seufzte die Kommissarin. Sie warf ihm einen besorgten Blick zu.

Abadie schlug seine Notizen auf, die er wie ein fleißiger Schüler in ein Spiralheft schrieb. Genau wie mein treuer Talon, erinnerte sich Marion mit einem Anflug von Wehmut.

»Im August 1950 hat Claude Zig geheiratet, und zwar einen gewissen Georges-Philippe Aubin. Was sagen Sie dazu?«

»Was soll ich dazu sagen?«

Enttäuscht beugte sich Abadie wieder über sein Heft.

»1963 haben sie sich scheiden lassen, das heißt vor der Geburt von Laurent.«

»Ist er der Vater?«

»Weiß ich nicht. Jedenfalls hat er ihn nicht anerkannt. Aubin ist dann in die Rue de Belzunce gezogen, worauf sich die beiden wahrscheinlich geeinigt hatten. Vor drei Jahren ist er aus der Wohnung ausgezogen.«

»Der Telefonanschluß auf seinen Namen ...«

Eigentlich ziemlich nett von diesem Georges Aubin. Jedenfalls war damit wenigstens ein Geheimnis gelüftet.

»Ich würde gern wissen, wo er sich jetzt aufhält. Und diese Laurence, wer ist sie? Seine zweite Frau?«

Abadie zuckte mit den Schultern. Diese beiden Punkte hatte er bislang nicht klären können.

»Und die kleine Laurette«, fuhr Marion fort. »Wissen wir, woran sie gestorben ist?«

»Sie ist ertrunken. Das war am 15. August 1963, offenbar während einer Feier.«

Brigitte Nill hatte gesagt, daß es wichtig war, die Familiengeschichte zu kennen. Langsam, aber sicher kam diese Geschichte zutage. Aber vieles lag noch im dunkeln.

»Wer hat Ihnen das alles gesagt, Abadie?«

»Das Rathaus von Écouen.«

»Ich hoffe, Sie waren diskret.«

»Natürlich. Was machen wir jetzt?«

»Wir müssen Georges Aubin finden.«

Als sich Abadie zum Gehen wandte, hielt Marion ihn zurück und legte ihm für einen kurzen Moment eine Hand auf die Schulter. Danke, schienen ihre Augen zu sagen, und der Capitaine errötete verwirrt.

## 88

Im gleichen Moment traf Brigitte Nill in der Rue Saint Vincent de Paul ein. Gervaise konnte nicht länger bleiben, weil sie abends einen Kurs gab. Als sie das asiatische Essen sah, das die Psychologin unterwegs gekauft hatte, geriet sie allerdings gewaltig ins Schwanken. Mit Krabben gefüllte Nems, Wan-Tans und kandierter Sesam für Nina. Nina, die immer noch schlief. Marion rief um achtzehn Uhr dreißig an, um sich nach ihrem Befinden zu erkundigen.

»Alles in Ordnung«, sagte Gervaise. »Wenn Sie bald kommen, warte ich auf Sie und esse noch eine Kleinigkeit mit Ihnen ...«

Marion erwiderte, daß sie es vor acht nicht schaffen würde, und bat sie, ihr Brigitte Nill zu geben.

»Ist es normal, daß sie so lange schläft?«

»Nach einem seelischen Schock kann das schon vorkommen. Eine Form von Narkolepsie, die dabei hilft, die traumatischen Ereignisse zu vergessen. Das ist Ninas Methode, die Flucht zu ergreifen.«

Brigitte hatte die Gabe, Dinge auf einfache Weise zu erklären. Sie versuchte Marion zu beruhigen.

»Ich kenne Nina noch nicht sehr gut, aber ich glaube, daß sie über große Kraftreserven verfügt. Trotzdem haben Sie recht, wir müssen aufpassen, daß sie nicht ganz abtaucht. Ich werde nach ihr sehen.«

Marion wollte gerade in den Bahnhof gehen, um zu überprüfen, wie der von Amel geleitete Einsatz im Umfeld der Damentoilette vonstatten ging, da kam Abadie aus dem Lage- und Führungsraum gestürzt. Er wirkte so aufgelöst, daß ihr Herz für einen kurzen Moment aussetzte.

»Da ist eine Brigitte Nill in der Leitung. Sie sagt, es sei dringend.«

Die Höfe, die Gassen, die Häuser, die sieben Etagen. Die weit geöffnete Tür. Die Feuerwehrmänner, die Sanitäter. Marion rannte in den Flur und schrie den Namen ihrer Tochter.

## 89

Zig sah Nina im Krankenwagen davonfahren, dahinter in einem Zivilfahrzeug der Polizei ihre völlig aufgelöste Mutter.

Er stand in der Dunkelheit seines schäbigen Hotelzimmers und lächelte.

Er wußte, wohin kranke Kinder gebracht wurden.

## 90

Die Lichter der großen weißen Betonwürfel des Hôpital Robert Debré, das direkt an der Ringautobahn lag, erhellten die Nacht. Unterwegs hatte ein unerwartet heftiger, kalter Regen eingesetzt.

Nina war im Inneren des Krankenhauses verschwunden,

und Marion, die sich in einem Zustand unbeschreiblicher Verwirrung befand, konnte nicht stillsitzen.

»Warum hat sie das getan, Brigitte?«

Die Psychologin hatte sich, wie sie es gern tat, an eine Wand gelehnt, daneben stand Valentine Cara, die darauf bestanden hatte, Marion zu begleiten.

Brigitte Nill trat einen Schritt vor.

»Sie ist deprimiert«, sagte sie zu Marion, die sich fragte, warum eigentlich plötzlich alles so beschissen lief. »Das Trauma, die Beerdigung, die Reaktion von Monsieur Marly und ...

»Und ich?« schnitt ihr Marion in fast aggressivem Ton das Wort ab. »Sagen Sie's ruhig! Ist es meine Schuld?«

»Sie sind es selbst, die sich so quält«, erwiderte Brigitte Nill leise. »Glauben Sie mir, wenn Sie Nina helfen wollen, dann müssen Sie aufhören, sich ständig schuldig zu fühlen.«

»Aber wenn es doch nun einmal so ist.«

Kerman kam um die Ecke, und alle verstummten. Er blieb vor Marion stehen, faßte sie vorsichtig am Arm und zog sie ein Stück zur Seite.

»Sie hat Schlaftabletten genommen?«

»Das ganze Röhrchen.«

Marion war kurz davor, in Tränen auszubrechen. Kerman drückte sie tröstend an sich.

Starr löste sie sich von ihm.

»Bist du wütend auf mich?«

Seine Stimme prallte dumpf von den lackierten Wänden ab. Hinter einer Tür stöhnte ein Kind.

»Was würde das ändern?« fragte Marion gereizt.

»Wir haben getan, was wir konnten.«

»Ihr habt Mist gebaut.«

»Edwige, das ›miese Schwein‹, wie du den Mann gerne nennst, ist vielleicht gar nicht Zig.«

»Du wiederholst dich, Kerman. Wenn er es nicht ist, warum ist er dann abgehauen? Und wo ist dann das miese Schwein? Wer ist es dann? Du siehst doch selbst, daß du darauf keine Antwort hast!«

Valentine Cara und Brigitte Nill sahen aus mehreren Metern Entfernung schweigend zu. Hinter ihnen tauchte ein weißer Kittel auf. Er hielt vor den beiden Frauen an, die sich gleichzeitig umdrehten. Marion rauschten die Ohren, und sie hatte das Gefühl, daß der makellos saubere Plastikboden unter ihren Füßen nachgab. Unwillkürlich klammerte sie sich an Kerman wie an eine Rettungsboje.

»Sind Sie die Mutter?« fragte der Mann in dem weißen Kittel.

»Ja«, brachte Marion mühsam hervor.

»Sie ist über den Berg.«

## 91

Nina würde noch gute zwölf Stunden schlafen. Der Arzt riet Marion, dasselbe zu tun.

»Dazu bin ich viel zu nervös! Aber gut … Morgen früh, wenn sie aufwacht, bin ich wieder hier«, sagte sie, dann ließ sie sich hinausführen.

»Edwige, bitte, hast du einen Moment Zeit?« sagte Kerman, als sich Marion ohne ein Abschiedswort zum Gehen wandte. »Ich habe die Ergebnisse des medizinischen Gutachtens über Zig«, fügte er schnell hinzu. »Das interessiert dich vielleicht.«

»Natürlich.«

Er gab ihr einen Umschlag.

»Hier, die Kopie des Gutachtens.«

## 92

Die blutigen Verletzungen an Laurent Zigs Beinen waren Schnittwunden. Die kurze, charakteristische Form deutete auf die Verwendung eines Rasiermessers hin. Es waren Dutzende und Aberdutzende, außerdem hatte er zahlreiche Narben, von denen einige schon mehrere Jahre alt waren. Die jüngsten Schnittwunden hatte er sich kurz vor der Untersuchung zugezogen. Das Ganze erinnerte an ein archaisches Ritual, das sich aber jeder Logik entzog. Nur die Beine waren betroffen. Dabei hätte er überall Verletzungen haben können, denn Zig rasierte sich am ganzen Körper. An den Armen, dem Oberkörper und sogar im Schambereich.

Als Marion Capitaine Abadie den Bericht vorgelesen hatte, schwieg der Beamte, er hatte verstanden.

»Wir müssen die an Pierre Palmieri gefundene DNA mit der von Zig vergleichen lassen«, sagte Marion mit belegter Stimme.

Abadie strich nachdenklich mit einem Finger über seinen Schnurrbart.

»Und wenn Sie Kerman fragen? Er …«

»Nein«, sagte Marion bestimmt.

Abadie dachte weiter nach.

»Das wird Wellen schlagen«, sagte er schließlich.

## 93

Es dauerte eine Ewigkeit, bis Nina wieder zu sich kam. Nachdem ihre Mutter schon seit über einer Stunde an ihrem Bett gesessen hatte, schlug sie endlich die Augen auf. Ihr kleines Gesicht sah unendlich müde aus, ihre blauen Augen wirkten leer.

Marion beugte sich über das Kind, und Nina fing an zu weinen.

»Es tut mir so leid, Mama ...«

»Warum nur, Nina? Du willst doch nicht sterben, sag mal ...«

»Ich wollte ganz lange schlafen. Es ist zu schwer, ich will nicht erwachsen sein.«

Sie begann zu schluchzen, und Marion nahm ihre Hände, an deren einer das Infusionsröhrchen hing.

»Ich flehe dich an, mein kleines Ninchen«, sagte sie mit rauher Stimme, »ich möchte dich nicht mehr weinen sehen. Ich will, daß du wieder so wirst wie früher, mein Engel. Das ist einfach nicht gerecht, wir holen dich da raus.«

»Ich kann nicht, Mama. Ich bin eine Niete. Ich hab's noch nicht mal geschafft, diesen dicken Irren wiederzuerkennen.«

»Aber ja doch, du hast ihn wiedererkannt, du hast alles richtig gemacht.«

»Aber ich bin mir nicht sicher, Mama, ich bin mir nicht sicher. Ich wollte unbedingt, daß er es ist. Aber ich bin mir nicht sicher. Verstehst du, Mama?«

Marion richtete sich auf, ohne Ninas Hände loszulassen, die sie warm und lebendig zwischen ihren Fingern spürte.

»Hör zu, mein Schatz, du mußt jetzt an dich denken. Das einzige, was zählt, bist du und nicht dieser Typ. Denk nicht mehr daran.«

»Ich kann nicht. Ich denke an nichts anderes. Die müssen ...«

»Die müssen was, Nina?«

»Ihn verhaften, Mama, ihn wiederfinden, ihn verhaften.«

»Das werden wir auch, Nina.«

Für einen kurzen Moment leuchteten die matten Augen des Mädchens auf.

»Das werden ›wir‹ auch?«

Marion schüttelte niedergeschlagen den Kopf. Sie hatte verstanden, was Nina von ihr erwartete.

»Ich will ihm ins Gesicht sehen«, fing die Kleine wieder an. »Ich will, daß du ihn verhaftest und ...«

»Und was, mein Schatz?«

Nina wandte den Kopf ab. Eine Träne kullerte an ihrer Nase entlang, dann noch eine.

»Ich will, daß er stirbt, Mama. Sonst brauche ich gar nicht weiterzuleben.«

Ein Arzt hatte sich eingemischt, und Marion hatte ihm die Kleine überlassen müssen. Sie ging einen Kaffee trinken, und als sie zurückkam, verkündete er ihr, daß Nina wieder eingeschlafen sei. Es sei besser, sie in Ruhe zu lassen, jeder Kontakt mit ihrer Mutter würde in diesem Stadium doch nur zu Konflikten führen.

»Ja, was denn nun«, murmelte Marion verärgert, während sie ging. »Der eine sagt, ich soll bei ihr bleiben, der andere sagt, ich soll nicht. Ich hab's satt.«

In einem Tempo, das in keinem Verhältnis zum respektablen Alter ihres Autos stand, jagte sie mit grimmiger Miene durch die Stadt.

In der Dienststelle Gare du Nord hatte Valentine Cara in ihrer tadellosen, eng sitzenden Uniform anscheinend schon auf Marion gewartet.

»Ich habe Informationen für Sie.«

»Ich höre«, sagte Marion, ohne stehenzubleiben, und die Beamtin heftete sich an ihre Fersen.

»Abadie hat sich Zigs Akte vorgenommen und mit Leuten geredet, die mit ihm zusammengearbeitet haben. Hier am Gare du Nord ist er mehrere Jahre geblieben. Er hat verschiedene Jobs gemacht, unter anderem an der Fahrkartenausgabe. Dann ist er zum Gare de l'Est versetzt worden. In die Gepäckaufbewahrung. Dort hat er seine Karriere bei der SNCF beendet.«

»Ja, gibt's denn so was! Die Gepäckaufbewahrung!«

Lieutenant Cara sah ihre Chefin verständnislos an. Sie hatte ein paar Episoden verpaßt. Marion blieb endlich stehen.

»Jetzt verstehe ich auch, warum er die Kripo da hingelockt hat. Da kennt er sich aus«, erklärte sie. »Weiß man, warum er in dieses Loch versetzt worden ist?«

»Nichts Genaues. Er stand wohl im Verdacht, pädophile Neigungen zu haben. Ein- oder zweimal hat man ihn im Beisein von Jugendlichen überrascht, Jungs waren das. Die Sache war suspekt, mehr aber auch nicht, aber man wollte kein Risiko eingehen.«

Kein Risiko eingehen hieß in diesem Fall, daß man ihn von einem Bahnhof in den nächsten abgeschoben hatte. Das bekannte Spielchen mit der heißen Kartoffel. Man deponierte Zig in einer Gepäckaufbewahrung, um ihn von eventuellen Versuchungen möglichst fernzuhalten.

Dann sollte Zig also ein Faible für junge Männer haben?

Zig, der sich am ganzen Körper rasierte. Auch Pierre Palmieri war komplett rasiert. Zig, der sich beim Rasieren absichtlich die Beine verletzte. Warum ausgerechnet die Beine?

Und was hatten Ange-Lou und Nina damit zu tun? Für einen kurzen Moment begann alles vor Marions Augen zu verschwimmen. Die Gesichter der beiden Mädchen wurden unscharf, und Pierre Palmieris Antlitz wurde durch ein anderes ersetzt. Ein fein geschnittenes, verwirrendes Gesicht. Lucas Mérien … Was mochte er mit dieser Geschichte zu tun haben?

Marion drehte sich zu Valentine Cara um.

»Sagen Sie Abadie, daß er diese Informationen an die Kripo weitergeben soll. Die Gepäckaufbewahrung am Gare de l'Est muß gründlich durchsucht werden, da ist mit Sicherheit was zu finden.«

»Wohin gehen Sie?«

»Zum Lycée Jacques Decour.«

## 94

Wie ein Tiger im Käfig lief Amel in der Damentoilette des Gare du Nord auf und ab. Er wußte schon nicht mehr, seit wann er hier war und worauf er eigentlich wartete. Auf ein Wunder? Eine Offenbarung? In dieser Aneinanderreihung von Klos? Oder in dem winzigen Raum, kaum größer als eine Telefonzelle, in dem die Pronet-Mitarbeiter ihre Putzwagen parkten und ihre Reinigungsmittel abstellten? Dazu diente ein Regal, das mit großen Winkeleisen an der mit schwarzen Plastikplatten verkleideten Wand befestigt war. Er trat in die Kammer und schaltete den Scheinwerfer ein, den ihnen die Wachmänner der SNCF tags zuvor geliehen hatten, um ihnen die Arbeit zu erleichtern. Amel war überzeugt davon, daß sie komplett danebenlagen. Im und um den Paßbildautomaten herum gab es nicht das geringste zu holen. Der Automat hatte weder zur Putzmittelkammer noch zu den Toiletten einen direkten Zugang. Was hier wie dort geschah, hatte nichts miteinander zu tun.

Amel zündete sich eine Zigarette an und bot dem Wachmann aus Roger Lenfants Team, der hinter ihm in der Tür stand, ebenfalls eine an. Als er ihm sein Feuerzeug reichte, sah der Mann zu Boden und zuckte unwillkürlich zusammen.

»O Gott!«

Er wich zurück, und da sah auch Amel die Ratte. Zwanzig Zentimeter groß, lange Schnurrhaare, kleine, lauernde Augen.

»Wo kommt die denn her?« murmelte er, über die Größe des Tieres entsetzt.

Die Ratte huschte in dem kleinen Raum hin und her, ehe sie hinter einem Eimer verschwand.

»Meinst du, die kommt aus den Leitungen?«

»Das würde mich wundern. Hast du gesehen, was für ein Riesenvieh das war?«

Im selben Moment fiel ihm ein, daß Nagetiere durch Löcher und Öffnungen kriechen konnten, die zehnmal kleiner waren als sie selbst.

»Ich hab hier noch nie eine Ratte gesehen«, wunderte sich der Wachmann. »Oh, Scheiße, sieh mal!«

Unter dem letzten Regalbrett streckte eine zweite Ratte ihre Schnauze hervor. Sie war mindestens so groß wie die andere, wenn nicht sogar noch größer.

»Mach lieber die Lampe aus«, sagte der Bahnbeamte halb lachend, halb angewidert. »Das Licht lockt sie an.«

»Ja, genau! Das Licht! Das ist es, Jojo, das Licht. Das Licht lockt sie an!«

## 95

Die Schulglocke hallte über die leeren Schulhöfe, und sofort gingen überall Türen auf, aus denen Horden von Jugendlichen gestürmt kamen. Marion, die sich zwischen dem zum Schultor führenden Durchgang und einer der neunten Klassen postiert hatte, mußte warten, bis sich alle Schüler auf dem Hof zerstreut hatten. Dann sah sie ihn. Auch er erkannte Marion wieder, blinzelte kurz mit seinen langen Wimpern und blickte sich hilfesuchend um.

»Lucas!« sagte Marion freundlich. »Hast du zwei Minuten Zeit?«

Kurz vor zwölf rückte ein durch zusätzliche Hilfskräfte verstärktes Kripoteam in die Gepäckhalle des Gare de l'Est ein, um den Raum der früheren Gepäckannahmestelle, in der Zig gearbeitet hatte, zu durchsuchen. Der zweite Einsatz, der keine bahnbrechenden Ergebnisse zutage brachte. Im hinteren Teil des Zimmers führten mehrere Stufen nach unten. Die Treppe endete vor einer Panzertür. Der angeblich einzige Schlüssel befand sich im Büro des Bahnhofsvorstehers, der unverzüglich dazugeholt wurde. Was sich auf der anderen Seite auftat, verschlug Kermans Leuten den Atem.

»Das ist der sogenannte ›Deutschen-Keller‹«, erklärte ihnen der Mann. »Sie bewahrten hier alles auf, was für das Funktionieren des Bahnhofs notwendig war – für den Fall einer Bombardierung durch die Alliierten. Über den Gare de l'Est haben die Deutschen schließlich ihre ganze Truppenversorgung abgewickelt ...«

Alles war noch genauso wie damals, von den alten Papieren bis hin zu den Fahrrädern, durch die mit Hilfe eines Dynamos Strom erzeugt werden konnte. Von Zig keine Spur. Wenn er sich hier hatte blicken lassen, dann war er ausgesprochen diskret gewesen. Seit einer Viertelstunde tigerten die Beamten schon durch den Raum und konnten sich nicht dazu durchringen, wieder zu gehen.

»Die Deutschen konnten unmöglich das Risiko eingehen, sich hier einkesseln zu lassen«, bemerkte Régine Duplat plötzlich. »Es muß irgendwo einen Notausgang geben.«

Ihre durch die niedrigen Decken gedämpfte Stimme hallte wie ein Donnerschlag durch den Raum.

»Ach ja, natürlich«, sagte der Bahnhofsvorsteher schnell. »Wie konnte ich das vergessen!«

Es mochte an Régine Duplats widerspenstigem Charakter

liegen, daß es Kerman immer noch nicht gelungen war, ihren Hang zu intuitiven Schlüssen ganz auszumerzen. Sie spürte, daß sie einen Riesenschritt nach vorn getan hatte.

## 97

Als Amel sich bückte, stellte er fest, daß die Ratten durch die Trennwand hindurchschlüpften, an der das Regal befestigt war.

»Was ist dahinter?« fragte er.

»Nichts.«

»Da muß doch irgendwas sein. Hast du die Pläne hier?«

»Ja, da drin«, sagte Jojo und zeigte auf seine lederne Umhängetasche.

Sie falteten die Pläne auseinander. Der Bereich jenseits der Trennwand war grau schraffiert, was bedeutete, daß es sich um zugemauerte oder stillgelegte Gebäudeteile handelte. Zwischen der grau schraffierten Fläche und der Besenkammer war ein schwarzes Rechteck eingezeichnet.

»Und was ist das?«

»Eigentlich eine Treppe oder eine Falltür.«

»Und wohin soll die führen?«

»Na, nach unten natürlich, du Witzbold! Da unten ist doch ein ganzes Netz von Gängen, für die technischen Leitungen, verstehst du?«

Amel verstand nur »Gänge«, und das klang gut. Die erste positive Nachricht, seit sie ihren Einsatz begonnen hatten.

»Sind diese technischen Leitungen noch in Betrieb?«

»Manche schon, aber alles, was schwarz oder schraffiert ist, wird eigentlich nicht mehr genutzt.«

»Eigentlich ...«, murrte Amel. »Rühr dich nicht vom Fleck, ich red mal mit meiner Chefin.«

»Was wollen Sie von mir?« fragte Lucas leicht beunruhigt.

»Ich möchte, daß du mir von den Orten erzählst, an denen du dich oft aufhältst.«

»Wie bitte? Welche Orte?«

Der Junge blieb stehen und sah Marion direkt ins Gesicht. Er war wirklich sehr hübsch. Die hellen Augen mit den dichten dunklen Wimpern, die zarte, mattschimmernde Haut und die aschblonden Reflexe in seinem Haar – davon konnten die meisten Mädchen seines Alters nur träumen. Wie gemalt, dachte Marion, durch den kristallklaren Blick des Jungen etwas verwirrt, er hat ein Gesicht wie gemalt.

»Am Bahnhof.«

»Ich gehe nie zum Bahnhof.«

»Bitte, Lucas, lüg mich nicht an.«

»Ich lüge nicht. Ich hasse den Bahnhof. Da ist es schmutzig und stinkt. Außerdem hat mir meine Mutter verboten, da hinzugehen.«

»Okay, Lucas«, sagte Marion und dachte angestrengt nach. »Und wie ist es mit den anderen?«

»Wie, den anderen?«

»Den anderen Bahnhöfen! Du fährst doch manchmal mit der Metro oder nimmst einen Zug, oder?«

»Nie.«

Marion konnte es nicht glauben. Aber Lucas log sie nicht an, da war sie sich sicher. Oder er machte es wirklich sehr geschickt.

»Bist du noch nie belästigt worden?«

»Bitte? Was wollen Sie damit sagen?«

Sein klarer Blick war immer noch nicht empört, aber voller Fragen. Marion spürte, wie sie errötete.

»Im Bahnhof ... oder davor ... Verstehst du, was ich meine, Lucas?«

»Sie meinen diese Männer, die einem eklige Sachen vorschlagen? In meinem ganzen Leben noch nicht!«

Er wirkte schockiert.

»Hör zu, Lucas«, sagte Marion, die sich immer unwohler fühlte. »Ich verspreche dir, daß es unter uns bleibt. Aber wenn dir so etwas passiert ist, mußt du es mir sagen. Es geht um Leben und Tod.«

»Ich würde Ihnen gern helfen, Madame. Ich weiß, daß Sie mir diese Fragen wegen Nina und Ange-Lou stellen. Aber ich schwöre, daß ich von diesen Dingen wirklich nicht betroffen bin.«

Er sah sich um und wandte sich mit einem Anflug von Ungeduld wieder zu Marion.

»Ich muß jetzt wirklich gehen, meine Mutter macht sich sonst Sorgen.«

Nicht aufgeben, flüsterte eine leise, hartnäckige Stimme in Marions Kopf, du hast ihm die falschen Fragen gestellt.

Aber welche Fragen waren die richtigen, zum Teufel noch mal? Was mußte sie sagen, um nicht an dieser glatten Oberfläche abzuprallen? Und wenn du dich doch täuschst, Marion? Wenn aus diesem Jungen wirklich nichts rauszuholen ist?

»Ach, übrigens«, sagte sie aus einer plötzlichen Eingebung heraus. »Warst du an dem Abend, an dem Ange-Lou ermordet wurde, eigentlich nicht bei der Theater-AG?«

Er warf ihr einen kurzen Blick zu und schüttelte den Kopf.

»Warum?«

»Mein Vater. Ich mußte bei ihm bleiben. Er ist krank. Er geht nie aus dem Haus, und meine Mutter arbeitet oft abends.«

»Und an den anderen Montagen? Bleibt er da allein?«

»An dem Tag war er *sehr* krank. Dann muß jemand bei ihm bleiben. Aber ich muß jetzt wirklich gehen. Auf Wiedersehen, Madame!«

Ratlos und irgendwie auch wütend auf sich selbst, sah Marion dem bezaubernden jungen Mann nach, wie er leichten Schrittes davonging. Da klingelte plötzlich ihr Handy.

Brigitte Nill.

»Nichts Schlimmes«, sagte die Psychologin mit ruhiger Stimme. »Ich wollte Ihnen nur kurz sagen, daß ich die Aussagen von Zig und das medizinische Gutachten über ihn gelesen habe und was ich davon halte.«

Mit ans Ohr gepreßtem Handy ging Marion zurück Richtung Bahnhof.

»Ich glaube, daß der Tod der Schwester ein Trauma ausgelöst hat, von dem alle Familienmitglieder betroffen waren und sind. Die Mutter hat ganz offenkundig schwere seelische Schäden davongetragen. Sie muß große Probleme damit gehabt haben, daß das Kind, das sie als Ersatz für ihre Tochter in die Welt gesetzt hat, ein Junge war.«

»Und er hat alles darangesetzt, wie ein Mädchen auszusehen, um ihr zu gefallen ... Aber das ist ja wohl schiefgegangen, oder?«

»Allerdings ... Das ist auch der Grund, warum er die Sache auf andere Weise kompensiert. Die Wunden an seinen Beinen erinnern mich an Selbstverletzungen, so als wolle er sich dafür bestrafen, daß er es nicht schafft, seine Körperbehaarung loszuwerden. Ich glaube, er transvestiert.«

Das flüchtige Bild einer Frau, die in einem farblosen Regenmantel und Gummistiefeln durch ein Parkhaus geht ... Marion war vor einem Café stehengeblieben.

»Das bedeutet natürlich auch, daß er uns täuschen kann«, fuhr Brigitte Nill fort.

Marion lief es eiskalt den Rücken herunter.

»Sie glauben, daß er irgendwas vorhat?«

»Er hat einen Plan, der ihm wichtiger ist als alles andere …«

»Welchen Plan?«

»Wenn ich das wüßte! Aber es ist ihm extrem wichtig. Sie haben ihn doch zusammen mit seiner Mutter erlebt. Haben Sie gesehen, wie unterwürfig er um ihre Liebe gebettelt hat? Tja, und seit er auf der Flucht ist, hat er nicht ein einziges Mal versucht, sie zu sehen oder auch nur von ihr zu hören … Und genau das macht mich stutzig. Es bedeutet, daß das, was er ausbrütet, stärker ist als die Liebe zu seiner Mutter und daß er zu allem bereit ist, um es zu erreichen. Auf irgendeine Weise müssen ihn die Mädchen in Gefahr gebracht haben … Wenn wir wüßten, was Zig an jenem Abend wollte, wären wir ein ganzes Stück weiter.«

Ein hartnäckiges Piepen in der Leitung deutete auf einen zweiten Anrufer hin. Marion beendete ihr Gespräch mit Brigitte Nill.

Es war Abadie, der kaum an sich halten konnte.

## 99

Im hintersten Raum des Deutschen-Kellers hatte man mehrere Scheinwerfer auf ein Loch gerichtet, das unter einem dicken Kanaldeckel verborgen gewesen war. Durch diese Öffnung hätten die Besetzer Frankreichs im Notfall den Rückzug antreten wollen. Eine Metalleiter ragte in die dunklen Gefilde unter dem Bahnhof.

»Ja, es gab wohl eine unterirdische Verbindung zwischen dem Gare de l'Est und dem Gare du Nord«, hatte der Bahnhofsvorsteher Régine Duplats Frage beantwortet. »Ich weiß nicht, was davon noch übrig ist.«

Die beste Methode, das herauszufinden, bestand immer noch darin, selbst nachzusehen. Ein Mann war hinuntergeklettert. Am Fuß der Leiter taten sich mehrere Stollen auf, die allerdings nicht einmal für einen sehr kleinen Menschen begehbar waren. Bis auf einen Gang, der nach Nordwesten führte. Es war stockduster darin, eine Ausrüstung mußte her.

Zwei Kripoleute und zwei Wachmänner der SNCF waren – mit Taschenlampen und Grubenleuchten bewaffnet, die ihnen das Aussehen von überdimensionalen Glühwürmchen verliehen – losmarschiert, um den Stollen zu erkunden. Er war schmal und schwer zugänglich. Auf den metallenen Querstreben lagen zu dicken Bündeln verschnürte Kabel. Die Männer hatten eine Gabelung erreicht. Rechts verengte sich der Gang, links war der Stollen durch eine Mauer versperrt, eine dilettantische Anhäufung von Steinen, die Arbeit eines Amateurs.

Die Pseudomauer abzureißen war eine Sache von wenigen Minuten. Aber kaum waren die ersten Steine zu Boden gefallen, schlug den vier Männern ein Geruch entgegen, der keinen Zweifel daran ließ, daß sich dahinter ein abscheuliches Geheimnis verbarg.

## 100

Im Gare du Nord wimmelte es von Menschen, und Abadie hatte Mühe, sich einen Weg durch die Menge zu bahnen, um schnellstmöglich Marions lapidare Antwort zu überbringen. Amel fing sofort an, das Regal freizuräumen. Draußen wartete ein mit Vorschlaghämmern und Schlagbohrern ausgerüsteter Verstärkungstrupp.

Als das Regal leer war, fragte sich Amel, wie er die schweren Winkeleisen von der Wand lösen sollte, ohne alles kaputtzuhauen. Um sich die Sache von unten anzusehen, kniete er sich auf den Boden, was ihn aufgrund seiner beginnenden Körperfülle schon ein bißchen ins Schnaufen brachte.

»Siehst du was?« fragte Abadie von hinten.

Unter der Trennwand gab es auf einem Meter Breite einen drei Zentimeter hohen Spalt, durch den locker eine ganze Armada von Wanderratten einmarschieren konnte. Amel kam es so vor, als würde ihm aus den Eingeweiden des Bahnhofs ein übelriechender Atem entgegenschlagen. Irgendwie bekam er Angst und richtete sich so plötzlich auf, daß er dabei an das Regal stieß. Das Teil geriet ins Schwanken und stürzte auf den Beamten, der ebenfalls kippte. Abadie konnte gerade noch verhindern, daß sein Kollege unter den Regalbrettern begraben wurde.

Die Winkeleisen waren Attrappen. Das Regal war gar nicht an den schwarzen Plastikplatten befestigt, sondern lehnte nur daran. Man mußte es lediglich zur Seite schwenken, um Zugang zur Trennwand zu bekommen. Abadie half Amel wieder auf die Beine, und sie räumten das Regal aus dem Weg. Als sie die schwarze Verkleidung abtasteten, entdeckten sie das Geheimnis: Hinter den Plastikkacheln verbarg sich eine Tür, eine einfache, banale Tür.

## 101

Ehe Kerman am Gare de l'Est eintraf, rief er noch einmal den Capitaine an, der für Ninas Bewachung verantwortlich war, einen kahlköpfigen Mann mit eiskalten Augen.

»Mißtrauen Sie jedem«, befahl er. »Auch Frauen.«

»Glauben Sie vielleicht, daß das in diesem riesigen Krankenhaus geht? Außerdem sind wir zu weit weg. Können wir nicht ein bißchen näher ran?«

»Nein, noch nicht. Halten Sie die Augen auf, und vergessen Sie nicht: Mißtrauen Sie jedem, auch Frauen«, hämmerte er dem Beamten nochmals ein.

Vor allem Frauen, hätte er sagen sollen, denn Brigitte Nill hatte ihn davon überzeugt, daß Zig, wenn überhaupt, in Frauenkleidern versuchen würde, an Nina heranzukommen.

Régine Duplat wartete schon am Fuß der Metalleiter.

»Kommen Sie, Chef«, sagte sie. »Ich kann Ihnen sagen ...«

Schweigend gingen sie zu der Stelle, wo die Beamten von der Spurensicherung bereits an der Arbeit waren. Schon von weitem erkannte Kerman den grausigen Gestank.

Ja, es gab tatsächlich eine Leiche in dem zwei mal drei Meter großen Raum, einer sogenannten »Sicherheitskammer«. Ähnliche Einbuchtungen tauchten in regelmäßigen Abständen in allen Tunneln auf, diese hier war allerdings überdurchschnittlich groß und Schauplatz unvorstellbarer Szenen gewesen.

Der Mann, der vor der hinteren Wand saß, hatte ein Loch im Hals, aus dem ihm große Mengen Blut über den Oberkörper bis auf die Hose gelaufen waren. Die Pumpgun mit abgesägtem Lauf, die ihn wahrscheinlich ins Jenseits befördert hatte, lag noch in seinen Händen. Im Scheinwerferlicht konnte man sehen, daß die Ratten sich schon seit einigen Tagen an ihm gütlich getan hatten. Überall dort, wo der Körper nicht durch Kleider geschützt war – Hals, Gesicht, Hände –, war das Fleisch bis auf die Knochen abgenagt.

Kerman registrierte mit erfahrenem Blick die marineblaue Tuchhose, die schwarzen Schnürstiefel, das himmelblaue Hemd, die versilberten Tressen. Am Gürtel das leere Holster, den Knüppel. Ein Stück weiter lag ein Paar geöffneter Handschellen auf dem Boden, genau dort, wo diverse Spuren darauf hindeuteten, daß möglicherweise ein Kampf stattgefunden hatte.

»Ist meine Vermutung richtig?«

»Ja«, sagte Régine Duplat. »Er ist noch nicht eindeutig identifiziert, wir warten noch auf jemanden. Aber für mich gibt es keinen Zweifel daran, daß es sich um Kaiser handelt.«

## 102

Es war ein Nachmittag wie jeder andere im Hôpital Robert Debré. Kermans Männer hatten sich an strategisch wichtigen Punkten postiert: Parkplätze, Empfang, Zufahrtswege der Krankenwagen. Aufgrund der Menschenmassen, die in diesem Riesenkomplex ein und aus gingen, war eine engmaschige Überwachung kaum möglich, solange es den Beamten untersagt war, sich »ihr« zu nähern.

Vor der Tür zum Zimmer 326, in der dritten Etage, Abteilung Neuropsychiatrie, kämpften die drei von der Bahnhofspolizei entsandten Leibwächter in Zivil gegen die Müdigkeit. Es war Mittag, Zeit für ein Schläfchen, und die überheizten Räume des Krankenhauses taten das Ihre dazu. Die Beamten hatten sich im Dreieck vor der Tür aufgebaut und redeten nicht, was genau den Anweisungen vom »Boß« entsprach, wie sie ihre Vorgesetzte nannten.

Im Zimmer war Nina gerade aufgewacht. Sie hatte geklingelt und die Krankenschwester nach ihrer Mutter gefragt. Die Frau hatte ihr versprochen, sie anzurufen, und Nina war wieder halb eingenickt. Wie alle Kinder in dieser Abteilung hatte sie weder Telefon noch Fernseher.

Einer der Schutzengel vor der Tür gähnte gerade, als am Ende des Gangs eine Stationshilfe auftauchte, die einen Wagen mit Putz- und Desinfektionsmitteln vor sich her schob. Sie kam langsam näher, die Wachposten beachteten sie nicht. Vor der Tür zu Zimmer 324 blieb sie stehen, warf einen kurzen Blick auf die Polizisten und ging hinein. Eine Minute später kam sie wieder heraus, leerte einen Papierkorb in ihren Müllbeutel und verschwand erneut in dem Zimmer. Nach ein paar Sekunden tauchte sie wieder auf und schob gemächlich ihren Wagen weiter. Vor der Tür zu Zimmer 326 blieb sie stehen.

»Guten Tag«, sagte sie in munterem Ton. »Ist gerade Visite? Hat man Sie vor die Tür gesetzt?«

Ninas Gorillas musterten die Frau mit den dicken Brillengläsern zerstreut. Sie trug einen grünen Kittel wie alle Reinigungskräfte, die in den Gängen des Krankenhauses unterwegs waren.

»Um diese Zeit wird hier eigentlich nicht geputzt«, bemerkte der älteste der drei Polizisten mit einem Blick auf die Uhr.

»Da hab ich nichts mit zu tun«, entgegnete die Frau. »Ich tu nur, was man mir sagt. Und man hat mir gesagt, daß die Kleine sich übergeben hat.«

»Sie dürfen nicht in das Zimmer. Wir müssen Ihre Identität überprüfen.«

»Was sind denn das für neue Vorschriften? Sind Sie keine Angehörigen?«

»Wir müssen Ihren Wagen durchsuchen. Und Sie auch.«

»Seien Sie doch nicht so laut!« zischte die Frau. »Sie wecken das Kind noch auf!«

»Jetzt reicht's aber!« rief der Polizist aus. »Zeigen Sie mir erst mal Ihren Ausweis!«

Die Frau hob die Stimme. Ihr Ton wurde schrill.

»Ruhe!«

Nina zögerte, ob sie wieder in den erlösenden, befreienden Schlaf eintauchen oder sich dazu durchringen sollte, in die feindliche Wirklichkeit zurückzukehren. Durch die geschlossene Tür drangen Stimmen in ihr Bewußtsein. Sie schlug die Augen auf und hörte, wie jemand sagte: »... daß die Kleine sich übergeben hat.« Draußen redete jemand über sie, eine Frau.

»Ich habe mich nicht übergeben«, murmelte Nina und merkte, daß sie in Panik geriet.

»Ruhe!« hörte sie dann.

Ruhe! Legt euch leise hin, ansonsten ... peng!

Außer sich vor Angst, fuhr Nina hoch. Die Stimme! Das war die Stimme von diesem Kerl!

## 103

Die ersten Kripobeamten verließen den Tatort am Gare de l'Est. Die Spurensicherung war noch nicht abgeschlossen, aber es war jetzt schon abzusehen, daß die Ergebnisse deutlich hinter den Erwartungen zurückbleiben würden. Außer ein paar verdächtigen Spuren, die analysiert werden mußten, hatte man keine bahnbrechenden Funde gemacht. Die Spezialisten hatten ihre Arbeit beendet, und man wartete auf die entsprechende Ausrüstung, um den Leichnam abzutransportieren. Marion war überstürzt mit Morel dazugestoßen, der Kaiser besser gekannt hatte als sie. Trotz des Zustands der Leiche hatte der Major den Beamten zweifelsfrei identifiziert. Starr vor Entsetzen, wenn auch äußerlich gefaßt, wich er Marion nicht mehr von der Seite.

Nach einer ersten Einschätzung des Gerichtsmediziners schien es sich um Selbstmord zu handeln. Dafür sprach nicht nur die Position der Waffe, sondern auch die Art der Verletzung, die darauf hindeutete, daß ein unterhalb des Kinns eingedrungenes Projektil den gesamten Hinterkopf zerfetzt hatte.

»Ich versteh das nicht«, flüsterte Morel und breitete ungläubig die Arme aus. »Was wollte Kaiser in diesem Loch?«

»Er hat doch eine Zeitlang hier gearbeitet, oder?« sagte Régine Duplat, was eher eine Feststellung als eine Frage war.

»Ja, richtig. Bevor er zu uns kam, war er hier. Drei oder vier Jahre.«

»Er kannte den Bahnhof, und nachdem er die Kleine abgeknallt hatte, hat er sich da unten verkrochen, um sich zu erschießen.«

Eine Erklärung, die auf den ersten Blick einleuchtend erschien. Am Sonntag abend taucht Kaiser in seiner Dienststelle auf, holt sich seine neuen Stiefel ab und klaut, ehe er wieder geht, das Gewehr. Spontan oder mit Vorbedacht? Montag abend wartet er dann auf die Mädchen. Als sie allein losmarschieren, nutzt er die Gunst der Stunde und versucht die beiden zu entführen. Nina macht Probleme, blind vor Wut bringt er Ange-Lou um. Vor lauter Entsetzen über seine eigene Tat verkriecht er sich in diesem Rattenloch und erschießt sich.

Und der Geländewagen? Und Zig? Und die Waffe samt Dienstausweis in dem Müllcontainer? Und wann war er bei den Transvestiten im Bois de Vincennes gewesen? Kurz bevor er sich erschossen hatte?

Marion sah Kerman fest in die Augen.

»Siehst du, wie viele Fragen bei dieser Hypothese offenbleiben? Und was machst du mit Ninas Aussage?«

Kerman zuckte vage mit den Schultern.

»Und Zig? Warum hat er sich deiner Meinung nach abgesetzt?«

Der Kripochef sah Marion aufmerksam an. Widersprüchliche Gefühle flackerten in seinen braunen Augen. Marion wartete darauf, daß er einem, wenigstens einem dieser Gefühle Ausdruck verlieh, aber Kerman schien nicht bereit zu sein, sich auch nur ein bißchen zu öffnen.

Beide schwiegen. Plötzlich waren Geräusche zu hören, die aus der entgegengesetzten Richtung kamen, von dort, wo der Stollen weiter unter dem Stadtteil herzuführen schien. Kerman gab seinen Leuten ein Zeichen, sich nicht von der Stelle zu rühren. Die Geräusche kamen näher. Es waren Schritte, tastende Schritte. Plötzlich tauchte am Ende des schwarzen Tunnels ein zitternder Lichtschein auf.

»Scheiße, dahinten ist Licht!« hörte man eine ferne Stimme.

Wieder erteilte Kerman per Handzeichen einen Befehl, und seine Männer preßten sich stumm an die Wände und zogen ihre Waffen.

»Siehst du was?« fragte eine zweite Stimme.

»Abadie!« rief Marion. »Das ist Abadie!«

## 104

In gerade mal zehn Minuten hatten sie die Besenkammer in der Damentoilette des Gare du Nord erreicht. Neugierig musterte man sich im Neonlicht, und Marion hätte beinahe losgelacht. Kerman, Duplat und auch alle anderen waren von Kopf bis Fuß weiß. Das lag an dem Kalkstein, in den die unterirdischen Gänge gehauen worden waren. Der Kripochef, der sich bereits den Staub von seinem ewigen grauen Anzug klopfte, reagierte etwas gereizt, als Marion ihn darauf hinwies, daß er auch in den Haaren und im Gesicht noch schmutzig war.

»Kannst du mir das vielleicht mal erklären?« sagte er mit zusammengekniffenen Lippen und deutete mit einer ausholenden Handbewegung auf die Toilettenräume.

Das tat Marion. Sie berichtete ihm von den unaufgeklärten Fällen, von Pierre Palmieris schrecklichem Tod, der neues Licht auf die weiter zurückliegenden Ereignisse geworfen hatte, von dem Paßbildautomaten und dem, was einige Jugendliche auf der Suche nach dem ultimativen Kick dort trieben, und von ihrem Entschluß, den ganzen Bereich mal genauer unter die Lupe zu nehmen.

»Warum hast du mir nicht früher davon erzählt?«

»Ich hätte es schon noch getan. Ich wollte nur erst etwas mehr Gewißheit haben.«

»Bist du dir da sicher?«

Als Marion wegsah, begegnete ihr Abadies Blick. Hier, unter ihren Füßen, lag die Verbindung zwischen den beiden Fällen. Ein Kalkstollen zwischen zwei Bahnhöfen. Der Capitaine nickte ihr unmerklich zu.

»Aber ja doch, Kerman. Capitaine Abadie hat eine Akte zusammengestellt. Sie steht dir zur Verfügung.«

Hinter ihnen waren eilige Schritte zu hören, und Marion drehte sich alarmiert um. Valentine Cara kam mit vom Laufen gerötetem Gesicht herbeigeeilt. Régine Duplat, die zusammengezuckt war, wich einen Schritt zurück. Aber Valentine zeigte nicht das leiseste Interesse an ihr. Sie machte einen aufgelösten Eindruck.

»Chef«, sagte sie keuchend. »Das Krankenhaus hat gerade angerufen.«

## 105

Nina stand kurz vor einem totalen Nervenzusammenbruch. Sie hatte sich geweigert, Beruhigungsmittel zu nehmen, und wollte mit niemandem reden, solange ihre Mutter nicht da war.

»Mama!« schrie sie, als Marion das Zimmer betrat.

»Ja, mein Schatz, jetzt bin ich da, ich bin ja da!«

Die drei Leibwächter warteten in Habachtstellung darauf, sich zu den Vorgängen äußern zu dürfen.

»Klar, daß wir die Frau nicht reingelassen hätten«, sagte der Chef des Trios. »Erstens war es nicht die Uhrzeit, zu der normalerweise geputzt wird.«

»Und zweitens?«

»Sie hat vor Zimmer 324 angehalten, ist reingegangen und dann mit dem Mülleimer wieder rausgekommen. Sie war irgendwie komisch.«

»Komisch? Was soll das heißen, komisch?«

»Na ja … Ihre Stimme, wie sie geredet hat, die ganze Visage … komisch halt.«

»Ich verstehe nicht, warum Sie sie haben laufenlassen!«

»Als Ihre Tochter um Hilfe gerufen hat, sind wir reingerannt«, verteidigte sich der jüngste der drei Männer.

»Und als wir wieder rauskamen«, fuhr der dritte Beamte fort, »da war sie weg.«

Fast hätte Marion gefragt, was sie eigentlich in der Ausbildung oder später im Beruf gelernt hatten. Einer sieht nach, die anderen warten draußen und passen auf. Oder umgekehrt.

Aber egal, jetzt war eh nichts mehr zu retten.

»Wir haben natürlich nach ihr gesucht. Aber sie hat sich in Luft aufgelöst.«

»Warum hat Nina geschrien?«

Die Männer sahen sich verlegen an. Keine Antwort.

»Also los, was hat sie gesagt, diese … komische Frau?« beharrte Marion. »Wissen Sie noch, was sie gesagt hat?«

Sie wiederholten das, woran sie sich erinnerten.

Richtigen Aufschluß gab erst Ninas Bericht, den sich Marion kurz darauf anhörte.

»Ich habe ›Ruhe!‹ gehört, und dann kam es mir plötzlich

so vor, als würde er wieder im Dunkeln vor mir stehen. Es war schrecklich, Mama. Er ist gekommen, um mich umzubringen, oder?«

## 106

Kerman war außer sich vor Wut, und er wußte nicht, was ihn mehr in Rage brachte: seine Leute, die es nicht geschafft hatten, die verdächtige Stationshilfe aufzuspüren, oder Marions drei Hampelmänner, die allein durch ihre Anwesenheit alles vermasselt hatten. Am meisten erzürnte ihn wahrscheinlich Marion selbst.

»Du wolltest dein Spielchen alleine spielen, nach deinen Regeln, jetzt siehst du ja, was dabei rauskommt!«

Marion, die sich ins Spielzimmer in der dritten Etage des Krankenhauses zurückgezogen hatte, mußte über die unfreiwillige Ironie von Kermans Bemerkung fast schmunzeln. Sie war bei Nina gewesen, als das Handy an ihrer Hüfte vibrierte. »Ich bin gleich wieder da«, hatte sie zu ihrer Tochter gesagt, die immer noch abwechselnd in Tränen ausbrach oder niedergeschlagen vor sich hin starrte und durch die Angst vor einer immer konkreteren Bedrohung allmählich den Kopf verlor.

Es war längst dunkel geworden, und die Traurigkeit der kleinen Patienten schien auf die stumm herumliegenden Spielsachen übergesprungen zu sein.

»Wovon redest du?« sagte Marion. »Davon, daß du Nina hier heimlich überwachen läßt, ohne es mir zu sagen? Was hast du dir davon erhofft? Das miese Schwein zu schnappen, mit meiner Tochter als Köder? Was für eine Sauerei von dir! Da können wir sie ja gleich im Hof anpflocken und mit Marmelade bestreichen!«

»Hör auf, solchen Unsinn zu reden!« sagte Kerman beschwichtigend. »Diese Frau hat vielleicht gar nichts mit Zig zu tun. Womöglich leiden wir schon alle unter Verfolgungswahn.«

»Nina hat Zigs Stimme wiedererkannt«, beharrte Marion, die nicht ahnte, daß Kerman selbst nicht glaubte, was er sagte.

»Nina ist im Moment nicht ganz bei sich.«

»Sie ist so was von verängstigt, das ist nicht mehr normal. Ich schaffe es nicht, sie zu beruhigen.«

»Wir werden diese Putzfrau wiederfinden. Und ich hoffe, daß sich dann herausstellt, daß Nina keinen Grund hatte, sich zu ängstigen.«

Die kleine Kuckucksuhr an der Wand stand fast auf neun, gleich würde das Vögelchen seinen Schnabel herausstrecken. Seit dem Vorfall waren sechs Stunden vergangen.

»Läuft wenigstens die Suche nach ihr?«

»Natürlich suchen wir nach ihr!«

Kerman war lauter geworden, und plötzlich wurde Marion bewußt, daß er nicht nur angerufen hatte, um sich nach Ninas Befinden zu erkundigen.

»Los, spuck schon aus, was du mir sagen wolltest.«

»Ich habe die Akte gelesen, die mir dein Mitarbeiter gegeben hat. Seit wann weißt du, daß die Putzfrau vom Gare du Nord etwas mit Zig zu tun hat?«

»Seit gestern.«

Marion spürte die Anspannung und Wut in Kermans Schweigen. Obwohl sie zugeben mußte, daß er über ein ungewöhnliches Maß an Selbstbeherrschung verfügte. Aber jeder Mensch stößt irgendwann an seine Grenzen. Deshalb fügte sie schnell hinzu:

»Das sind völlig andere Ermittlungen, Kerman. Ich habe die Akte der am Bahnhof verschwundenen Jungen und den Fall Palmieri in einen Zusammenhang gestellt, ohne daß es einen objektiven Grund dafür gab. Es war eine reine Arbeitshypothese. Dann stellte sich heraus – du hast die Unterlagen ja gelesen –, daß die fragliche Putzfrau zugegen war, als der junge Palmieri gefunden wurde. Wenn ich nicht über Zig Bescheid gewußt und aufgrund der Ermittlungen zum Mord an Ange-Lou seine Adresse gekannt hätte, wäre dieser Zusammenhang niemals hergestellt worden. Zumindest nicht so schnell. Und wenn euch Zig nicht zur Gepäckaufbewahrung im Gare de l'Est geführt hätte – wobei ich mich immer noch frage, warum er das eigentlich getan hat –, dann hätten wir von der Bahnhofspolizei die unterirdischen Gänge und Kaiser entdeckt. Okay?«

Auch ihre Stimme war lauter geworden, so als müßte sie sich verteidigen. Kerman machte ihr Vorwürfe, und sofort fing sie wie eine schlechte Schülerin an, sich zu rechtfertigen.

»Ich habe die Staatsanwaltschaft darum gebeten, mir den Fall Palmieri zu übertragen«, sagte Kerman mit tonloser Stimme. »Du läßt jetzt die Finger davon. Ich warne dich: wenn auch nur einer von deinen Jungs irgendwo seine Nase reinsteckt, bekommt er richtig Ärger und du mit ihm. Salut, Marion, und grüß Nina von mir.«

## 107

Marion machte sich auf die Suche nach den Beamten der Bahnhofspolizei, die sie für die Nacht ins Krankenhaus bestellt hatte, und bat dann einen der Männer, sich an Ninas Bett zu setzen, bis sie ein paar Kleinigkeiten geregelt hätte. Danach würde sie bei ihrer Tochter bleiben.

Die Konfrontation mit Kerman hatte eine sofortige Konsequenz: Von jetzt an würde sie nicht mehr von Ninas Seite weichen. Nicht für eine Sekunde, und zwar so lange, bis Zig eingelocht war.

Und auch darum würde sie sich selbst kümmern.

Nina war durch die Gegenwart ihrer Mutter zur Ruhe gekommen und schlief. Im Gang saßen die Wachposten schweigend und wie erstarrt auf ihren Stühlen. Als Marion zum zweiten Mal das Zimmer verließ, stand einer von ihnen wortlos auf, um ihren Platz am Bett des Kindes einzunehmen. Marion ging ein Stückchen den Gang hinunter, um außer Hörweite telefonieren zu können.

»Kerman glaubt, er kann mir was vormachen«, sagte sie zu Abadie, der noch immer im Büro war. »Das war keine echte Putzfrau, und das weiß er selbst ganz genau. Keiner kennt sie. Es ist ihr gelungen, sich Zugang zum Keller zu verschaffen, wo die Putzwagen abgestellt werden. Sie hat sich einfach einen genommen, alle haben zugesehen, und keiner hat's gemerkt. Äußerst geschickt und gewieft ist die, wobei ich eigentlich ›er‹ sagen müßte, denn ich bin mir sicher, daß es Zig war. Bei der Kripo hat er den Idioten gespielt, aber in Wahrheit ist er ein ganz schlauer Fuchs, und ich fange langsam an, im Dreieck zu springen.«

»Was hat er vor?«

»Was denken Sie?«

»Nina? Aber warum sollte Nina gefährlich für ihn sein? Ihre Zeugenaussage hat doch nicht gereicht, um ihn einzulochen.«

»Eben. Das ist die Frage, die ich mir auch gestellt habe.«

»Und haben Sie eine Antwort darauf gefunden?«

»Nein, nicht ganz. Aber ich spüre, daß Nina ihn stört. Wegen ihrer Aussage bei der Kripo, das auch, aber vor allem in Zukunft. So als hätte sie eine Information, die ihn in Gefahr bringen könnte, verstehen Sie?«

Abadie hüllte sich in vorsichtiges Schweigen. Sie hörte, wie am anderen Ende der Leitung Papier raschelte.

»Sind Sie noch dran, Abadie?«

»Ja, Chef, natürlich. Aber ich muß zugeben, daß ich ziemlich geschafft bin. Das war heute abend weiß Gott kein Vergnügen ...«

Was meinte Abadie damit? War das eine Anspielung auf die Dinge, die er sich vermutlich von Kerman hatte anhören müssen, oder auf die Stimmung in der Bahnhofspolizei, wo die Nachricht vom gewaltsamen Tod des Kollegen Kaiser das Barometer sicher nicht hatte steigen lassen? Oder auf beides zusammen?

»Das kann ich mir denken, Abadie, und ich werde mich erkenntlich zeigen. Wenn ich nicht gefeuert werde. Denn im Moment muß ich wirklich zugeben, daß ich den Überblick verloren habe.«

»Was soll ich tun, Chef?«

»Sie sollen herkommen.«

»Jetzt?«

Ein unüberhörbares Nein schwang in seiner Frage. Marion atmete tief durch.

»Ja, jetzt«, antwortete sie mit fester Stimme. »Rufen Sie Valentine Cara an, und dann kommen Sie. Alle beide. Vorher klingeln Sie noch einmal bei mir durch.«

Valentine ließ sich ohne größere Proteste ins Büro zitieren, und Marion erklärte den beiden – immer noch per Telefon –, was sie von ihnen erwartete. Als sie fertig war, herrschte am anderen Ende ein überraschtes, betroffenes Schweigen.

»Hallo? Sind Sie noch dran?«

»Was Sie da vorhaben, ist sehr riskant, Madame«, sagte Valentine schließlich mit gepreßter Stimme. »Ich nehme an, daß Sie an die Konsequenzen gedacht haben ...«

»Wir haben jetzt keine Zeit zum Diskutieren, Valentine ... Ohne Ihre Hilfe kann ich nichts tun. Also, sagen Sie ja, oder ...«

»In Ordnung«, fiel ihr Abadie ins Wort. »Sagen Sie uns, wie wir es anstellen sollen.«

## 108

Kerman ging in seinem Büro auf und ab. Régine Duplat schwieg. Sie hatte ihm gerade etwas gezeigt, das er lieber nicht gesehen hätte. Er drehte sich um und erwiderte ihren kalten Blick.

»Knochen«, sagte er gereizt. »Von Menschen. Das hatte uns gerade noch gefehlt.«

Um genau zu sein, waren es Finger. Sie stammten von einem Jugendlichen, der Knorpelzustand deutete darauf hin, daß das Wachstum noch nicht ganz abgeschlossen war. Da hatte man in diesem Loch doch tatsächlich nach dem Abtransport von Kaisers Leiche, im Staub verscharrt, eine Kinderhand entdeckt!

»An Kaisers Händen sind keinerlei Schmauchspuren feststellbar«, fuhr Régine Duplat schonungslos fort. »Außerdem sagt der Gerichtsmediziner, daß er mit Handschellen gefesselt war. Und geknebelt war er auch. Das viele Blut auf seinem Oberkörper deutet darauf hin, daß man ihm die Kehle durchgeschnitten hat, was die Untersuchung der Verletzungen bestätigt hat. Zum Zeitpunkt des Schusses war er bereits tot. Insofern ...«

»Okay, okay«, fauchte Kerman. »Hab schon kapiert.«

Er hatte bereits das Telefon in der Hand.

»Capitaine? Sind Sie noch im Krankenhaus?«

»Sie haben uns nicht gesagt, daß wir die Aktion abbrechen sollen, Chef ...«

»Gut. Ziehen Sie den Kreis enger.«

»Wirklich? Aber wird die Kommissarin nicht ...«

»Kümmern Sie sich nicht darum, was die Kommissarin tut oder läßt ... Los, los!«

## 109

Abadie und Valentine fuhren in einem Polizeiwagen vor dem Hôpital Robert Debré vor. Sie hatten das Blaulicht eingeschaltet, und als sie vor dem Haupteingang hielten, zeichneten die bläulichen Lichtreflexe merkwürdige Muster auf die Wände des Gebäudes. Die beiden uniformierten Polizisten stiegen aus. Mit allerlei Papieren in der Hand gingen sie entschlossen auf den Empfang zu. Von den Kripoleuten war nichts zu sehen, aber es war klar, daß sie sich überall versteckt hielten.

»Sie sind hier«, hatte Marion, die selbst schon ein paar von ihnen ausgemacht hatte, am Telefon bekräftigt. »Lassen Sie sich nicht täuschen.«

Nach längeren Verhandlungen griff der Mann am Empfang zum Telefon.

»Es ist spät«, sagte er in vorwurfsvollem Ton. »Hätte das nicht bis morgen Zeit gehabt?«

»Nein, wir haben einen Verdächtigen in Polizeigewahrsam. Eine ganz üble Geschichte ...«, sagte Valentine leise. »Wir müssen diesen Zeugen unbedingt noch heute vernehmen.«

Am anderen Ende der Leitung schien man über den Polizeibesuch informiert zu sein. Der Empfangsmensch deutete auf die Aufzüge.

»Dritte Etage«, sagte er. »Aber bleiben Sie nicht zu lange. Die Kinder brauchen Ruhe.«

Marion erwartete die beiden Beamten in Zimmer 324. Das kranke Kind, das in diesem Raum untergebracht war, schlief unter dem Einfluß von Beruhigungsmitteln, die Mutter war anwesend. Abadie zog die Tür hinter sich und Valentine zu. Nina saß angezogen auf einem Stuhl, sie hatte sich eine Wollmütze übers Haar gezogen und sah leicht benommen aus. Auf Befehl von Marion hatten die drei Leibwächter so getan, als sähen sie nichts, als Nina ihr Zimmer verließ.

»Danke, daß Sie mir helfen, Madame«, sagte Marion zu der Frau, die ihr hin und wieder einen beunruhigten Blick zuwarf. »Alles wird reibungslos klappen. Hier!«

Sie gab ihr ihre Lederjacke, die Frau zog sie an.

»Machen Sie sich keine Sorgen«, fügte sie hinzu. »Meine Männer passen auf Ihren Sohn auf. In zehn Minuten sind Sie wieder bei ihm.«

»Ich mache mir keine Sorgen«, versicherte die Frau. »Es freut mich, wenn ich Ihnen helfen kann. Männer sind Schweine, davon kann ich ein Lied singen.«

Valentine und Abadie sahen sich verdutzt an.

»Gut«, seufzte Marion mit einem kleinen Lächeln. »Ich gehe vor.«

Der von Kerman entsandte Capitaine war noch dabei, seine Leute neu zu postieren, da kam Marion in die Eingangshalle gestürmt. Wütend steuerte sie auf den Empfang zu.

»Hören Sie, Monsieur, vor einer geschlagenen Stunde habe ich darum gebeten, daß jemand aufs Zimmer kommt, und wir warten immer noch … Meine Tochter hat sich übergeben … Das muß doch sauber gemacht werden.«

»Wen haben Sie denn gerufen?« fragte der Mann.

»Wen? Woher soll ich das wissen? Ich habe halt geklingelt …«, erwiderte Marion empört.

In diesem Moment kamen Abadie und Valentine aus dem Aufzug. In ihrer Mitte ging auf wackeligen Beinen ein Jugendlicher, daneben eine Frau, die ihm beschützend den Arm um die Schultern gelegt hatte. Das Vierergespann schob sich langsam durch die Eingangshalle.

»Sie haben geklingelt, und niemand ist gekommen?« fragte der Krankenhausangestellte, dem dieses Intermezzo sichtlich lästig war, ungläubig nach.

»Ja, wenn ich's Ihnen doch sage! Das ist einfach unglaublich!«

Während Marion weiter Krach schlug, kam ein Mann in schwarzer Einsatzuniform mit einem Becher in der Hand aus dem Gang, um die Szene neugierig zu verfolgen. Lässig stützte er einen Ellbogen auf die Empfangstheke und pustete auf seinen Kaffee. Die Nachricht seines Chefs sollte ihn erst in dem Moment per Headset erreichen, als der Polizeiwagen, der kurz zuvor eingetroffen war, mit blinkendem Blaulicht davonfuhr. Der Beamte sah zwar, daß die beiden Kollegen eine Frau und ein Kind dabei hatten, aber was ihn in diesem Augenblick interessierte, war die zeternde Marion. Irgendwie haben doch alle Chefs – und die Chefinnen vorneweg – einen Knall, dachte er, während der Krankenhausangestellte die Segel strich, zum Telefon griff und jemanden losschickte, im Zimmer 326 nach dem Rechten zu sehen. Zufrieden verkündete Marion, daß sie ein bißchen frische Luft schnappen und draußen eine Zigarette rauchen würde.

Der Kripobeamte würde sich noch lange mit großem Bedauern daran erinnern, daß er eins nicht gewußt hatte: Marion hatte noch nie in ihrem Leben geraucht.

## 110

Marion hatte Nina in eins der beiden Betten des Zimmers im Hotel Corail schlafen gelegt. Es war ein schlicht eingerichteter Raum in einem ganz annehmbaren Hotel, das in einer ruhigen Straße lag, hundert Meter vom Gare du Nord entfernt. Als man sie im Mai nach Paris bestellt hatte, um zu sehen, ob sie das Zeug dazu hatte, die Bahnhofspolizei zu leiten, hatte sie schon einmal ein paar Nächte in diesem Hotel verbracht. Zimmer drei, Erdgeschoß, gleich neben dem Notausgang. Direkter Zugang zum Hof und zu einer kleinen Seitenstraße. Ein Vorteil

»Danke«, sagte Marion zu ihren beiden Gefolgsleuten. »Das war spitzenmäßig.«

Der Trick hatte perfekt funktioniert. Marion war bis zum Eingang des Krankenhausgeländes gegangen. Auf der anderen Seite der Schranke wartete der Polizeiwagen auf sie. Sie war eingestiegen, und die Frau aus Zimmer 324 hatte ihr die Lederjacke zurückgegeben, um schnell zu ihrem schlafenden Jungen zurückzukehren. Falls die Kripoleute inzwischen etwas gemerkt hatten, war es zu spät.

»Wie haben Sie die Frau dazu überreden können, Ihnen zu helfen?«

»Ich habe ihr das Märchen vom gewalttätigen Ehemann aufgetischt, dem man das Sorgerecht abgenommen hat und der im übrigen auch noch ein Vergewaltiger ist – von daher die Aufpasser vor dem Zimmer ... Ich habe so getan, als wäre ich völlig in Panik und fest davon überzeugt, daß er Nina entführen will. Es hat funktioniert.«

Abadie dachte einen Augenblick über das eigenartige schauspielerische Talent seiner Chefin nach. Er strich über seinen Schnurrbart, dann gab er sich einen Ruck.

»Warum haben Sie gerade uns gefragt?«

Marion trat an das vergitterte Fenster und zog die lichtundurchlässigen Plastikvorhänge zu.

»Meinen Sie, ich hätte eine andere Wahl gehabt?«

Als sie das lange Gesicht ihres Kollegen sah, fügte sie schnell hinzu:

»Das war ein Witz, Abadie! Ich vertraue Ihnen, das habe ich Ihnen doch schon einmal bewiesen, oder?«

»Und ich?« fragte Valentine verkrampft.

»Sie? Ich wollte wissen, ob Sie durch und durch Polizistin sind und ich Sie in meiner Abteilung behalten kann ...«

Valentine Cara starrte der Kommissarin suchend ins Gesicht, fand aber keine Spur Ironie darin, Marion meinte es ernst, schrecklich ernst.

»Was machen wir jetzt?« fragte die junge Beamtin schließlich.

»Sie gehen nach Hause. Ich komme jetzt allein zurecht.«

Die beiden rührten sich nicht.

»Los«, wiederholte Marion. »Gehen Sie!«

»Aber was wollen Sie machen?« beharrte Valentine.

»Zerbrechen Sie sich über mich nicht den Kopf. Sie haben sich schon viel zu sehr in die Sache reingehängt. Kerman wird Ihnen jetzt ständig an den Fersen kleben, da können Sie Gift drauf nehmen.«

»Passen Sie bloß auf, Chef«, sagte Abadie, der immer fertiger aussah. »Kerman hat Sie auch auf dem Kieker.«

»Ich weiß schon Bescheid. Er hat uns den Fall Palmieri entziehen lassen.«

»Ein Grund mehr ...«

»Ich kann nicht warten. Ich weiß, daß er kompetent ist. Aber er ist einfach zu langsam. Zig rennt frei herum, und Zig ist schnell. Er kann ihn austricksen.«

Valentine hatte sich auf die Kante des leeren Bettes gesetzt und sah so aus, als würde sie sich am liebsten hineinlegen.

»Zig wußte, daß Kerman ihn nicht aus den Augen lassen würde«, setzte Marion ihren Gedankengang fort. »Man könnte denken, daß er sich einfach nur absetzen wollte. Aber ich glaube, daß er die Kripoleute absichtlich zum Gare de l'Est geführt hat, und zwar genau an den richtigen Ort. Er wollte, daß sie die unterirdischen Gänge finden.«

»Ich verstehe nicht, welches Interesse er daran haben könnte …«

»Das kann keiner verstehen, Zig folgt seiner eigenen Logik. Aber er wollte, daß Kerman den Kollegen Kaiser findet, da bin ich mir sicher. Damit beweist er auf seine Weise, daß er stark ist, daß er seine Gegner überraschen kann.«

Valentine lehnte sich mit einem unterdrückten Gähnen gegen das dicke Kopfkissen.

»Ich kann trotzdem nicht verstehen, warum er wollte, daß wir seinen Schlupfwinkel finden«, sagte sie mit tonloser Stimme. »Damit liefert er sich selbst ans Messer. Das ist doch idiotisch.«

Marion sah die beiden an. Die unterirdischen Gänge, der Ort, wohin Zig seine Opfer brachte … Was versprach er ihnen, wenn er sie dort hinlockte? Einen Adrenalinschub? Ein prickelndes Abenteuer? Sie erschauderte bei der Vorstellung, was diese Knaben dort erlitten hatten, und holte tief Luft.

»Der Grund ist, daß die unterirdischen Gänge keinen Nutzen mehr für ihn haben. Er bricht alle Brücken hinter sich ab, weil er kurz vor dem Ziel steht. Die Folgen seines Tuns sind ihm gleichgültig. In solch einem Zustand der Entrücktheit hat er schon die kleine Ange-Lou umgebracht, einfach weil er wütend war. Seine anderen Opfer hatten etwas mit dem Ziel zu tun, das er verfolgt, aber die hat er schon vergessen.«

»Und welches Ziel verfolgt er?«

Marion seufzte.

»Wenn ich das wüßte, Abadie.«

Sie kam einfach nicht weiter. Es fehlten ihr noch zu viele Puzzleteile. Ein Detail ging ihr nicht aus dem Sinn: die Tatsache, daß im Zuge der Hausdurchsuchung bei Zig und auch später am Fundort von Kaisers Leiche praktisch kein Beweismaterial aufgetaucht war. Das war mehr als verdächtig. Und je länger sie darüber nachdachte, um so klarer wurde ihr, daß Zig einen Ort haben mußte, an dem er die fehlenden Indizien versteckt hielt. Ihr ganzes Denken kreiste nur noch um diesen Punkt.

Sie stand wieder auf und betrachtete die schlafende Nina. Valentine, die noch immer am Kopfende des Bettes lehnte, hatte es mehr oder weniger aufgegeben, gegen ihre Müdigkeit anzukämpfen.

»Was hat Kerman zum Thema Laurence Aubin gesagt?« flüsterte Marion.

Abadie hob den Kopf. Das, wogegen er ankämpfte, war nicht die Müdigkeit, sondern das dringende Bedürfnis, eine Zigarette zu rauchen. Unruhig betastete er das Päckchen in seiner Jackentasche.

»Ich meine verstanden zu haben, daß für morgen früh eine Hausdurchsuchung geplant ist.«

»Heute abend nicht mehr?«

»Ging ja nicht, es war schon zu spät.«

Sicher, zwischen einundzwanzig und sechs Uhr war es außer in besonderen Ausnahmefällen gesetzlich untersagt, Haussuchungen durchzuführen.

Marion fixierte den Capitaine, dem langsam aufging, was sie vorhatte.

»Sie wollen doch nicht ...?«

»Ich muß mehr erfahren, Abadie. Ich bin mir sicher, daß dort einige Antworten auf unsere Fragen zu finden sind.«

»Aber das ist gegen das Gesetz.«

Marion hob ironisch-belehrend den Zeigefinger.

»Not kennt kein Gebot, Abadie.«

Abadie hatte nicht nachgegeben: So wie die Dinge standen, konnte er Marion nicht allein lassen.

Rue de Belzunce 5. In dem Haus brannte kein Licht, die Alten schliefen längst. Sie machten einen kleinen Kontrollgang durch die Straße, um sicherzustellen, daß Kermans Leute sie nicht überraschen würden. Es gab nichts Verdächtiges, aber Marion wußte, falls der Kripochef die Gegend überwachen ließ, würden sie es erst merken, wenn es zu spät wäre. Sie erinnerte Abadie nochmals daran, daß er nicht verpflichtet sei, gemeinsam mit ihr dieses Risiko einzugehen. Der Capitaine zuckte in der Dunkelheit nur die Schultern.

In der vierten Etage war die Tür mehrmals verriegelt und doppelt beschlagen. Marion gab ihrem Kollegen per Handzeichen zu verstehen, daß sie einen anderen Weg finden mußten, und zog ihn zur Treppe. In der dritten Etage deutete sie auf die Tür. Sie war nicht versiegelt. Vorsichtig löste Marion das gelbschwarze Band, das wie ein Kreuz quer übers Türblatt gespannt war.

Sie brauchten weder Draht noch Ziehfix zu Hilfe zu nehmen, denn die von den Feuerwehrleuten aufgebrochene Tür war nur angelehnt. In der Wohnung waren die Räume ins gelbe Licht der Straßenlaternen getaucht, das durch die aufgerissene Wand fiel.

Marion vermied es, sich dem Loch zu nähern. Vor den anderen Fenstern zog sie die Vorhänge zu. Dann erst bedeutete sie dem Beamten, die Taschenlampe einzuschalten. Mit flauem Magen inspizierte Abadie die Räume. Ehe Marion in sein Leben getreten war, hätte er sich niemals träumen lassen, daß er je in eine solche Situation geraten könnte. Während er durch Zigs Wohnung ging, versuchte er, nicht daran zu denken, was passieren würde, wenn man sie hier erwischte.

»Wissen Sie, was ich glaube, Abadie?« flüsterte Marion.

Sie deutete auf die Decke, und der Capitaine folgte ihrem Blick. Sie standen am Ende eines engen Flurs, von dem zwei Türen abgingen. Immer wieder tastete der Lichtkegel der Taschenlampe die Deckenbalken ab.

»Ich glaube, daß Laurence Aubin da oben ist.«

Abadie schluckte.

»Laurence Aubin? Da oben? Sie meinen ... Tot oder lebendig?«

Marion schnitt eine schwer zu deutende Grimasse. Mit wachsendem Unbehagen richtete Abadie die Taschenlampe wieder auf die Decke. Plötzlich packte ihn Marion am Arm, riß ihm die Lampe aus der Hand und beleuchtete eine schnurgerade Rille, die quer zu den Balken verlief. Längs der Rille war der Lack heller, wie abgeschabt.

»Schauen Sie!«

»Was?« murmelte Abadie, der nichts sah.

»Hab ich's doch gewußt!« sagte Marion triumphierend. »Da oben läuft das also!«

»Ich versteh kein Wort«, sagte der Capitaine.

»Da«, sagte Marion und deutete wieder zur Decke. »Da oben ist eine Falltür. Eine Leiter scheint nicht zu existieren, es muß also eine Treppe geben.«

»Eine Treppe?« flüsterte Abadie immer ungläubiger.

»Eine Falltreppe.«

Fieberhaft begannen sie zu suchen, tasteten die Wände ab, schoben die beiden Bilder zur Seite, die einander gegenüber hingen. Wenn Marion recht hatte, konnte der Schalter nicht weit sein. Plötzlich stieß sie einen unterdrückten Jubelruf aus: Hinter der Sockelleiste hatte sie einen Messingknopf entdeckt. Ein altes, ausgeklügeltes, immer noch gut funktionierendes System. Mit einem leisen Knacken öffnete sich die Falltür, langsam kam eine Treppe zum Vorschein.

Abadie konnte es kaum glauben. Wie war Marion bloß auf diese Idee gekommen? Mit einem bescheidenen Lächeln drückte sie sich um die Antwort. Sie wußte selbst nicht, ob sie diese plötzlichen Geistesblitze ihrer Intuition zu verdanken hatte oder ob sie das Ergebnis intensiven Nachdenkens waren.

»Bleiben Sie hier«, sagte sie. »Ich seh mal nach.«

»Das ist unvorsichtig ...«

Sie zog ihre Waffe aus dem Holster und hielt sie Abadie unter die Nase.

»Mir wäre es übrigens lieber, wenn wir uns hier nicht erwischen ließen. Sagen Sie mir Bescheid, falls jemand aufkreuzt.«

Mit dem Revolver in der Hand erklomm Marion die Treppe.

Die Wohnung war das exakte Gegenstück zur Wohnung im dritten Stock. Als Marion oben angelangt war, blieb sie erst einmal stehen, um sich zu orientieren und ihrem wild pochenden Herzen ein bißchen Zeit zu geben, sich zu beruhigen. Schnuppernd streckte sie die Nase in die Luft: Es roch nach Staub, schmutziger Wäsche und altem Stoff. Kein Licht, keine Geräusche, nicht das geringste Anzeichen dafür, daß vielleicht jemand in der Wohnung war. Nachdem sie ein Weilchen gewartet hatte, beschloß sie, die Taschenlampe anzuschalten. Das erste, was sie im hellen Lichtkegel sah, ließ sie zusammenzucken. Auf einem großen Regal, das vor der Falltür stand, saß eine beeindruckende Ansammlung von Puppen mit Porzellangesichtern, die auf den ersten Blick eins wie das andere aussahen. Ihre gläsernen Augen schienen Marion, als sie ein paar Schritte weiterging, zu verfolgen. Was sie am meisten überraschte, waren die identischen, weiß und rosa karierten Kleider mit ihren runden Spitzenkragen, und die blonden Zöpfe, die von feinen Seidenschleifen gehalten wurden. Es mußten um die dreißig Puppen sein, vielleicht sogar noch mehr, und diese unerwartete Präsenz brachte die junge Kommissarin ziemlich aus der Fassung. Sie machte einen raschen Rundgang durch die in pseudorustikalem Stil eingerichtete Wohnung, in der ein paar Prachtexemplare hervorstachen – Kopien von Möbeln im Louis-quinze-, vielleicht auch Louis-seize-Stil, was für Marion mehr oder weniger dasselbe war. In einem der beiden Schlafzimmer stand ein Rokokobett mit muschelförmigen Ornamenten und einer Tagesdecke aus grünem Satin. In den Schränken hingen Frauenkleider. Marion hatte dennoch das vage Gefühl, daß diese Räume nicht bewohnt waren, was die leeren Küchenschränke und die Tatsache, daß es keinen Kühlschrank gab, bestätigten. Der interessanteste Raum war das Badezimmer. Dort fand Marion all das, worauf sie gehofft hatte. Ohne irgend etwas anzufassen, machte sie eine rasche Bestandsaufnahme. Sich das Monster vorzustellen, das hier Zuflucht gesucht hatte, war ekelerregend. Die Badewanne war blutverschmiert. Auf dem Wannenrand lag ein ebenfalls blutiges Rasiermesser. Ein auf dem Boden liegender Kleiderhaufen verströmte einen unangenehmen Geruch nach Blut und Verwesung, Exkrementen und Erbrochenem. Marion begriff, daß es genau dieser Geruch war, den sich Nina eingeprägt hatte und den sie bei ihrer unverhofften Begegnung mit dem sauber gekleideten Zig nicht wiedererkannt hatte.

Als sie noch einmal zum Bett ging, machte sie eine weitere Entdeckung. Auf einem Stuhl lag ein achtlos hingeworfener gräulicher Regenmantel. Marion bückte sich. Unter einem mit Intarsien verzierten Möbelstück stand ein Paar schwarzer Gummistiefel. Das Bild einer Frau, die mit großen Schritten die Tiefgarage des Gare du Nord durchquerte, schoß ihr durch den Kopf. War das Laurence Aubin? Aber wer war diese Laurence Aubin, wenn sie überhaupt jemals existiert hatte?

Abadies Stimme riß sie abrupt aus ihren Betrachtungen.

»Kommen Sie runter, da unten sind Leute ...«

Frustriert wandte sich Marion zum Gehen. Als sie wieder an den aneinandergereihten Puppen vorbeikam, blieb sie stehen, weil ihr plötzlich bewußt wurde, woran dieses absurde Museum sie erinnerte. Auf dem mittleren Regalbrett lehnte ein Foto. Marion beugte sich nach vorn, um es sich genauer anzusehen. Ein Schwarzweißbild, die Nahaufnahme eines wie die Puppen gekleideten Mädchens, das übers ganze Gesicht strahlte.

»Laurette«, flüsterte Marion.

»Nun machen Sie schon, Chef, gleich kommen wir hier nicht mehr raus!«

Abadie stand ungeduldig am Fuß der Treppe.

Marion nahm das Foto und stieg schnell hinunter.

»Wird's brenzlig?«

»Da ist jetzt schon zweimal eine Streife vorbeigefahren. Ich weiß nicht, ob die nur ihre übliche Runde drehen oder ob jemand gemerkt hat, daß wir hier sind.«

Eine Streife war zwar nicht so schlimm wie Kermans Männer, aber trotzdem alles andere als wünschenswert. Als Marion an Abadie vorbeigehen wollte, versperrte er ihr den Weg.

»Sie könnten mir ruhig sagen, was da oben ist.«

»Da oben? Ah! Da oben! Alles, was wir brauchen, um dieses miese Schwein namens Zig einzulochen.«

Sie erschauderte, ging ein Stück durch den Flur und warf einen beunruhigten Blick durch das Loch in der Hauswand.

»Dafür aber keine Laurence Aubin«, flüsterte sie. »Weder tot noch lebendig. Wissen Sie, was ich glaube?«

Abadie schüttelte gereizt den Kopf.

»Nein, weiß ich nicht.«

»Die Frau im Parkhaus und Laurence Aubin sind ein und dieselbe Person …«

Der Capitaine wartete auf weitere Erklärungen, aber Marion machte ihn nur darauf aufmerksam, daß die Zeit drängte.

»Machen wir die Falltür wieder zu?«

»Wir lassen alles so, wie es ist. Dadurch gewinnt Kerman ein paar Stunden Zeit.«

## 112

Marion hatte ihr Handy gleich nach Verlassen des Krankenhauses ausgeschaltet, ihre beiden Komplizen hatten dasselbe getan. Gut möglich, daß Kerman schon nach ihr suchte, insofern war das Handy eine Gefahr. Abadie und Valentine waren gegangen, jetzt war sie allein mit Nina, die bisher alles brav mitgemacht hatte, durch die Beruhigungsmittel zwar nicht ganz bei sich, aber froh, dem Krankenhaus entronnen zu sein.

Marion setzte sich an den Bettrand und betrachtete ihre schlafende Tochter.

»Alles wird wieder gut, mein Engel. Wir werden diesen Dreckskerl schnappen, Ninchen.«

Das Mädchen atmete laut, aber gleichmäßig. Gerührt blickte Marion auf das kleine, bleiche Gesicht, die Schatten unter den Augen und die nach oben gedrehten Handflächen.

Dann schüttelte sie Nina vorsichtig, worauf sie im Schlaf zu stöhnen begann und sich die Decke unters Kinn zog, um die Hände der Mutter abzuwehren. Marion versuchte sie hochzuziehen.

»Wach auf, Schätzchen! Komm, du mußt mir helfen!«

Nina schlug die Augen auf und begann zu murren, als sie ihre angekleidete Mutter sah, die zum Aufbruch drängte.

»Was machst du denn da?« brummelte sie.

»Wir gehen, mein Schatz. Los, steh auf!«

Notausgang. Der Innenhof eines stillen Gebäudes mit mehreren Mülltonnen und einer herumstreunenden Katze, die sich schnurrend an ihren Beinen rieb.

»Können wir eine Katze haben, Mama?« fragte Nina mit schläfriger Stimme.

»Ja, mein Schatz, wenn du willst. Aber komm jetzt, laß uns hier nicht herumtrödeln!«

Dann die Rue des Deux Gares, menschenleer. Am Ende die Rue d'Alsace und das New Modern Hotel. Marion und Nina gingen schnell hinein, ohne daß ihnen eine Menschenseele begegnet wäre. Der Nachtportier gab Marion den Schlüssel. Er hatte ein freundliches Gesicht.

»Sie haben nicht zufällig etwas zu essen?« fragte sie ihn. »Ich habe vielleicht Hunger, ich könnte einen ganzen Ochsen vertilgen.«

Der Mann, ein Afrikaner mit einer handgestrickten roten Mütze auf dem Kopf, brach in schallendes Gelächter aus.

»Einen Ochsen habe ich nicht … Aber Brot, Butter und Marmelade, geht das auch?«

»Und bitte einen Kaffee.«

Nina legte sich sofort wieder hin, ohne zu essen. Die Wanderung durch die nächtlichen Straßen war zwar nicht lang gewesen, hatte ihr aber den Rest gegeben. Während Marion sich stärkte, versuchte sie, sich mit dem Hotel und seiner Geräuschkulisse vertraut zu machen. Dann ging sie unter die Dusche und schlüpfte gerädert in ihr Bett. Genüßlich kuschelte sie sich zwischen die sauberen Laken und empfand dieses anonyme, schäbige Zimmer wie einen Kokon. Dennoch konnte sie nicht einschlafen. Ihr unerlaubter Besuch in der Rue de Belzunce ließ ihr keine Ruhe. Auf welche unsäglichen

Geheimnisse würde Kermans Team dort morgen wohl stoßen?

Das Foto, das sie der Puppenarmada entrissen hatte, lag auf dem Nachttisch. Marion nahm es und strich nachdenklich mit einem Finger über das glänzende Papier.

Unerschütterlich lächelte das hübsche Mädchen in die Kamera. Und plötzlich war es wieder da, dieses Déjà-vu-Erlebnis. Marion schloß die Augen und fing an, jeden Winkel ihres Gehirns zu durchforsten. Dann sah sie wieder auf das Foto und betrachtete das Gesicht des Mädchens, das wie gemalt war. Langsam begann ein Bild in ihrem Kopf Gestalt anzunehmen, aber im nächsten Moment war es auch schon wieder weg. Laurette … Marion kannte sie. Seit neununddreißig Jahren war sie tot, aber sie lebte noch, irgendwo in einer Erinnerung, die gar nicht so weit zurücklag. Ein Gesicht wie gemalt … wie gemalt … Gab es nicht ein Gesicht, das sie noch vor kurzem so beschrieben hatte? Als sie die Augen wieder aufschlug, war das Bild, das sie nicht hatte greifen können, plötzlich da. Marion fuhr mit einem leisen Aufschrei hoch und starrte auf das glänzende Papier.

»Zum Teufel noch mal!«

## 113

Nina wachte gegen sieben Uhr morgens auf und geriet sofort in Panik, als sie merkte, daß sie in einem unbekannten Hotelzimmer lag. Dann sah sie ihre Mutter, die in dem Bett neben ihr schlief, und schlüpfte, am ganzen Leib zitternd, zu ihr unter die Decke. Als Marion ihren warmen Körper spürte, breitete sie die Arme aus und zog die Kleine an sich, ohne ganz aufzuwachen.

»Was machen wir hier, Mama? Warum sind wir hier?«

»Schhh, mein Schatz … laß uns bitte noch ein bißchen schlafen«, murmelte sie.

Nach ihrer nächtlichen Entdeckung war Marion so aufgedreht gewesen, daß sie nicht hatte einschlafen können. Es war ganz eindeutig und dennoch unglaublich …

Sie döste wieder weg und fiel in einen leichten Schlaf, der reich an Träumen war.

Dann begann sich Nina zu bewegen, und Marion kam wieder zu sich. Es war fast neun.

Ruhig erklärte sie ihrer Tochter, was sie getan hatte und warum sie es getan hatte. Am Abend zuvor hatte Nina unter dem Einfluß der Beruhigungsmittel eigentlich kaum etwas mitbekommen. Die Flucht aus dem Krankenhaus, die Ankunft im Hotel Corail, dann wieder der heimliche Aufbruch zum New Modern Hotel, all das hatte sich in Ninas umnebeltem Hirn miteinander verquickt, und es fiel ihr auch jetzt, am Morgen danach, immer noch schwer zu begreifen, was Marion ihr klarzumachen versuchte: daß sie untergetaucht waren. Ziel: Der Gejagte macht sich zum Jäger.

»Nur wir beide?«

»Im Moment schon.«

»Und danach?« fragte Nina, die über die neue Situation erst einmal nachdenken mußte. »Er kommt ins Gefängnis, und dann darf er wieder raus?«

»Komm, Nina«, sagte Marion, um die Diskussion, die doch zu nichts führen würde, im Keim zu ersticken. »Laß uns frühstücken. Wir haben einiges zu tun.«

Nina starrte ihre Mutter an, die sich ihre Jeans und einen dünnen hellblauen Wollpullover überzog. Sie rührte sich nicht. Marion hielt inne, setzte sich wieder neben Nina aufs Bett und zwang sie, ihr in die Augen zu sehen.

»Hör zu, Nina, etwas Besseres, um deine Lebensgeister zu wecken, ist mir nicht eingefallen. Aber wenn dir das lieber ist, bringe ich dich auch ins Krankenhaus zurück. Ich werde allerdings nicht aufgeben, das sage ich dir gleich. Ich werde diesen Verrückten finden, mit dir oder allein.«

Endlich zeigte Nina eine Reaktion, ihre Augen begannen zu leuchten.

»Du meinst, ich darf mit?«

Durch die nächtlichen Eskapaden war offenbar Ninas Appetit zurückgekehrt, denn sie fiel über die große Tasse Kakao und die Croissants nur so her. Sie war immer noch derart blaß und abgemagert, daß es einem in der Seele weh tat, aber der Glanz, der wieder in ihre Augen getreten war, hatte Marions letzte Zweifel hinweggefegt. Das Risiko, ihre Tochter in dieses unkalkulierbare Abenteuer hineinzuziehen und vielleicht eines Tages als unverantwortliche Mutter dazustehen, hatte angesichts der seelischen Abgründe, die sich vor Nina auftaten, keinerlei Bedeutung. Und das alles, weil sich ein Irrer einen Spaß daraus machte zuzusehen, wie das Mädchen langsam vor die Hunde ging.

Über das Münztelefon eines Cafés in Hotelnähe hörte Marion die Mailbox ihres Handys ab. Einschalten würde sie das Ding nicht mehr, nicht einmal für eine Minute.

Es gab zwei Nachrichten von Kerman. Die erste um dreiundzwanzig Uhr in eisigem, erbostem Ton. Die zweite um zwei Uhr morgens. Er hatte keinerlei Hoffnung mehr, sie noch zu erreichen, aber seine Wut war in Sorge umgeschlagen, und er schien es ehrlich zu meinen. Er hoffe, das Ganze sei nur eine Art Ausraster, weil ihr vielleicht alles über den Kopf gewachsen sei, und daß sie am nächsten Morgen wieder zur Vernunft kommen würde. »Mach bloß keinen Quatsch«, sagte er am Ende. »Das würde ich mir nie verzeihen.« Bloß nicht weich werden, dachte Marion, das hättest du mir früher sagen müssen, Kerman.

Dann kam eine Nachricht von Abadie, um neun Uhr dreißig an diesem Morgen.

»Ich bin dort, wo wir uns gestern getrennt haben, und höre gerade, daß Sie weg sind. Ich muß mit Ihnen reden. In einer halben Stunde bin ich zu Hause.«

Lächelnd sah Marion auf ihre Uhr.

Eine halbe Stunde später rief sie ihn aus einer Zelle einige Kabellängen vom New Modern Hotel entfernt zu Hause an.

»Warum haben Sie das getan?« fragte er in vorwurfsvollem Ton.

»So ist es besser für alle Beteiligten. Wenn Kerman Sie unter Druck setzt, können Sie klein beigeben und ihm sagen, wohin Sie uns gestern abend gebracht haben. Dann sieht er, daß Sie guten Willens sind. Sie gewinnen Zeit, und ich habe Ihnen gegenüber nicht so ein schlechtes Gewissen.«

Dem konnte Abadie nur zustimmen, und er fügte hinzu, daß er und Valentine Cara wie besprochen Urlaub genommen hatten.

»Gut«, sagte Marion. »Was wollten Sie mir sagen?«

»Ich habe die Ergebnisse des Vergleichs der DNA, die an Pierre Palmieri gefunden wurde, mit …«

»Und?« fiel ihm Marion ungeduldig ins Wort.

»Positiv. Es ist tatsächlich Zigs DNA.«

»Na bitte! Hab ich's doch gewußt!«

Sie hatte überhaupt nichts gewußt, aber man mußte sich ja Mut machen: Es konnte schließlich nicht angehen, daß sie sich für nichts und wieder nichts die Kripo auf den Hals gehetzt hatte … Zig war wirklich ein Irrer.

»Ich habe außerdem einen Anruf von Gervaise Bousse bekommen«, fuhr der Capitaine fort. »Sie wollte Ihre Handynummer haben … Ich habe ihr gesagt, Sie seien für ein paar Tage verreist.«

»Was will sie von mir?«

»Mit Ihnen reden. Worüber, das wollte sie mir nicht sagen, aber sie wirkte ziemlich aufgelöst.«

»Gut«, sagte Marion. »Ich rufe sie an. Und Georges Aubin?«

»Nichts. Der Typ ist wie vom Erdboden verschluckt. Von Laurence Aubin gibt's übrigens auch noch keine Spur.«

»Suchen Sie weiter. Die Krankenkassen, die Finanzämter.«

Abadie machte plötzlich einen mürrischen Eindruck.

»Was soll ich ohne entsprechende Befugnisse bei den Krankenkassen schon ausrichten ... Ich bin mir sicher, daß Kerman ...«

»Nein«, unterbrach ihn Marion. »Diesmal bitte keinen Kerman.«

## 114

Gervaise kaufte gerade in einem großen Supermarkt ein, und Marion konnte die Lautsprecherstimme, die die neusten Sonderangebote bekanntgab, so deutlich hören, als stünde sie selbst zwischen den Regalen.

»Dann sind Sie also ein bißchen verreist? Sie hätten mir Bescheid sagen können ... Ihr ... Bulldozer hat bei mir angerufen. Er schien überhaupt nicht auf dem laufenden zu sein und war total sauer.«

»Haben Sie mich angerufen, um mit mir über Kerman zu reden?« unterbrach Marion sie unwirsch.

»Nein«, sagte Gervaise im gleichen Ton. »Gestern abend habe ich mir mit ein paar Schülern ein kleines Theaterstück angesehen, das gerade in Aubervilliers gespielt wird. Oh, reine Amateurschauspieler, nicht solche Genies wie wir, aber nicht schlecht.«

Sie lachte. Marion hätte sie am liebsten geschüttelt. Gervaise deutete ihr Schweigen richtig und kam schnell zur Sache.

»Wir haben über Ange-Lou geredet. Eins der Mädchen hat mir erzählt, daß die Kleine einen lustigen Tick hatte …«

Marions Herz begann schneller zu schlagen. Sie preßte ihre linke Hand gegen die Brust und konzentrierte sich auf ihre Atmung.

»Sie hat ihre Kameraden immer mit dem Namen der Figur angesprochen, die sie in dem Stück spielten. Das wußte ich natürlich nicht, und Nina konnte es auch nicht wissen, weil sie noch nicht lange genug dabei war. Ich habe die anderen dazu befragt, und sie haben es mir bestätigt. Ich habe wieder an Ihre Frage neulich gedacht und mir überlegt …«

Marion hörte nicht mehr zu. Mariane … Sie sah die unschuldigen Augen von Lucas Mérien vor sich.

Ohne auch nur eine Sekunde zu warten, rief sie Abadie an, der so schnell den Hörer abnahm, als klebte er an seinem Telefon.

Sie erklärte ihm in wenigen Sätzen, was sie von ihm wollte.

»Kerman sucht mich«, sagte er, als sie fertig war.

»Ein Grund mehr, sich zu beeilen.«

Marion versuchte ihrer Ungeduld Herr zu werden, indem sie ein paar wichtige Dinge erledigte: Ein Mietwagen mußte her, und sie mußte ein paar unentbehrliche Sachen kaufen, denn in ihre Wohnung würden sie keinesfalls zurückkehren. Kerman hatte dort mit Sicherheit Leute postiert. Nina, die neugierig alles verfolgte, schien immer mehr aufzublühen.

»Wann verhaften wir ihn?« fragte sie aufgeregt, als Marion den gemieteten grünen Clio in der Nähe ihres Hotels parkte.

»Zuerst müssen wir ihn finden.«

»Weißt du nicht, wo er ist?«

»Nein«, sagte Marion nach kurzem Zögern. »Aber ich werde es bald wissen.«

Um zwölf Uhr hielt sie es nicht mehr aus. Diesmal ging Abadie nicht sofort an den Apparat, und sie fürchtete schon, daß er Kerman in die Hände gefallen war. Schließlich nahm er doch noch ab.

»Ich komme gerade vom Lycée Jacques Decour zurück«, sagte er ganz außer Atem. »Wenn Sie zwei Minuten früher angerufen hätten, dann hätten Sie mich nicht erwischt.«

»Und?«

»Jetzt verstehe ich auch, warum Ihnen der Junge immer im Kopf herumspukt. Er trägt den Namen seiner Mutter, Annabelle Mérien. Aber sein Vater ...«

Er machte eine effektvolle Pause. Marion spürte, wie ihr am ganzen Körper heiß wurde.

»Sein Vater ist Georges Aubin.«

## 115

Rue des Petits Hôtels 18. Ein stattliches, einst elegantes Gebäude, das jetzt baufällig und völlig verdreckt war. Marion studierte die neben den Klingelknöpfen angebrachte Liste der Hausbewohner.

»Wohin gehen wir?« fragte Nina.

»Zu Lucas Mérien.«

»Warum?«

»Später. Das ist eine sehr lange Geschichte. Und wir haben nicht viel Zeit.«

Nina nickte, ohne ihre Mutter aus den Augen zu lassen. Marion war sich noch nicht ganz im klaren über ihre Taktik.

Es war ein riskantes Spiel. Sie holte tief Luft und drückte auf den Klingelknopf.

»Wer ist da?«

Der Mann schien nicht mehr jung zu sein, und seine Stimme klang erschöpft.

»Monsieur Aubin?«

Schweigen.

»Hören Sie mich, Monsieur Aubin?«

»Ja. Wer sind Sie? Was wollen Sie?«

Marion stellte sich vor: Sie sei die Mutter von Nina, einem der beiden Mädchen ... Daß sie auch Polizistin war, sagte sie lieber nicht dazu.

»Ich bin krank«, flüsterte der Mann. »Ich kann Sie nicht empfangen.«

Marion ließ nicht locker. Er zögerte zwar, wollte aber nicht einlenken.

Als sie merkte, daß sie so nicht weiterkamen, hatte sie plötzlich einen Geistesblitz.

»Monsieur Aubin, Lucas ist in Gefahr. Ich bitte Sie, machen Sie mir auf.«

»Eins mußt du mir versprechen, Nina«, sagte Marion, als sie die Treppe hochgingen. »Du mischst dich nicht in das Gespräch ein. Es sei denn, ich bitte dich ausdrücklich darum. Okay?«

Nina war einverstanden. Sie wäre mit allem einverstanden gewesen, wenn sie nur ihren Platz in der ersten Reihe behalten durfte.

Die Tür stand einen Spaltbreit auf. Es war niemand zu sehen, und die beiden wagten sich vorsichtig in die dunkle Wohnung vor. Der graue, regnerische Tag und die fehlende Beleuchtung trugen das Ihre zu der trostlosen Atmosphäre bei, die darin herrschte. Es roch muffig und nach Medikamenten.

Warum, das wurde Marion sofort klar, als sie Georges Aubin sah, der in einem Rollstuhl am Fenster auf sie wartete. Sein Zustand war noch schlimmer, als die Stimme vermuten ließ. Der abgemagerte Körper steckte in einem viel zu weiten beigefarbenen Jogginganzug und einer dicken Wolljacke, an seinem kahlen Schädel klebten nur noch ein paar spärliche Härchen, das Gesicht war eingefallen und knochig. Er begrüßte die beiden Besucherinnen mit einem müden Nicken, und als Marion auf ihn zuging, bemerkte sie den säuerlichen Geruch, den er verströmte. Nina blieb eingeschüchtert mitten im Zimmer stehen, was den Mann nicht weiter zu stören schien.

»Monsieur Aubin«, fing Marion an. »Ich möchte Sie nicht lange belästigen.«

Georges Aubin hob mit einer schwer zu deutenden Geste seine magere Hand.

»Monsieur Aubin, Sie haben doch von dem Mord an diesem Mädchen gehört ... oder?«

»Natürlich. Ist das ... Ihre Tochter?«

Er schielte zu Nina, die zu einer Salzsäule erstarrt war.

»Ja, und die beiden waren zusammen, als es passiert ist.«

»Was hat mein Sohn damit zu tun?«

Marion hatte plötzlich einen trockenen Mund. Wen meinte Georges Aubin, wenn er von seinem Sohn sprach?

»Ihr Sohn?«

»Ja, Lucas, mein Sohn. Was hat er mit dieser traurigen Geschichte zu tun?«

Lucas Mérien, sein Sohn. Warum hieß sein Sohn nicht Lucas Aubin?

»Das können Sie mir sagen, Monsieur Aubin.«

»Ich?«

Das Zucken, das durch seinen Oberkörper ging, verriet seine Überraschung. Jetzt erst bemerkte Marion, daß seine

Beine völlig leblos waren und er die Arme nur mühsam bewegen konnte.

Wortlos zog sie das Foto von Laurette aus ihrer Tasche und gab es Georges Aubin. Er nahm es und warf einen kurzen Blick darauf. Als er die Hand wieder sinken ließ, sah Marion, daß sie zitterte.

»Oh, nein«, stöhnte er. »Nicht das! Nicht diese alte Geschichte …«

»Diese alte Geschichte, wie Sie sagen, wirft bestimmt Licht auf die heutigen Ereignisse. Bitte klären Sie mich auf, Monsieur Aubin.«

»Aber warum? Sagen Sie mir bitte, warum? Ich habe ein neues Leben angefangen, ich habe mit dieser Vergangenheit gebrochen. Ich werde bald sterben. Ich will nicht zurückblicken, das tut nur weh.«

Er schwieg, er konnte nicht mehr. Obwohl es eiskalt in der Wohnung war, standen Schweißperlen auf seiner Stirn. Der unangenehme Geruch wurde stärker.

»Unsere Kinder sind in Gefahr, Monsieur Aubin. Ihr Sohn Lucas und Nina, meine Tochter. Ich will verstehen, warum und was wir dagegen unternehmen können.«

»Was soll ich Ihnen sagen?«

»Erzählen Sie mir von der Familie Zig und von Laurent, Monsieur Aubin!«

»Laurent? Welcher Laurent?«

Ungläubig ließ Georges Aubin seinen schmerzverschleierten Blick zwischen Marion und Nina hin und her wandern.

Marion beugte sich vor und stützte die Ellbogen auf ihre Knie. Durchdringend starrte sie ihm in die Augen, sekundenlang. Er kämpfte noch ein bißchen, dann gab er seinen Widerstand auf.

»Erzählen Sie«, bat ihn Marion eindringlich.

Sie waren sechzehn Jahre alt. Claude Zig war die einzige Tochter des »Schloßherren« von Écouen, Joseph Zig, der aus einer guten jüdischen Familie stammte, die in Paris angesiedelt war. Ein Mitglied dieser Familie hatte eine Rothschild geheiratet.

»Claudes Mutter und meine Mutter waren Cousinen«, fuhr Aubin fort. »Manchmal habe ich die Ferien in Écouen verbracht. Die Familie Zig empfand das als eine gute Tat. Im Sommer 1950 ist es dann passiert ...«

Einen ganzen Monat lang wurden die Bäume des Parks Zeugen der ausgelassenen Liebesspiele eines jungen Paars. Halbe Kinder waren sie noch, und doch schon so kundig. Kundig, aber unvorsichtig.

»Als ich abreiste, war Claude schwanger und wir waren in aller Schnelle und Heimlichkeit getraut worden«, murmelte Georges Aubin. »Natürlich hieß das nicht, daß wir wie Mann und Frau lebten, wo denken Sie hin, doch nicht mit diesem abgebrannten Cousin ...«

Claudes Familie hatte Georges verboten, Ansprüche auf Ausübung seiner Vaterschaft ebenso wie seiner Ehe geltend zu machen, und er hatte sich dem gebeugt. Die Jahre vergingen, Georges war Buchhalter geworden und lebte in einem Appartement in Paris. Claude zog Laurette groß, aus der ein ungewöhnlich hübsches Mädchen geworden war.

»Ihre Leidenschaft für dieses Kind kannte keine Grenzen, sie hatte Laurette zu ihrer Königin, ihrer Göttin erhoben. Ich selbst wurde aus dem Leben der Kleinen völlig ausgeschlossen, nur die Mutter sah ich von Zeit zu Zeit ...«

Georges Aubin hatte Mühe, seine Sätze zu beenden. Manchmal machte er lange Pausen, und jedesmal fürchtete Marion, daß er einschlafen würde.

»Irgendwann konnte ich es nicht mehr ertragen, so von

meiner Tochter ferngehalten zu werden, und habe auf meine Ansprüche gepocht. Claude weigerte sich. Unser Verhältnis wurde schlechter. Ich sah die beiden immer seltener und dann gar nicht mehr. Bis zum 15. August 1963. An jenem Tag wurde im Schloß gefeiert.«

Aubin starrte zur Decke hoch, während er seine Erinnerungen wachrief. »Laurette sollte nach den Ferien auf die weiterführende Schule gehen, sie war jetzt ein junges Mädchen. Mich hatte man auch eingeladen, warum, weiß ich selbst nicht, wahrscheinlich ein schwacher Moment der Zigs. Laurette sah wunderschön aus in ihrem rosaweiß karierten Kleid mit dem runden Spitzenkragen, mit ihrem langen, blonden Haar, in das sie rote Seidenschleifen gebunden hatte …«

Es war neununddreißig Jahre her, aber die Erinnerung war immer noch schmerzhaft.

Nachmittags hatte sich Laurette von der Feier entfernt. Nach zwei Stunden begann man nach ihr zu suchen. Erst am späten Abend, lange nach Einbruch der Dunkelheit, fand man sie am Wasserfall. Sie war ertrunken, und niemand konnte sich erklären, wie es dazu gekommen war.

Claude verlor vor Schmerz fast den Verstand, nein, sie verlor den Verstand. Sie behauptete, Georges sei an allem schuld, und es gelang ihm nicht, sie zu beruhigen. Als er merkte, daß er sich kein Gehör verschaffen konnte, beschloß er, für immer aus ihrem Leben zu verschwinden. Sie war einverstanden. Unter einer Bedingung.

»Eine Bedingung?« fragte Marion, obwohl sie die Antwort schon wußte. »Ein Kind? Sie hat Sie gebeten, ihr ein Kind zu machen?«

Aubin nickte. Er zitterte am ganzen Leib.

»Ich muß meine Medikamente nehmen. Ich habe Multiple Sklerose. Mein Körper gehorcht mir nicht mehr.«

Mühsam schwenkte er seinen Rollstuhl herum und verschwand langsam in der Küche. Nach einer Weile kam er mit einem Schüsselchen zwischen den knochigen Beinen zurück.

»Ich muß auch etwas essen. Wegen der Unterzuckerung.«

»Monsieur Aubin«, drängte Marion. »Wir haben nicht viel Zeit ... Was ist dann passiert?«

»Ich habe mich bereit erklärt«, murmelte er nach einer Weile. »Wir haben miteinander geschlafen. Einmal. Dann hat Claude alle Brücken abgebrochen. Ich hatte keinen Kontakt mehr zu ihr, bis auf ein einziges Mal.«

»Sind Sie in dieser Zeit in die Rue de Belzunce gezogen?«

»Ja. Eine Geste des alten Joseph ...«

»Und dann?«

»Dann?« fragte Georges Aubin überrascht. »Aber ... nichts. Die Jahre vergingen. Irgendwann habe ich diese schlimme Zeit vergessen. Dann habe ich Annabelle kennengelernt. Wir haben in derselben Schule gearbeitet. Sie war schon achtunddreißig und ich fast sechzig, sie hatte es eilig ...«

Lucas war zur Welt gekommen, und er trug den Namen seiner Mutter.

»Später bin ich dann hierhergezogen. Lucas wurde größer, und ich erfuhr, daß ich krank war.«

»Und ... Laurent?«

»Wie bitte? Laurent? Welchen Laurent meinen Sie eigentlich?«

»Ich meine Ihren Sohn, das Kind, das Laurette ersetzen sollte.«

»Aber was reden Sie denn da, das war doch ein Mädchen! Claude hat ein Mädchen bekommen! Laurence. Das hat sie mir selbst geschrieben.«

Marion sah ihn sprachlos an. Das Ganze war noch schlimmer, als sie gedacht hatte. Der Mann, der vor ihr saß, hatte einen neununddreißigjährigen Sohn und war überzeugt davon, daß es eine Tochter war.

»Haben Sie sich denn nie nach dem Kind erkundigt?«

Er machte einen benommenen Eindruck, so als würde ihm nun auch noch sein Kopf nicht mehr gehorchen.

»Nein. Ich hatte ihr versprochen, nie danach zu fragen.«

»Was ist vor drei Jahren passiert?«

»Das habe ich Ihnen doch schon gesagt. Joseph Zig ist gestorben, das Schloß wurde verkauft.«

Nina hatte sich schließlich neben ihrer Mutter auf den Boden gesetzt.

»Dann habe ich also ... einen Sohn?« stammelte Georges Aubin plötzlich. »Das glaube ich Ihnen nicht ...«

Auch Marion fiel es schwer, diesem alten Mann zu glauben. Wie hatte er so feige und willenlos sein können?

»Denken Sie bitte nach, Monsieur Aubin! Ist in den letzten Wochen vielleicht jemand hiergewesen? Jemand, den Sie noch nie gesehen hatten?«

»Wollen Sie damit sagen, daß es dieser ... Laurent gewesen sein könnte?«

»Ja.«

Er konzentrierte sich und dachte nach. Marion war sich sicher, daß er ihr etwas vormachte.

»Vergessen Sie nicht, was ich Ihnen eben gesagt habe. Wollen Sie, daß Lucas etwas zustößt?«

»Aber warum sollte er ihm etwas antun?«

»Monsieur Aubin! Ich habe nicht mehr viel Zeit.«

»Es ist ... na ja, da war dieser Musiklehrer ...«

116

Marion und Nina gingen die Treppe hinunter, nachdem sie den bestürzten Georges Aubin in seiner Wohnung zurückgelassen hatten. Er sei Musiklehrer, hatte der Unbekannte behauptet, der angeblich von Tür zu Tür ging, um seine Dienste anzubieten. Aubin hatte das Angebot ausgeschlagen. Er erinnerte sich noch daran, daß Lucas zurückgekommen war, als er den lästigen Menschen gerade vor die Tür setzen wollte, und daß dieser Mann seinen Jungen angestarrt hatte, als sei ihm der Messias erschienen. Natürlich war ihm die Idee gekommen, daß er vielleicht sexuelle Hintergedanken hatte, und er hatte Lucas vor solchen Individuen gewarnt. Da Madame Mérien dazu neigte, schnell in Panik zu geraten und übertriebene Maßnahmen zu ergreifen, hatte er sie über den Vorfall nicht informiert, und seitdem war von dem Lehrer keine Rede mehr gewesen.

Warum war Zig zu seinem Vater gegangen, ohne ihm zu sagen, wer er war? Was genau wollte er? Und wenn er so auf Lucas abgefahren war, warum hatte er dann nicht noch einmal versucht, Kontakt aufzunehmen? Und wenn doch, wenn er es tatsächlich versucht hatte, warum hatte Lucas dann nichts gesagt? Nicht einmal im Gespräch mit Marion, die ihm nun wirklich eine goldene Brücke gebaut hatte?

Langsam fuhren sie in ihrem Mietwagen den Boulevard Magenta entlang. Marion war auf der Hut und hatte ständig ein Auge auf das, was hinter ihnen passierte.

»Ich versteh diese ganze Geschichte nicht«, beschwerte sich Nina.

Marion nickte, den Blick auf den Rückspiegel geheftet. Ich auch nicht, mein Schatz, ich verstehe auch nicht alles.

»Jetzt sag mir nicht, daß Lucas der Bruder von diesem Kerl

ist …«, fing Nina wieder an. Sie hatte das konzentrierte Gesicht ihrer Mutter bemerkt.

»Doch, Nina, er ist sein Bruder.«

»Und warum will er ihm dann etwas Böses tun, wenn er doch sein Bruder ist?«

Ehe sie ins Hotel zurückfuhren, machte Marion einen kurzen Zwischenstopp, um ihre Mailbox abzuhören.

Kerman hatte noch zweimal angerufen. »Ich bin den Hinweisen von deinem Capitaine Abadie nachgegangen und war im Hotel Corail. Wo bist du, Edwige? Herrgott noch mal, hast du den Verstand verloren?«

Der zweite Anruf war freundlicher. »Laß wenigstens dein Handy an, Edwige … Ich werde nicht nach dir suchen, das verspreche ich dir …«

Was du nicht sagst.

»Ich will, daß du mich anrufen kannst. Du machst mir angst. Mach bloß keinen Quatsch!« Du wiederholst dich, Kerman.

Der dritte Anruf war von Abadie. »Ich mußte Konzessionen machen … Kerman hat mich gehen lassen, aber ich glaube, daß er mich beschatten läßt. Wenn Sie mich brauchen …«

Es folgte eine unbekannte Nummer.

Die letzte Nachricht war von Gervaise. »Falls Sie in der Gegend sind und Nina Lust hat: Heute abend gibt's eine zusätzliche Probe für unser Stück. Der Raum ist frei, und ich habe Zeit, da können wir mal richtig ranklotzen … Heute abend, zwanzig Uhr dreißig. Ciao, Mädels, paßt auf euch auf!«

Marion überlegte einen Moment. Dann speicherte sie die Telefonnummer, die Abadie ihr genannt hatte, und schaltete das Handy aus.

Kerman dachte nach.

»So ein Dickschädel!« fluchte er mit zusammengebissenen Zähnen.

Er schloß die Augen und versuchte sich vorzustellen, was Marion wohl vorhatte. Was für einen abwegigen Plan heckte sie aus? Und vor allem: Welche Informationen, die ihm fehlten, standen ihr zur Verfügung? Für einen kurzen Moment flammte sein Zorn gegen Abadie und Valentine Cara wieder auf, die noch schlimmere Dickschädel waren als ihre Chefin – nichts hatte er aus ihnen herausbekommen. Er hätte sie in Polizeigewahrsam nehmen und sie vor den Untersuchungsrichter schleifen können. Aber es war ihm klüger erschienen, sie frei herumlaufen zu lassen und zu beschatten, vielleicht würden sie ja versuchen, Marion zu helfen. Im Moment waren sie das einzige Verbindungsglied zwischen ihm und der Frau seines Lebens. Die beiden Beamten und ein Verrückter, der wahrscheinlich irgendwo in Paris unterwegs war.

Das Telefon klingelte, und er zuckte zusammen. Die Kollegen von der Technik.

»Wir haben ein Signal von Madame Marions Handy empfangen. Allerdings nur kurz. Es kam aus dem Bereich zwischen Rue d'Alsace, Rue du Faubourg Saint Denis und Rue Lafayette. Ein großes Gebiet, ich weiß …«

Die genannten Straßen bildeten eine Art Insel zwischen Gare de l'Est und Gare du Nord. Eigentlich kein so großes Gebiet, aber zu groß, wenn es galt, jemanden aufzuspüren, der sich dort versteckt hielt, und wenn man unter Zeitdruck stand.

»Was zum Teufel macht sie da?« schimpfte Kerman, als er aufgelegt hatte.

Dreißig Sekunden lang dachte er nach: Sie wußte etwas, soviel war klar, und sie hatte einen verrückten Plan. Er griff wieder zum Telefon.

»Wir suchen den ganzen Bereich ab«, befahl er Régine Duplat. »Fangen Sie mit den Hotels an.«

## 118

In einem kleinen arabischen Lebensmittelgeschäft neben dem Hotel des Arts kaufte Marion einige Vorräte. Im Restaurant ließen sie sich besser nicht blicken. Das nächste Festmahl würde es geben, wenn sie den Kerl geschnappt hätten.

Im Zimmer 206, zweite Etage, verzehrte Nina mit großem Appetit eine Dose Thunfisch in Tomatensauce, dazu ein knuspriges halbes Baguette. Es ging ihr besser. Immer besser.

»Warum ziehen wir eigentlich ständig um? Wen wollen wir abhängen, Mama?«

Marion gab keine Antwort. Sie hatte mehrere Tageszeitungen gekauft. Die Presse enthielt sich einmütig jeden Kommentars. Weder über die unterirdischen Gänge zwischen den Bahnhöfen noch über das, was man darin entdeckt hatte, wurde ein Wort verloren. Seufzend legte sie *Libération* aus der Hand: Der Fall Ange-Lou Marly wurde nirgendwo mehr erwähnt.

»Was machen wir jetzt?« fragte Nina, als sie alles vertilgt hatte.

»Ich muß nachdenken.«

Nina schaltete den Fernseher ein, während Marion konzentriert die rissige Zimmerdecke anstarrte, um weiter an ihrem Plan zu feilen.

Sie ging von einer einfachen Annahme aus: Zig hatte etwas mit Lucas vor. Es hatte keinen Sinn, darüber nachzugrübeln, was genau er vorhatte und was er eigentlich über den jungen Mérien wußte. Wichtig war im Moment nur, wie er ihn sich schnappen wollte. Wahrscheinlich beobachtete er Lucas. Wahrscheinlich wußte er alles über sein Leben, seine Gewohnheiten. Wahrscheinlich hatte er schon an dem Tag, an dem Ange-Lou gestorben war, etwas mit ihm vorgehabt. Sein Plan war nicht aufgegangen, und vor lauter Frustration hatte er die kleine Marly umgebracht. Wenn es stimmte, daß all sein Begehren auf Lucas Mérien gerichtet war, dann würde er keine Ruhe geben, bis er ihn in seiner Gewalt hatte.

Sollte Zig also tatsächlich nur noch auf eine günstige Gelegenheit warten, dann würde er mit Sicherheit heute abend am Theater auftauchen. Vorausgesetzt natürlich, er wußte über die Proben Bescheid. Und Marion hatte das dumpfe Gefühl, daß er – wie auch immer – davon erfahren würde.

Nina war vor dem Fernseher eingeschlafen. Leise ging Marion aus dem Zimmer, um zu telefonieren.

Nina war wieder aufgewacht. Sie streckte sich und starrte ihre Mutter an, als sähe sie sie zum ersten Mal. Marion hatte ihr Handwerkszeug bereitgelegt. Ihre Dienstwaffe, einen kleinen Vorrat an Munition sowie zwei Paar Handschellen, nach dem Motto: Doppelt hält besser. Mit aufgeregt flackernden Augen sprang Nina vom Bett.

»Wohin gehen wir, Mama?«

»Wir gehen ins Theater, zieh dich an.«

Marion hatte Gervaise gebeten, Georges Aubin dazu zu bewegen, daß er Lucas zu den Proben schickte. Sie hatte die dicke Theaterfrau allerdings nicht in alles eingeweiht, sondern ihr nur gesagt, daß sie allein mit Lucas reden müsse, ohne die Eltern. Und auch ohne daß sie davon erfuhren, weil sie sich sonst Sorgen machen würden. War Gervaise darauf hereingefallen? Jedenfalls hatte sie keine überflüssigen

Fragen gestellt. In ihrer direkten Art hatte sie um klare Anweisungen gebeten. Marion wußte, daß sie sich peinlich genau daran halten würde: Sie würde Lucas in der Rue des Petits Hôtels abholen und zum Theater begleiten, ihren Kurs geben und alles weitere Marion überlassen.

Marion setzte alles auf eine Karte. Es war wie beim Blindekuh-Spielen: Mit verbundenen Augen tastete sie sich voran, auf die Gefahr hin, sich allein im Kreis zu drehen, falls Zig gar nicht kam. Und wenn er kam …

»Ich hoffe, Sie wissen, was Sie tun«, hatte Gervaise sie gewarnt. »Sie werden ja wohl keine Dummheiten machen, oder? Und dem Jungen soll ich sicher nichts davon sagen.«

»Natürlich nicht, Gervaise, bloß nicht!«

Lucas durfte auf keinen Fall etwas davon erfahren. Seit dem Gespräch mit Georges Aubin ging Marion eine Sache nicht mehr aus dem Kopf: Wie war es möglich, daß der Junge Zig bei der Gegenüberstellung in der Kripo nicht wiedererkannt hatte, obwohl er ihm mindestens einmal begegnet war? Und wenn er ihn wiedererkannt hatte, warum hatte er dann nichts gesagt?

Sie hörte noch ein letztes Mal ihre Nachrichten ab. Kerman hatte sich nicht mehr gemeldet, was Marion irgendwie beunruhigte. Sie wollte ihn nicht zwischen den Füßen haben, aber sie wollte auch nicht, daß er sie fallenließ.

Es gab noch eine Nachricht, und zwar von Abadie. Er machte sich Sorgen. Er hatte einen detaillierten Bericht über die Ergebnisse der Hausdurchsuchung in der vierten Etage des Gebäudes in der Rue de Belzunce bekommen. Abgründe taten sich dort auf. Marion hatte recht: Man hatte dort ausreichend Material gefunden, um Zig für den Rest seines Lebens einzulochen. Die am Bahnhof verschwundenen Jugendlichen waren durch seine Hände gegangen, er hatte dort eine Fülle von Beweisen aufbewahrt. Das Verbindungssystem zwischen den beiden Wohnungen war zu Beginn des Zweiten Weltkriegs von Joseph Zig ersonnen worden, als er begriff, daß die Juden mit dem Schlimmsten rechnen mußten. Laurent Zig bewegte sich ständig zwischen den beiden Etagen, die seine beiden Persönlichkeiten widerspiegelten, hin und her. Unten war er der aufmerksame, bürgerlich-spießig gekleidete Sohn, oben der Mörder, an dessen schwarzer Kluft der Geruch seiner Verbrechen haftete. Abadie berichtete außerdem, daß in dem unterirdischen Raum am Bahnhof menschliche Gebeine gefunden worden seien. Régine Duplat zufolge handelte es sich höchstwahrscheinlich um die Knochen eines der verschwundenen Jugendlichen. Dieser Mann schien vor nichts zurückzuschrecken.

Am Ende bat der Beamte Marion noch, ihr Handy wieder anzustellen: Er hatte Angst um sie.

Draußen war es Nacht geworden. Der feine Nieselregen, der die Umrisse der Häuser verwischte, hatte etwas Beklemmendes. Marion zögerte, fast war sie schon bereit, diesen beiden Männern, die wahrscheinlich nur ihr Bestes wollten, Gehör zu schenken. Sie mußte nur auf eine Taste drücken und einen Code tippen. Sie brauchte nicht einmal anrufen, denn das Signal würde Kermans Leuten die Position ihres Handys verraten. Oder aber sie wagte den Sprung ins Ungewisse – ohne Netz und doppelten Boden. Da für diesen Abend eigentlich keine Theaterprobe vorgesehen war, würde ihr weder Kerman noch Abadie zu Hilfe kommen.

Nina war fertig. Sie hatte die Hände in ihre Jackentaschen gesteckt und wartete. Als sie Marion ansah, merkte sie sofort, daß ihre Mutter kurz davor war, einen Rückzieher zu machen, und blickte sie aus ihrem kleinen, aufgeweckten Gesicht, das wieder ein bißchen Farbe bekommen hatte, fragend an.

»Stimmt was nicht, Mama?«

Sie hatte es Nina versprochen. Die Kleine klammerte sich an Marions Versprechen, es war ihre einzige Chance, diese wohl schwerste Prüfung in ihrem bisherigen Leben einigermaßen unbeschadet zu überstehen. Marion zog sie an sich und drückte sie so fest, daß Nina kaum noch Luft bekam.

»Nein, nein«, murmelte sie. »Alles in Ordnung.«

Sie steckte ihr Handy wieder ein, ohne auf die Taste zu drücken.

## 119

In der schmalen Straße war kein Mensch zu sehen. Der Regen fiel ohne Unterlaß. Wie ein glänzender, unheimlicher Schleier umhüllte er die parkenden Autos.

Marion hatte eine Brille mit getönten Gläsern aufgesetzt und machte unter dem Schutz eines Regenschirms einen kleinen Kontrollgang rings um die Theaterwerkstatt. Als sie an der halbgeöffneten Tür vorbeikam, hörte sie, wie die Jugendlichen Molière malträtierten.

Mädchenstimme: Dann lieben Sie ihn also?

Die Stimme von Lucas: Unermeßlich!

Mädchen: Und er liebt Sie doch gleichfalls, wie mir scheint?

Lucas: Ich glaube, ja.

Mädchen: Doch wie stehen Sie dann, frage ich, zu Ihres Vaters neuem Heiratsplan?

Lucas: Will er mich dazu zwingen, töt ich mich.

Marion ging um das Theater herum und überzeugte sich davon, daß auch dort keine Menschenseele unterwegs war. Nina hielt sich derweil auf dem Beifahrersitz des Mietwagens versteckt, der startbereit am Ende der kleinen Straße stand. Sollte ihr etwas Ungewöhnliches auffallen, würde sie ihrer Mutter durch einen Hupton Bescheid geben.

Es war 20 Uhr 45, und Marion seufzte. Sie hatte kalte, nasse Füße, die Feuchtigkeit begann ihre Kleider zu durchdringen, und sie war kurz davor, den Mut zu verlieren. Das ungute Gefühl, das ihr wie ein Kloß im Hals steckte, wollte einfach nicht weggehen.

Sie kehrte zum Auto zurück und stieg ein. Wenigstens war es hier warm.

»Und?« fragte Nina.

»Nichts.«

Als Marion in ihr kleines, zartes Gesicht sah, wurde ihr auf einen Schlag die Absurdität der ganzen Situation bewußt. Was tat sie hier eigentlich mit ihrer Tochter? In ihrem Beruf hatte sie doch gelernt, daß die Dinge niemals so liefen, wie man es sich ausgedacht hatte, und daß man den Gegner nie unterschätzen durfte. So eine schlecht vorbereitete Aktion war eine Gleichung mit zu vielen Unbekannten. Die Chance, ein derart gewagtes Spiel zu gewinnen, war einfach zu gering.

»Nina ...«

Die Kleine ließ sie nicht weiterreden.

»Laß uns noch ein bißchen warten, Mama. Bitte.«

## 120

Es war 21 Uhr 55. Zig würde nicht mehr kommen, und das sagte Marion ihrer Tochter.

»Und was machen wir jetzt?«

»Ich hole Lucas und bringe ihn dazu, daß er auspackt.«

»Wohin willst du mit ihm?«

Marion zögerte, aber Nina ließ nicht locker.

»Ich weiß, daß es dir nicht gefallen wird, Nina, aber was wir hier tun, ist zu riskant.«

»Du willst ihn zu Kerman bringen?«

»Es wäre vernünftig.«

Nina stemmte sich trotzig gegen ihre Rücklehne.

»Wir schaffen es nicht allein«, sagte Marion eindringlich.

»Vorher hast du aber das Gegenteil gesagt.«

»Es ist zu riskant«, wiederholte sie. »Dafür liebe ich dich zu sehr, mein Schatz ...«

Sie nahm ihr Handy aus der Tasche, gab den Pincode ein und drückte auf die Raute.

»Du wirst ihn doch wohl nicht anrufen«, empörte sich Nina.

»Ich schalte erst mal nur das Handy ein. So ... dann gehe ich jetzt kurz ins Theater. Wartest du hier auf mich?«

Nina gab keine Antwort.

»Du weißt ja, wenn du etwas siehst, dann hupst du ... Und du steigst auf keinen Fall aus dem Auto, verstanden? Habe ich dein Ehrenwort, Nina?«

»Jahaa«, sagte die Kleine genervt.

»Hier, nimm du's. Wenn nötig, drückst du auf die Drei. Das ist die Nummer der Bahnhofspolizei.«

Nina nahm das Handy wortlos entgegen. Sie ignorierte das kurze, aufmunternde Nicken ihrer Mutter, aber kaum daß Marion die Tür hinter sich zugeschlagen und sich zwei Schritte entfernt hatte, warf sie einen bitterbösen Blick auf das kleine Gerät. Marion hatte ihr nicht erst erklären müssen, was das Einschalten des Handys bedeutete. Nina hatte schon hundertmal – ob zu Hause oder in der Bahnhofspolizei – davon gehört, wie einfach es war, Ganoven über die Signale ihrer Handys aufzuspüren. Kerman oder Marions Leute würden in ein paar Minuten auftauchen.

Aber ihre Mutter hatte es ihr doch versprochen: Zig ging nur sie beide etwas an.

Kurz entschlossen schaltete sie das Handy aus. Das Display wurde dunkel, und sie schob das Gerät in ihre hintere Jeanstasche.

121

Marion ging auf das Theater zu. Weil ein kalter Wind aufgekommen war, durch den immer wieder Regen in den kleinen Raum peitschte, hatte man die Tür geschlossen. Als sie an dem Gebäude angelangt war, stellte sie sich auf die Zehenspitzen, um durch ein auf halber Höhe in die Mauer eingelassenes Guckfenster einen Blick ins Innere zu erhaschen. Gervaise stand gestikulierend auf der Bühne und beschimpfte ihre Schüler, die ihren Text immer noch nicht gelernt hatten und den armen Molière total verhunzten. Marion entdeckte auch Lucas, der ständig zur Tür schielte. Gervaise, die sich über die Blätter in der Hand einer Schülerin gebeugt hatte, wandte ihm den Rücken zu. Die Jugendlichen standen um ihre Lehrerin herum, nur Lucas hielt sich abseits. Plötzlich wurde Marion bewußt, daß er sich langsam und verstohlen auf die Tür zubewegte. Nach zwei Metern hielt er inne und drehte sich zu dem kleinen Fenster um. Marion duckte sich schnell.

Als Nina das Auto heranfahren sah, war sie sofort in Alarmstimmung. Es war ein großer, grauer, höhergelegter Ford mit geräumigem Innenraum. Der Anblick des Wagens, der leise in die kleine Straße eingebogen und einige Meter vor dem Theater stehengeblieben war, um zu wenden, versetzte Nina in solche Panik, daß es ihr die Eingeweide zusammenzog.

Als der Ford vor ihr auftauchte, trafen sie die beiden Scheinwerferkegel mitten ins Gesicht. Das Theater und die Straße verschwanden, vom blendenden Licht verschluckt.

Marion kam nicht mehr dazu, sich zu fragen, ob Lucas sie gesehen hatte und warum er sich von den Proben davonstehlen wollte. Ein leises Rascheln hinter ihrem Rücken ließ sie erstarren. Im gleichen Moment stieg ihr ein unangenehmer Geruch in die Nase.

Marion erschauderte, ein heißes Prickeln lief ihr übers Genick. Er war da.

Ehe sie sich umdrehen konnte, wurde sie von zwei starken Armen an den Schenkeln gepackt und kippte nach vorn. Ihr Kopf knallte so hart gegen die Wand, daß es sich anfühlte, als würden ihre Zähne zersplittern.

Im blendenden Scheinwerferlicht konnte Nina nicht das geringste sehen. Sie hatte sich hinter das Lenkrad geklemmt und hupte in kurzen, panischen Abständen.

»Marion!« schrie sie. »Wo bleibst du denn?«

Rechts von dem Ford schien sich etwas zu bewegen. Ein Schatten, der langsam näher kam. Die schmale Silhouette eines Jugendlichen. Nina erkannte ihn an seinem blonden Schopf und dem anmutigen Gang.

»Lucas!« rief sie und hatte auch schon die Tür aufgerissen. »Lucas!«

Vor lauter Panik vergaß sie die Anweisungen ihrer Mutter.

»Lucas!« schrie sie wieder und lief auf ihn zu.

Erst als sie bei dem Jungen angelangt war, merkte sie zu ihrem Erstaunen, daß er allein war. Wo waren die anderen Schüler? Der Motor des grauen Ford brummte im Leerlauf. Nina konnte den Fahrer nicht sehen. Auch von Marion war nichts zu sehen, sosehr sie sich auch den Hals verrenkte.

»Hast du meine Mutter gesehen, Lucas?« fragte sie mit zitternder Stimme.

»Sie ist da!«

Lucas deutete mit einer vagen Handbewegung auf das Theater und den Wagen. Nina ging in die Richtung, in die er gezeigt hatte, kam an der Fahrertür vorbei, und gerade als sie den Ford hinter sich lassen wollte, trat plötzlich ein Mann aus der Dunkelheit und riß die Heckklappe auf. Im gleichen Moment packte er Nina und preßte sie an seinen weichen Körper. Sie erkannte den Geruch sofort. Ja, das war Zigs unverwechselbarer Geruch nach schmutziger Wäsche, Blut und Erbrochenem. Sie schlug wild um sich.

»Hilf mir, Lucas!« knurrte Zig.

Nina riß den Mund auf, um loszubrüllen. Ein Schlag in den Rücken nahm ihr den Atem. Zwei weitere Arme packten sie an den Beinen, und sie wurde unsanft auf den Teppich geworfen, der die Ladefläche des Wagens bedeckte. Sie wollte vor Schmerz aufschreien, aber kein Laut kam über ihre Lippen. Zwei Hände tasteten nach ihren Handgelenken, und sie spürte etwas Kaltes, Metallisches. Als sie das Knacken der Handschellen hörte, wurde sie von einer Welle der Panik überrollt.

Die Heckklappe fiel mit einem dumpfen, unheilvollen Geräusch ins Schloß, dann schlugen zwei Türen zu, und der Wagen setzte sich mit quietschenden Reifen in Bewegung.

Nina richtete sich mit einem Ruck auf. Durch die Rückscheibe sah sie, wie eine üppige, in Tücher gehüllte Gestalt aus dem Theater gerannt kam. Gervaise stolperte wild gestikulierend durch die Nacht, dann jagte der Wagen um die Ecke, und das Mädchen wurde auf einen zusammengekauerten Körper geschleudert.

Nina sah, daß es ihre Mutter war.

»Mama! Mama! Was hat er mit dir gemacht? Hilfe!«

Außer sich vor Angst und Entsetzen, begann sie aus voller Kehle zu schreien.

»Halt den Mund!« brüllte Zig. »Halt bloß den Mund!«

Marion bewegte sich nicht. Nina merkte, daß sie nur halb bei Bewußtsein war. Verzweifelt schluchzend brach sie über ihrer Mutter zusammen.

Der Wagen fuhr die Auffahrt zur Ringautobahn hoch, und Marion, die langsam wieder zu sich kam, sah die Lichter und die Schilder, die Kopf standen. Porte de Saint Ouen.

»Mama!« flüsterte ein dünnes, zitterndes Stimmchen.

Marion fuhr zusammen. Nina! Der Aufprall hatte ihr Hirn durcheinandergerüttelt, hatte sie jetzt Halluzinationen?

»Mama, wach auf!« flehte Nina sie an.

Dieses Mal gab es keinen Zweifel. Als Marion ihren verletzten Kopf zur Seite drehte, sah sie erst nur Sterne, die dann langsam hinter Ninas Gesicht erloschen.

»Du bist hier, Nina? O mein Gott!«

Für einen kurzen Moment hatte sich Marion an die Hoffnung geklammert, daß Nina in dem grünen Clio zurückgeblieben war und sich jetzt an einem sicheren Ort befand.

»Hab keine Angst«, flüsterte Marion. »Ganz ruhig, Nina, bleib ganz ruhig.«

»Ruhe!« schrie Zig. »Sonst bring ich euch um!«

Er fing an zu lachen, und eine zweite, kindliche Stimme fiel in sein Gelächter ein. Lucas!

Ein Strahl Galle ergoß sich in Marions Mund. Lucas saß neben Zig und lachte.

Seit wann hatte sie eigentlich geahnt, daß der Junge ein doppeltes Spiel trieb? Der unschuldige, naive Lucas mit seinem Engelsgesicht! Ob ihm klar war, was der andere mit ihm vorhatte?

Nina gab keinen Mucks mehr von sich. Sie hatte sich wieder aufgerichtet und starrte auf die Straße, den spärlichen Verkehr und die Silhouette von Zig auf dem Fahrersitz. Er fuhr sehr besonnen, ohne sich jemals umzudrehen.

»Was wird er uns antun?«

Marion, deren Hände auf dem Rücken gefesselt waren,

konnte sich nicht rühren. Mit einem stummen, eindringlichen Blick forderte sie Nina auf, näher zu kommen. Am ganzen Leib zitternd, beugte sich die Kleine zu ihrer Mutter herab.

»Drück auf die Drei«, brachte Marion flüsternd hervor.

Nina tat, als verstünde sie nicht.

»Das Handy«, beharrte Marion kaum hörbar.

Nina biß sich auf die Lippen, Tränen schossen ihr in die Augen. Sie zeigte ihre gefesselten Hände.

»Nicht schlimm«, hauchte Marion. »Die werden uns lokalisieren. Mach dir keine Sorgen.«

Ninas kleines Gesicht verzerrte sich im zuckenden Licht der Straßenlaternen, und ihre Lippen zitterten.

An der Ausfahrt Porte de la Chapelle bog Zig ab und fuhr hinter der großen Kurve weiter Richtung A1.

Er fuhr in gleichmäßigem Tempo, jedes Risiko meidend.

Vor der Ausfahrt Stains-La Courneuve nahm er den Fuß vom Gaspedal und bog auf die Landstraße ein, die durch Stains, Pierrefite und Sarcelles führte. Trotz des stechenden Schmerzes in ihren Schläfen hob Marion, so weit es ging, den Kopf, um anhand der höher angebrachten Schilder den Weg zu verfolgen. Vorne murmelte Zig seinem Begleiter hin und wieder ein paar Worte zu. Lucas antwortete im gleichen komplizenhaften Ton. Es war eindeutig, daß die beiden sich kannten.

Schon ein gutes Stück vor Sarcelles hatte Marion begriffen, daß Zig die Straße nach Écouen genommen hatte. Tatsächlich erreichten sie bald die Stadt, wo er links abbog und am großen Schloß vorbeifuhr, dem echten Schloß, das durch riesige Scheinwerfer bis in die Wipfel der umstehenden Bäume ausgeleuchtet war. Gleich hinter dem Schloß wurde es dunkel, woraus Marion schloß, daß sie in den Wald hineinfuhren.

123

Rastlos tigerte Abadie durch den Lage- und Führungsraum. Aus den Büros im Erdgeschoß waren sie mehr oder weniger rausgeflogen, nachdem die Kripo dort eingefallen war, um in den Räumen der Bahnhofspolizei einen vorgeschobenen Posten einzurichten. Valentine, die ebenfalls zur Stelle war, hatte sich in wilden Aktionismus gestürzt, um sich ihre Angst nicht anmerken zu lassen. Nicht ein einziges Mitglied der Einsatztruppe war aus der Dienststelle gewichen. Kerman hatte sich mit Duplat und zwei Beamten aus seinem Team in Marions Büro verbarrikadiert. Zig war immer noch wie vom Erdboden verschluckt, und Marions Spur endete im New Modern Hotel. Keiner wußte, wo sie sich im Moment aufhielt und was sie gerade trieb. Das einzige nennenswerte Detail, das man herausgefunden hatte, waren Marke und Farbe des Autos, das sie am späten Vormittag bei Hertz gemietet hatte. Und noch eine Information war gerade eingegangen: Zig hatte ebenfalls einen Wagen gemietet, bei Avis. Nach beiden Fahrzeugen wurde intensiv gefahndet, aber wie sollte man in der Region Île de France einen grünen Clio und einen großen grauen Ford finden … Das Kripoteam, das im Wald von Écouen die Hütte der Zigs observierte, seit man von ihrer Existenz wußte, hatte bisher keine Auffälligkeit gemeldet. Es war ohnehin nur eine Vorsichtsmaßnahme: Kerman hielt Zig nicht für so blöd, ausgerechnet dorthin zu fahren und ihnen in die Arme zu laufen.

Was Marions Handy betraf, herrschte immer noch Schweigen. Dickschädel.

Abadie, der minütlich mit schlechten Nachrichten rechnete, lauschte angespannt auf die Funkverbindungen. Mitten im allgemeinen Tumult klingelte das Telefon, und der Beamte, der den Anruf entgegennahm, winkte Abadie zu sich.

»Für Sie, Capitaine. Eine Gervaise Bousse. Wollen Sie rangehen?«

Abadie riß ihm den Hörer aus der Hand. Während er zuhörte, wurde er so bleich, daß der Kollege ihm einen Stuhl hinschob. Abadie stammelte ein paar Sätze, dann legte er auf und rannte die Treppe zu Marions Büro hinunter. Als Kerman sein aufgelöstes Gesicht sah, wußte er, daß wieder etwas passiert war.

## 124

Der Ford bog in einen unbefestigten Weg ein, der von riesigen, triefnassen Bäumen gesäumt war. Holpernd fuhren sie durch tiefe Schlaglöcher, und Marion brüllte vor Schmerz auf. Ihr linker Knöchel brannte wie Feuer, und ihr war so übel, daß sie fürchtete, wieder ohnmächtig zu werden. Als sie durch ein besonders tiefes Loch rumpelten, wurde Nina mit voller Wucht auf ihre Mutter geschleudert, und die beiden schrien gleichzeitig auf. Zig brach wieder in sein irres Gelächter aus, dann blieb der Ford stehen.

Die Heckklappe ging auf, und die beiden Frauen wurden unsanft herausgezerrt. Etwas benommen und mit steifen Gliedern landeten sie auf dem aufgeweichten Boden.

## 125

Annabelle Mérien wäre beinahe in Ohnmacht gefallen, als sie ein halbes Dutzend Polizisten in ihrem Wohnzimmer vorfand. Von Lucas hingegen war nichts zu sehen. Sofort rannte sie in sein Zimmer und kam völlig hysterisch ins Wohnzimmer zurück.

»Setzen Sie sich, Madame«, sagte Kerman kühl.

»Wo ist mein Sohn? Wo ist mein Sohn?«

»Setzen Sie sich!« wiederholte der Kripochef. Seine Stimme war lauter geworden. »Und beruhigen Sie sich, wir sind hier nicht im Zirkus.«

Annabelle Mérien ließ die Arme sinken und setzte sich. Kerman wandte sich zu Lucas' Vater um, der regungslos in seinem Rollstuhl saß.

»Monsieur Aubin«, sagte er in strengem Ton. »Sie müssen mir alles erzählen.«

»Erzählen?« flüsterte der Mann erschöpft. »Aber ich habe doch heute morgen schon alles erzählt.«

»Heute morgen? Und wem, bitte schön?«

»Aber ... Der Mutter von diesem Mädchen. Das war doch eine Kollegin von Ihnen, oder?«

Kerman versenkte die Fäuste in seinen Hosentaschen und starrte Abadie böse an. Der Beamte zog das Genick ein. Offensichtlich machte ihn der Kripobeamte für alles verantwortlich, was er selbst als eine himmelschreiende Ungerechtigkeit empfand.

## 126

»Hinlegen! Legt euch hin, habe ich gesagt! Und daß mir hier keiner aufmuckt! Ansonsten ... peng!«

Marion fragte sich, warum er ihr eigentlich diesen Befehl gab, schließlich lag sie doch schon auf dem Boden, die Hände auf dem Rücken gefesselt, die Nase im feuchten Laub. Irgendwo in der Nähe ihres Ohres war das unverwechselbare Knacken eines Revolverhahns zu hören.

»Hast du gehört, Nina? Hinlegen, habe ich gesagt!«

Dann wieder dieses verächtliche Lachen. Marion wurde plötzlich bewußt, daß er sich einen Spaß daraus machte: Er wiederholte die Sätze, die er am Square d'Anvers zu Nina gesagt hatte, nur so aus Spaß. Wo war Nina eigentlich? Warum konnte sie sie nicht sehen?

Sie nahm ihre ganze Kraft zusammen, um nicht vor lauter Panik den Kopf zu verlieren. Obwohl der Mond die Wolken über dem Wald in weißes Licht tauchte, war es hier unten so finster, daß sie nicht erkennen konnte, wohin Zig sie gebracht hatte. Es kam ihr so vor, als würde ihnen weiter hinten der Weg durch etwas Großes, Dunkles versperrt. Ein Haus?

Sie hob den Kopf. Sofort empfing sie einen kräftigen Schlag in den Rücken und bäumte sich schreiend auf.

»Was ist los, Mama?« rief Nina voller Empörung. »Tu meiner Mutter nicht weh, du Dreckskerl!«

Schritte. Dann ein dumpfes Geräusch, als würde ein Körper gegen das Wagenblech prallen.

»Nina«, keuchte Marion, außer sich vor Angst. »Ich flehe dich an, sei still! Es geht mir gut.«

Zig kam wieder zu Marion und zog an den Handschellen, damit sie aufstand. Ihr verletztes Handgelenk tat höllisch weh. Die durchnäßte Hose klebte an ihren Beinen, und als sie vor Schmerz wieder aufschrie, brach Zig erneut in Gelächter aus. Wie ein grotesker Hampelmann hüpfte er auf dem Weg herum, während Marion sich nur mühsam auf den Beinen hielt.

»Nicht gerade brillant, die Frau Kommissarin, wie?« jauchzte er. »Ist schon lustig, oder? Als Sie mit Ihrer biestigen Tochter hinter dieser Scheibe standen, da hatten Sie Oberwasser ... Aber jetzt hat sich das Blatt gewendet, haha! Lucas, bring das Mädchen her!«

Er kam noch näher an Marion heran und ging langsam im Kreis um sie herum. Als er einen Arm ausstreckte, dachte sie schon, daß er seine ekelhaften Flossen auf ihre Hüften legen würde, und wich einen Schritt zurück. Er packte sie am Ärmel, zog sie brutal an sich und rammte ihr den Revolver, den er ihr vor der Theaterwerkstatt zusammen mit den beiden Handschellen abgenommen hatte, in den Bauch.

»Laurent Zig«, sagte Marion mit gepreßter Stimme. »Sie stehen auf verlorenem Posten! Meine Kollegen werden bald hiersein. Warum tun Sie das?«

Verhandeln. Bloß nicht den Dialog abbrechen lassen. Sie erinnerte sich noch vage an die Ratschläge, die ein bärtiger Kriminalpsychologe in seinen Kursen ausgeteilt hatte. Sie hätte gern mal gesehen, was dieser Schlaumeier mit seinen großen Theorien jetzt an ihrer Stelle gemacht hätte.

»Dreckskerl!« brüllte Nina. »Mörder!«

»Nina, ich flehe dich an, halt den Mund!« sagte Marion mit klappernden Zähnen.

Lucas, der Nina festhielt, gab keinen Mucks von sich.

»Los, Abmarsch!« befahl Zig.

Und sie setzten sich in Bewegung, eine merkwürdige Prozession durch die feuchte Nacht. Der Wald knackte unter den Windstößen, die am Himmel riesige, regenschwangere Wolken vor sich her trieben. Hinter dem Ford wurde der Weg schmaler, bis es nur noch ein enger, von Brennesseln und hohem Gras gesäumter Pfad war. Nach einer Weile, die den beiden Gefangenen wie eine Ewigkeit vorkam, tauchte ein Gebäude auf. Backsteinwände, eine Art Garagentor. Zig drehte den Schlüssel im Schloß und zog an dem Tor, das auf einer Schiene zur Seite glitt, bis sie hindurchpaßten.

»Reingehen«, sagte er in einem Ton, der keinen Widerspruch duldete.

## 127

Kerman hatte in der Rue des Petits Hôtels einen Computer angeschlossen, und Annabelle Mérien kochte vor Wut.

»Ist das alles, was Sie tun? Glauben Sie, daß Sie meinen

Sohn wiederfinden, indem Sie meinen Mann dazu zwingen, aus seinem armseligen Leben zu erzählen?«

»Der Teufel steckt immer im Detail«, sagte Kerman, der sich fragte, wie Marion eigentlich darauf gekommen war, daß sich Zig an Lucas vergreifen würde, und warum sie darauf beharrt hatte, die Sache allein zu regeln.

Sein Zorn war allmählich in Angst umgeschlagen, und diese Angst drückte ihm auf die Schläfen. Der grüne Clio, der mit geöffneter Fahrertür und im Zündschloß steckendem Schlüssel in der Straße vor dem Theater gefunden worden war, hatte alle seine Befürchtungen bestätigt. Die Vorstellung, daß dieser Irre Marion und Nina in seiner Gewalt hatte, war unerträglich.

Abadie und Valentine, die wie geprügelte Hunde am Küchentisch saßen, waren total verstummt. Alle fünf Minuten wählten sie die Nummer von Marions Handy, wo jedes Mal doch nur wieder die Mailbox anging. Kerman wollte ihnen gerade sagen, daß sie totalen Mist gebaut hatten und dafür teuer bezahlen würden, da kam Régine Duplat in die Küche.

»Wir haben das Hotel identifiziert, in dem Zig die letzten beiden Tage verbracht hat«, sagte sie, leicht außer Atem. »Rue Saint Vincent de Paul, gegenüber dem Wohnhaus von Madame Marion. Wir haben es gefunden, weil wir nach einer Frau gesucht haben. Die Empfangsdame hat eine Person beschrieben, die in etwas so aussieht.«

Sie legte ein Phantombild auf den Küchentisch, das in aller Eile angefertigt worden war. Abadie sah sich das Porträt an.

»Er hat als Laurence Aubin eingecheckt«, fuhr die Beamtin fort.

Der Capitaine hob den Kopf, machte den Mund auf und klappte ihn resigniert wieder zu.

»Er … sie … ich weiß gar nicht mehr, was ich sagen soll

… na, jedenfalls hat die Person heute abend das Hotel verlassen, und zwar defintiv. Das war um einundzwanzig Uhr dreißig. Und das ist noch nicht alles.«

Kerman setzte sich, aufs Schlimmste gefaßt, auf die Tischkante.

»Er – oder eben sie – hat am frühen Abend, um achtzehn Uhr fünfzehn, einen Anruf erhalten.«

»Von wem?«

»Von wem, weiß ich nicht. Aber von wo …«

»Ja, und von wo, bitte schön?«

»Von hier, Chef.«

Annabelle Mérien fiel aus allen Wolken. Um achtzehn Uhr war sie aus dem Haus gegangen, um ihre Abendkurse zu geben. Ihr Mann telefonierte um diese Uhrzeit selten, weil er dann sein erstes Abendessen einnahm – wegen der drohenden Unterzuckerung mußte er auch abends mehrere Mahlzeiten zu sich nehmen. Es gab nur eine Erklärung, die Madame Mérien nicht einmal in Erwägung ziehen wollte.

»Lucas!« flüsterte Abadie.

## 128

Was Marion als erstes auffiel, als sie die Halle betraten, war der Honiggeruch. Ein starker, betäubender Geruch. Dann sah sie die übereinandergestapelten Bienenstöcke. Dutzende und Aberdutzende von grauen und blauen Kästen, von denen ein leises, dumpfes Brummen ausging. Mehrere Glühbirnen verbreiteten ein schwaches Licht. Da und dort standen Gegenstände und Werkzeug herum. Das Ganze machte einen verlassenen Eindruck. Zig zog die schwere Schiebetür hinter sich zu.

Dann befahl er ihnen, bis ans Ende der Halle zu gehen und sich vor einem dicken Metallpflock auf den Boden zu setzen. Die Handschellen befestigte er mit Hilfe von Karabinerhaken an dem Pfosten.

Da Nina hinter ihr saß, konnte Marion, deren Hände immer noch auf dem Rücken gefesselt waren, sie nicht sehen. Die Kleine ließ Zig nicht aus den Augen und verfolgte aufmerksam jede seiner Gesten. Im Gegensatz zu Marion hatte er ihr die Arme vor dem Bauch gefesselt, und Nina war aufgeweckt genug, um zu wissen, daß er damit einen Fehler begangen hatte. Als Zig fertig war, trat er ein Stück zurück, und der Geruch wurde schwächer. Er trug die schwarze Kluft mit den passenden Stiefeln – seine Mörderuniform –, die ihren ekelerregenden Gestank verströmte.

»Was haben Sie mit uns vor?« fragte Nina in bissigem Ton. »Wollen Sie uns umbringen?«

Nina hatte ihre Angst zumindest für den Moment überwunden. Jetzt, da Zig endlich vor ihr stand, wollte sie es trotz der heiklen Lage mit ihm aufnehmen.

»Nina, bitte«, schaltete sich Marion wieder ein. »Sei still.«

»Hör auf deine Mutter«, fauchte Zig. »Wenn du weiter dazwischenquatschst, kleb ich dir ein Pflaster vor den Schnabel, und wenn ich Lust dazu habe, bringe ich deine Mama um. Kapiert?«

Marion merkte, wie Nina hinter ihr zusammenzuckte. Gleichzeitig wurde ihr bewußt, daß das, was sie im Nacken spürte, Ninas Hände waren. Hoffentlich hält sie jetzt den Mund, flehte sie innerlich, denn sie wußte, daß ihre einzige Chance darin bestand, Zeit zu gewinnen, indem sie versuchte, mit Zig zu reden. Und das konnten sie nur, solange sie nicht geknebelt war.

Bloß nicht provozieren, immer schön kommen lassen, nur nicht Kontra geben. Sie mußte sich an die Hoffnung klammern, daß er sie, da er es bis jetzt noch nicht getan hatte, vielleicht gar nicht umbringen wollte.

Von ihrem Platz aus konnte Marion Lucas nicht sehen. Sie hörte ihn auch nicht und fragte sich, wo er abgeblieben war und was Zig, der sich vor ihr aufgebaut hatte und sie aus seinen kleinen, ironisch blitzenden Augen musterte, wohl ausheckte. Es war der Blick eines Wahnsinnigen, aber Marion hielt ihm stand, bis er es aufgab und zum anderen Ende des Raums sah. Dort befand sich eine Art erhöhter, auf der ganzen Breite verglaster Wintergarten. Vor den Scheiben hingen verblichene, löcherige Stofftücher, durch die etwas Licht in die Halle drang. Von einer Tür war nichts zu sehen.

»Schreien ist nutzlos«, warnte sie Zig noch einmal. »Keiner wird euch hören. Aber wenn ihr mir auf den Geist geht, bringe ich euch zum Schweigen. Ist das klar?«

»Warten Sie, Zig!« sagte Marion. »Es gibt noch einen Ausweg für Sie! Wenn Sie Lucas und Nina gehen lassen, verspreche ich Ihnen ...«

»Ha, ha, ha!« fiel ihr Zig mit hämischem Grinsen ins Wort. »Und das sagen ausgerechnet Sie? Also wirklich ...«

»Ja. Ich werde bei Ihnen bleiben. Ich kann Ihnen helfen.«

Er neigte den Kopf und taxierte Marion wie ein Raubtier seine Beute.

»Was wollen Sie mit uns machen?« fragte Nina. Sie schaffte es einfach nicht, ihrer Mutter zu gehorchen. »Wollen Sie uns umbringen?«

»Ich bringe niemanden um.«

»Lügner! Und Ange-Lou?«

»Das war ihre Schuld und deine«, entgegnete Zig mit schriller Stimme.

Er wandte sich zum Gehen, blieb dann aber doch wieder stehen und sah seine beiden Gefangenen nachdenklich und mit einem gewissen Bedauern an.

»Es ist immer ihre Schuld, ich will ja gar nicht, daß sie sterben ... Im Gegenteil, ich will, daß sie glücklich sind. Aber sie zwingen mich dazu, wenn sie schreien. Ich kann diese Schreie nicht ertragen, und ich kann es nicht ertragen, wenn man sich über mich lustig macht. Das ist doch klar, oder?«

Wieder neigte Zig den Kopf zur Seite. Die Hand, in der er Marions Waffe hielt, deutete auf die übereinandergestapelten Bienenstöcke. Ein verzückter Ausdruck trat in sein Gesicht.

»Wenn ich die Kleine vorbereitet habe, gehen wir. Mam wird sich freuen. Ihre Laurette, endlich ...«

Sein Blick kehrte zu Marion und Nina zurück, die wie erstarrt dasaßen.

»Und ihr«, fuhr er fort, jetzt wieder in boshaftem Ton, »ihr werdet brav hierbleiben. Könnt ihr euch die vielen kleinen Tierchen vorstellen, die in diesen Kisten schlafen? Im Winter bleiben sie immer da drin, da werden sie ganz steif und starr. Da leben sie wie in Zeitlupe. Sie essen, sie trinken. Sonst nichts. Aber wenn es etwas gibt, das sie nicht leiden können, dann sind das Leute, die sie stören. Da können sie richtig aufdrehen und werden bösartig. Tjaja, bevor ich gehe, werde ich sie wecken. Ich kenne sie, mir gehorchen sie. Sie schreien nicht, sie machen sich nicht über mich lustig. Wenn ihr beide euch nicht bewegt, wenn ihr schön brav bleibt, dann werden sie euch nicht sofort stechen. Zumindest nicht alle gleichzeitig. Irgendwann werden sie natürlich aggressiv, weil eure Angst einen Geruch hat, den sie nicht ausstehen können, der macht sie ganz verrückt.«

Marion hatte verstanden. Vor Entsetzen standen ihre alle Haare zu Berge.

»Das können Sie nicht tun«, schrie sie. »Das dürfen Sie nicht! Ich werde es nicht zulassen.«

»Und wie willst du das anstellen, Frau Kommissarin?«

Er machte eine halbe Drehung und ging auf den Wintergarten zu.

»Hör zu, du Schwachkopf!« schrie Marion in völliger Panik. »Ich schwöre dir, daß du so nicht davonkommen wirst!«

Verhandeln. Ruhig sprechen. Keine Wut, keine Provokationen. Mitgefühl zeigen. Dem anderen eine Hintertür offenhalten. Und vor allem keine Drohungen. Leicht gesagt.

Zig drehte sich wieder um, das Grinsen war nicht aus seinem Vollmondgesicht gewichen. Mit dem ausgestreckten Zeigefinger deutete er warnend auf die Bienenstöcke.

»Achtung, wenn ihr schreit, greifen sie an!«

Dann ging er und verschwand. Sie hörten schwere Schritte auf einer Holztreppe. Eine Tür knallte. Dann wurde es plötzlich still, schrecklich still. In der Stille wirkte das Summen der Bienen lauter, näher. Beunruhigend.

»Was passiert jetzt?« stöhnte Nina.

»Das weiß ich auch nicht, Mädchen. Was mache ich mir für Vorwürfe, daß ich dich da mit reingezogen habe!«

»Ich bin aber lieber hier bei dir. Sonst würde ich durchdrehen. Ah!«

»Was ist? Was ist, Nina?«

»Ich hab irgend so ein Viech im Genick!«

»Das ist ein Biene! Beweg dich nicht, bleib ganz ruhig. Hab keine Angst. Bienen sind lieb, die tun nichts, Nina! Sag dir das immer wieder, die tun nichts.«

»Oh! Ich habe Angst, Marion. Ich habe solche Angst!«

»Die werden uns finden, Nina.«

»Wer?« fragte die Kleine mit ersterbender Stimme.

»Kerman, Abadie, Valentine ... Sie haben bestimmt schon die Signale von meinem Handy gepeilt ... Sie werden uns lokalisieren.«

In einem Wald konnte das allerdings ein Weilchen dauern.

Aber sie wollte daran glauben und Nina die Chance geben, weiter zu hoffen und nicht noch mehr in Panik zu geraten, auch wenn ihr gerade eine Biene über den Hals krabbelte, die wahrscheinlich nicht die einzige bleiben würde. Wenn man davon ausging, daß jede dieser Kisten mit Bienen gefüllt war, mußten es Tausende sein. Abertausende. Nina war verstummt, und Marion spürte die Anspannung in ihren Händen, die immer noch auf ihrem Hals lagen.

»Mama«, stöhnte die Kleine schließlich. »Ich hab's ausgemacht.«

Marion wurde schwindelig.

»Was sagst du da?«

»Ich hab dein Handy ausgemacht.«

»Oh, Nina! Sag mir, daß das nicht stimmt! Warum hast du das getan?«

»Du hattest doch gesagt: nur du und ich …«

»O mein Gott! Dann mach's jetzt an, Nina, wenn du kannst … Die rote Taste, dann den Pincode, 7788, und auf die Raute drücken. Okay?«

»Es steckt hinten in meiner Hosentasche … Da komme ich nicht dran.«

## 129

In der Rue des Petits Hôtels harrten nur noch Duplat, Valentine und Abadie aus. Kerman war gegangen, um allein eine Runde zu drehen und einen klaren Kopf zu bekommen, vielleicht auch einen Geistesblitz: Es mußte doch möglich sein, etwas zu tun, anstatt nur zu warten. Dickschädel.

Régine Duplat ihrerseits hoffte auf irgendein Ereignis, von dem sie selbst nicht recht wußte, was es sein könnte. Annabelle Mérien starrte durchs Fenster in die Nacht hinaus wie eine wartende Seemannsfrau, die verzweifelt den Horizont absucht. Hin und wieder drehte sie sich um und warf einen bösen Blick auf das stumme Telefon.

Abadie und Valentine hatten sich geweigert, nach Hause zu gehen. Wenn es schon galt, Buße zu tun, dann auch bis zum bitteren Ende.

»So«, sagte der Capitaine und stand mit einem Ruck auf. »Ich habe die Nase voll davon, hier wie ein Idiot rumzusitzen und zu warten. Madame Mérien, können wir Ihren Mann wecken? Ich muß ihm eine Frage stellen.«

## 130

Die Biene war schließlich wieder weggeflogen, aber das leise, stete Summen der unzähligen Insekten war nicht zu überhören. Nina sagte nichts mehr, ihre Hände lagen schlaff auf den Schultern ihrer Mutter, woraus Marion schloß, daß die Kleine vor Erschöpfung eingedöst war.

Vom anderen Ende der Halle drang hin und wieder ein Geräusch herüber, das schwer zu identifizieren war. Satzfetzen. Dann ein erstickter Schrei? Oder ein Lachen? Was mochte da zwischen Lucas und Zig vor sich gehen? Der bloße Gedanke daran erfüllte Marion mit Angst. Immer wieder riß sie an ihren Handschellen, aber damit schürfte sie sich nur weiter die Haut auf. Sobald sie sich bewegte, strahlte der Schmerz von ihrem verletzten Handgelenk bis in die Schulter hinein. Sie gab es auf.

Dann trat eine merkwürdige Stille ein.

War Zig gegangen, ohne daß sie es gemerkt hatte?

Marion wurde von einer schrecklichen Mutlosigkeit erfaßt: Ihr Handy würde ihnen keine Hilfe leisten, und Kerman würde wahrscheinlich Monate brauchen, bis er ihre von Bienen zerstochenen Leichen finden würde. Was nützte es da noch zu kämpfen? War es nicht besser, gleich das Ende herbeizuführen, das Zig ihnen angekündigt hatte?

Als Nina plötzlich zusammenfuhr, konnte Marion einen Aufschrei nicht unterdrücken.

»Ah! Mama!«

Aus ihrer Benommenheit gerissen, zuckte die Kleine und wand sich.

»Mama, da ist eine Biene! Ah, und noch eine, auf meinem Bein! Die ist in meine Jeans gekrabbelt, Mama! Warum kommen die immer nur zu mir?«

»Beruhig dich, mein Schatz, ich flehe dich an! Du hast doch gehört, was er gesagt hat. Ich kenne mich mit Bienen nicht aus, aber er kennt sich aus! Also beruhige dich, du machst sie nur nervös. Deine Angst lockt sie an. Du mußt immer dran denken, daß sie harmlos sind, sie tun dir nichts.«

Nina hörte auf, sich zu winden, aber Marion merkte bald, daß sie angefangen hatte zu weinen. Und mit einemmal packte sie eine unsägliche Wut auf das, was dieser Kerl ihnen hier antat, und darüber vergaß sie, daß sie sich gerade noch fast geschlagen gegeben hätte. Nein, so konnte es nicht weitergehen! Sie konnte nicht zulassen, daß dieser Irre über sie und ihr Leben verfügte und ihre Körper diesen Nektarsaugern zum Fraß vorwarf.

»Nina«, sagte sie mit fester Stimme. »Wir müssen hier raus. Du mußt mir helfen.«

## 131

Annabelle Mérien zog die Nadel aus Georges Aubins magerem Oberschenkel.

»Das wird ihn womöglich umbringen«, sagte sie in gewohnt barschem Ton. »Ich warne Sie.«

»Und Lucas?« entgegnete Valentine aufgebracht. »Daß

dieser Wahnsinnige ihn womöglich umbringt, ist Ihnen wohl egal!«

Régine Duplat legte beschwichtigend eine Hand auf Valentines Arm.

»Laß gut sein«, sagte sie. »Nur nicht aus dem Konzept bringen lassen, das ist eine Grundregel, wenn man unter Zeitdruck steht.«

»Ich will mit Ihrem Vorgesetzten sprechen«, sagte Annabelle Mérien.

Die Frau war ganz eindeutig eine Nervensäge, durch und durch.

»Raus mit Ihnen!« fuhr Abadie unwirsch dazwischen. »Lassen Sie uns in Ruhe!«

Unten vor dem Haus schaltete Kerman sein Handy aus und gab es einem von seinen Leuten: Der Akku war leer. Man legte ihm einen neuen ein, worauf er sofort den Chef der Sondereinheit anrief, die die Hütte in Écouen observierte, das Relikt der Zigschen Besitztümer. Der Beamte bestätigte ihm, daß dort niemand aufgetaucht war.

»In der Nähe steht ein großes Haus, so eine Art Schloß«, erklärte ihm Kerman. »Es hat früher auch den Zigs gehört, deshalb möchte ich, daß Sie mal hinfahren. Wecken Sie die Besitzer und bitten Sie sie freundlich darum, sich alles ansehen zu dürfen, das Haus, den Speicher, den Keller, die Nebengebäude ...«

»Es ist vier Uhr morgens«, wandte der Beamte ein.

»Ich sagte ja ›freundlich‹. Es geht darum, Menschenleben zu retten.«

»Und wenn Sie sich weigern?«

»Dann sagen Sie ihnen, daß ich keinen richterlichen Beschluß brauche. Gefahr in Verzug, siehe Strafprozeßordnung. Wenn den Leute das lieber ist, können wir auch um sechs wiederkommen und die Bude auf den Kopf stellen. Aber sagen Sie ihnen, daß die Bedingungen dann nicht die gleichen sind. Wenn sie einen Malermeister kennen, sollen sie den schon mal anrufen. Kapiert?«

»Okay. Ist das alles?«

»Nein. Ich habe die Gendarmen im Departement Val d'Oise alarmiert und darum gebeten, daß der Wald von Écouen komplett durchkämmt wird. Die werden bald auftauchen, wundern Sie sich also nicht. Und Sie lassen natürlich ein paar Männer an der Hütte.«

»Haben Sie Neuigkeiten?« fragte der Mann noch.

»Nein, aber wenn ich weiter nur Däumchen drehe, bin ich morgen früh reif für die Klapsmühle.«

## 132

Nina war hoch konzentriert. Seit ein paar Minuten versuchte sie, ihre schmalen Hände noch kleiner zu machen und die Handschellen abzustreifen. Marion war auf die Idee gekommen, daß Zig, der sich mit Handschellen vermutlich nicht auskannte, die Dinger vielleicht nicht ganz zugedrückt hatte.

Nina ließ ihren Kopf auf den Rücken ihrer Mutter sinken. Unmöglich, es war unmöglich. Zig hatte das genaue Gegenteil von dem getan, was man von einem Laien erwarten konnte: Er hatte die Handschellen ganz eng angelegt.

»Versuch's noch einmal«, flüsterte Marion, die die schwach beleuchteten Fenster des Wintergartens nicht aus den Augen ließ.

»Ich kann nicht! Es ist zu eng, ich schürfe mir nur die Hände auf, mehr kommt doch nicht dabei raus! Wenn ich nur an dieses Ding drankäme!«

»Welches Ding?«

Marion konnte weder ihre Tochter sehen noch ihre eigenen oder Ninas Hände. Die Kleine beschrieb ihr den Karabinerhaken, mit dem ihre Handschellen an dem Metallpfeiler befestigt waren, und Marion schöpfte wieder Hoffnung.

»Sieh dir genau an, wie er funktioniert, Nina«, flüsterte sie und schloß die Augen, um sich das Ding genau vorzustellen. »Siehst du das Scharnier und dieses Teil, das sich bewegen läßt?«

»Ja, das sehe ich. Das geht nach innen auf.«

»Ja, und genau da liegt das Problem. Versuch den Pfosten zu Hilfe zu nehmen, drück den Stift ganz fest dagegen, und wenn du das Ding ein Stückchen aufbekommst, versuchst du die Handschelle durchzuziehen.«

»Ja, klar doch! Puppig!«

»Wirklich?«

»Nein, natürlich nicht, das war ein Witz. Das schaffe ich nie.«

»Versuch's, Nina, bitte, versuch's.«

## 133

Als Georges Aubin die Augen aufschlug, sah er Gesichter, die sich über ihn beugten. Er drehte den Kopf mit einer Leichtigkeit zur Seite, von der er schon seit langem nur noch träumen konnte. Er machte sogar Anstalten aufzustehen, allein und ohne Hilfe.

»Was hat sie ihm da eigentlich für ein Medikament gespritzt?« fragte Valentine verwundert, denn der Georges Aubin, den sie vorher erlebt hatte, war ein menschliches Wrack gewesen.

»Das wird nicht lange anhalten«, sagte Régine Duplat warnend. »Wir müssen uns beeilen.«

»Und mein Sohn?!« empörte sich Annabelle in feindseligem Ton. »Und mein Sohn?!«

»Monsieur Aubin«, sagte Abadie, ohne der Frau Beachtung zu schenken. »Sie haben über die Familie Zig gesprochen, über Claude und ihre Kinder. Aber über das Anwesen haben Sie uns nichts gesagt …«

Georges Aubin winkte angewidert ab.

»Das Anwesen? Warum das Anwesen?«

»Weil wir glauben, daß Laurent mit Ihrem Sohn dort hingefahren ist.«

## 134

Aufgebracht schaltete Kerman, der in seinem Wagen saß, das Handy wieder aus. Das Anwesen in Écouen, das »Schloß« der Familie Zig, wurde gerade durchsucht. Die neuen Besitzer, die mitten in der Nacht aus ihren Betten geklingelt worden waren, hatten den Beamten sofort Einlaß gewährt, als sie erfuhren, worum es ging. Sie hatten sechs Kinder, glaubten an Gott und hatten nichts zu verbergen. Im übrigen hielt sich niemand bei ihnen versteckt, zumindest sah bisher nichts danach aus.

»Und wenn man vier Personen verstecken will, darunter drei, die nicht freiwillig mitmachen, das fällt schon auf«, bemerkte der Einsatzleiter.

»Haben Sie die Leute gefragt, ob sie Zig kennen?«

»Ja«, kam die erschöpfte Antwort. »Sie haben ihn ein- oder zweimal gesehen, als sie das Haus gekauft haben. Ihren Kindern ist er auch mal an der Hütte begegnet. Aber jetzt haben sie ihn schon lange nicht mehr gesehen.«

»Sonst nichts?«

»Nein.«

Nina hatte es schon x-mal vergeblich versucht. Jedesmal wenn sie ihr Ziel fast erreicht hatte und die Handschelle kurz davor war, aus dem leicht geöffneten Karabinerhaken zu rutschen, schnellte der Metallstift zurück. Klack.

»Ich schaff's nicht«, stöhnte sie verzweifelt.

»Versuch's noch mal, Nina. Gib nicht auf! Es ist unsere einzige Chance.«

Die Kleine rührte sich nicht. Sie konnte nicht mehr, und sie glaubte auch nicht mehr daran.

»Los«, ermutigte sie Marion. »Streng dich noch einmal an, Nina. Denk daran, warum wir hergekommen sind. Wir müssen ihn doch festnehmen, Nina, hast du das vergessen?«

Als sie spürte, wie ein Ruck durch Nina ging, wußte sie, daß sie ins Schwarze getroffen hatte.

Am anderen Ende der Halle öffnete sich eine Tür, schwere Schritte polterten über die Holzstufen.

»Er kommt zurück«, flüsterte Marion. »Paß auf, Nina!«

Ninas Magen verkrampfte sich, und sie sah sich wieder am dunklen Square d'Anvers auf dem Boden liegen, die Nase im Staub ...

Lauf, Ange-Lou, lauf, so schnell du kannst!

Tränen schossen ihr in die Augen, und sie mußte blinzeln.

»Dreckskerl«, murmelte sie, außer sich vor Wut.

Leg den Stift des Karabinerhakens an die Kante des Stahlpfostens. Und jetzt drücken, Nina, drücken. Langsam gab der Metallstift nach. Nina drehte das Handgelenk und schob die Handschelle vorsichtig in die entstandene Lücke.

Zig war am Fuß der Treppe angelangt.

»Er kommt her!« flüsterte Marion mit gepreßter Stimme.

Nina wurde abwechselnd heiß und kalt, Schweißperlen liefen ihr über die Stirn und vermischten sich mit ihren

Tränen. Sie zwang sich, nicht in Zigs Richtung zu schauen, nicht auf ihre Mutter zu hören und die Panik, die in ihr hochstieg, auszublenden. Sie drückte mit aller Kraft. Klack. Der Metallstift schnellte zurück. Sprachlos starrte Nina auf ihre Hände. Sie waren frei. Sie steckten zwar noch in den Handschellen, aber sie waren nicht mehr an den Pfeiler gefesselt.

»Geschafft!« verkündete sie euphorisch.

»Paß auf, Nina, er kommt!«

Nina verdrehte den Oberkörper und streckte mit zusammengebissenen Zähnen beide Hände nach hinten, bis sie das Handy aus ihrer Jeanstasche fischen konnte. Sie warf einen Blick auf das schwarze Fenster und die Tasten – bloß nicht auf die Schritte achten, die den Boden unter ihr erbeben ließen. Was hatte ihre Mutter gesagt, wie war noch der Code?

»7788, Raute«, murmelte Marion, die die Gedanken ihrer Tochter erraten hatte. »Dann drückst du auf die Drei und dann auf Wählen.«

Nina tat es mit der ganzen Behendigkeit ihrer dreizehn Jahre. Dann setzte sie sich wieder in Position, das Handy zwischen die Oberschenkel geklemmt.

## 136

»Entschuldigung, Chef …«

Kerman fuhr zusammen. Er hatte sich für einen kurzen Moment gehenlassen, hatte geträumt, von einem unmöglichen Friedensschluß mit Marion, von Zärtlichkeit und gemeinsamem Glück. Der Beamte wartete in respektvollem Abstand.

»Eine Funkverbindung für Sie. Die Gendarmeriezentrale des Departement Val d'Oise.«

Kerman rannte zu seinem Auto und griff so hastig nach dem Funkgerät, daß er es fast aus seiner Verankerung riß.

»Wir haben einen Wagen gefunden«, sagte eine Frauenstimme. »Einen grauen Ford. In Écouen, am Waldrand.«

»Und die Insassen?«

Schweigen. Dann war die Stimme wieder da.

»Nur das Auto, Monsieur. Die Suche wird fortgesetzt.«

Mit langsamen, konzentrierten Bewegungen legte Kerman das Funkgerät aus der Hand. Dann sprang er aus dem Wagen.

Abadie, Valentine und Régine Duplat sahen auf, als der Kripochef mit aschfahlem, zerfurchtem Gesicht ins Zimmer kam.

Georges Aubin, bei dem die Wirkung der Spritze allmählich nachließ, schien langsam wieder in sich zusammenzusacken. Er hatte keine verwertbaren Informationen geliefert, obwohl ihn die drei Beamten mit vereinten Kräften gelöchert hatten.

»Die haben in Écouen Zigs Auto gefunden, Route du Miel«, sagte Kerman mit tonloser Stimme.

Georges Aubin hob den Kopf. Seine schmalen Lippen öffneten sich zitternd, seine Stirn legte sich in Falten. Der Satz des Kripochefs hatte offensichtlich eine Erinnerung in ihm wachgerufen. Ein unerwartetes Leuchten trat in seine erloschenen Augen.

»Das Bienenhaus«, hauchte er.

Atemlos hingen die Beamten an seinen Lippen. Das Klingeln von Abadies Handy ließ alle zusammenfahren.

»Die Kollegen vom Bahnhof«, sagte der Capitaine mit belegter Stimme. »Sie haben die Chefin in der Leitung.«

# 137

Zig baute sich vor Marion auf. Er sah mitgenommen aus, die Überheblichkeit war aus seinem Gesicht gewichen.

»Er hat es nicht verstanden«, sagte er. »Es ist immer dasselbe.«

Reden, Zeit gewinnen. Ganz ruhig bleiben, nicht aggressiv werden …

»Was ist immer dasselbe, Laurent? Erklären Sie es mir!«

»Erklären! Was denn erklären? Was soll ich jetzt mit Mam machen? Was soll ich ihr sagen? Sie wartet schon so lange.«

»Sie wartet?«

Zig sah Marion mitleidig an.

»Sie verstehen's auch nicht. Ja, worauf wartet Mam? Auf Laurette natürlich, sie wartet auf Laurette! Ich konnte ja nicht Laurette sein, ich war ja ein Junge, und das hab ich selbst nicht mal gewußt. Immer hat sie mir Zöpfe geflochten, mir die Beine rasiert. Die Haare kamen ja ständig wieder, das war ekelhaft. Rausreißen mußte man die, mit Stumpf und Stiel … War ja klar, daß das für Mam auf Dauer nicht ging …«

Nina hielt das Handy zwischen ihre Oberschenkel gepreßt. Zig war zwei, drei Meter von ihr entfernt, mehr nicht. Sie musterte sein Mördergesicht und merkte, wie ein unbändiger Haß in ihr aufstieg und von ihrem ganzen Körper Besitz ergriff. Sie hörte die Stimme ihrer Mutter, die versuchte, Zeit zu gewinnen und dem Schicksal, das ihnen Zig in seinem kranken Hirn bestimmt hatte, noch ein paar Minuten abzutrotzen.

»Tun Sie sich deshalb selbst weh?«

»Mam hat immer gesagt, wir müssen diese häßlichen Haare bestrafen, weil man ja kein hübsches Kleid anziehen kann, wenn man solche Haare hat.«

Sein Blick war starr auf Marion gerichtet, die genau wußte, warum sie ihn mit ihren schwarzen Augen so durchdringend ansah. Diese Frau, die – von Mam und Großvater Joseph einmal abgesehen – vielleicht der erste Mensch war, dem er von sich erzählte, schlug ihn derart in ihren Bann, daß er darüber Nina vergaß.

»Sie hat Puppen gekauft, die hatten Laurettes Gesicht, aus Porzellan oder Karton. Sie hat immer gesagt, daß es in der Wirklichkeit niemanden gibt, der so perfekt ist.«

Seine klagende Stimme, sein Jammerton. Er tat einen Schritt nach vorn, den Blick immer noch auf Marions Gesicht geheftet.

»Das fanden Sie aber gar nicht, oder? Es gab doch diese hübschen Jungen, die Sie immer für Ihre Mutter ausgesucht haben ...«

»Ah!« rief Zig aufgebracht aus. »Die haben nichts kapiert! Ich hab's ihnen erklärt, aber es hat nicht funktioniert, es hat nie funktioniert. Am Anfang schon. Aber immer wenn ich ihnen die Sachen anziehen wollte, das Kleid und die Bänder, dann haben sie losgeschrien, geschrien und geschrien ...«

Zig preßte sich die Hände gegen die Ohren, und sein Mund verzog sich zu einer abstoßenden Grimasse. Er fing an zu stöhnen, und seine Stimme klang wie die eines gequälten Kindes. All die Schreie hallten in seinem Kopf wider, die Schreie der hingerichteten Kinder ...

»Die mußte man doch zum Schweigen bringen!« stammelte er schließlich.

»Und die Mädchen?« fragte Marion bestürzt.

Schweigen. Nina hielt die Luft an. Zig runzelte die Stirn, während er nach einer Antwort suchte.

»Die Mädchen? Ich mag keine Mädchen. Die können nie still sein. Und boshaft sind sie. Genau wie Laurence. Ah, die hasse ich am allermeisten!«

»Wer ist Laurence?«

Nina hörte, wie ihre Mutter nach Luft schnappte, und begriff, daß es höchste Zeit war zu handeln. Vorsichtig bewegte sie im Schutz von Marions Rücken ihre Hände und stützte die steif gewordenen Arme für einen Moment auf ihre Oberschenkel. Dann nahm sie vorsichtig das Handy und legte es langsam auf den staubigen Boden. Vorher hatte sie auf die Drei gedrückt und nach ein paar Klingeltönen eine ferne Stimme gehört, die »Bahnhofspolizei, ich höre« gesagt hatte. Ihre Mutter hatte gerufen, daß es in der Halle, in der sie waren, Bienen gab. Zig hatte ihr befohlen, den Mund zu halten, doch er schien keinen Verdacht geschöpft zu haben.

Hatte man sie am anderen Ende gehört? Nina hatte die Telefonverbindung nicht unterbrochen. Wenn alles gutging, verfolgte jetzt jemand in der Funkzentrale das Gespräch zwischen ihrer Mutter und dem Mann, der beschlossen hatte, sie umzubringen.

Suchend sah sich Nina nach einem schweren Gegenstand um. In ihrer Nähe gab es nichts, nicht einen einzigen Stein. Eine Biene summte träge um den Metallpfeiler und streifte Ninas Gesicht. Obwohl es fast ihre Kräfte überstieg, zwang sie sich, die Ruhe zu bewahren, zu der ihr Marion geraten hatte. Das Insekt ließ sich schließlich auf dem Karabinerhaken nieder, der noch an dem Metallpfeiler hing. Es war ein kompaktes, massives Ding. Ninas Herz begann schneller zu schlagen.

»Wer ist Laurence?« wiederholte Marion, diesmal lauter.

»Laurence«, flüsterte Zig in vertraulichem Ton, »tut alles, aber auch alles, um mir auf die Nerven zu gehen. Die hat immer nur eins im Sinn: mich zu ärgern. Nie ist sie einer Meinung mit mir.«

Gespaltene Persönlichkeit: Mal ist er Laurent, mal Laurence, dachte Marion, deren Nervosität im gleichen Maß zunahm, wie auch Zig unruhiger wurde.

»Was macht sie denn zum Beispiel?«

»Na, der Brand! Sie hat mein Auto in Brand gesetzt! Und sie hat meine schwarze Tasche in den großen Müllcontainer am Bahnhof geworfen! Sie wollte, daß ich geschnappt werde. Sie versteht überhaupt nichts, sie liebt Mam nicht so wie ich.«

Die Fistelstimme wurde immer schriller. Nina spürte, daß Zig kurz davor war durchzudrehen. Im Schutz von Marions Rücken hob sie langsam die Hände, bis sie den dicken Karabinerhaken berührte. Ihre Finger zitterten so stark, daß sie zunächst außer einem Klirren, das so laut durch den Raum hallte wie zwei aufeinandertreffende Degen, nichts zustande brachte.

»Hat Laurence Ihnen auch dabei geholfen, die Leichen der Jungen zu beseitigen?« rief Marion, die ahnte, was hinter ihrem Rücken vor sich ging.

»Schreien Sie nicht!« brüllte Zig. »Ich bin nicht taub.«

Er verschränkte die Arme vor dem schwarzen Oberteil, das über seiner beleibten Brust spannte, und beugte sich mit wütend gerunzelter Stirn nach vorn.

»Ja, sie hat mir geholfen. Aber nur weil Mam ihr befohlen hat, mir zu helfen. Ich hab Mam erzählt, daß die Jungs geschrien haben, da hat sie natürlich verstanden, daß ich sie zum Schweigen bringen mußte. Ich hab doch alles nur für Mam getan! Die andere, die hat immer gesagt, das mit den Jungs würde ich nur für mich tun … daß ich sie für mich haben wollte und nicht für Mam. Die blöde Kuh. Ich bin froh, daß sie jetzt nicht hier ist.«

Das hätte gerade noch gefehlt, dachte Marion, die atemlos auf Nina lauschte und ihr in Gedanken Mut machte. Was würde Zig tun, wenn er sich hier in dieser Halle plötzlich in Laurence verwandelte?

Nina konzentrierte sich darauf, so zu atmen, wie Gervaise es ihr beigebracht hatte, und das Zittern hörte auf. Langsam und völlig lautlos löste sie den Karabinerhaken von dem Pfeiler und legte ihn in ihre gewölbte Hand. Dann neigte sie den Kopf ein wenig zur Seite, um hinter Marions Rücken hervorzulugen, und sah direkt in Zigs Gesicht. Die kleinen, niederträchtig blitzenden Augen waren auf Marion geheftet, die verzweifelt das Gespräch in Gang hielt.

Nina atmete einmal tief durch und holte mit ihren aneinander gefesselten Händen langsam, so gut es ging, aus. Hoch konzentriert bereitete sie sich auf den Wurf vor, zielte auf die Visage des Irren und schleuderte ihr Geschoß mit einem lauten Keuchen von sich. Der Karabinerhaken sauste durch die warme, von Staub und Honigduft getränkte Luft. Zig hatte sich noch weiter vorgebeugt, um Marion davon zu überzeugen, daß er im Grunde doch nur ein armes, unglückliches Kind war, was Ninas Wurf zugute kam. Das Geschoß traf ihn direkt an der Schläfe. Er schwankte, drehte sich schwerfällig einmal um sich selbst und begann zu kippen. Sein Kopf prallte mit voller Wucht gegen die Kante des Stahlträgers, und er sank zu Boden.

## 138

Innerhalb von einer Minute waren sie in der Bahnhofspolizei. Als sie durch die Panzertür traten, schüttelte der diensthabende Beamte, der auf sie wartete, bereits den Kopf.

»Wir haben den Kontakt verloren«, sagte er. »Gerade eben. Die Verbindung ist tot.«

Mit Hilfe des Schlüssels, den Nina aus Zigs Tasche gezogen hatte, konnte sie die Handschellen ihrer Mutter aufschließen. Es hatte sie einige Überwindung gekostet, sich ihm zu nähern, ihn anzufassen und seinen widerlichen Geruch einzuatmen. Vor Angst und Ekel hatten ihr die Hände gezittert, als sie seine Taschen durchsuchte. Jetzt, da ihre Mutter befreit war, empfand sie ein Gefühl des Triumphs, angesichts dessen Zigs lebloser Körper etwas Jämmerliches und kaum noch Bedrohliches hatte. Er war noch bewußtlos, aber seine zuckenden Lider deuteten darauf hin, daß er bald wieder zu sich kommen würde. Marion bewegte ihre Hände, um die steifen, schmerzenden Finger wiederzubeleben. Als die Durchblutung langsam in Gang kam, begann das Brennen ihres geschwollenen Handgelenks den Arm hochzuwandern.

Mit weichen Knien und umnebeltem Kopf stand sie auf. Ihr Magen tat weh, als hätte sie seit Tagen nichts gegessen.

Sie beugte sich über Zig und nahm ihm als erstes ihre Dienstwaffe ab, die er in die Tasche seiner schwarzen Hose geschoben hatte.

»Nina, hilf mir!«

Mit vereinten Kräften drehten sie seinen schweren, stinkenden Leib auf den Bauch. Nina verzog angewidert das Gesicht. Marion fackelte nicht lange: die Handschellen wechselten die Handgelenke. Sobald er gefesselt war, drehten sie ihn wieder auf den Rücken und schleiften ihn zu dem Metallpfeiler, um ihn mit dem zweiten Paar Handschellen anzuketten. Erschöpft sahen sich die beiden ihr Werk an. Der Dreckskerl. Marion zog ihre Tochter an sich und drückte sie so fest, daß sie kaum noch Luft bekam. Nina schwieg. Nur ihr Zucken deutete darauf hin, daß die Spannung langsam von ihr abfiel.

»Du warst phantastisch, meine Tochter«, sagte Marion aufgewühlt. »Ich bin stolz auf dich.«

Als Antwort drückte Nina ihrer Mutter die Hand, worauf Marion ein leiser Schrei entfuhr.

»Ich glaube, ich habe eine Verstauchung«, sagte sie und zog ihre Hand zurück.

Während sie sich nach dem Handy umsah, fragte sie sich, warum ihnen eigentlich noch immer niemand zu Hilfe gekommen war. Die haben uns alle im Stich gelassen, dachte sie verbittert. Für einen kurzen Augenblick stellte sie sich Kerman, dem es offenbar gleich war, was aus ihr und Nina wurde, in den Armen einer Blondine oder einer Brünetten vor. Ihren eigenen Beitrag zu dem ganzen Schlamassel hatte sie in diesem Moment vergessen …

Schließlich entdeckte sie das Telefon am Fuß des Pfeilers. Es war aus. Sie wollte es wieder einschalten. Akku leer, zeigte der Bildschirm für den Bruchteil einer Sekunde an, ehe er ein für allemal erlosch. Sie steckte das Handy in ihre Tasche, dann drehte sie sich zu Nina um. Die Kleine starrte Zig mit flackernden Augen an.

Er war wieder zu sich gekommen und starrte zurück.

## 140

Mit heulenden Martinshörnern und zuckenden Blaulichtern raste die Polizeikolonne über die Landstraße. Kerman wandelte auf Marions Spuren, krank vor Angst.

Die Spezialisten hatten das Handy der Kommissarin in einem Gebiet lokalisiert, das noch ziemlich groß war, aber mit der Lage des Bienenhauses übereinstimmte, das Georges Aubin in letzter Minute aufs Tapet gebracht hatte. Die Bienen, die Route du Miel, das Bienenhaus. Der alte Zig hatte es bauen lassen und zu seinem Hobby gemacht. Wie hätte Georges Aubin, der Laurent Zig niemals kennengelernt hatte, wissen sollen, daß sich auch dieser Mann, den man ihm plötzlich als seinen Sohn vorgestellt hatte, leidenschaftlich für Bienen interessierte? Bei ihnen in der Natur oder, wenn es Winter wurde, im Bienenhaus verkroch er sich, um seine Tränen zu verbergen und sich von den schrecklichen Demütigungen zu erholen, die ihm seine Mutter zufügte.

Immer wieder spielte Kerman das Band ab, das die Kollegen von der Bahnhofspolizei aufgenommen hatten. Er hörte die angespannte, rührende Stimme von Marion, die etwas von einer Halle sagte, von Bienen und Honig. Dann kam Zigs Stimme, die er unter Tausenden wiedererkannt hätte: »Erklären! Was denn erklären? Was soll ich jetzt mit Mam machen?«

Die Stimme wurde undeutlich, dann ein Rauschen und Knacken. Stille. Die Verbindung war unterbrochen, das Handy sendete keine Signale mehr. Wieder einmal hatte er Marion verloren.

Kerman trat aufs Gaspedal. Er rechnete mit dem Schlimmsten.

## 141

Seine helle, quiekende Stimme klang mitleiderregend. Ob er so auch seine Mutter angefleht hatte, wenn sie darauf bestand, ihn ganz in Rosa zu kleiden? Seine weichen, schlaffen Hände krümmten sich in den Handschellen, und er preßte die übereinandergelegten Schenkel zusammen. Ob er so die wuchernden Beweise seiner Männlichkeit zu schützen versuchte, wenn Mam ihr Rasiermesser schwang?

Marion hatte ihre Waffe auf Zig gerichtet. Mit einemmal

fragte sie sich, warum sie eigentlich diesen dicken, gefesselten Mann bedrohte, der niemandem mehr etwas zuleide tun konnte, anstatt nach Lucas Mérien zu suchen.

Sie wollte schon losgehen, da fiel ihr plötzlich der angewidert-faszinierte Gesichtsausdruck auf, mit dem Nina ihren Gefangenen anstarrte. Marion schluckte.

»Laurent Zig, wo ist Lucas?« fragte sie, um Nina aus ihrem Zustand, der nichts Gutes verhieß, in die Wirklichkeit zurückzuholen.

Ihre Stimme prallte von den schlummernden Bienenstöcken ab. Zig hob den Kopf.

»Lucas?«

Er hatte die Augen aufgerissen und verzog fragend seinen feuchten Mund.

»Haben Sie den auch umgebracht?«

»Umgebracht? Lucas? Aber ... nein ... Wer ist Lucas?«

Zig sah Marion verdutzt an. Er wirkte verwirrt. Oder er tat nur so, dann aber mit großem Geschick.

»Sie werden über all diese Morde Rechenschaft ablegen müssen, Laurent Zig.« Marion hatte die Stimme erhoben. »Die Morde an den Jugendlichen, die Sie in die Gänge unter dem Bahnhof verschleppt haben, den Mord an ...

»Ange-Lou«, fiel ihr Nina scharf ins Wort. »Warum sagst du, daß er Rechenschaft ablegen muß?«

»Es wird ein Gerichtsverfahren geben, Nina, und man wird ihn verurteilen. Die Eltern seiner Opfer müssen wissen, was er getan hat und warum ...«

»Ich weiß, was er getan hat, ich will kein Gerichtsverfahren, ich will nicht, daß er Rechenschaft ablegt! Ich will, daß er stirbt, genauso wie Ange-Lou gestorben ist. Etwas anderes hat er nicht verdient.«

Nina hatte angefangen, Zig zu umkreisen wie ein Indianer den Marterpfahl. Zig ließ sie nicht aus den Augen, aus seinem funkelnden Blick sprach grenzenloser Haß. Schweiß lief ihm von der Stirn übers ganze Gesicht.

»Herrgott noch mal, Nina, hör auf!«

»Hör auf?« brüllte die Kleine. »Hör auf? Bin ich jetzt im Unrecht, oder wie? Die werden ihn einsperren, na toll, aber er ist schlau, der kommt wieder raus! Findest du nicht, daß er genug verbrochen hat? Hast du vielleicht gedacht, daß er uns freilassen würde? Hast du vergessen, was er über die Bienen gesagt hat?«

»Nina, beruhige dich! So darfst du nicht denken. Selbst wenn er schreckliche Dinge getan hat, hat er ein Recht auf einen ordentlichen Prozeß. Darüber haben wir schon gesprochen.«

»Warum knallst du ihn nicht ab?« schrie Nina mit bebender Stimme. »Weil du Schiß hast? Traust du dich nicht?«

Herausfordernd starrte sie Marion an. Trauer und Wut lagen wie ein Schleier über ihrem Gesicht.

»Drück ab, Marion! Los, tu's, bitte, ich will, daß du es tust. Für Ange-Lou und für mich.«

»Das darf man nicht«, flüsterte Marion, die kurz davor war, die Nerven zu verlieren. »Ich bin Polizistin, ich bringe keine Menschen um.«

»Und er? Dem ist das doch alles egal! Ich hasse dich, Marion, du bist feige, du liebst mich nicht. Ich will nicht mehr deine Tochter sein. Ich bringe mich um.«

»Ha, ha, ha!« lachte Zig hämisch. »Die kleine Hexe will sich umbringen ... Was für eine gute Idee! Sie ist doch schuld dran, daß alles schiefgegangen ist. Lucas wäre einverstanden gewesen, wenn ihr nicht aufgetaucht wärt. Wir hätten heute abend allein sein müssen, durch eure blöden Mätzchen hat er Angst gekriegt ...«

»Halt die Klappe, du Arschloch!« fauchte Marion, die begriffen hatte, wie sehr sich Nina auf die Idee versteift hatte, daß sie, wenn überhaupt, nur durch Zigs Tod jemals würde vergessen können.

Ein Tod, den ihre Mutter als Beweis für ihre Liebe herbeiführen sollte. Ninas Haß und ihre ganze Verzweiflung schlugen Marion mit voller Wucht entgegen. Die Kleine war in ein tiefes Loch gefallen, aus dem sie nur um den Preis von Zigs Vernichtung wieder herauskommen würde. Blitzartig wurde ihr bewußt, daß Ninas und ihr Leben auf dem Spiel stand. Es würde kein Leben mehr geben, kein Glück mehr, nur noch verbrannte Erde und zerstörte Existenzen.

»Spannend ist das!« jubelte Zig, der langsam wieder Oberwasser bekam, denn Marion hatte die Waffe von seinem Gesicht abgewandt. »Interessant!«

»Halt's Maul!« schrie die Kommissarin und drückte ihm den Revolverlauf gegen die Stirn.

Mit weit aufgerissenen Augen und zusammengepreßten Lippen starrte sie ihn an, als wollte sie ihn hypnotisieren. Dabei zog sie den Hahn nach hinten.

»Halt die Klappe«, sagte sie, jetzt mit ruhigerer Stimme.

Langsam trat Marion ein paar Schritte zurück, das schwarze Mündungsloch löste sich von Zigs Stirn und hinterließ einen weißen Doppelkreis auf der Haut. Sie ging zu Nina und hielt ihr die Waffe hin.

»Da«, sagte sie. »Nimm.«

Nina verstand nicht sofort. Sie blinzelte. Zig, der begriffen hatte, daß die Situation gefährlich für ihn wurde, war verstummt. Anstatt weiter große Töne zu spucken, fing er an, mit kurzen, flachen Atemzügen nach Luft zu schnappen. Er bewegte die Beine und versuchte aufzustehen.

»Los«, sagte Marion.

Mit einer herausfordernden Geste, die Marion angst machte, nahm Nina den Revolver. Zig heulte erschrocken auf.

»Der Hahn ist gespannt, du mußt nur auf den Abzug drücken. Wenn du meinst, daß es so einfach ist, jemanden umzubringen ...«

Die Kleine hatte die Beine gegrätscht und beide Hände fest um den Kolben gelegt. Ohne zu zittern, hob sie die Arme. Die schwarze Mündung des Revolvers zeigte auf Zigs Froschgesicht. Entsetzt rollte er mit den Augen.

»Ihr seid ja verrückt, total verrückt. Hört auf, ich werde euch anzeigen!«

»Jetzt hast du Schiß, wie?« höhnte Nina in schußbereiter Stellung.

Sie legte ihren Finger auf den Abzug.

Marion spannte alle Muskeln an, bereit, dazwischenzugehen. Endlose Sekunden verstrichen, und in der atemlosen Stille klang das Summen der Bienen wie eine wütende Drohung.

Dann begann Ninas Hand leicht zu zittern, der Finger auf dem Abzug verkrampfte sich, und plötzlich schien der Zorn aus ihrem bleichen Gesicht zu weichen, der Haß zu schwinden. Ihre Arme sanken nach unten, die Waffe prallte auf den Boden, und ein markerschütternder Knall hallte durch den großen Raum. Zu Tode erschrocken, warf sich Nina in Marions Arme.

»Ich kann nicht, ich kann nicht ... Es tut mir leid, Mama, es tut mir leid ...«

142

Die Polizisten des Departement Val d'Oise hatten das Gelände rings um den Ford methodisch durchkämmt, und als die Wagen der Kripo eintrafen, war die Halle bereits umstellt.

Aus dem Gebäude drangen keine Geräusche, nur ein

schwacher Lichtschimmer deutete darauf hin, daß sich jemand dort aufhielt.

Lautlos schritt Kerman über den nassen Weg, nachdem er den anderen bedeutet hatte, ein Stück zurückzubleiben. Als er beim Einsatzleiter angelangt war, hörten sie die Detonation.

Die Männer erstarrten. Kerman verlor keine Zeit damit, Angst zu empfinden, sondern blendete alle störenden Gefühlsregungen umgehend aus.

»Los, wir gehen rein!« schrie er und rannte auf die Tür zu.

## 143

Daß Zig noch am Leben war, konnte man seinem Geschrei entnehmen. Marion preßte ihre Tochter krampfhaft an sich.

»Ich hätte dich daran gehindert, Nina, ich hätte es nicht zugelassen!«

Zig unterbrach sein Schreien, um stöhnend nach Luft zu schnappen, und in der relativen Stille hörte Marion das Brummen, das aus der Mitte der Halle drang. Ein kurzer Blick, und sie hatte die Situation erfaßt: Der durch den Aufprall der Waffe ausgelöste Schuß hatte einen Bienenstock getroffen. Eine braune Masse quoll langsam vom Sockel auf den Boden. Schon landete die erste Biene zielstrebig auf Ninas Kopf, dicht gefolgt von einer zweiten. Marion wußte, daß sie angreifen würden.

»Komm«, sagte sie. »Komm schnell.«

Sie flüchteten zur Tür. Marion hatte den Eindruck, als wären auf der anderen Seite Geräusche zu hören. Aber der Schwarm, der sich hinter ihnen formiert hatte, erzeugte ein so lautes Summen, daß sie sich nicht sicher war.

Die Schiebetür war abgeschlossen. Es blieb keine Zeit,

nach dem Schlüssel oder einer anderen Möglichkeit zu suchen, sie aufzubekommen. Marion drehte sich um. Eine dunkle Wolke breitete sich in der Halle aus. Der an den Pfeiler gekettete Zig brüllte ohne Unterlaß. Da ging der Schwarm auch schon auf ihn nieder, und Marion sah, daß sich eine zweite Wolke auf sie und Nina zubewegte. Der einzige Ausweg war der Wintergarten. Sie nahm ihre Tochter an der Hand und zog sie die Holztreppe hoch. Oben angelangt, rannten sie in das schwach beleuchtete Zimmer, knallten die Tür hinter sich zu und sanken keuchend zu Boden. Die ersten aufgebrachten Bienen prallten schon gegen die Scheiben. Plötzlich umschwirrte sie ein Insekt, das wie aus dem Nichts aufgetaucht war, dann noch eins. Voller Entsetzen sah Marion, daß sie unter der Tür herkrabbelten. Sie zog ihre Jacke aus und gab Nina zu verstehen, daß sie das Gleiche tun sollte. Fieberhaft machten sie sich daran, den Türspalt abzudichten, aber ihre Jacken reichten nicht, und so mußten sie auch ihre Pullover ausziehen und Nina ihre Jeans. Auf der anderen Seite der Sperrholzwand hatte das Brummen seinen Höhepunkt erreicht. Keuchend und halbnackt sicherten sie ihren Unterschlupf, und erst als sie wieder Luft holen konnten, merkten sie, daß sie nicht allein waren. Auf einem Sofa lag ein Mädchen in einem rosaweiß karierten Kleid, mit weißen Sandalen an den Füßen. Es war Lucas, er bewegte sich nicht.

## 144

Kerman und seine Männer, Marions Leute und die Polizisten aus dem Departement brauchten noch eine gute Stunde, bis sie das Bieneninferno unter Kontrolle gebracht hatten. Als sie endlich zu dem Zimmer am Ende der Holztreppe vorstoßen konnten, waren schon einige wütende Bienen durch Gott weiß welche Ritzen in den Raum gedrungen, obwohl Marion mittlerweile sogar die Vorhänge von den Fenstern gerissen hatte, um ihnen damit den Weg zu versperren. Von ihrem Beobachtungsposten aus konnte sie zusehen, wie sich die zornigen Insekten auf Zig stürzten, ihn völlig umhüllten und bedeckten, bis endlich die Schiebetür aufging und sie von ihrem Opfer abließen, um ins Freie zu schwärmen. Starr vor Staunen wurde Marion des unglaublichen Polizeiaufgebots gewahr, das sich mit Kerman an der Spitze in die Halle drängte. Nicht nur der Kripochef war da, auch Duplat, Abadie und Valentine waren gekommen. Von ihren Gefühlen überwältigt, stieß Marion einen leisen Schrei aus, der wie ein Schluchzen klang.

»Was hast du, Mama?«

»Nichts, mein Schatz, ich dachte, sie hätten uns ... Na, ich dachte, wir wären allein. Sieh mal, alle sind gekommen!«

## 145

»Er lebt«, sagte Marion, als die Kollegen endlich zu Nina, Lucas und ihr vordringen konnten. »Keine Angst, ich habe ihn nicht angefaßt.«

Kerman war nur einen Meter von ihr entfernt. Er sah sie an, wie sie in ihrer Jeans und ihrem weißen Spitzenbüstenhalter vor ihm stand. Sein Blick glitt über ihre Haut, ihre vollen Brüste, und es war so, als machte er eine wichtige Entdeckung. Wie gern wäre sie ihm in die Arme geflogen. Statt dessen maßen sich die beiden wie stumme Gegner mit Blicken, ein Zustand, an dem sich leider ihr ganzes Leben lang nichts ändern würde. Kerman erwartete, daß Marion ihm um den Hals fiel. Wer sich jedoch auf ihn stürzte, war die schluchzende Nina. *C'est la vie*, dachte er, wider Willen gerührt.

## Epilog

Das Haus lag direkt am Quai Bourbon, mit einem phantastischen Blick auf die Seine. Die Atmosphäre der Île Saint Louis unterschied sich doch sehr von der des Bahnhofsviertels, und Nina, die etwas eingeschüchtert war, stand zögernd auf dem Bürgersteig.

»Glaubst du, das ist es?« flüsterte sie, während Marion auf den Klingelknopf drückte.

Eine Männerstimme wies ihnen den Weg, dann deutete ein diskretes Knacken darauf hin, daß die Toreinfahrt geöffnet war.

Sie traten in eine großzügige, von allerlei Statuen flankierte Eingangshalle, deren Boden und Wände aus Stein waren. Im hinteren Teil befand sich ein kunstvoll gearbeitetes Kuppeldach aus Marmor, das von zwei Karyatiden getragen wurde. Auf der anderen Seite gelangte man durch ein schmiedeeisernes Gitter in ein geschmackvoll angelegtes Gärtchen. Kletterpflanzen rankten an Steinskulpturen hoch, die kleine Allee war von Buchsbaumkugeln gesäumt. Die Eingangstür stand einen Spaltbreit offen, und als die beiden vorsichtig, fast verstohlen darauf zugingen, schwang sie ganz auf. Vor ihnen stand Kerman, ganz zwanglos in Hemdsärmeln.

»Ich bin beeindruckt«, bemerkte Marion und ließ sich einen Kuß auf die Wange drücken.

»Guten Abend, Serge«, sagte Nina, die sich neugierig umsah. »Das ist ja vielleicht cool hier.«

»Kommt rein«, sagte Kerman.

Nina war gleich im Keller verschwunden, wo sich Kerman sein »Refugium« geschaffen hatte. Ein professionelles Heimkino, diverse Musikinstrumente – darunter nichts

Geringeres als ein Flügel – sowie ein Computer mit sämtlichem Equipment, worauf sich Nina als erstes gestürzt hatte. Die Videospiele, der DVD-Player, alles wurde genüßlich inspiziert, und ihre blauen Augen blitzten vor Begeisterung.

»Laß sie doch«, sagte Kerman zu Marion, der Ninas ungezügelter Enthusiasmus nicht zu behagen schien. »Endlich hat mal jemand Spaß an diesen Spielereien.«

»Hast du keinen Spaß dran?«

»In letzter Zeit weniger.«

Sie fragte nicht nach, seit wann. Sie wußte, was er alles getan hatte, um sie dazu zu bringen, mit Nina bei ihm zu Abend zu essen: Er hatte beschlossen, großzügig über ihre eigenmächtigen Aktionen hinwegzusehen, die in seinen Augen völlig inakzeptable Pflichtverletzungen waren, hatte ihr verziehen, daß sie ihn belogen hatte, und sei es auch nur durch bewußtes Verschweigen, hatte verhindert, daß sie Schwierigkeiten bekam, und sich sogar schützend vor ihre Mitarbeiter gestellt, deren Fehlverhalten nicht minder gravierend war.

Aber die beiden waren gekommen, sie waren hier, bei ihm, und sie lebten. Nina, die im Keller einen Mordslärm veranstaltete, und Marion, die neben ihm auf der Sofakante saß und mißtrauisch die Einrichtung beäugte.

»Wie kannst du dir so eine Wohnung leisten?« fragte sie mit einem Blick auf seine gepflegten Hände, die gerade eine Cognacflasche – Martell XO Suprême – öffneten.

»Glaubst du, ich bin bestechlich?«

»Die Figur des korrupten Bullen mag im Kino ihren Reiz haben. Aber in meinen Augen ist ein Polizist, der sich kaufen läßt, nichts anderes als ein Dieb, ein Gangster, und daran kann ich nichts Witziges finden.«

Kerman zuckte unmerklich zusammen und erstarrte, mit der Cognacflasche in der Hand, aber dann begann er ohne jede Vorankündigung zu lachen. Es war ein herzhaftes, fröhliches Lachen, das nichts, aber auch gar nichts mit seiner professionellen Steifheit zu tun hatte. Jetzt war Marion diejenige, die steif wurde.

»Ich weiß nicht, was daran so lustig ist«, sagte sie, kurz davor, einen Streit anzufangen.

Kerman nahm ein Kristallglas, in dem sich für einen kurzen Moment die Umrisse einer wunderschönen Jugendstillampe spiegelten, und schenkte Marion ein. Alles war so harmonisch und luxuriös. Sie betrachtete die Möbel und Stoffe, die erlesenen Dekorationsgegenstände, die wertvollen Gemälde, und fühlte sich immer unwohler.

Kerman goß sich einen Whisky ein. Mit dem Glas in der Hand erhob er sich von dem weißen Ledersofa und ging zu einer entzückenden Kommode im Louis-seize-Stil, über der ein vergoldeter Rahmen mit dem Porträt einer attraktiven Frau um die Dreißig hing. Er deutete darauf.

»Das alles verdanke ich ihr.«

»Deiner Frau? Deiner Geliebten?«

Er schwieg. Langsam kam er zum Sofa zurück und setzte sich wieder neben Marion, die nicht mehr wußte, was sie denken sollte.

»Edwige, kannst du nicht einmal, nur ein einziges Mal deinen schrecklichen Dickschädel an der Garderobe abgeben?«

»Du hast recht, ich hätte nicht kommen sollen ...«

»Hör auf! Das ist meine Mutter.«

Marion erstarrte und warf einen Seitenblick auf die betörend schöne Frau mit ihrem rätselhaften Lächeln.

»Das Gemälde ist entstanden, als sie mit mir schwanger war. Das sagt sie jedenfalls. Sie ist immer noch sehr schön. Mein Vater ist gestorben, als ich drei Jahre alt war. Er war reich. Sie hat immer hier in dieser Wohnung gelebt.«

»Du nicht?«

»Doch, bis ich achtzehn war. Dann bin ich ausgezogen. Meine Mutter hatte nie wieder geheiratet, ich war ihr ein und alles, und ich fand, daß es ungesund sein könnte, als Erwachsener noch mit ihr zusammen zu leben.«

Vernünftig, wie er war, hatte Kerman – im Gegensatz zu anderen – erkannt, welche Gefahren mütterliche Liebe bergen konnte. Welchen anderen Gefahren hatte er aus dem Weg gehen können?

»Vor ein paar Jahren hat sie ihre Leidenschaft für Florida entdeckt. Sie hat mir die Wohnung übertragen, aber immer wenn sie nach Paris kommt, wohnt sie hier. In der Nacht, als du angerufen hast, ist sie ans Telefon gegangen.«

Marion hätte tausend Eide darauf geschworen, daß die Frau am Telefon keine dreißig Jahre alt gewesen war. Daß es die Stimme einer aus dem Beischlaf gerissenen Geliebten gewesen war. Blond oder brünett? Fast hätte sie Kerman, der sie mit Unschuldsmiene ansah, eine boshafte Bemerkung um die Ohren geknallt, aber sie hielt sich zurück: Eifersucht ist nur selten rühmlich, und schließlich war sie nicht mehr verliebt in ihn. Das würde sie ihm gleich übrigens ein für allemal sagen.

»Und warum gehst du nicht dran, wo du doch hier wohnst?« fragte sie nichtsdestotrotz.

»Weil ich im Hotel wohne, wenn sie hier ist.«

Er schwieg wieder und ließ sich gegen die Rücklehne des Sofas sinken.

»Was nicht bedeutet, daß ich kein Liebesleben habe«, fügte er mit einem ironischen Lächeln hinzu, das Marion fuchste.

Aus dem Keller hallten laute Jubelrufe. Nina hatte das neuste Videospiel gefunden, das gerade angesagt war. Marion verbiß sich ihre Bemerkung zum Thema Liebe und Sex, zwei Begriffe, zwischen denen Kerman nicht zu unterscheiden schien.

Da sie schwieg, stand er auf und nahm eine flache Ledertasche und eine mit Gummis verschlossene Mappe aus grünem Karton von einem Konsoltischchen.

»Hier, ehe du mir noch vorwirfst, daß ich doch nur ein Mann bin, wollte ich dir das hier geben …«

Es war ein schönes Geschenk. Und da es von Kerman kam, war es sogar ein außergewöhnlicher Liebesbeweis. Die vollständige Akte zum Fall Laurent Zig. Eine gedruckte Version und eine Version auf CD-Rom.

»Danke«, murmelte Marion, die gerührter war, als wenn er ihr mehrere Karat in Goldfassung geschenkt hätte.

»Ich kümmere mich mal lieber ums Abendessen, bevor du mir noch um den Hals fällst«, sagte er und ging auf eine Tür zu, aus der köstliche Düfte ins Wohnzimmer drangen.

»Soll ich dir helfen?«

»Nein, heute abend nicht. Ich will doch Eindruck schinden, verstehst du?«

Um so besser. Kochen sollte man sowieso lieber allein.

Marion betrachtete die grüne Mappe.

Den Inhalt kannte sie in- und auswendig: die Morde, die Laurent Zig zur Last gelegt wurden – sechs an der Zahl, einige weitere waren noch mit einem Fragezeichen versehen –, und das Resümee einer Familiengeschichte, zu deren Aufklärung Marion selbst in großen Teilen beigetragen hatte.

Nach dem Tod des alten Zig war Laurent Zig komplett abgedriftet. Der Großvater war das letzte Bollwerk gegen den Wahnsinn seiner Mutter gewesen, gegen seine eigene, uneingestandene Pädophilie und die Wirrungen einer Sexualität, die so durcheinandergeraten war, daß es unweigerlich zum Schlimmsten führen mußte. Seit seiner frühen Kindheit in Mädchenkleidern hatte Zig die Gewohnheit nicht abgelegt, sich als Frau zu verkleiden. Eine Unterschrift hatte genügt, um als Laurence Aubin – unter dem Namen jenes

Vaters, der nie versucht hatte, ihn kennenzulernen – bei der Reinigungsfirma Pronet eine Stelle anzunehmen. Von da an war alles sehr leicht gewesen. Er hatte sich einem der weniger begehrten Bereiche zuteilen lassen: den Toiletten im Zwischengeschoß. Bei seinen früheren Streifzügen durch den Bahnhof hatte er bereits bemerkt, was sich in dem nahe gelegenen Paßbildautomaten abspielte. Auch der unterirdische Gang, den er während seiner Zeit in der Gepäckannahme des Gare de l'Est entdeckt hatte, mündete ganz in der Nähe: in dem Kämmerchen, in dem die Wagen und Reinigungsmittel aufbewahrt wurden. An seine Existenz erinnerte sich außer Zig niemand mehr. Er wählte seine Opfer aus und lockte sie hinunter, so wie ein wildes Tier die Beute in seine Höhle schleift. Wenn den Jugendlichen schließlich klar wurde, daß er sie reingelegt hatte, wurden sie rebellisch, und er brachte sie um. Die Leichen karrte er dann – in Teile zerlegt – zu den Müllcontainern, um sie zu beseitigen. Nie hatte jemand Verdacht geschöpft.

Welche Rolle der Polizeibeamte Kaiser in dieser verrückten Geschichte gespielt hatte, blieb ein Rätsel. Wahrscheinlich hatte er Zig zu irgendeinem Zeitpunkt bei seinem mörderischen Treiben überrascht. Sonntag abend? Oder war es Montag morgen passiert? Vor oder nach dem Mord an Ange-Lou? Die beiden Autodiebe hatten letztlich zugegeben, daß sie den Polizeiwagen nicht im Wald von Vincennes gestohlen hatten, sondern vor dem Gare de l'Est, und zwar am Dienstag in aller Frühe. Warum war Kaiser am Gare de l'Est gewesen? Und wie hatte Zig es geschafft, ihn in den Deutschen-Keller zu locken? Kaisers Kollegen hatten jedenfalls mit Erleichterung darauf reagiert, daß er keine »verkappte Schwuchtel« war, wie sich Morel galant ausdrückte, und erst recht kein Mörder. Die feierliche Beisetzung sollte zu Beginn der kommenden Woche stattfinden.

Als Marion den Teil der Akte in Angriff nahm, in dem es um Ange-Lou ging, schlug ihr das Herz bis in den Hals. Die Kleine war gewissermaßen per Zufall gestorben. Wenn Lucas' kranker Vater nicht gewesen wäre, dann wäre der Junge am Montag abend in die Theater-AG gekommen. Und Zig hätte seinen kleinen Bruder mitgenommen. Lucas war einverstanden, er hatte diesen Abgang sogar schon heimlich vorbereitet, und sein Geständnis war in diesem Teil der Geschichte der einzige konkrete Anhaltspunkt geblieben. Was Lucas allerdings nicht kannte, war der wahre Grund, warum ihm sein Bruder dieses Abenteuer vorschlug: seine unerhörte Ähnlichkeit mit einem kleinen Mädchen, dessen Tod dem Wahnsinn der Familie Zig Vorschub geleistet hatte.

Lucas hatte das Gefühl, zu Hause bei seinen Eltern zu ersticken, und Zig hatte ihm in den verlockendsten Farben eine Zukunft in Freiheit ausgemalt. Diesesmal war er die Sache in Ruhe angegangen, um nicht die Fehler der Vergangenheit zu wiederholen, und als alles bereit war, hatte er Treff- und Zeitpunkt festgelegt: einen Montag abend, vor dem Theater. Es fiel Marion nicht weiter schwer, sich seine Enttäuschung und Frustration vorzustellen, als schließlich alle Kinder gegangen und nur noch zwei Mädchen in der Sackgasse zurückgeblieben waren …

Zig hatte Nina, die Tochter von Kommissarin Marion, die er tags zuvor in einem mit Pennern gefüllten Flur – die bohrende Frage, welches widrige Schicksal ihn an jenem Abend dort hingeführt hatte, konnte niemand mehr beantworten – schon einmal gesehen hatte, wiedererkannt und begriffen, daß sie eine Gefahr für ihn sein konnte. Auf keinen Fall würde er seine Pläne mit Lucas für zwei Gören, die gar nicht dort hätten sein dürfen, aufs Spiel setzen.

Marion würde es sich niemals verzeihen, daß sie an jenem Montag nicht auf die Uhrzeit geachtet hatte. Obwohl Maître

Schmidt ihr davon abriet, war sie fest entschlossen, es am nächsten Tag dem Untersuchungsrichter zu beichten. Sie mußte einen Teil der Schuld auf sich nehmen und damit auf ihre Weise Ange-Lou für all die Dummheiten der Erwachsenen und auch ihre eigenen um Verzeihung bitten.

Genauso, wie sie Nina im Bienenhaus um Verzeihung gebeten hatte, indem sie ihr den Revolver gab.

Über die letzten, dramatischen Minuten, die Zigs Tod vorausgegangen waren, verriet die Akte nichts. Bei ihrer letzten Vernehmung hatte Nina nichts dazu gesagt. Es war ein Geheimnis zwischen ihr und Marion, und das sollte es auch bleiben. Marion war nicht gerade stolz darauf, und auch Nina nicht. Der Kleinen war bewußt geworden, was es bedeutete, jemanden zu töten, und sei es einen Mörder. Im übrigen hatte die Tatsache, daß Zig unter den wütenden Stacheln der Bienen gestorben war, ihren Haß und vor allem ihre Angst beschwichtigt. Innerhalb von wenigen Stunden war Nina ein großes Stück erwachsener geworden.

In Gedanken versunken, hatte Marion nicht bemerkt, daß Kerman zurückgekommen war und sie ansah. Zärtlichkeit und Begierde sprachen aus seinem Blick … Er tat zwei Schritte auf sie zu und machte den Mund auf, um etwas zu sagen, das er nie wieder würde rückgängig machen können.

Just in diesem Moment kam Nina aus dem Keller.

»Gibt's jetzt Essen?« fragte sie völlig ungezwungen.

Kerman zuckte unmerklich zusammen, und Marion konnte sich ein Lächeln nicht verkneifen.

»Ich wollte Sie gerade zu Tisch bitten, meine Damen«, murmelte der Kripochef und machte eine tiefe Verbeugung.

# Fred Vargas: »Es ist unmöglich von Vargas nicht gefesselt zu sein« DIE ZEIT

**Die schöne Diva von Saint-Jacques**
Im Garten der Sängerin Sophia im Pariser Faubourg St. Jacques steht eines Morgens ein Baum, der am Tage zuvor noch nicht da stand. Niemand hat ihn gepflanzt. Zwei Tage später ist Sophia spurlos verschwunden. Ihr Nachbar Marc, ein junger Historiker, beginnt den Boden unter der kleinen Buche aufzugraben und stößt auf einen uralten Haß, der beinahe auch ihn das Leben kosten wird.
»Eine vielversprechende neue Stimme des europäischen Kriminalromans.« DER TAGESSPIEGEL
*Kriminalroman. Aus dem Französischen von Tobias Scheffel. 288 Seiten. AtV 1510*

**Der untröstliche Witwer von Montparnasse**
Mathias, Marc und Lucien, die drei »Evangelisten« aus der »Schönen Diva von Saint-Jacques«, haben einige Monate später ihren nächsten Fall am Hals. Ihr Freund Louis Kehlweiler, Ex-Inspektor des Pariser Innenministeriums, versteckt einen mutmaßlichen Frauenmörder in ihrem Haus, von dessen Schuld er nicht überzeugt ist. Doch schon am nächsten Morgen steht das Phantombild des Mörders in allen Zeitungen.
»Es ist unmöglich, von Vargas nicht gefesselt zu sein.« DIE ZEIT
*Kriminalroman. Aus dem Französischen von Tobias Scheffel. 278 Seiten. AtV 1511*

**Es geht noch ein Zug von der Gare du Nord**
Auf Pariser Bürgersteigen erscheinen über Nacht mysteriöse blaue Kreidekreise, darin liegt stets ein verlorener oder weggeworfener Gegenstand. Keiner hat den Zeichner je gesehen, die Presse amüsiert sich, niemand nimmt die Sache ernst. Aber eines Nachts geschieht, was Kommissar Adamsberg als einziger befürchtet hat: es liegt ein toter Mensch im Kreis.
»Wer Donna Leon liebt, wird Fred Vargas vergöttern.« P.S., ZÜRICH
*Kriminalroman. Aus dem Franz. von Tobias Scheffel. 212 Seiten. AtV 1512*

**Bei Einbruch der Nacht**
Ein Wolfsmensch, so sagen die Leute, zieht nach Einbruch der Dunkelheit mordend durch die Dörfer der provenzalischen Alpen. Der halbwüchsige Sohn eines Opfers und ein wortkarger Schäfer nehmen die aussichtslose Verfolgung auf. Ein urkomisches Roadmovie und eine zarte Liebesgeschichte um die schöne Camille und Kommissar Adamsberg aus Paris.
»Prädikat: hin und weg.« WDR
*Kriminalroman. Aus dem Franz. von Tobias Scheffel. 336 Seiten. AtV 1513*

*Mehr Informationen über Fred Vargas erhalten Sie unter www.aufbau-verlag.de oder bei Ihrem Buchhändler*

AtV

# Nino Filastò:
# »... molto italiano« WDR

**Der Irrtum des Dottore Gambassi**
***Ein Avvocato Scalzi Roman***
Unter den lieblichen Hügeln der Toskana entdeckt der ägyptische Etruskologe Fami ein sakrales Gewölbe, das Unbekannte für gar nicht heilige Zwecke nutzen. Doch bevor er den vermuteten Schatz heben kann, wird sein Fund ihm zum Verhängnis.
»Ein atemberaubender, erstklassig geschriebener Mafiaroman.« BUCHMARKT
*Aus dem Italienischen von Julia Schade. 414 Seiten. AtV 1601*

**Alptraum mit Signora**
***Ein Avvocato Scalzi Roman***
Florenz – lichte Stadt der Kunst und Stadt düsterer Geheimnisse. Zwei brutale Morde sind an Menschen geschehen, die einem Maler Modell gesessen haben, einem Fälscher, der malt wie die großen Künstler des Quattrocento.
»Ein scharfsinnig komponierter Krimi, in dem alles lebensecht italienisch wirkt – die raffiniert gefälschten Bilder inbegriffen.« BRIGITTE
*Aus dem Italienischen von Bianca Röhle. 380 Seiten. AtV 1600*

**Die Nacht der schwarzen Rosen**
***Ein Avvocato Scalzi Roman***
Im Hafenbecken von Livorno, der Geburtsstadt Modiglianis, wird die Leiche eines Kunstkritikers geborgen. Auf welch tödliches Geheimnis mag er bei seiner Recherche über die Echtheit einiger Skulpturen des Künstlers gestoßen sein? »Italien-Bilder voll authentischer ›Italianità‹: Filastò beschert uns einen überdurchschnittlichen Kriminalroman.« F.A.Z.
*Aus dem Italienischen von Barbara Neeb. 352 Seiten. AtV 1602*

**Forza Maggiore**
***Ein Avvocato Scalzi Roman***
Der Wirt einer heruntergekommenen Trattoria wird ermordet aufgefunden. Die Schuldigen sind schnell ausgemacht: Witwe und Tochter des Opfers. Doch Scalzi ist von der Unschuld der beiden Frauen überzeugt. Ihr angeblicher »Mord aus Leidenschaft« dient nur dazu, kriminelle Machenschaften weit größeren Ausmaßes zu vertuschen.
»Ein hervorragender Krimi, der nicht nur auf Spannung, sondern auch auf der psychologischen Wetterlage der urigen Hauptfiguren aufgebaut ist.« EX LIBRIS
*Aus dem Italienischen von Esther Hansen. 352 Seiten. AtV 1604*

*Mehr Informationen über die Bücher von Nino Filastò erhalten Sie unter www.aufbau-verlag.de oder bei Ihrem Buchhändler*

AtV

# Er führt uns ins geheimnis-volle Tibet: Eliot Pattison

**Der fremde Tibeter**
Fernab in den Bergen von Tibet wird die Leiche eines Mannes gefunden – den Kopf hat jemand fein säuberlich vom Körper getrennt. Shan, ein ehemaliger Polizist, der aus Peking nach Tibet verbannt wurde, soll rasch einen Schuldigen finden, bevor eine amerikanische Delegation das Land besucht. In den USA wurde dieses Buch mit dem begehrten »Edgar Allan Poe Award« als bester Kriminalroman des Jahres ausgezeichnet.
*Roman. Aus dem Amerikanischen von Thomas Haufschild. 495 Seiten. AtV 1832*

**Das Auge von Tibet**
Shan, ein ehemaliger Polizist, lebt ohne Papiere in einem geheimen Kloster in Tibet. Eigentlich wartet er darauf, das Land verlassen zu können, doch dann erhält er eine rätselhafte Botschaft: Eine Lehrerin sei getötet worden und ein Lama verschwunden. Zusammen mit einem alten Mönch macht Shan sich in den Norden auf.
»Der ideale Krimi für alle, die sich gern in exotische Welten entführen lassen.« BRIGITTE
*Roman. Aus dem Amerikanischen von Thomas Haufschild. 697 Seiten. AtV 1984*

**Das tibetische Orakel**
Shan, ein ehemaliger chinesischer Polizist, muß den Mord an einem Mönch aufklären – und dafür sorgen, daß eine alte tibetische Prophezeiung sich erfüllt. Er soll einen heiligen Stein in den Norden bringen, doch plötzlich ist ihm die halbe Armee auf den Fersen.
»Ein spirituelles Abenteuer, großartig erzählt. Ultimativer Mix aus Krimi und Kultur.« COSMOPOLITAN
*Roman. Aus dem Amerikanischen von Thomas Haufschild. 652 Seiten. AtV 2136*

**Der verlorene Sohn von Tibet**
Mit seinen Gefährten, den geheimen Mönchen von Lhadrung, feiert Shan, der Ermittler, den Geburtstag des Dalai Lama. Sie wollen diesen Tag zum Anlaß nehmen, ein verstecktes Kloster mit neuem Leben zu erfüllen. Doch ausgerechnet damit geraten sie in einen schmutzigen Krieg, den die chinesischen Besatzer gegen internationale Kunsträuber führen. Eliot Pattison hat mit Shan Tao Yun eine einzigartige Figur geschaffen, die in einem exotischen Land gegen das Verbrechen und für die Wahrheit kämpft.
*Roman. Aus dem Amerikanischen von Thomas Haufschild. 522 Seiten. Gebunden. Rütten & Loening. ISBN 3-352-00714-4*

*Mehr Informationen über Eliot Pattison erhalten Sie unter www.aufbau-verlag.de oder bei Ihrem Buchhändler*

AtV

# Eva Maaser: Kommissar Rohleff auf einer ganz heißen Spur

**Das Puppenkind**
In der Fußgängerzone von Steinfurt wird in einem abgestellten Kinderwagen eine Babyleiche gefunden, die einer Puppe täuschend ähnelt. Wie sich herausstellt, ist das Kind fachgerecht präpariert worden. Zusätzliche Brisanz erhält der Fall, als ein Baby entführt wird. Kommissar Rohleff und sein Team ermitteln fieberhaft, um das Leben dieses Kindes zu retten. »Mit einem Paukenschlag nach dem andern hält uns die schrilldüstere Geschichte im Griff ... Hitchcock im Münsterland.« MÜNSTERSCHE ZEITUNG
*Kriminalroman. 304 Seiten.*
*AtV 1636*

**Tango Finale**
Zu einer kunstvollen Statue gefroren, lehnt eine mit Eis überzogene Unbekannte am Ufer des Steinfurter Bagnosees. Kommissar Rohleffs Team hat wieder einen mysteriösen Fall mit einer schönen Leiche – und das im Karneval. Die Tote scheint Türkin zu sein. Doch Rohleffs Spürsinn führt ihn zu einer Tangotruppe. »Ihre Leichen sind die schönsten im ganzen Land. Eva Maaser spielt virtuos mit abstrusen Phantasien und verborgenen Leidenschaften.« MÜNSTERSCHE ZEITUNG
*Kriminalroman. 228 Seiten.*
*AtV 1816*

**Kleine Schwäne**
Es sieht fast romantisch aus, wie das Mädchen da in einem schwanenweißen Kleid am Ufer eines abgelegenen Sees ruht. Aber das Kind ist tot. Ehe Kommissar Rohleff und die Ermittlerin Lilli Gärtner eine Spur haben, wird ein weiteres totes Mädchen gefunden. Ein Serienmörder muß am Werk sein. Plötzlich nimmt Lilli ihre Umgebung mit anderen Augen wahr, sogar Mann und Töchter scheinen sich verändert zu haben. »In die vertraute Idylle bricht das Gespenstische, das Grauenhafte ein.« OLDENBURGISCHE VOLKSZEITUNG
*Kriminalroman. 272 Seiten.*
*AtV 1353*

**Die Nacht des Zorns**
Mord ist nie schön. Aber dieser übertrifft an Brutalität alles, was Kommissar Rohleff je untergekommen ist: Der Tote, den Müllmänner in einem Container in Steinfurt finden, ist regelrecht zerfleischt worden. Kurz darauf verschwindet einer der Ermittler samt seinem Motorrad. Überhaupt scheinen Biker eine besondere Rolle in diesem Fall zu spielen. Hat der Kollege mit dem Mord zu tun, oder hat er sich auf die Spur der Motorradgang gesetzt? Aus Südfrankreich trifft eine gräßliche Botschaft von ihm ein.
*Kriminalroman. 272 Seiten.*
*AtV 2096*